KiWi

1801

Das Buch
Im idyllischen Sarntal, im Herzen Südtirols, liegt zwischen Schluchten und mit wilden Latschenkiefern bewachsenen Hängen eines der besten Restaurants der Welt. An einem warmen Spätsommertag kommt ausgerechnet hier, im *Tan*, die berühmt-berüchtigte Gourmetkritikerin Carla Manfredi unter rätselhaften Umständen ums Leben. Ein Fall für Commissario Grauner, dem die Welt der Gourmets, zugegeben, bislang ein Rätsel geblieben ist. Er jedenfalls liebt nichts mehr als die selbst gemachten Knödel seiner Alba und ein Glas Rotwein. Doch für Gemütlichkeit bleibt vorerst keine Zeit. Denn für die eigenwilligen Sarner steht bereits fest, wer für Manfredis Tod verantwortlich ist. Die als Hexe verrufene Köchin des *Tan*. Unruhe macht sich breit. Und schon kurz darauf spitzen sich die Ereignisse vor Ort auf dramatische Art zu. In seinem siebten Fall ermitteln Grauner und seine Kollegen in der Welt der Sterneküche – und in einem Tal, das seine ganz eigene, finstere Geschichte hat.

Der Autor
Lenz Koppelstätter, Jahrgang 1982, ist in Südtirol geboren und aufgewachsen. Er arbeitet als Medienentwickler und als Reporter für Magazine wie *Geo Saison* oder *Salon*. Alle sechs Bände der Krimireihe um Commissario Grauner, »Der Tote am Gletscher«, »Die Stille der Lärchen«, »Nachts am Brenner«, »Das Tal im Nebel«, »Das Leuchten über dem Gipfel« und »Das dunkle Dorf« waren ein großer Erfolg bei Leserinnen, Lesern und Presse.

LENZ KOPPELSTÄTTER

BEI DEN TANNEN

Ein Fall für
Commissario Grauner

Kiepenheuer & Witsch

Aus Verantwortung für die Umwelt hat sich der
Verlag Kiepenheuer & Witsch zu einer nachhaltigen
Buchproduktion verpflichtet. Der bewusste Umgang mit unseren
Ressourcen, der Schutz unseres Klimas und der Natur gehören
zu unseren obersten Unternehmenszielen.
Gemeinsam mit unseren Partnern und Lieferanten
setzen wir uns für eine klimaneutrale Buchproduktion
ein, die den Erwerb von Klimazertifikaten zur
Kompensation des CO_2-Ausstoßes einschließt.

Weitere Informationen finden Sie unter
www.klimaneutralerverlag.de

Personen und Handlungen dieses Romans sind frei erfunden. Im Burgfried von Reinegg sind das Flehen und Zerren mancher verdammten Seelen noch zu hören und zu spüren. In Bezug auf Ortsbeschreibungen nimmt sich das Buch Freiheiten heraus.

MIX
Papier aus verantwortungsvollen Quellen
FSC® C083411
FSC www.fsc.org

Verlag Kiepenheuer & Witsch, FSC® N001512

1. Auflage 2022

Covergestaltung: Barbara Thoben, Köln
Covermotiv: © Andrea Geiss/Alamy Stock Foto
Karten auf beiden Umschlaginnenseiten: Oliver Wetterauer
Illustration als Abschnittstrenner im Text: Oliver Wetterauer
Gesetzt aus der Minion
Satz: Buch-Werkstatt GmbH, Bad Aibling
Druck und Bindung: CPI books GmbH, Leck
ISBN 978-3-462-00152-5

Prolog

Es gibt da drei Schwestern, so erzählen es die Leute im Tal, und wenn etwas passiert, etwas Schlimmes passiert, in diesem Tal im Herzen Südtirols, so etwas Schlimmes, wie es der liebe Gott nur alle paar Jahrzehnte passieren lässt, dann ist die Familie der drei Schwestern daran schuld. Denn so ist es immer schon gewesen.

Die drei Schwestern, das sind die Jöchler Hedwig, die älteste, hagere Gestalt, blasser Teint, pechschwarzes Haar. Die Jöchler Lisa, die mittlere, kastanienbraunes Haar, Sommersprossen, rote Pausbacken. Die Jöchler Susanne, die jüngste, das Nesthäkchen, die Nachzüglerin, goldblondes Haar. Alle drei sind sie ledig, weil sich kein Mannsbild mit so einer einlassen will. Alle drei sind nicht getauft, weil der Herr Pfarrer, recht hat er, so sagen die Leute im Tal, kein Kind taufen lässt, von dem man nicht weiß, wer der Vater ist. Denn dann würde er ja Probleme bekommen, der Pfaff, und zwar mit dem lieben Gott, seinem Chef sozusagen, dem Unfehlbaren, weil, wenn man nicht weiß, wer der Vater eines Kindes ist, dann könnte ja auch, auszuschließen ist es jedenfalls nicht, der Teufel seine Finger im Spiel gehabt haben.

Das alles erzählen sie über die Jöchlerinnen, die Leute im Dorf, und die, die nicht mehr leben, die schon oben beim lieben Herrgott sind oder unten beim Beelzebub, die haben früher ganz Ähnliches erzählt, über die Mutter der drei Schwestern. Und die, die viel länger schon in ihren Gräbern verrotten, die erzählten ganz Ähnliches von der Großmutter und von der Urgroßmutter – und so geht das schon seit Anbeginn der Zeit. Von den Jöchlerinnen kommt nichts Gutes, darauf kannst du Gift nehmen, das sagen die Leute im Dorf. Das erzählen die Älteren den Jüngeren, und die Jüngeren erzählen es ihren Kindern und Kindeskindern, und so wird es auf ewig weitergehen. Das ist das Gesetz der dunklen Welt.

Da kann die Sonne noch so hell über dem Sarntal strahlen, heller als sonst irgendwo, da kann der hellblaue Himmel noch hellblauer glitzern über Südtirol, hellblauer als sonst irgendwo, der pulvrige Schnee auf den Gipfeln kann noch pulvriger schimmern als sonst irgendwo, die sattgrünen Wiesen noch sattgrüner leuchten als sonst irgendwo, die kerngesunden Kühe noch kerngesünder muhen als sonst irgendwo.

Nichts hilft gegen die Jöchlerinnen. Auch nicht, dass man keine Jöchlerin je innerhalb der Friedhofsmauern begraben hat, was selbst, wenn man wollte, nicht ginge, weil sich die Jöchlerinnen immer schon, wenn es an der Zeit war zu gehen, wie die wilden Tiere in den Wald verkrochen haben und einfach nicht mehr daraus hervorgekommen sind.

Nein, es ist kein Kraut gewachsen gegen diese Jöchlerinnen. Man muss wohl, das sagen sie, die Leute aus dem Sarntal, das Schlimme, das sie bringen, hinnehmen. Beten, einfach beten, weiter beten. Vielleicht, das sagen sie nicht laut, die Leute aus dem Sarntal, aber sie ahnen, vermuten, flüstern es, immer schon, vielleicht sind die Jöchlerinnen die Strafe Gottes. Gottes Strafe und Teufels Beitrag für alles, was sie selbst, die Sarnerinnen und Sarner, über die Jahrzehnte und Jahrhunderte so alles angestellt haben. Für alles Schlimme, Schreckliche, Unverzeihliche, das sie stets, dem eigenen Gewissen zur Erleichterung, den Jöchlerinnen untergeschoben haben.

Iss so, hatte sie in einem ihrer unzähligen Bestseller einmal geschrieben, als ob jeder Bissen dein letzter wäre. Der letzte Bissen ihres Lebens nun bestand aus feinster Wildhasenpastete auf einem Tannenzapfenchip, gekrönt von einer Walderdbeere, die wiederum mit drei Tröpfchen Bärlauch-Espuma garniert war.

Sie schloss die Augen, so wie sie das immer tat. Sie versuchte, alles auszublenden, doch es gab so viel auszublenden, ihr Leben war derart turbulent, alles ausblenden, das war ein Ding der Unmöglichkeit.

Vorgestern war sie noch in San Francisco gewesen, bei einer exklusiven Chardonnay-Verkostung, zuvor war sie eine Woche durch Japan gereist, um eine für sie persönlich organisierte Seminarreihe über antike Techniken der Sushi-Zubereitung zu besuchen, gestern hatte sie schließlich in der Nähe von Modena, in dem Dörfchen Rubiera, am Flüsschen Secchia, Station gemacht. Dort hatte sie den Chefredakteur der Frankreichausgabe ihres Gourmetmagazins *Sette Forchette* getroffen.

Sie hatten sich zu einem Mittagessen beim Ausnahmekoch Antonio Martin zusammengefunden, der in einer alten Scheune am Flüsschen, wo er auch geboren und aufgewachsen war, sein Gourmetrestaurant führte. Sie hatte mit Martin vor vielen Jahren einmal eine Affäre gehabt, kurz, leidenschaftlich, professionell, so wie sie es bevorzugte. Sie waren immer noch befreundet, sehr gut befreundet sogar, sie erzählten sich vieles, beinahe alles, hatten kaum Geheimnisse voreinander. Im Gegenteil. Sie teilten ein paar Geheimnisse, von denen sonst niemand wusste.

Martin hatte das Lokal leer räumen lassen und an diesem Tag keine anderen Gäste hereingelassen, geschlossene Gesellschaft, dabei hatte sie ihm, diesem liebenswerten Nervenbündel von Spitzenkoch, doch vorab extra, weil sie es schon ahnte, ausrichten lassen, dass er ihretwegen bitte nicht das gesamte Lokal auf den Kopf stellen möge. Sie hatte dann selbst noch einmal angerufen, um zu unterstreichen, dass er sich – Antonio, mein lieber Antonio, ich bitte dich, *dio mio!*, beim Leben meiner Hunde, große Gourmetkritikerinnenbitte – bloß keine Umstände machen sollte. Er hatte nicht auf sie gehört.

Nun also war sie im Sarntal. Endlich wieder. Dass sie die Konsistenz dieses Chips stets genossen hatte, dachte sie noch. Gleichzeitig verschmolz sie mit der von ihr vor Jahren entwickelten Schmatztechnik, die sie in einem ihrer Bestseller – *Die Kunst des Kauens* – beschrieben hatte. Der Tannenzapfengeschmack mit dem Gusto der feinen Wildhasenpastete und dem Hauch Waldbärlauch. Mit der Zunge drückte sie die weiche Walderdbeere gegen die Innenseite der Schneidezähne, sie spürte, wie der Saft der Erdbeere auf das Gemisch aus Bärlauch, Tannenzapfen und Wildhase tropfte. Sie hoffte, etwas zu schmecken, und ja, für den Bruchteil einer Sekunde war ihr, als schmeckte sie tatsächlich etwas. Alles in ihr bebte, das waren stets die Momente gewesen, für die sie lebte, die Momente des absoluten Glücks, das sie beinahe nur noch hier verspürte. Nur noch so selten.

Doch dann, innerhalb von Sekundenbruchteilen spürte sie, dass etwas nicht stimmte. Erst dachte sie, dass es mit einer der Zutaten zu tun haben musste, die sie soeben geschluckt hatte, vielleicht war eine nicht von bester Qualität, oder ... Sie hatte solche Angst, den Gedanken zu Ende zu denken. Sie schaffte es auch nicht.

Denn ihr wurde nun schwindelig, sie versuchte aufzustehen, sich am Stuhl festzuhalten, griff daneben, wankte leicht, drehte sich halb. Wankend sah sie noch einmal durch die bodentiefe Fensterfront auf die Lichtung hinaus, die den Blick über das Tal freigab. Am Horizont schimmerten die Dolomitengipfel in der prallen Mittagssonne, der Schlern, der Rosengarten, das Weißhorn, die Marmolata. Ihr blieb kurz die Luft weg, ob der Schönheit. Aus kurz wurde lang. Sie japste, schnappte, nichts, kein Sauerstoff, der Blick verschwamm, von rechts sah sie eine Gestalt herbeieilen, dann eine zweite, sie verlor jegliches Zeitgefühl, erkannte gerade noch die Gesichtszüge der Chefköchin, Hedi, auf die sie einst eine Hymne verfasst hatte.

Dann wurde ihr schwarz vor Augen. Hedis Stimme klang gedämpft, wie aus einer fernen Welt.

»Signora Manfredi ...«

Sie duzte ihre Lieblingsköchinnen und Lieblingsköche stets, von denen ihr viele zu Freundinnen und Freunden geworden waren. Diese aber siezten sie weiterhin, eine Carla Manfredi duzte man nicht. Auch nicht, wenn man sie eine Freundin nannte, und selbst dann nicht, wenn sie vor einem zusammenbrach, nicht mehr atmete, nur noch zitterte, Schaum im Mundwinkel.

War es das nun? War das ihr Ende? Hier im *Tan*, in diesem göttlichen Waldrestaurant? Ein paar verwirrte Erinnerungsfetzen folgten: das Gesicht eines der Sushi-Köche im japanischen Hinterland nahe Nagano. Die intensive Farbe des ganz vorzüglichen 2009er The Judge Chardonnay aus dem nördlichen Napa Valley. Der Blick auf das Flüsschen Secchia, die Ebene, den Nebel. Antonios noch schlaftrunkene Augen, sein ungekämmtes Haar, seine letzten Worte, die allerletzten. Sie verstand. Nun verstand sie. Er hatte sie immer geliebt. Er hatte stets alles für sie getan. Alles.

Sie dankte ihm, dann froren die Gedanken ein. Sie spürte es regelrecht. Es war also wohl doch nicht so, dass das ganze Leben an einem vorbeizog, keine Kindheitserinnerung, keine Erinnerung an die Eltern, denen sie ihr Leben lang nicht verzeihen konnte, dass sie nicht an sie geglaubt hatten. Hirnstillstand, nur die Ohren hörten noch das Winseln ihrer beiden Hunde, die stets, darauf bestand sie, unter dem Tisch sitzen durften, während sie speiste.

Dann war da nichts mehr. Carla Manfredi wurde achtundfünfzig Jahre alt. Sie hinterließ das bedeutendste Gourmetmagazin der Welt, eine Wohnung in der römischen Via dei Condotti mit Blick auf die Spanische Treppe, ein geschätztes Vermögen von rund dreißig Millionen Euro, ein Bankschließfach mit Goldschmuck im Wert von rund 1,2 Millionen, einen Bentley, cremefarben, Baujahr 1972, einen Afghanischen Windhund und einen Volpino Italiano, die beide, so lautete das Gerücht, ihr Hundefutter nur anrührten, wenn es vorab mit feinstem, kalt gepresstem sizilianischem Olivenöl garniert und mit zweiundsiebzig Monate gereiftem Parmesan untermischt worden war.

26. August

1

Es war nun bereits über ein halbes Jahr her, doch Grauner hatte sich all die Wochen und Monate nicht überwinden können, hierherzukommen. Er sah sich um, Silvia Tappeiner, seine Assistentin, hatte ihm erklärt, wo es ungefähr lag. Sie war anfangs jeden Tag hier gewesen, das wusste er, und auch jetzt noch kam sie mindestens einmal die Woche vorbei.

Mit dem Tod eines Kollegen ging jeder anders um. Man musste jedem seine Art der Trauer, der Bewältigung, des Verdrängens, des Friedenschließens mit dem Unumkehrbaren lassen.

Commissario Johann Grauner, der nicht nur Kommissar bei der Mordkommission in Bozen war, sondern auch Viechbauer, auf einem Hof hoch über dem Eisacktal, musste verdrängen, um wenigstens tagsüber für ein paar Stunden Frieden zu finden. Denn im Schlaf holten ihn die Dämonen wieder ein. Nacht für Nacht, seitdem es passiert war, Anfang des Jahres. Der Tod eines engen Kollegen war das Schlimmste, was einem Polizisten geschehen konnte.

Ja, die Dämonen waren wieder da. Auch die altbekannten Rückenschmerzen waren zurück. Ein paar Jahre waren sie weg gewesen. Oder waren es neue, andere Rückenleiden? Er hatte seine früheren Schmerzen stets auf den körperlichen und seelischen Stress zurückgeführt. Ein paar Jahre, es war die Zeit, in der er den Mord an seinen Eltern aufgeklärt glaubte, hatte er eine unerwartete, wohltuende rückenschmerzfreie Leichtigkeit erlangt, doch das war nun wieder vorbei. Vielleicht waren diese neuen Schmerzen, so überlegte er, während er zwischen den Grabsteinen des Friedhofs von Bozen umherirrte, kein Zeichen von Stress, sondern vielmehr seines voranschreitenden Alters. War es das also schon wieder, mit dem unbeschwerten Leben?

Grauner unterdrückte einen Fluch, hob nur böse die Faust zum Himmel. Er schaute sich um, sah alte Frauen und alte Männer zwischen den Gräbern umherschleichen. War er jetzt einer von denen, die es zum Friedhof zog, um sich schon mal umzusehen, weil das ewige Friedhofsdasein Tag für Tag näher kam? Aber nein, verwarf er den Gedanken, er war ja nicht deshalb hier.

Er hatte geweint, als es geschehen war, seine Frau und seine Tochter waren bei ihm gewesen. Bei der Arbeit musste er stark sein, für seine Mitarbeiter da sein. Er hatte bei den Begräbnisvorbereitungen mitgeholfen. Solange es etwas zu tun gegeben hatte, war es ihm gelungen zu verdrängen.

Er hätte eigentlich gar nicht hier, in Bozen, begraben werden sollen. Doch dann stellte sich heraus, dass die Raten für das Grab seiner Familie schon seit Jahren nicht mehr bezahlt worden waren. Niemand hatte sich darum gekümmert. Das

Grab war ausgehoben, die Knochen der Ahnen waren beseitigt und neue, fremde Tote ins Grab gelegt worden.

Grauner und Tappeiner hatten sich der Sache sofort angenommen, ein unbelegtes Grab gekauft und alles Weitere veranlasst.

Doch je näher der Tag des Begräbnisses gekommen war, der Moment, in dem man einfach still dasteht, den soeben noch lebenden, lachenden, glücklichen Kollegen im Sarg weiß, den Sarg in der Erde verschwinden sieht, desto schlimmer wurde alles.

Nein, er hatte beim Begräbnis nicht dabei sein können. Es war einfach nicht gegangen. Er hatte es einfach nicht geschafft. Er habe die Grippe, hatte er am Telefon gelogen und ob der tumben Lüge hatten ihn tatsächlich sofort Fieberschübe und Schüttelfrost heimgesucht. Er hatte sich tagelang mit Schuldgefühlen im Bett gewälzt. War er schuld am Tod des Kollegen? Die Antwort darauf war immer gleich. Er war der Vorgesetzte gewesen. Niemand hatte ihn beschuldigt. Nur er selbst fühlte sich schuldig. Irgendwie. Sie beide hatten anfangs ihre Schwierigkeiten miteinander gehabt, waren sich über die Jahre dann aber nähergekommen. Jüngere Kollegen sollten niemals vor ihrem Chef sterben. Nie!

Er zog das Handy hervor, scrollte zur Nachricht von Tappeiner, in der sie ihm den Standort des Grabs beschrieben hatte. Er vermutete bereits, dass ihn sein Unterbewusstsein hier so hilflos herumirren ließ, weil es ihn nicht an diesem Grab stehen haben wollte. Ihn nicht den schlichten Grabstein, das darauf angebrachte Foto erblicken lassen wollte. Das junge Gesicht, das bübische Lächeln. Nicht den Namen …

Aus dem Augenwinkel sah er, wie das Handy aufleuchtete. Er hatte den Klingelton, wie immer, ausgemacht. Auch das Vibrieren. Tappeiner. Er rang mit sich, hob schließlich verärgert ab. Sie schoss los, ohne Begrüßung. Er wusste, was das bedeutete.

»Wo?«, fragte er nur. Dann legte er auf. Und machte kehrt.

2

»Wo?«, fragte er, »wo ist er?«

Sie schaute verlegen zu Boden. Schaute auf das Chaos. Am Anfang hatte sie ein paarmal für ihn aufgeräumt, auch für ihn gekocht, sie hatte ihn bemuttert, hatte es gerne getan, doch irgendwann hatte sie beschlossen, dass es aufhören musste. Nur wenn sie aufhörte, würde er wieder in die Selbstständigkeit zurückfinden.

Dachte sie. Hoffte sie. Irgendwie.

»Bei ihm?«, fragte er weiter.

Sie nickte.

Nun schaute er zu Boden. Ebenso verlegen. Schweigend. Es war nun ein halbes Jahr her, dass er tot war, sie hatten immer noch keinen Weg gefunden, darüber zu reden. Da war nur Schweigen. Gemeinsames verlegenes Schweigen. Vielleicht musste das so sein, dachte sie.

Sie hatte anfangs jeden Tag am Grab gestanden. Noch heute, ein halbes Jahr später, stand sie jede Woche einmal da. Sie legte frische Nelken hin. Sprach zu ihm. Piero war tot. Piero Marché, Sovrintendente della Polizia di Stato.

Es war alles so schnell gegangen. Er hatte zwei Schüsse abbekommen. Einen Lungendurchschuss, einen Schuss in den Bauch. Er hatte sofort zurückgeschossen und musste Igor Koloff getroffen haben, der Krankenhausflur war mit dessen Blut bedeckt gewesen. Koloff hatte es nicht in Saltapepes Zimmer geschafft, die Spurensicherung hatte rekonstruieren können, dass er über die Feuertreppe geflohen war, vor dem Eingang der Notaufnahme hatte die Blutspur geendet.

Er wurde drei Wochen später aus der Moskwa gefischt. Kehle durchgeschnitten. Igor Koloff, genannt Иисýс, war tot. Und seine Verlobte, Cleo Garebani, ebenso. Erschlagen in ihrer Einzelzelle. Wohl von Inhaftierten anderer Camorra-Clans und mithilfe korrupter Aufseher, welche die Mörder zu ihr gelassen hatten. Der Garebani-Clan war am Ende. Saltapepe in Sicherheit. Vor ihnen. Aber nicht vor sich selbst.

Piero Marché war als Held gestorben. Er hatte nicht leiden müssen. Vielleicht würde ihnen das ein bisschen Trost spenden, irgendwann. Er war gestorben, um ihn zu retten. Sie drehte sich zu Claudio. Sein Gesicht war finster, seine Schläfen ergraut, er sah, ein halbes Jahr später, zehn Jahre älter aus. Aus dem Krankenhaus war er nach wenigen Wochen entlassen worden, die körperlichen Wunden waren verheilt, die seelischen nicht. Er hatte wochenlang nicht geredet, seine Wohnung nicht verlassen, er hatte Schreianfälle bekommen, wenn sie die Vorhänge beiseitegeschoben oder die Fenster geöffnet hatte.

Sie war manchmal die Nacht über bei ihm geblieben. Aus Angst, er würde alles beenden wollen. Es durfte nicht zu Ende sein. Er musste wieder zu sich finden. Zu ihnen finden. Sonst wäre Pieros Tod umsonst gewesen.

Als der Frühling verging und der Sommer kam, wurde

es etwas besser. Er kochte manchmal, für sich oder für sie beide. Meistens Pasta al Pomodoro. Wenig Knoblauch, viel Olivenöl, etwas Basilikum. Es war die beste Pasta, die sie bis dahin gegessen hatte.

»Außerirdisch gut«, hatte sie gesagt.

Er hatte gelächelt. Es war das erste Mal seit Monaten, dass sie ihn hatte lächeln sehen.

»Du müsstest die Pasta al Pomodoro meiner Mutter kosten, Silvia«, hatte er geantwortet, »die schmeckt wirklich wie von einer anderen Welt.«

Sie strich ihm übers Haar, sprang auf, zog die Vorhänge beiseite, öffnete die Fenster, die warme, etwas stickige Augustluft drang ins Innere. Auch das Hupen der Autos, das Quietschen der Reifen, das Rattern eines Zuges, der den Eisack entlangraste. Der Bozen-Lärm.

»Steh auf, Claudio. Komm mit in die Questura!«

Es war vor drei Wochen gewesen, da hatte er es endlich bis ins Treppenhaus geschafft, auch hinaus, ein paar Schritte die Straße rauf und runter. Dann rüber zum Eisack, die Promenade entlang. Zum Bäcker, zum Gemüsehändler, in ein Café, eine Pizzeria. Doch weiter war er nicht gekommen. Der Polizeipsychologe war zweimal bei ihm gewesen. Ein drittes Mal hatte er ihm nicht mehr aufgemacht. In der Questura war er seit Januar nicht mehr aufgetaucht.

»Geh, Silvia«, er winkte ab, schloss die Augen, zog die hellblaue Bettdecke hoch. »Grüß mir den Grauner schön.« Dann verschwand er unter der Decke, auf der das Vereinslogo des SSC Napoli abgebildet war.

3

Es war kaum Verkehr in Bozen. Über dem Talkessel hing eine dicke, muffige Hitzeglocke. Die Stadt war wie leer gefegt. Ihre Einwohner hatten sich hinter den geschlossenen Fensterläden ihrer Wohnungen verkrochen, oder sie hatten es den Touristen gleichgetan und waren in die Täler, auf die Berge und an die Seen geflüchtet.

Der Asphalt dampfte, auf den Talferwiesen war das Gras verbrannt, der Wasserstand der Talfer war auf einem Rekordtief, das Schmelzwasser des Winters längst aus dem Sarntal hinausgeflossen. Selbst in der Mitte des Baches ragten bereits einige größere Steine aus dem Wasser. Am Rande des Bachbetts waren Sandbänke zum Vorschein gekommen, auf denen sich vereinzelt Bozner dem Sonnenbad hingaben.

Grauner lenkte den Panda die Straße entlang ins Sarntal hinein, die Fahrbahn durchzog die Sillschlucht, die sich hinter Bozen auftat, ihre Felsen ragten steil und von den Gezeiten der Jahrtausende flach geleckt in die Höhe, Tunnel taten sich auf, zwischen den Tunneln ging es neben der Straße steil die Schlucht hinab, nur die Leitplanke trennte Fahrbahn und Abgrund.

Schnell hatte er die große Stadt hinter sich gelassen, tat sich eine völlig neue Welt vor ihm auf. Grauner öffnete das Fenster einen Spaltbreit, drehte die Klimaanlage zurück und Mahlers *Fünfte* weiter auf. Er hatte eine Weile genug gehabt von Mahler, hatte es kurz mit Brahms versucht, dann mit Kammermusik, dann mit Wagner, schließlich, wenn auch nur etwa zehn Minuten lang, mit Alban Berg, vergebens. Er hatte sich von Sara das neue Album von Beyoncé andrehen lassen. Sara hörte schon länger kein Heavy Metal mehr. Sie hörte nun Pop. Harry Styles. Billie Eilish. Beyoncé. Mit den ersten beiden konnte er nicht viel anfangen, aber Beyoncé gefiel ihm gar nicht so schlecht. Er hatte das Album einen Nachmittag lang den Kühen vorgespielt. Wenn auch mit schlechtem Gewissen seinem Mahler gegenüber.

Er hatte sich am nächsten Morgen beim Melken nicht getraut, von der Milch zu kosten, er hätte es nicht ertragen, hätte sie genauso gut geschmeckt wie nach der Mahler-Beschallung. Oder besser gar. Natürlich wusste er nicht, ob Mahler die Kühe bessere Milch geben ließ. Aber er wollte es eben glauben. Das reichte doch manchmal im Leben. Sich selbst ein bisschen belügen, sich selbst ein bisschen verschaukeln, das musste doch erlaubt sein, oder? Er jedenfalls gestattete es sich.

Er wünschte sich noch ein paar schöne, sorglose Arbeitsjahre, dann die Pension. Glücklich mit Alba, seiner Frau. Wissend, dass Sara, seine Tochter, sehr bald irgendwo erfolgreich studieren würde. Sie wollte weg. Er hatte damit seinen Frieden gemacht. Er hatte schließlich verstanden: Es gab nur eine einzige, kleine Chance, dass sie den Hof eines Tages doch übernehmen würde. Wenn er sie heute ziehen ließ. Nur dann würde sie morgen, irgendwann, vielleicht, er hoffte es so sehr, zurückkehren. Er musste sie gehen lassen, um sie nicht zu verlieren.

Alba hatte ihm diese Taktik nahegelegt. Ihm, dem Taktiker. Doch im Privaten war ihm Taktik fremd. Privat platzte immer alles sofort aus ihm heraus. Alles Gefühl, alles Verlangen. Er konnte nicht anders. Er wollte nicht anders. So war er, so mochte er es, so liebte ihn seine Frau, so, er ahnte, hoffte es, liebte ihn auch seine Tochter.

Die kühle Luft umfing nun sein Gesicht, er schaute auf die Wiesen, die hier im Sarntal selbst im August noch saftig waren, er schaute auf die Kühe, die genügsam grasten, mit dem Schwanz die Fliegen verscheuchten, ins scheinbare Nichts glotzten. Gott, wie er diese Tiere liebte, wie er sie verehrte, ihren unbeirrbaren Stoizismus, da konnte man sich noch so viele Philosophen der Stoa zu Gemüte führen, Panaitos, Seneca, Aurel und wie sie alle hießen, er hatte manche von ihnen flüchtig studiert in seiner Jugend – keiner von ihnen, so weise sie auch waren, konnte ihm so viel geben wie das Beobachten einer Kuh.

Über den Wiesen lagen die Wälder, über den Wäldern die Felsen, über den Felsen die Gipfel, und darüber leuchtete die buttergelbe Sonne am wolkenlosen Himmel. Grauner sog gierig die Würze des Kuhmists ein, der sich fein in die Frischluft mischte, er erreichte den Hauptort des Tals, Sarnthein, lenkte den Panda durch die engen Gassen, musste einem Traktor Platz machen, dann einem Bauern, der seinen Ochsen spazieren führte.

Vor der Bar saßen ein paar Männer. Weingläser in der Hand. Einer rauchte Zigarre, ein zweiter Pfeife, einer hatte sich hinter dem *Südtirol Kurier* versteckt. Grauner hatte vor ihnen gehalten, aufgewirbelter Dorfstaub legte sich auf die Windschutzscheibe. Sie taten einige Sekunden lang so, als bemerkten sie ihn nicht. Nur langsam, gemächlich, herablassend drehten sich zuerst der eine, dann ein zweiter, schließlich auch der mit der Zeitung zu ihm hin.

Dorfstolz. Der Commissario liebte es. Die Sarner waren besonders stolze Talmenschen. Von den Boznern wurden sie als Hinterwäldler verlacht. Sie wiederum lachten nicht über die Bozner, ignorierten sie vielmehr, was viel schlauer und stolzer war. Insgeheim fragten sie sich wohl, wie blöd diese Bozner sein mussten, da draußen im Hitzekessel zu leben, wo doch hier drinnen im Tal die Welt das Paradies war.

Grauner fragte nach dem Restaurant *Tan*, er hatte schon einige Male von dem Lokal gehört, ihm war bekannt, dass es ein ganz besonderes sein sollte, weltbekannt, doch er hatte keine Ahnung, wo genau es sich befand, und das, obwohl er sich im Sarntal gar nicht mal so schlecht auskannte. Schon manches Mal war er hier gewesen. Zum Wandern und Skifahren, zweimal beruflich.

Einmal war es ein Fehlalarm gewesen. Ein Bauer hatte aufgeregt die Polizei gerufen. Jemand habe seine Bäuerin entführt, umgebracht wahrscheinlich. Doch dann hatte sich herausgestellt, dass die Bäuerin schlicht keine Lust mehr auf ihren Bauern gehabt und einen anderen gefunden hatte. Den Dorfmechaniker. Ermittlung eingestellt.

Der zweite Einsatz war kein Fehlalarm gewesen. Ein Tischlerlehrling hatte seinen Tischlermeister erpresst. Der Meister hatte mit Marihuana gedealt, er hatte im Wald von Pens, unterhalb des Penser Jochs, eine kleine Plantage bewirtschaftet. Die Ware ließ er seiner Kundschaft in ausgehöhlten Holzpellets zukommen. Der Lehrling wollte ins Geschäft einsteigen. Fifty-fifty. Sonst, so drohte er, würde er alles dem Bürgermeister verraten. Als der volltrunkene Meister den Lehrling daraufhin packte, ihn zur Holzschneidemaschine zog und die Maschine anmachte, erklärte sich der Lehrling bereit, sich eventuell mit zwanzig Prozent zufriedenzugeben. Dann schrie er nur noch. Zuerst um Hilfe. Dann um seine rechte Hand, die auf den mit Holzspänen übersäten Tischlereiboden fiel. Dann um seine linke, dann verstummte er. Für immer.

Die stolzen Männer schauten zu Boden, ganz verlegen erschienen sie Grauner plötzlich, nur ab und an sahen sie auf und warfen ihm einen feindseligen Blick zu, aber da war auch noch etwas anderes, eine Mischung aus Neugierde und Schauder. Der eine hatte sich schließlich wieder hinter der Zeitung versteckt, ein anderer zeigte zögerlich eine der Straßen entlang.

»Da«, sagte er, »immer da entlang, zum Dorf hinaus, die Wiesen hoch, in den Wald hinein.«

Ein Weiterer trat etwas näher an Grauners Panda heran, bückte sich zum Fenster hinab, kniff die Äuglein zusammen. Starrte ihn an. Grauner starrte zurück. Blicken standhalten, das konnte er. Das hatte er ein Leben lang geübt. Ganz am Anfang seiner Polizeikarriere tat er sich schwer damit, sah weg, sobald ihn einer anstarrte. Ein Zeichen der Schwäche, das lernte er bald. Dann übte er. Zuerst im Schlafzimmer, vor dem Spiegel. Dann im Stall. Mit Marta, Mitzi, Margarete, Bella, Burgunda, Lisbetta, Johanna, Marianna, Kunigunda. Als selbst der Ochs, Blacky, den er einst hatte, zuerst zu Boden blickte, da wusste er, jetzt konnte er es.

Er betrachtete das Gesicht des alten Mannes. Ein Bauer wohl. Viechbauer. So wie auch er einer war. Nur Viechbauern stand das Leben so sehr ins Gesicht gezeichnet, die Natur, die harte Arbeit. Tiefe Furchen durchzogen die von der Sonne gegerbten Wangen. Die Augenbrauen standen wild, wie von einem Stromschlag zerzaust, in alle Richtungen ab, die Lippen waren beinahe schwarz.

»Fremder!«, krächzte der Mann schließlich. »Wenn ich Sie wäre, würde ich nicht da hochfahren. Ich würde umdrehen, wieder nach Bozen hinausfahren.«

Die Männer im Hintergrund nickten. Grauner hob eine Augenbraue.

»Weil da oben das Böse ist«, fuhr der Mann fort und kam noch ein bisschen näher, verschwörerischer, gut gemeinter Blick jetzt. »Weil es wohl wieder so weit ist. Weil das Böse gewütet hat. Die Polizei ist schon hoch, vor einer Stunde etwa. Doch da oben ist alles verloren. Weil das immer schon so war.«

»Alles verloren«, grummelte einer der Männer aus dem Hintergrund.

»Jetzt hilft nur noch beten. Wenn überhaupt«, murmelte ein anderer.

»Das Böse, das Böse …«, flüsterte Grauner mehr in sich hinein. Dann schmunzelte er. Die Männer hatten keine Ahnung, wer er war. Sie hatten keine Ahnung, dass er immer dahin musste, wo das Böse war, wo Böses geschehen war.

Das Dorf Sarnthein verschwand im Rückspiegel, die Sandstraße führte ihn in Schlangenlinien den Hang empor und an einer saftigen Wiese entlang. Die Kühe drückten sich in die matten Schatten der Fichten und Tannen, bald führte auch der Weg in den Wald hinein. An einem Zaun, der die Wiese von den Bäumen trennte, entdeckte Grauner ein kleines Holzschild, das einen Pfeil bildete. Drei eingeritzte Buchstaben darauf.

»*Tan*«, flüsterte er.

Alles um ihn verdunkelte sich. Das grüne Geflecht ließ die Augustsonne nicht in den Schatten des Waldes stechen. Der Duft war betörend. Es roch nach trockenem Harz, feuchtem Holz, nach frischer Erde. Nach Glück. Erneut wand sich die Straße in engen Kurven in die Höhe, dann tat sich eine

Lichtung auf. Er sah das blaue Blinken der Polizeiwagen, sah Polizisten und Mitarbeiter der Spurensicherung hastig umherlaufen und zwischen den Bäumen einen kleinen quadratischen Holzkubus mit einer großen Glasfensterfront nach Süden hin.

Grauner bremste, neben den Polizeiwagen entdeckte er einen alten cremefarbenen Bentley. Er wusste, dass manche Menschen beim Anblick von Oldtimern von Glücksgefühlen übermannt wurden. Bei ihm war das nicht so. Er hatte sich heute sowieso kein Glücksgefühl verdient, fand er. Schon beim Losfahren hatte ihn das schlechte Gewissen ereilt, denn kurz war er froh gewesen, dass Tappeiner ihn angerufen hatte. Froh darüber, umkehren zu dürfen, nicht an Marchés Grab treten zu müssen. Sein Tod lastete so schwer, erdrückte ihn beinahe. Er hoffte, ein neuer Fall, dieser Fall, würde alles besser machen. Er verfluchte sich selbst, seine Gedanken. Was für eine böse, böse Hoffnung.

4

Die Dame, die selbst jetzt, tot, noch immer nobel und elegant aussah, lag rücklings auf dem Boden. Sie wirkte wie einbalsamiert. Ihre Haare waren etwas altmodisch geföhnt, überhaupt konnte man meinen, sie käme aus einer anderen Zeit. Sie trug einen violetten Seidenblazer, eine eierschalenfarbene, befleckte Seidenbluse und ein dünnes Goldkettchen um den Hals. Grauner glaubte, in der Form des goldenen Anhängers eine Gabel erkennen zu können.

Die Tote trug eine schwarze Hose, ihre Füße steckten in dunklen Strümpfen, die ebenfalls eierschalenfarbenen

Stöckelschuhe hatte wohl einer der Männer von der Scientifica, wie die Spurensicherung in Italien genannt wurde, ordentlich neben ihr aufgestellt. Ein schlichter Holzstuhl lag umgekippt neben der Frau und den Schuhen.

Grauner blickte die Umstehenden an, Silvia Tappeiner, seine Assistentin, Max Weiherer, den Chef der Scientifica, und Staatsanwalt Martino Belli, seinen Vorgesetzten. Tappeiner nickte ihm zu, Weiherer ebenso. Belli schielte auf den gedeckten Tisch, neben dem die Tote lag.

Die weiße Tischdecke war unbefleckt. Silberbesteck lag neben dem halb leeren Teller. Grauner konnte nicht genau erkennen, was sich darauf befand. Viel war es nicht. Zwei kleine Törtchen. Eines ganz. Eines umgestürzt, halb gegessen. Von dort, wo die Ermittler standen, und auch vom Tisch aus bot sich ein atemberaubender Blick in die Ferne. Über die Wälder hinweg, hinunter zu den Wiesen, auch die in der Sonne glitzernden Dächer von Sarnthein waren zu erkennen. Weiter im Süden, hinter dem Taleingang und noch hinter Bozen, war sogar das weiße Schimmern der Dolomiten zu sehen.

Grauner ließ das Panorama auf sich wirken, dann schaute er wieder auf den Tisch und auf das halb verzehrte Gericht. Der Commissario aß am liebsten in seiner Stube und am liebsten das, was ihm seine Alba kochte.

Vor vielen Jahren hatte er sich in den Kopf gesetzt, nun auch einmal das Kochen zu erlernen, so schwer konnte das doch nicht sein. Seine Alba half ja schließlich auch im Stall mit, warum sollte er dann nicht, als Gegenleistung sozusagen, in der Küche Hand anlegen.

Er überraschte sie einmal, eines Abends. Gedeckter Stubentisch. Kerzenlicht. Dieses undefinierbare Etwas auf den

Tellern, das laut Rezept leckere Löwenzahnnocken sein sollten. Sie war wirklich tapfer an jenem Abend, aß gut die Hälfte der Nocken. Spülte jeden Bissen mit reichlich Lagrein hinunter. Sie bemerkte wohl, wie viel Mühe er sich gegeben hatte. Sie war die tollste Frau, die er sich nur vorstellen konnte.

»Herr Johann Grauner«, flüsterte sie ihm im Bett vor dem Einschlafen ins Ohr. Herr Johann Grauner, so nannte sie ihn nur, wenn es ihr wirklich ernst war. »Mein lieber Herr Johann Grauner, ich liebe dich wirklich sehr, alles, na ja, fast alles an dir liebe ich. Ich will für den Rest meines Lebens mit dir zusammen sein, aber bitte, bitte, bitte überlasse das Kochen mir.« Er war beleidigt, versuchte, es nicht zu zeigen, ahnte, dass sie es trotzdem sah. Er kochte seitdem nie mehr.

Er sah nun, wie sich Staatsanwalt Belli dem gedeckten Tisch näherte, interessiert das Gericht begutachtete. Grauner wunderte sich, dass sich um sie herum nur dieser eine Tisch befand. Das war doch ein Restaurant hier, wo saßen die restlichen Gäste? Hier hatte doch, so schätzte er, mindestens ein Dutzend Tische Platz.

Belli beugte sich immer tiefer über den Teller, schnupperte, schaute sich um, schien nach dem Törtchen greifen zu wollen, zögerte. Klar, dachte sich Grauner, dass sich der Herr Staatsanwalt bei einem Fall in einem Restaurant mehr fürs Essen als für das Opfer interessierte. Er schaute zu Weiherer, der sich gleich vergessen würde, dessen war er sich gewiss. Irgendetwas anfassen an einem von ihm zu untersuchenden Tatort, Todsünde.

»Herr Staatsanwalt, bei allem Respekt, lassen Sie …« Weiherer sprach überraschend kühl und ruhig.

»Ja, ja, Weiherer, ich weiß schon. Nichts anfassen. Spuren … bla, bla, bla … aber ich kann doch nicht diese Köstlichkeit … es wäre doch eine Schande, diese Köstlichkeit hier …«

Weiherer trat nun ebenso an den Tisch, nahm den Teller in die Hand, die in einem dünnen Plastikhandschuh steckte, hob ihn hoch.

»Es geht mir nicht nur um die Spuren, Herr Staatsanwalt.«

Belli schaute überrascht.

»Es geht mir um Ihr Leben.«

Weiherer senkte den Teller wieder, deutete dann auf die Törtchen. »Wir vermuten, dass diese Dame vergiftet worden ist.«

Sofort wanderten alle Blicke zum Teller. Belli erblasste, trat drei Schritte zurück, stolperte beinahe über den umgekippten Stuhl.

»Wie kommt ihr zu der Annahme?«, fragte Grauner überrascht. So kannte er den Chef der Spurensicherung gar nicht. Weiherer war keiner, der Vermutungen äußerte, keiner, der sich in die Belange von Kollegen einmischte. Ob jemand vergiftet wurde oder nicht, das festzustellen, war nicht Aufgabe der Spurensicherung. Das machte die Gerichtsmedizin. Außerdem: Wie wollte er das so schnell, noch hier vor Ort, festgestellt haben? Dafür musste die Leiche obduziert werden. Und das würde dauern. Mindestens eine Nacht.

»Vielleicht hat sich die Dame einfach verschluckt«, der Commissario hob die Schultern.

Weiherer schüttelte den Kopf. »Ich habe mir erlaubt nachzusehen«, er öffnete den eigenen Mund, deutete mit dem Zeigefinger hinein, dann auf die Leiche, »wir haben keine Speisereste gefunden. Weder in der Speiseröhre noch in der Luftröhre.«

Grauner schaute zur Toten, die wirkte, als schliefe sie friedlich. »Vielleicht hatte sie einen Herzinfarkt.« Grauner überlegte, er konnte sich an keine Frau aus seinem Bekanntenkreis erinnern, die jemals einen Herzinfarkt erlitten hatte. Herzinfarkte waren eher Männersache. Aber ausgeschlossen war es ja wohl nicht.

Tappeiner räusperte sich. »Grauner, nach dem, was uns der zum Todeszeitpunkt anwesende Kellner erzählt hat, sah es auch nicht nach einem Herzinfarkt aus. Auf dem Teller haben sich laut dessen Aussage drei Pastetentörtchen befunden. Die Dame habe eines gegessen, vom zweiten probiert, dann sei sie plötzlich vom Tisch aufgestanden, habe sie nach Luft geschnappt, sich nicht an die Brust gefasst, sondern ihren Hals umklammert, schließlich sei sie zu Boden gefallen, röchelnd, mit Schaum vor dem Mund, dann war sie tot.«

»Vielleicht war sie ja auch gegen eine der Zutaten allergisch«, warf Grauner hinterher. Er blickte weiterhin skeptisch drein.

Tappeiner blieb stumm, schaute nur ernst. Grauner kannte diesen Blick. Sie winkte ihn zu sich heran, drehte sich dann um und ging voran. Alle folgten ihr. Sie gingen nicht zurück zur Eingangstür, sondern zu einer zweiten Tür, Tappeiner öffnete sie, schritt weiter voran, hinaus ins Freie, auf ein kleines Wiesenstück hinter dem Haus. Am Ende der kleinen Wiese begann der Wald.

Zwischen den ersten großen Bäumen stand, Grauner rieb sich die Augen, doch ja, er sah ganz recht, eine Küchenzeile aus massivem Stein. Daneben entdeckte er eine Feuerschale aus Bronze. An einem Baum stapelte sich Brennholz. Auf der anderen Seite des Baumes standen zwei Polizisten. Neben ihnen lagen zwei Hunde, ein großer schlanker, ein kleiner wuscheliger. Sie rührten sich nicht. Grauner war sofort klar, sie waren tot.

»Jetzt noch mal schön von vorne«, sagte der Commissario und blickte in die Runde, »wer ist die Tote? Was ist passiert? Was machen diese beiden toten Hunde hier? Und was ist das überhaupt für ein eigenartiges Restaurant mit nur einem Tisch und einer Küche im Wald?«

Wenige Minuten später hatte sich der Commissario einen vagen Überblick über die Geschehnisse verschafft. Tappeiner war mit einigen Polizisten als Erste am Tatort gewesen, sie hatte bereits kurz mit der Chefköchin und dem jungen Kellner des *Tan* sprechen können, welche die nun tote Dame bewirtet hatten. Die beiden hatten ihr den Namen der Toten mitgeteilt, Carla Manfredi, eine Gourmetkritikerin aus Rom.

»Manfredi ist nicht irgendeine Gourmetkritikerin«, war Staatsanwalt Belli geschwind dazwischengegangen, »Carla Manfredi ist *die* Gourmetkritikerin schlechthin. Sie ist die Chefredakteurin von *Sette Forchette*, das *Tan* zählt zu den weltweit wenigen Empfehlungen des Magazins. Seit Jahren versuche ich, hier zu speisen«, fuhr Belli fort, »aber um in diesen seltenen Genuss zu kommen, muss man sich auf eine Onlinewarteliste setzen lassen. Ich warte schon seit Ewigkeiten und habe bereits mit zahlreichen mir zur Verfügung stehenden Mitteln versucht, mich auf der Liste weiter nach vorne zu schwindeln, aber nichts hat bislang geholfen. Noch nicht einmal Carlo Minestroni, mein guter Freund, Unterstaatssekretär im Gesundheitsministerium …«

»Warum speiste die Tote alleine hier?«, unterbrach Grauner den plappernden Belli, der nun ein Gesicht machte, als hätte der Commissario ihm die blödeste aller Fragen gestellt. Er genoss den seltenen Wissensvorsprung auf einem fallrelevanten Fachgebiet sichtlich und kostete diesen nun vollends aus.

»Commissario, Commissario, in welcher Welt leben Sie denn …«

Grauner spürte, wie sich die Wut in ihm zusammenbraute. Er mochte die Welt, in der er lebte, ganz gerne. Er musste in keine Scheinwelt fliehen, so wie Belli, der anscheinend bereits ganz vergessen hatte, dass sie gerade ermittelten.

»… eine Carla Manfredi isst immer alleine. Zumindest beruflich. Das ist in jedem Zeitungsartikel über sie nachzulesen. Ich habe sie alle gelesen. Verschlungen. Eine wie die Manfredi setzt sich doch nicht in ein voll besetztes Restaurant. Wobei, dass sie stets alleine isst … aß, stimmt so ganz auch wieder nicht. Genauer genommen isst sie zu dritt.«

Er drehte sich zu den beiden toten Hunden.

»Die essen … äh … aßen stets mit. Tja, ein Jammer. Die Hunde dürfen … äh … durften diese unnachahmliche Spitzenküche genießen, und ich hänge auf den hintersten Plätzen einer Warteliste, ein Skandal eigentlich, nicht? Ich meine ja nur …«

Grauner hörte ihm schon nicht mehr zu. Er hatte über all die Jahre gelernt, im Gespräch mit Belli auf Stand-by zu schalten, dessen Geplapper nur noch stückweise wahrzunehmen. Er drehte sich zu Weiherer und Tappeiner, sah, wie sich Belli sofort den beiden dabeistehenden Polizisten zuwandte und weiterplapperte.

»Die Hunde haben auch von dem Essen gekostet«, murmelte Grauner.

Der Spurensicherer und seine Assistentin nickten.

»Deshalb die Vergiftungsvermutung.«

Wieder das Nicken. Grauner verstand. Das leuchtete ihm ein. Er überlegte kurz, dann erteilte er Befehle.

»Weiherer, sobald ihr mit der Toten fertig seid, möchte ich, dass sie unverzüglich in die Gerichtsmedizin nach Bozen gebracht wird. Sie und ihre beiden Köter. Wir müssen schnellstmöglich wissen, ob sie tatsächlich allesamt vergiftet worden sind. Wer war zum Zeitpunkt des Todes hier anwesend?«

Er drehte sich zu Tappeiner.

»Nur die zwei bereits genannten Personen. Hedwig Jöchler, genannt Hedi. Dreiundvierzig Jahre alt. Sie ist die Köchin und Besitzerin des Lokals und arbeitete alleine hier in dieser Waldküche. Ihre Hilfsköche und Hilfsköchinnen kommen nur abends dazu. Auch die Servicebrigade hatte heute Mittag frei. Nur der eine Kellner war anwesend: Paolo Sensi. Beide, Jöchler und Sensi, sitzen drüben bei den Polizeiautos. Je zwei Beamte sind bei ihnen, auch ein Polizeipsychologe.«

Grauner machte sich wieder auf in Richtung des Holzquadrats, bog dann nach rechts ab, um an der Seite des Gebäudes, am Waldrand entlang, wieder nach vorne, zum Parkplatz zu gelangen. Die anderen folgten ihm. Schließlich drehte er sich noch einmal um und rief: »Tappeiner, ich möchte, dass du den Kellner, diesen Sensi, noch einmal ausführlich befragst. Ich kümmere mich um Hedwig Jöchler.« Dann schaute er zum Staatsanwalt, der immer noch plapperte. Er hoffte, Belli würde bald fertig sein. Er brauchte ihn noch.

5

Grauner hatte die Köchin noch etwas warten lassen, er hatte sich Belli noch einmal geschnappt, der, ganz seinen Gepflogenheiten widersprechend, den Tatort diesmal nicht bei der erstbesten sich ihm bietenden Möglichkeit verlassen hatte, um nach Bozen zurückzukehren und sich in den Garten des *Laurin* zu setzen, um dort bei Sekt, Fischvorspeisen und Schokokonfitüre den Nachmittag zu verbringen.

Vielleicht war der Staatsanwalt noch hier, weil es, im Gegensatz zu den angenehm kühlen Höhen des Sarntals, selbst im schattigen Hotelgarten in diesen Wochen zu stickig war.

Grauner hatte Belli wieder hinten am Waldrand entdeckt, wo die Küche stand. Die beiden toten Hunde waren inzwischen von den Spurensicherern weggebracht worden. Fast andächtig stand Belli da, die Augen geschlossen, tief ein- und ausatmend.

»Hier also …«, er musste Grauner gehört haben.

Der Commissario hatte absichtlich ein paar Ästchen unter seiner Stiefelsohle zum Knacken gebracht, um den Vorgesetzten auf sich aufmerksam zu machen.

»Hier also findet das Wunder statt.«

Grauner war längst klar, dass ihm Belli einiges über die Tote und die Köchin erzählen konnte. Er sträubte sich, aber er musste mehr aus ihm herausholen. Grauner war in den vergangenen Monaten deutlich auf Distanz zum Staatsanwalt gegangen. Der Mann hatte ihn über die Jahre immer wieder mal zur Weißglut gebracht, doch diese Art Zorn war stets recht schnell verflogen. Oft hatte er sich kurz darauf bereits dafür geschämt. Doch seitdem Belli vor einem halben Jahr Saltapepes Leben fahrlässig aufs Spiel gesetzt hatte, wollte der Zorn nicht mehr weichen. Im Gegenteil, inzwischen empfand er sogar eine gewisse Verachtung für Belli. Gepaart mit Gleichgültigkeit. Er nahm ihn nicht mehr ernst, seinen Vorgesetzten, was fatal war, er konnte, wollte es jedoch nicht ändern. Er musste daher allzu oft schauspielern, musste Belli schmeicheln, ihm Honig ums Maul schmieren, um kurz und knapp das zu erfahren, was er erfahren wollte. Ja, er hasste es. Aber was blieb ihm übrig?

»Dottore!«

Dottore war immer gut, die Anrede per Titel wirkte stets Wunder. »Wie gut, dass Sie noch hier sind. Was würde ich ohne Sie machen, dieser Fall macht mir zu schaffen, das ist nicht mein Metier, ich brauche Sie, erzählen Sie mir alles über die Tote. Und alles über die Köchin. Es gibt keine Zeit zu verlieren. Sie sind ein Meister darin, das Wichtigste in wenigen Sätzen auf den Punkt zu bringen. Ich bin ganz Ohr.«

Belli, das hatte Grauner so oft schon erlebt, war keiner, der merkte, wenn man ihn lobend belog.

Etwa zwanzig Minuten später verabschiedete Grauner den Staatsanwalt an dessen Limousine und ging zu den Polizeiwagen. Im Augenwinkel sah er Tappeiner, die sich in einem Wagen sitzend mit einem jungen Mann, ganz in schwarz gekleidet, blasses, knochiges Gesicht, rasiertes Haupt, unterhielt. Das musste der Kellner, Paolo Sensi, sein.

Der Commissario sah zwei Wagen weiter eine Frau auf dem Beifahrersitz, Tür geöffnet, sie starrte scheinbar ins

Leere. Er trat näher heran, musterte sie. Ihre Augen waren türkisgrün, wie die einer Katze, sie war schlank, dünn beinahe, hatte schneeweiße Haut und schwarzes, gelocktes Haar. Sie trug ein tannengrünes Leinenhemd, eine gleichfarbige Schürlsamthose, einen blauen Schurz, knallrote Bergschuhe. Sie sah nicht wie eine Köchin aus.

Hedwig Jöchler, das hatte der Staatsanwalt ihm erzählt, war vor einigen Jahren schlagartig weltberühmt geworden. Zuvor hatte sie hier im hintersten Tal eine kleine, unscheinbare Jausestation betrieben. Der Parkplatz war Ausgangspunkt zahlreicher Wandertouren, Jöchler verkaufte den Wanderern leckere, mit Wurst, Käse und Kräutern aus dem Tal belegte Brote für unterwegs, die Rückkehrer empfing sie mit einer stärkenden Suppe.

Eines Tages kam ein Reisejournalist des *Corriere della Sera* vorbei, dem die Suppe wohl ganz vorzüglich schmeckte, er schrieb eine kleine, schwärmende Kritik und postete außerdem ein paar Fotos auf Instagram, wo er einige Tausend Follower hatte. Später im Sommer kam die Mailänder Schickeria ins Tal. Wer in jenem Sommer vor einigen Jahren nicht aus der Modemetropole ins hinterste Sarntal aufbrach, sich nicht von irgendeinem Sarner Bergführer zu horrenden Preisen auf irgendeinen Gipfel schleppen ließ, wer in keins von Hedi Jöchlers Jausenbroten biss, das Hineinbeißen nicht im Netz festhielt, der brauchte gar nicht mehr aufzutauchen bei den spätsommerlichen Mailänder Aperitifrunden, der hatte nichts erlebt.

Eines Augustabends kam schließlich ein junger Mann zur Jausestation, er aß, genoss. Er fotografierte, so erzählte man es sich, das Essen nicht. Er stellte sich der Köchin vor, sein Name sei Giulio Torrinesi, und er wolle in ihre Kochkunst investieren, einen Deal mit ihr machen. Er präzisierte: Er wolle hier am Waldrand im hintersten, obersten Eck des Sarntals ein kleines Gourmetrestaurant mit ihr aufbauen, alles genau so machen, wie sie es sich wünschte. Er sagte, er würde für die Finanzierung sorgen und ihr einige Architekten vorstellen, sie dürfe entscheiden, wie das Restaurant auszusehen habe. Er wollte außerdem unten im Tal, am Dorfrand, ein neues Apartmenthaus errichten. Zuletzt versprach er ihr, sie bei allem, was von da an kommen würde, fifty-fifty zu beteiligen.

Sie schlug, so jedenfalls lautete die Legende, sofort ein. Sie stellte nur drei Bedingungen: Sie überließ es dem Investor, den Architekten auszuwählen, wollte aber, dass die Küche nicht im Restaurant, sondern im Wald stehen sollte. Sie bestand außerdem darauf, dass sie nur mit Zutaten aus dem Sarntal kochen würde. Hauptsächlich mit Fleisch, Kräutern und Gemüse ihrer Schwester Lisa, die eigentlich als Grundschullehrerin arbeitete, in ihrer Freizeit aber Jägerin war und außerdem einen üppigen Garten am Dorfrand pflegte. Sie forderte zudem, dass ihre andere Schwester, die jüngste, das Nesthäkchen, Susanne, sobald sie alt genug sein würde, auch mit ins Unternehmen einsteigen dürfe.

Wenige Monate nach Eröffnung des *Tan* war Carla Manfredi erstmals zu Gast gewesen. Zuvor hatten wohl einige ihrer geheimen Tester inkognito vorbeigeschaut. Wenige Wochen nach Manfredis Besuch erschien eine Lobeshymne in ihrem Magazin. Von ihr höchstpersönlich verfasst, was sehr selten vorkam. Nun kamen die Gäste aus aller Welt angereist. Herbeigepilgert. Das *Tan* entpuppte sich als absolute Erfolgsgeschichte.

»Welchen Grund könnte Hedwig Jöchler haben, diese

Restaurantkritikerin aus dem Weg zu räumen?«, hatte Grauner den Staatsanwalt gefragt.

Belli hatte die Arme weit geöffnet. »Da gibt es nur einen Grund, Grauner«, hatte er blitzschnell geantwortet.

Der Commissario hatte überrascht geschaut, er hatte seine eigene Frage eigentlich als rhetorisch verstanden und keine Antwort erwartet.

»Manfredi ist keine, die zweimal an einem Ort isst. Soweit ich weiß, macht sie das nur bei Köchen, mit denen sie sehr, sehr gut befreundet ist. Nur in Ausnahmefällen ...« Grauner gewährte Belli seine Spannungspause. Dann half er nach. »Nur in Ausnahmefällen ...«, Belli machte ein ernstes Gesicht, »... kommt sie wieder. Es heißt, dass zunächst ein halbes Dutzend Testesser zu einem Lokal geschickt wird, bevor Manfredi dort erstmals speist, bevor sie entscheidet, das Lokal im Magazin positiv zu erwähnen. Und die Testesser kommen auch danach immer wieder, um sich regelmäßig der Qualität zu vergewissern ...«

Grauner ahnte die Pointe. »Und was passiert, wenn ein einst gepriesenes Lokal nicht mehr den Erwartungen der Testesser entspricht?«, fragte er ungeduldig dazwischen.

»Dann tritt die Ausnahme ein – und die Manfredi sitzt wieder am Tisch. Sie kündigt sich an, sie erwartet, wie immer, alleine zu speisen, sie alleine entscheidet schließlich, ob ein Lokal mit einem ordentlichen Verriss dem erlauchten Kreis wieder entrissen wird. Glauben Sie mir, Grauner, es gibt nichts Wunderbareres für einen Spitzenkoch, als zu den Restaurants der *Sette Forchette* zu zählen ...«

Er sprach nicht weiter, Grauner vervollständigte den Satz. »Und es gibt nichts Schrecklicheres, als irgendwann nicht mehr dazuzugehören.«

Belli blickte immer noch ernst drein. »Dem Verriss folgen die Tragödien, ausnahmslos, immer. Wirtschaftlicher Ruin. Depressionen. Abstürze. Amokläufe. Selbstmorde.«

Grauner überlegte. »Aber es hätte ja auch sein können, dass Manfredi ihren Testessern widerspricht. Dass sie Hedwig Jöchlers Kochkünste weiterhin ganz wunderbar findet.«

Belli sog geräuschvoll die Luft ein. »Klar«, antwortete er schließlich, »das hätte sein können. Aber, Sie müssen wissen, Manfredi sucht ... äh ... suchte sich ihre Mitarbeiter sehr genau aus, das habe ich einmal in einem Artikel eines Journalisten der *New York Times* gelesen, der sie monatelang begleitete. Sie hätte es sicher als persönliches Versagen gesehen, wäre sie je zu einem anderen Schluss als ihre Mitarbeiter gekommen. Kurz, soweit ich weiß, ist das noch nie passiert.«

Grauner ging weiter auf Hedwig Jöchler zu, ihre Augen schienen durch ihn hindurchzustarren. Er blieb etwa einen Meter vor ihr stehen, räusperte sich.

»Hier?«, fragte sie trocken und blinzelte.

»Was, hier?«, fragte er zurück.

»Hier wollen Sie mich verhören, Herr Kommissar?«

Grauner schwieg einige Sekunden. Er versuchte, aus dem Gesicht dieser Frau etwas herauszulesen, irgendetwas. Manche Menschen trugen die Emotionen auf ihrer Haut, in ihren Augen, in ihren Bewegungen, Zuckungen, sie konnten nicht anders. Nicht jedoch Hedwig Jöchler, die Wunderköchin. Sie zeigte keinerlei Emotion. Ihr Gemütszustand war nicht zu erraten.

»Ich werde Sie verhören, Frau Jöchler, ja. Aber das kommt

später. Jetzt möchte ich mit Ihnen sprechen, einfach nur sprechen, Sie ein bisschen kennenlernen.«

Sie grinste. Das Grinsen sagte: Ich spiele hier die Spielchen, nicht Sie, Herr Kommissar.

»Hier?«, fragte sie erneut.

»Nein«, antwortete Grauner. »Lassen Sie uns ein bisschen spazieren gehen. Sie kennen den Wald hier oben, nehme ich an, nicht? Zeigen Sie ihn mir.«

Sie stand wortlos auf und ging an ihm vorbei, er folgte ihr, sah Tappeiners verwunderten Blick aus dem Augenwinkel, Hedwig Jöchler verschwand zwischen den Tannen und Fichten, er ging hinterher.

Schnell wurde es dunkler, umgaben sie nur noch die Geräusche, Gerüche und Farben der Natur. Das morsche Holz knackte unter ihren Füßen, das Moos an den Nordseiten der Baumstämme dampfte, ein Nebelschleier benetzte den Waldboden. Es ging bald steil bergan.

Grauner hoffte sehr, sie würde einfach anfangen zu sprechen, er überlegte, doch ihm kam einfach nicht in den Sinn, womit *er* das Gespräch beginnen konnte. Er vermochte noch nicht einmal zu sagen, ob die Beweislast Jöchler gegenüber erdrückend war oder nicht. Selbst wenn alles stimmte, was Belli erzählt hatte, selbst wenn dieser Frau klar gewesen sein musste, dass das *Tan* bald aus der Liste der besten Restaurants genommen werden würde, brachte man doch niemanden um. Und wenn man jemanden umbringen wollte, dann doch nicht so. Vergiften im eigenen Lokal. Wer war so blöd? Außer … tja außer … der Hass, der verletzte Stolz, die Aussichtslosigkeit waren so groß, dass eh alles egal war. Aber warum hatte sie dann nicht direkt gestanden, vorhin, im Gespräch mit Tappeiner, als er noch auf dem Weg ins Tal gewesen war?

Grauner schüttelte sich. Er durfte sich nicht einfach irgendwas zusammenreimen. Das war gefährlich. Er musste die Obduktion der Leiche abwarten, die Ergebnisse, auch die Resultate der Spurensicherung.

»Sie fragen sich, was Sie mich fragen könnten, nicht, Herr Kommissar?«, sagte die Köchin plötzlich.

Sie ging weiter voran, machte keine Anstalten, stehen zu bleiben oder sich umzudrehen.

Grauner antwortete nicht. Er war ein guter Geher, ein schneller Geher, er hatte sein Leben lang versucht, ein Flaneur zu sein, irgendwann hatte er es aufgegeben und akzeptiert, dass er dafür zu rastlos war. Doch nun musste er sich Mühe geben, mit dieser Frau Schritt zu halten. Sie schien über die Wurzeln, die rutschigen Steine, das feuchte Moos hinwegzuschweben. Er versuchte, nicht zu laut zu keuchen.

»Sie fragen sich, ob ich diese Frau ermordet habe, nicht, Herr Kommissar?«

Sie war nun bereits fünf, sechs Meter vor ihm.

»Ja, Frau Jöchler«, stöhnte er, »das herauszufinden ist meine Aufgabe.«

Er sah sie nicht mehr, sie war hinter dem nächsten Baum verschwunden, er hörte sie nur noch. Klar und deutlich.

»Fragen Sie unten im Dorf nach, Herr Kommissar, fragen Sie die Menschen in Sarnthein, die Kinder, die Alten, die Männer, die Frauen, Sie werden die immer gleiche Antwort bekommen.«

Er erreichte den Baum, umrundete ihn, sah sie nicht.

»Huhu«, tönte es nun hinter einem anderen Baum. »Eine

der Jöchlerinnen hat wieder etwas Böses getan. Eine der bösen, bösen Jöchlerinnen.«

Sie sprang jetzt über die Gesteinsbrocken hinweg, von einem Baum zum anderen. Tiefer in den Wald hinein. Höher hinauf. Grauner folgte ihr, sah sie hinter einem weiteren Stamm verschwinden, er erreichte den Stamm, schaute dahinter, da war sie nicht.

»Frau Jöchler«, rief er noch.

Keine Antwort, nur das Schreien eines Uhus. Er musterte die Bäume ringsum, lief zu den nächstgelegenen Stämmen, hetzte um sie herum, nichts. Ihm wurde ein wenig mulmig, was ihm im Wald eigentlich nie passierte. Der Wald, das war doch sein Terrain. Mulmig wurde ihm sonst nur in Städten, an Flughäfen, in Flugzeugen ganz besonders, im Urlaub unentwegt.

»Frau Jöchler, verdammt, Hedwig Jöchler«, krächzte er noch einmal.

Er richtete sich auf, atmete tief ein und aus, spürte den Schweiß auf der Stirn, wischte ihn sich mit dem Hemdsärmel weg, wartete, bis der leichte Schwindel verging. Er verging nicht. Grauner unterdrückte einen Fluch. Überlegte, was nun folgen würde. Er würde umdrehen und alleine aus dem Wald hinaustreten müssen, würde zuerst Tappeiners überraschten Blick ertragen müssen, dann, nach dem Geständnis – Ja, verloren! Ich habe sie verloren! – ihren vorwurfsvollen Blick. Er würde das Flüstern der Polizisten vernehmen: Der Commissario hat die Hauptverdächtige entkommen lassen. Er hat sich reinlegen lassen. Er wird halt alt, der Grauner, alt und langsam. Er würde sofort Belli anrufen müssen, Belli würde toben …

»Huhu, Herr Kommissar.«

Er zuckte zusammen, obwohl sie nur geflüstert hatte. Sie stand hinter ihm, ihr Atem hatte seinen Nacken gekitzelt.

»Was meinen Sie, wollen wir wieder raus aus dem Wald?« Sie kicherte und ging erneut voran. Langsamer nun, weiter vorne wurde es bereits wieder heller, Waldstaub tanzte im Licht der blendenden Sonnenstrahlen. Sie traten unter den Bäumen hervor, nach und nach erkannte er die Konturen der Polizeiautos, der Kollegen.

»Nehmen Sie mich jetzt mit, Herr Kommissar?«

Grauner stellte sich vor sie, ganz nah. »Haben Sie Frau Manfredi vergiftet?«

Jöchler starrte ihn lange an. Schon glaubte er, sie würde ihm nicht antworten. Schon überlegte er, wie er das Schweigen zu interpretieren hatte. Wie er darauf reagieren sollte. Sie tatsächlich festnehmen, weil sie die alles entscheidende Frage nicht beantwortete?

»Wenn Gift in meinem Gericht war, dann ist Carla Manfredi wohl durch das Gift in meinem Gericht gestorben …« Sie schloss die Augen, schien zu überlegen. »Aber …«, sagte sie dann, die Augen immer noch geschlossen, doch Grauner schien, so unglaublich das klang, dass sie ihn immer noch beobachtete. Alles beobachtete ihn, die Augenlider, die Brauen, die langen Wimpern. »… aber ich habe Carla Manfredi nicht ermordet. Ich wollte dieser Frau nichts Böses.«

6

Er war unentwegt müde. Im Schlaf schreckte er aus den Träumen auf. Sein Gesicht, immer sein Gesicht. Warum nicht das seines toten Bruders? Das des Killers? Nein, immer wenn er schlief, war er plötzlich da. Marché. Lächelnd, glücklich. Wahrscheinlich war dies das Schlimmste an diesen Albträumen. Dass der tote Kollege nicht als Toter zu ihm kam, sondern als glücklich Lebender.

Er hätte nicht sterben dürfen. Dieser Gedanke ließ den Ispettore nicht los. Er selbst hätte sterben müssen. Er war ein *omm mortò ca' cammìn* gewesen. Ein wandelnder Toter. Das war ihm immer klar gewesen. Nun war er der Mafia von der Schippe gesprungen. Aber war er das wirklich? Nein, er war nicht tot. Aber leben wollte er auch nicht mehr. Mit der Schuld, die er sich gab, ihnen einen Kollegen ausgeliefert zu haben.

Weg! Weg mit diesen Gedanken. Weg mit Marché. Er schloss die Augen, steckte den Kopf unter die Bettdecke. Ihm war klar, dass er nur zurück ins Leben finden würde, wenn er akzeptierte, dass er tot war. Es tat so weh. Er war sich nicht sicher, ob er das schaffen würde. Er übte es, Tag für Tag. Seit einigen Wochen. An Schönes denken. Das Schreckliche wegschieben. Er schloss die Augen. Er war so müde. Doch er hatte panische Angst vor dem Schlaf. Weil er dann wiederkommen würde. Glücklich, lächelnd. Er griff nach seinem Handy. Dann wählte er ihre Nummer.

Sie hob sofort ab.

»Mamma.«

»Claudio, wie geht es dir heute?«

»Es geht nicht weg, Mamma.«

»Hab Geduld, mein Kind. Kämpfe. Steh auf, geh raus. Du bist es ihnen schuldig. Deinem Kollegen. Deinem Bruder.«

»Ja, Mamma …«

7

Die Männer saßen und standen noch da. Es war alles beinahe genauso wie zuvor. Nur das Licht war anders. Die Sonne war weitergewandert. Wahrscheinlich hatte der eine die Pfeife neu gestopft, der andere sich eine weitere Zigarre angesteckt, der Dritte die Zeitung an den Vierten weitergegeben. Wahrscheinlich hatten die Männer inzwischen noch ein, zwei Gläser mehr getrunken.

Grauner verbrachte nicht viel Zeit in Bars. Es langweilte ihn. Er hatte das eine Zeit lang gemacht, hatte die Soziologie des Barwesens schnell verstanden. Er ging eigentlich nur noch beruflich in Bars. Das war schlussendlich eh schon oft genug. Es gab kaum einen Mordfall, in dem er keine Bar betreten hatte, in dem er der Lösung des Falls nicht in einer Bar nähergekommen war. Zumindest ein Stück.

Grauner war auch kein großer Weintrinker. Er trank jeden Tag, aber kaum je mehr als ein Glas. Er liebte es, wenn sich nach dem ersten Bissen vom Knödel und dem unmittelbar darauf folgenden ersten Schluck des leichten, süffigen St. Magdaleners am Gaumen der runde, warme, buttrige Knödelgeschmack mit der angenehmen Rotweinsäure vermischte und dann alles gemeinsam den Schlund hinunterlief.

Weißwein trank Grauner kaum, doch konnte er problemlos sämtliche Arten von Rot- und Weißweintrinkern kategorisieren. So schwierig war es nicht: Es gab die, die vormittags Weißwein tranken, abends Rotwein. So wie die allermeisten Südtiroler. Und das war, nun wieder in seiner Eigenschaft als Commissario gedacht, gut so. Weißwein machte gesellig, oft redewütig. Dann gab es noch die, die vormittags schon einen Roten tranken. Das waren harte Trinker. Meistens harmlos. Aber, wiederum für Ermittlungszwecke, auch völlig nutzlos. Die beobachteten nichts, die erzählten nichts, die waren nur mit sich und ihrem Rebensaft beschäftigt. Da war kein Platz für mehr.

Grauner hatte beschlossen, nicht mit dem Polizeitross durchs Dorf zu fahren. Er hatte die anderen, die Polizisten und einige der Spurensicherer, aufgefordert, schon mal loszufahren. Er hatte Tappeiner gebeten, bei ihm zu bleiben. Sie hatten vom Parkplatz vor dem *Tan* aus beobachtet, wie das Blaulichtgeblinke durchs Dorf zog. Wenn Grauner etwas ekelte am Commissario-Sein, abgesehen von den Morden natürlich, denen jedoch kaum aus dem Weg zu gehen war, dann war es dieses Blaulichtgeprotze. Es bestand überhaupt keine Notwendigkeit, mit den blinkenden Lichtern durchs Dorf zu fahren, außer dem machohaften Wunsch, dem Dorf zu zeigen: Wir sind hier. Wir dürfen alles. Das aber war nicht nur abstoßend, es war auch kontraproduktiv. Angst machen, jemandem einen Schrecken einjagen, ja, das gehörte zu seinem Beruf, aber es funktionierte nur, wenn es sehr überlegt und im richtigen Moment eingesetzt wurde. Nicht jetzt, nicht hier, zu Beginn eines Falles, einfach so, aus purer Lust.

Die Männer vor der Bar jedoch wirkten keineswegs eingeschüchtert, eher noch ein bisschen reservierter als zuvor.

Grauner hatte den Panda zwei Ecken weiter an den Straßenrand geparkt und war mit Tappeiner im Schlepptau an die Männer herangetreten, hatte freundlich gegrüßt und ein Murmeln geerntet. Er hatte einen freien Platz auf der Holzbank entdeckt, die sich entlang der Mauer der Bar erstreckte.

Die Bar schien keinen Namen zu haben. Es gab so Bars in den Dörfern Südtirols, die keinen Namen brauchten, weil sie auch namenlos das Zentrum der Dorfwelt bildeten, weil, wenn man *die Bar* sagte, jedem zweifelsfrei klar war, welche gemeint war. Sie setzten sich. Warteten. Tappeiner rutschte nervös hin und her.

»Silvia?!«, sagte Grauner schließlich, ihm ging das Gerutsche auf die Nerven, er wollte die letzten Sonnenstrahlen genießen, die sein Gesicht kitzelten. Bald würde die Sonne hinter den Dächern des Ortes verschwunden sein. Dann würde es kalt werden im Tal, selbst jetzt, im August.

»Was machen wir jetzt, Grauner?«, fragte sie.

Tappeiner hatte in den vergangenen Jahren so viel Erfahrung gesammelt, ihm und Saltapepe manches Mal auch aus der Patsche geholfen. Er war froh, dass er sie hatte. Und doch, manchmal bemerkte er, wie viel sie noch zu lernen hatte. Sie war eine, die sich alles traute, in ihrer Freizeit kletterte sie, bei jeder noch so gefährlichen Aktion würde sie vorangehen, doch sie musste noch lernen, dass es manchmal das Beste, das einzig Richtige war, erst einmal gar nichts zu tun. Nicht loszustürmen, sondern zu warten.

»Nichts«, sagte er.

»Wie nichts?«.

»Wir tun jetzt erst einmal nichts. Wir genießen die Sonne und trinken etwas.«

»Was denn? Wie denn?«

»Was du trinkst, ist mir egal, Silvia, ich trinke einen Apfelsaft. Wie? Aus einem Glas. So macht man das auch hier im Sarntal, nehme ich an.«

Tappeiner ging nicht auf seinen Witz ein, sie rollte nicht mit den Augen, wie Alba oder Sara das zu tun pflegten, wenn er versuchte, witzig zu sein. Sie war wohl einfach viel zu sehr auf Adrenalin.

Am Tatort hatte sie wieder einmal alles souverän organisiert. Sie hatte die Kommunikation zwischen Staatsanwalt Belli, dem Chef der Spurensicherung, Max Weiherer, den Polizisten und den weiteren Spurensicherern in die Wege geleitet. Sie hatte die ersten, kurzen Anhörungen der beiden zum Todeszeitpunkt anwesenden Personen, der Köchin und des jungen Kellners, organisiert. Sie hatte ermittelt, wo die beiden wohnten, hatte die Kollegen in Bozen wegen der Durchsuchungsbefehle für die Wohnungen der beiden verständigt. Sie hatte dafür gesorgt, dass die Durchsuchungsbefehle zur Unterschrift bereit auf Bellis Schreibtisch liegen würden, sobald der von seinem Nachmittag im *Laurin* in sein Büro zurückkommen würde und bevor sie ihn wiederum in der Gerichtsmedizin treffen würden. Sie hatte bestimmt, wer wen in den kommenden Stunden über das Geschehene zu unterrichten hatte: das Umfeld der Toten, das Umfeld jener, die mit der Toten zu tun hatten. Sie hatte organisiert, dass möglichst viele Personen aus dem jeweiligen Umfeld noch am späten Nachmittag ausfindig gemacht und befragt wurden. Sie hatte auch herausgefunden, dass die Tote tatsächlich in einem der Ferienapartments, die zum *Tan* gehörten, untergebracht worden war. Das Apartmenthaus befand sich am nördlichsten Ende des Dorfes.

Sie hatte sogleich dahin wollen, Grauner war dagegen gewesen. Er wollte zuerst hierhin. In die Bar, zu diesen Leuten, zu den Sarnern. Ihm gingen die Worte, die die Männer vorhin, als er sie nach dem Weg gefragt hatte, an ihn gerichtet hatten, nicht mehr aus dem Kopf.

Er sprach sie leise vor sich hin: »Weil da oben das Böse ist. Weil das Böse gewütet hat. Weil es wohl wieder so weit ist.«

Ihm gingen auch die Worte, die die Köchin im Wald an ihn gerichtet hatte, nicht mehr aus dem Kopf. Gänsehaut überkam ihn, dachte er an sie.

»Ich wollte dieser Frau nichts Böses.«

»Was?«, fragte Tappeiner, »was sagst du da, Grauner?«

Er blinzelte in die Sonne, ein Kellner kam aus der Bar, sah sie, stellte sich an den Tisch.

»Was darf's sein?«

»Zwei Apfelsäfte«, sagte Grauner und lehnte sich zurück.

Schon wollte sich der Kellner wieder umdrehen.

»Und für mich ein Bier«, sagte Tappeiner und lehnte sich ebenfalls gegen die Hausmauer.

Der Commisario schaute aufs Handy. Sara hatte ihm eine SMS geschickt Das kam selten vor. Nun aber hatte sie in Versalien geschrieben: »HEUTE ABEND. NICHT VERGESSEN, TATTA!!!« Er zögerte. Es würde etwas später werden, aber er würde es schaffen. Er musste es schaffen.

Es dauerte keine zwei Minuten, ehe sie die ersten vorsichtigen, neugierigen Blicke streiften. Zuerst von einem, dann von einem anderen, dann von mehreren gleichzeitig, schließlich kam das Murren. Zwei murrten, steckten die Köpfe zusammen, schauten zu ihnen herüber.

Grauner versteckte sich hinter einer Zeitung, die auf der Bank lag. Er las die Schlagzeilen des *Kurier*, blätterte ein wenig hin und her: Ein Interview mit dem Landeshauptmann, es ging um eine direkte Busverbindung von Bozen zum Flughafen von Verona, die in Bälde ausgebaut werden sollte. Jede Stunde ein Bus. Es ging um die Kosten. Der Landeshauptmann versprach, in Rom hart zu verhandeln. Die Region Veneto sollte genauso viel bezahlen wie Südtirol. Mindestens. Grauner hoffte, dass der Landeshauptmann scheitern würde. Ein Bus zum Flughafen. Jede Stunde. Nicht auszumalen! Es wäre dann nur noch eine Frage der Zeit, bis Alba auf die Idee kommen würde, eine Flugreise antreten zu wollen.

Sara hatte soeben die Matura gemacht, sie jobbte den Sommer über in einer Obdachlosenküche in Bozen. Sie wollte studieren, entweder Jura oder Psychologie. Entweder in Mailand oder in Innsbruck. Sie musste sich in diesen Tagen entscheiden, war unentschlossen. Ihr Freund Mickey wollte zuerst einmal ein Jahr lang freiwilligen Sozialdienst leisten. In der Kinderabteilung eines Spitals. Ihre Beziehung stand vor einer Bewährungsprobe. Andererseits, ihre Beziehung hatte schon so vielem standgehalten, was sollte da noch schiefgehen? Er vermutete, dass Sara und Mickey genau darüber mit ihm und Alba heute Abend sprechen wollten. Er hatte versprochen, da zu sein.

Nein, Sara würde nicht mehr nach gemeinsamen Familienurlauben verlangen, Grauner hoffte, Alba würde ohne Tochter womöglich die Lust auf zwei Wochen Rimini verlieren. Doch die mögliche Flughafenverbindung stellte eine neue Gefahr dar. Fernreisen! Er hatte schon mehrmals gelesen, dass manche im Alter die Lust auf fremde Länder erfasste. Er kannte seine Alba gut, sie konnte durchaus auch solch eine Lust entwickeln. Auch das ließ ihn nachts nicht schlafen. Neben den Dämonen. Neben dem Schmerz im Rücken.

Er blätterte schnell weiter, das Flughafenthema, das nun schon seit einem halben Jahr durch die Gazetten geisterte, bescherte ihm Herzrasen, verdoppelte seine Rückenpein. Er landete auf den Seiten der internationalen Nachrichten. In Mexiko wurde der Boss eines Drogenkartells festgenommen. Drei Polizisten kamen dabei in einer Schießerei ums Leben. In Kroatien wurde ein Schiedsrichter am Rande des Spielfelds von einem Mannschaftsbetreuer niedergestochen. Es wurde vermutet, dass es sich dabei um einen Racheakt handelte, der Schiedsrichter soll in Spielmanipulationen verwickelt gewesen sein. In New York wurde die bis dato teuerste Flasche Wein versteigert. Ein Champagner, Jahrgang 1902, der aus einem Schiffswrack im Ärmelkanal geborgen worden war. Finales Gebot: eine runde Million britischer Pfund. Der Käufer blieb anonym. In Israel wurde die internationale Holocaust-Gedenkstätte nach Sanierung neu eröffnet. Bei Waldbränden um Los Angeles war ein Teil der Thomas-Mann-Villa niedergebrannt. Das original erhaltene Arbeitszimmer jedoch hatte gerettet werden können. Im Amazonas wurde ein bis dahin unbekannter indigener Stamm entdeckt. Die Männer und Frauen, mit Kriegsbemalung und allein mit Lendenschurzen bekleidet, konnten nur von der Mitte des Flusses aus gefilmt und fotografiert werden. Sie hatten Speere nach den Expeditionsteilnehmern geworfen, die in das bis dato noch unerforschte Herz des Urwalds eingedrungen waren.

Grauner schaute sich das Foto zum kurzen Text genauer an. Es war etwas verschwommen, die Gesichter der Stammeskrieger nicht klar zu erkennen. Ihm war, als wäre da, im

Gebüsch zwischen den Bäumen, noch eine weitere Gestalt zu erkennen, die Hautfarbe weißer als die der anderen, aber vielleicht, nein, ganz sicher, war das bloß eine Täuschung.

»Sind Sie also oben gewesen?« Die Stimme eines der Bauern, des Zigarrenpaffers, drang an sein Ohr. Der Commissario legte die Zeitung nieder, sah, dass der Kellner die Getränke inzwischen gebracht hatte. Er schaute zum Zigarrenmann. Der Stolz im Gesicht des Bauern war der Neugierde gewichen. Glatze, runder Kopf, rote Backen. Seine hellblauen Äuglein wirkten spitzbübisch. An seinem rechten Ohr fehlte oben ein Stückchen.

Grauner bemerkte, wie sich langsam, fast mechanisch alle zu ihm hindrehten, mit kleinen Schritten näher kamen, die Köpfe nach vorn reckten.

»Wir haben gehört, es hat eine Tote gegeben, stimmt's?«, fragte der Mann weiter.

Grauner brummte: »Stimmt.«

»Sie sind von der Polizei, gell?«, fragte nun ein Zweiter.

Der Kreis um die Bank wurde enger.

»Ja.«

»Und sie auch, gell?« Der Mann mit Zigarre zeigte auf Tappeiner.

Sie wischte sich den Bierschaum von den Lippen.

»Wen hat sie umgebracht, die Hex'?« Der Mann spuckte vor sich auf den Boden. Zwei, drei taten es ihm gleich.

Grauner schaute dem Zigarrenmann tief in die Augen, ließ dann den Blick von Gesicht zu Gesicht wandern. Er hatte weder gesagt, dass es einen Mord gegeben, noch, wer gemordet hatte. Er hatte auch nicht vor, weitere Details preiszugeben. Die Männer würden noch schnell genug mehr erfahren, aus den Fernsehnachrichten, aus dem Internet, morgen früh aus dem *Kurier*, aus allen großen italienischen Tageszeitungen. Der Tod Manfredis, soviel hatte Grauner kapiert, würde Schlagzeilen nach sich ziehen. War sie ermordet worden, sowieso. Wahrscheinlich würde es bereits morgen hier im Tal von Journalisten nur so wimmeln.

»Welche Hex'?«, fragte er zurück.

Hinter einer Wolke aus Rauch verdrehte der Mann die Augen. »Na, die Jöchlerin, wer denn sonst?«

»Hedwig Jöchler, die Wirtin vom *Tan*?«

Heftiges Nicken einiger Männer. Wieder spuckten ein paar.

Grauners Gesicht verfinsterte sich. Ihm missfiel, dass die Männer auf ihn herabschauten. Er nahm eins der Apfelsaftgläser in die Hand und stand mit einem Ruck auf. Die Männer traten einen Schritt zurück. Er wartete, bis Tappeiner es ihm gleichtat.

»Warum glaubt ihr, dass diese Frau jemanden umgebracht haben soll?« Er beobachtete, wie sich die Männer anschauten, wie sie warteten, bis einer antwortete.

Grauner machte einen Schritt nach vorne, suchte sich einen aus, der bislang noch nichts gesagt hatte. Trat an ihn heran. »Ha?«, fauchte er.

Die Lippen des Mannes zitterten, er schaute zu Boden, flüsterte. »Weil ... wissen Sie ... Herr, Herr ...«

»Grauner, Johann Grauner, Commissario der Polizia di Stato. Und das hier ...«, er drehte sich kurz zu seiner Assistentin, sah, dass auch sie grimmig dreinschaute, »... ist meine Kollegin Silvia Tappeiner.«

Sein Gegenüber stotterte weiter: »weil ... weil ... die Jöchlerinnen, diese drei Schwestern, immer schon Unheil übers Tal, übers Dorf gebracht haben. Weil sie lügen und betrügen.

Weil sie verleumden und zerstören. Weil sie es mit dem Teufel treiben und uns ehrenhafte Dorfmänner der bösen Taten bezichtigen …«

Zustimmendes Grummeln. Grauner trank das Glas aus.

»So wie die Mutter der drei Schwestern …«

»Ja, wie die Mutter, die böse Mutter«, rief einer von weiter hinten.

»Die schöne alte Jöchlerin, die Anna, die Hex', die böse, schöne Hex', in der Hölle soll sie schmoren, die Teufelsbuhlschaft!«

Klatschen. Noch lauteres Grummeln. Spucken.

»… Und jetzt ist es wieder so weit. Jetzt ist das Böse wieder da, ist es doch, oder, Herr Kommissar?«

Murmeln in den hinteren Reihen.

»Hört's doch auf«, rief nun ein anderer, erst zaghaft, dann fuhr er mit fester Stimme fort, »mit diesen alten Geschichten.«

»Ja, ja«, murmelten ein paar zustimmend. Leise, aber hörbar.

»Buh, still!«, riefen ein paar andere nun wieder. Lauter.

Grauner nahm den zweiten Apfelsaft und trank, er schmeckte, wie auch der erste schon, ganz vorzüglich, fruchtig, dickflüssig, genau so liebte er das.

»Wen hat sie denn umgebracht, die Hedwig?«, rief einer aus der zweiten Reihe.

Der Commissario rührte sich nicht. Er vernahm, wie Tappeiner neben ihm wieder nervös ihre Finger knetete, sich schließlich räusperte. »Sie glauben doch nicht ernsthaft, dass wir hier Gerüchten und Spekula…«

»Was glauben Sie denn, wen sie umgebracht haben könnte?«, unterbrach Grauner sie.

Er schaute nicht zu Tappeiner, es war ihm klar, dass sie ihn entsetzt ansah. Es war ihm egal. Sie waren hierhingekommen, um etwas zu erfahren, keine Ahnung was, irgendwas, er wollte nicht ganz ohne Erkenntnisse wieder verschwinden.

»Also«, fuhr Grauner fort, »wen hat sie wohl umgebracht, die Hedwig Jöchler?«

»Den Tauferer Thomas«, schrie einer von ganz hinten. »Mit dem streitet sie ja schon seit Ewigkeiten, weil der Toni, das müssen Sie wissen, seine Wiesen unterhalb des Restaurants der Jöchlerin hat. Und wenn der seinen Kuhmist auf die Wiesen streut, der Toni, dann weht der Wind den Mistgeruch manchmal zu ihr hinauf. Wo ist denn der Tauferer, habt ihr den heute schon gesehen, war er schon hier sein Glas'l trinken? Oder, Gott hab ihn selig, hat sie ihn wirklich …«

Wieder ging ein Murmeln durch die Menge. Dann rief einer: »Schluss mit den Verleumdungen.«

Klatschen. Aber auch Buhrufe.

Ein anderer knurrte: »Oder den Baumschulen-Hubert. Weil die Jöchlerinnen ja ursprünglich da, wo der seine neuen Bäume hingepflanzt hat, einen Kräuterpfad für ihre Scheißkräutertouristen anlegen wollten.«

Zustimmendes Gejohle. Dann ein weiterer: »Oder den Wirt drüben von der *Forellenschenke*. Den Michl. Weil der im oberen Stock ja jetzt auch ein paar Zimmer vermieten will. Wahrscheinlich haben die Pachlerinnen ihn mit ihren Kräutern vergiftet, die sie heimlich anbauen …«

»Ja, oben im Wald«, nahm ein anderer den Faden auf, »unter dem Auener Joch, da im steilen Gelände, da bauen die ihre Giftkräuter an.«

Geraune.

»Blödsinn«, sagte ein Dritter, »Da gibt es keinen Kräutergarten, den hat noch nie einer gesehen. Lasst uns bei der Wahrheit bleiben.«

Buhrufe.

Der Mann mit Zigarre trat erneut einen Schritt vor, sprach langsam, klar: »Oder sie hat ihren Geschäftspartner, diesen Investor aus Mailand, um die Ecke gebracht. Den Mann, der sie reich und berühmt gemacht hat. Wir wissen ja, Herr Kommissar, dass Reichtum nicht vor Gier schützt. Im Gegenteil! Wahrscheinlich wollte sie mit dem ihr Geld, das viele Geld, das sie mittlerweile verdient, nicht mehr teilen. Nun gut, um den ist's nicht schad', um den Mailänder …«

Wieder gaben einige der Männer zustimmende Laute von sich.

»… wie heißt der noch mal …«, der Mann drehte sich zu den anderen um.

»Torrinesi«, sagte einer.

»Giulio Torrinesi«, ergänzte ein anderer.

»Dieser Torrinesi!«, sprach nun wieder der Zigarrenmann, »der kauft hier das halbe Tal auf und hat mit uns Männern derweil noch nie ein Glas getrunken. Wissen Sie, Kommissar, irgendwann kommt einer und kauft alles auf. Das ist wohl das Spiel des Lebens, das Schicksal von uns Talbewohnern. Aber wenn das schon so sein muss, wenn wir uns dem fügen müssen, weil wir eh keine Chance haben, dann wollen wir nur eins: Respekt! Denn wir sind Sarner, stolze Sarner, verstehen Sie?«

Grauner nickte zustimmend.

»Das Geld macht alle kaputt«, sagte nun einer, der gerade aus der Bar getreten war und sich dazugestellt hatte.

Bejahendes Getöne.

Der Zigarrenmann blies Rauch in die Luft, dann ergriff er erneut das Wort. »Das Geld hat sogar die Jöchlerinnen auseinandergebracht, jetzt sind sie zerstritten, die drei verfluchten Schwestern, die ihr ganzes Leben zusammengehalten haben, wie Pech und …«

»Verflucht sollen sie sein, in der Hölle sollen sie schmoren, so bald wie möglich«, schrie ein anderer dazwischen.

»Jawohl«, schrien ein paar gemeinsam. Dann spuckten wieder welche aus.

»Hört's auf damit. Genug jetzt«, rief eine weitere Stimme vom Rande. Ein paar wenige klatschten. Ein paar schauten sich böse um.

Grauner blickte erneut von Gesicht zu Gesicht, suchte sich wieder eines aus, eines, in dem er wenig Zorn entdeckte, trat dann näher an den Mann heran. »Was soll das heißen, die Schwestern haben sich zerstritten? Was weiß man darüber?«

Der Mann hielt dem Blick stand. Hob nur die Schultern. »Nichts weiß man, Herr Kommissar«, dann schaute er zum Zigarrenmann, beinahe so, als ob er sich unsicher wäre, weitersprechen zu dürfen.

Der Zigarrenmann übernahm. »Nur Gerüchte, Herr Kommissar und Frau Kommissarin, alles nur Gerüchte.« Dann grinste er.

Grauner spürte, wie die Männer noch näher kamen, er sah, wie die Hälse noch länger wurden, die Blicke gieriger, neugieriger, zorniger, wie sich die Rotweintrinker vor die Weißweintrinker drängten. Er sah den Wahn, die Aggressivität in ihren trunkenen Augen. Er kramte in seiner Tasche, zog einen Zehn-Euro-Schein hervor, steckte ihn unter eins der beiden leeren Apfelsaftgläser. »Meine Herren …«

Die Männer machten zögerlich den Weg frei, er schritt durch das Spalier, Tappeiner dicht hinter ihm, sie gingen die Straße entlang in Richtung des Panda, der Commissario spürte, bis sie endlich um die Ecke bogen, die bohrenden Blicke im Rücken. Wieder flüsterte er vor sich hin, mehr in sich hinein. »Weil das Böse gewütet hat.«

»Was?«, fragte Tappeiner.

»Nichts«, sagte der Commissario.

»Hex', die Hex'. Die böse. Hedwig Jöchler, die Hex'«, murmelte er weiter. »Und ihre Mutter, Anna, die alte Jöchlerin, auch eine Hex'. Die schöne. In der Hölle soll sie schmoren, die Teufelsbuhlschaft.«

8

Da, wo das Dorf zum Norden hin endete, begannen die Wiesen. Hier standen ein paar letzte Häuser. Das ganz rechts musste es sein. Es war aus Holz und Glas und hatte im Unterschied zu den umliegenden Häusern keinen Balkon. Auch hingen hier keine Geranien dürstend von den Fenstersimsen.

Grauner verstand nicht viel von Architektur, aber er erkannte sofort, dass das Haus wohl vom selben Architekten entworfen worden sein musste wie das Restaurant oben am Waldrand. Es glich dem *Tan* in der Bauform, das Kastenartige, streng Quadratische, das viele bodentiefe Glas, nur war es größer. Weiße Vorhänge hingen hinter den Fenstern.

Der Commissario winkte den beiden Polizisten zu, die ein paar Meter vor dem Eingang in ihrem Dienstpanda saßen, sie grüßten zurück. Einer der Männer öffnete die Tür, stieg aus. »Numero quattro«, rief er Grauner und Tappeiner zu.

Grauner ging zur Haustür, Tappeiner folgte ihm. *Tan Apartments* stand auf einem Messingschild. Auf den Klingeln waren nur Nummern zu sehen. Zwölf Apartments beherbergte das Gebäude demnach, auf drei Etagen verteilt.

Die *Vier* befand sich im Erdgeschoss. Die Tür stand offen, zwei Spurensicherer huschten in den Räumlichkeiten umher. Grauner schnappte sich zwei der Schuhüberzieher, die vor der Tür lagen, ein zweites Paar reichte er Tappeiner, er hatte keine Lust auf Ärger mit Weiherer.

Dann trat er ins Innere des Apartments. Rechts führte eine Tür in ein Badezimmer. Er schaute kurz hinein. Der Raum war groß, eine frei stehende Badewanne aus weißem Stein stand in der Mitte. Die Duscharmaturen waren mit mindestens einem Dutzend Knöpfen versehen. Grauner fragte sich, wozu die alle gut sein sollten. Das Bad schien unbenutzt. Weiter den Flur entlang ging es in einen großen Raum. Küchenzeile, langer Holztisch, Couchgarnitur. Von der Schiebetür ging der Blick hinaus in die Natur. Ein Tischchen stand auf der kleinen Holzveranda. Zwischen zwei Birnbäumen hing eine Hängematte, auf dem Rasen waren zwei Liegen zu erkennen, ein Gartenzaun, dahinter die Wiesen, das Tal, die Hänge, die Wälder, die Gipfel. Irgendwo da oben war das *Tan*.

Grauner sah, dass sich im Gras ganz hinten am Zaun etwas rührte. Er kniff die Augen zusammen. Was war das? Er trat zur Schiebetür, schob sie auf, trat hinaus und ging ein paar Schritte in Richtung des Zauns. Erst dachte er noch, da liege eine Tüte, vom Wind bewegt, dann erkannte er, dass sich da eine große und zwei kleine Landschildkröten entlang des Zauns gemächlich ihren Weg bahnten.

Er gluckste vor Freude und überlegte, wem die Tiere wohl gehörten. Waren sie ausgebüxt? Einer seiner Nachbarn hielt sich zwei Landschildkröten im Garten. Grauner schaffte es auf dem Weg ins Dorf nie, an ihnen vorbeizuspazieren, ohne zu stoppen, sie zu beobachten und darüber die Zeit zu vergessen. Wenn Alba ihn bat einzukaufen, schickte sie ihn mittlerweile eine halbe Stunde früher als eigentlich nötig los, da er stets einen mindestens halbstündigen Zwischenstopp bei den Panzerechsen einlegte.

Er schaute den dreien nun einige Sekunden vergnügt zu, wie sie sich in aller Seelenruhe fortbewegten. Er liebte diese Tiere. Schildkröten waren ja auch nichts anderes als gepanzerte Kühe in Kleinformat. Er näherte sich ihnen, bückte sich zur Schildkrötenfamilie hinab, klopfte der großen sanft auf den Panzer, dann wendete er sich wieder dem Haus zu.

Er sah, dass eines der bodentiefen Fenster des Apartments links neben dem der Toten einen Sprung hatte. Er ging zur Hecke, die die Wiesenstücke der beiden Apartments voneinander trennte, schaute auf das kurz gemähte Gras vor der zersprungenen Scheibe. Da lagen einige Steine. Er wunderte sich. Dann ging er wieder zur Schiebetür, neben dem Tischchen, das vor der Tür auf der Holzveranda stand, entdeckte er ein kleines Kothäufchen. Er bückte sich, vermutete erst, dass es Kot einer der beiden Hunde der Toten war, doch dann erkannte er, dass es Schildkrötenkot war. Wieder schmunzelte er, schaute zurück auf die Wiese, sah die Echsen jedoch nicht mehr. Sie waren wohl im hohen Gras verschwunden.

»Spuren?«, fragte Grauner einen der beiden Spurensicherer, zurück im Inneren des Apartments.

»Wenige«, antwortete der Mann, ohne seine Arbeit zu unterbrechen.

Grauner bemerkte einen silbernen Koffer, der geöffnet auf der Couch lag. Die Kleidung darin akkurat gefaltet. Die Tote hatte wohl kaum Zeit gehabt auszupacken. Der Commissario sah, wie Tappeiner ein paar Plastikhandschuhe aus der Hosentasche zog, sie überstreifte, sich über den Koffer beugte und die obersten Kleidungsstücke anhob. Eine schwarze Seidenbluse, einen bordeauxroten Gürtel mit großer goldener Schnalle.

»Wenige, ganz wenige …«, die Stimme des Spurensicherers drang wieder zu Grauner durch. Der Commissario brauchte einige Augenblicke, um sich zu vergegenwärtigen, was er den Mann gefragt hatte. »Das Schlafzimmer scheint die Frau überhaupt nicht betreten zu haben, auch die Küchenzeile ist unbenutzt. Nur draußen am Tischchen und an den Waschbeckenarmaturen haben wir Fingerabdrücke entdeckt, die der Toten wohl.«

Grauner drehte sich im Kreis. Er dachte nach. Carla Manfredi musste unter Zeitdruck gestanden haben, das konnte er sich bei allem, was Belli ihm über die Frau erzählt hatte, gut vorstellen. Sie war wohl auf die letzte Minute ins Sarntal gekommen, hatte sich vermutlich nur kurz frisch gemacht und war dann gleich hoch ins *Tan* gefahren.

»Nur Haare, ganz viele Haare haben wir überall im Haus gefunden, besonders auf der Couch, auch vor der Schiebetür draußen, die zum Garten führt …«

»Haare?«, wiederholte Grauner ungläubig.

»Ja, zwei Typen von Haaren. Helle, lange und dunklere, kürzere …«

Grauner war, als durchzuckte ihn ein Blitz, das hörte sich nach einer Spur an. Das …

»Hundehaare«, fuhr der Mann fort.

Der Commissario spürte, wie alle Anspannung in ihm sofort wieder nachließ. Er spürte, wie sich eine schwere Müdigkeit über sein Gemüt legte. Wie es in seinem Rücken zog und zerrte. Er versuchte, weiter zu rekonstruieren, was sich in den Stunden vor Manfredis Erstickungstod zugetragen haben mochte. Sie hatte hier eingecheckt, sich frisch gemacht, ihre beiden Hunde waren in der Zwischenzeit im Apartment herumgetollt, dann war sie mit ihrem Bentley und den Kötern losgefahren, um oben am Berg im *Tan* zu speisen. Um die negativen Einschätzungen ihrer Kollegen zu überprüfen. Um zu untersuchen, ob Hedwig Jöchlers Gerichte einer Empfehlung in *Sette Forchette* tatsächlich nicht mehr würdig waren.

Mord? Vergiftung? Wegen eines drohenden Verrisses? Grauner kam dies nach wie vor unglaublich vor. Ihm war Essen wichtig, er aß für sein Leben gerne. Aber wer mordete denn dafür? Er würde mit Tappeiner zurück in die Stadt fahren, das Sarntal hinter sich lassen, er würde auf der Fahrt versuchen, seine Gedanken zu ordnen, das Erlebte zu drehen und zu wenden. Sie würden in die Gerichtsmedizin fahren, dort Weiherer und Belli wiedertreffen.

Er wollte heute Abend noch die Aussagen aus dem Umfeld der Toten und aus dem Hedwig Jöchlers auf dem Schreibtisch haben. Er hoffte, dass Weiherer ihn über weitere Spuren informieren konnte. Spuren in der Waldküche. Spuren im Speisesaal mit dem Panoramablick. Womöglich auch in der Wohnung der Köchin. Wenn es tatsächlich Hedwig Jöchler gewesen war, die Manfredi vergiftet hatte, wäre es gut, dieses Gift bei ihr zu finden. In ihrer Küche, ihrem Restaurant, ihrem Auto, ihrer Wohnung, ihrer Garage. Wo auch immer.

Er würde die Köchin für morgen früh in die Questura bitten, um sie dort mit aller Härte und nach allen Regeln der Kunst zu verhören. Im Wald hatte sie ihn vorgeführt, das Duell bei den Tannen hatte sie gewonnen. Sie war vorbereitet gewesen, naiv wie ein Anfänger war er in ihren Plan hineinspaziert. Der Wald war ihr Revier. Morgen würden sie sich in seins begeben. Wenn sie es gewesen war, wenn sie wirklich getötet hatte, dann wollte er ein Geständnis. Dann war es nicht ihr Plan davonzukommen. Diese Erkenntnis war im Laufe der vergangenen Stunden in ihm gereift. Grauner war sich ganz sicher. Sie war intelligent. Hätte sie gewollt, dass alles möglichst spurlos über die Bühne geht, ohne jeden Verdacht ihr gegenüber, hätte sie Manfredi niemals in ihrem Restaurant ermordet. Dann hätte sie nie ihre eigenen Speisen vergiftet. Nein, wenn sie es tatsächlich gewesen war, wenn, ja wenn, dann wollte sie … kurz stockten seine Gedanken … er suchte nach dem richtigen Wort … kommunizieren, etwas mitteilen, mit ihnen … oder zu wem auch immer … sprechen. Spielen, ja, vielleicht.

»Grauner …«

Tappeiner war an ihn herangetreten. Er schaute auf den Koffer, seine Assistentin hatte jedes Kleidungsstück herausgenommen und auf die Couch gelegt. Neben den Kleidern entdeckte er ein geöffnetes Necessaire, es war schwarz und groß. Er sah Lippenstifte, Puderdosen, Zahnpasta und Zahnbürste darin.

»Grauner …«, sagte Tappeiner noch einmal, insistierender.

Jetzt erst bemerkte er, dass sie ihm etwas unter die Nase hielt. Ein aufgeschlagenes Buch. Eine Postkarte darin. Er nahm das

Buch, nahm die Karte heraus, klappte es wieder zu. Umschlag und Seiten waren vergilbt. Mancherorts eingerissen. Es war eine alte Ausgabe von Friedrich Nietzsches Aphorismensammlung *Menschliches, Allzumenschliches.* Auf der Vorderseite der Karte war ein Stillleben in Öl abgebildet. Es zeigte Früchte, Pfirsiche, Trauben und Vögel, einen Papagei, einen Kakadu. Grauner drehte die Karte. Die Rückseite war mit schwarzer Tinte beschrieben. In geschwungener Schreibschrift. Es waren nur wenige Sätze, er las sie in Gedanken. Dann blickte er zu seiner Assistentin. Schweigend schauten sie sich an.

9

Verschwommenes Grün. Schnell klarte es auf, verschwamm wieder, klarte wieder auf. Nun war alles zu erkennen, die Dächer, der Kirchturm, der Parkplatz, die kleine Holzbrücke, die über die plätschernde Talfer führte. Weiter im Norden der Dorfplatz, dahinter die Bar, die letzten Häuser, ein Stück Wiese, und dahinter, ja, da war es.

Der Polizeiwagen vor der Tür, ein Polizist an der Tür. Die Tür offen. Der Blick durch den Feldstecher glitt über das Dach hinweg. Nach hinten, zum Garten. Nichts zu sehen, doch dann, ja, eine Gestalt. Ein Mann. Was machte der da? Überlegen. Klare Gedanken, wie wichtig die nun waren. Was war als Nächstes zu tun? Was war der nächste Baustein? Es galt nun, schnell zu sein. Und doch nichts zu überstürzen. Aufzupassen. Wieder verschwommenes Grün. Weg. Den Feldstecher in den Rucksack packen. Weg von der steilen Wiese über dem Dorf. Rein in den Wald. Die neue Situation immer und immer wieder durchdenken. Ein Mord. Was tun?

10

Grauner hatte es gewusst, doch er hatte es verdrängt. Er überlegte, ob er sich nun für sie freuen sollte. Er war schon seit Monaten nicht mehr hier gewesen. Wenn es keinen Mord gab, hatte er keinen Grund herzukommen. Nun war er wieder da, Filippi aber nicht. Bloß ihr Kollege, den sie im Krankenhaus nur Dr. John nannten, weil er knochendünn war, eine runde Brille und schulterlanges Haar trug. Wie John Lennon. Alessandra Filippi, die Chefin der Gerichtsmedizin des Bozner Spitals, befand sich im Sabbatical. Seit Ende Februar. Weltreise! Ein halbes Jahr. Grauner erinnerte sich, dass sie es ihm Tage nach ihrem letzten gemeinsamen Fall mitgeteilt, dass er es anfangs für einen unpassenden Spaß gehalten, doch schon bald bemerkt hatte, dass es ihr ernst war.

Grauner kannte Filippi nun beinahe schon sein ganzes Arbeitsleben lang. Als er vor vielen Jahrzehnten, im alten Jahrtausend noch, in der Questura angefangen hatte, hatte sie, beinahe zeitgleich, in der Gerichtsmedizin ihren Dienst begonnen.

Irgendwie hatte sie allein schon diese Koinzidenz von Anfang an zusammengeschweißt. Sie hatten sich sofort gut verstanden, auch wenn sie nie viele Worte darüber verloren hatten. Grauner liebte ihren trockenen, aber nie zynischen Humor. Es erleichterte ihm stets den Gang in die Leichenkammer. Er vertraute ihr voll, legte großen Wert auf ihre Erkenntnisse. Bei ihrem letzten gemeinsamen Fall, jenem, der ihm dermaßen entglitten war, war sie viel zu tief in alles hineingeraten. Er machte sich auch deshalb Vorwürfe.

Ihr Platz war hier unten, nicht da draußen, hier bei den

Toten, nicht draußen bei den Bösen. Er hatte mit Marché einen guten Mann verloren und mit Saltapepe, zumindest vorerst, einen zweiten. Er durfte sie nicht auch noch verlieren. Sabbatical? Der Fall musste ihr sehr zugesetzt haben. Er erinnerte sich an eine Plauderei mit ihr, in der sie beide einst ihre Urlaubsaversion kundgetan hatten. Es hatte ihn so erleichtert, endlich jemanden gefunden zu haben, der Urlaubmachen ebenso verabscheute wie er selbst. Jemanden, der ihn verstand.

Weltreise? Warum? Er verstand es nicht, ermahnte sich nun allerdings noch einmal, diese Fragen zu verdrängen, sich später, vielleicht bei der Fahrt nach Hause, vielleicht nach dem Abendessen beim Wein auf dem Balkon, noch einmal damit zu beschäftigen. Nun gab es Dringenderes.

Sie hatten zuvor in der Questura vorbeigeschaut, Tappeiner hatte alle Informationen überflogen, die in der Zwischenzeit von einigen Polizisten zusammengetragen worden waren, vor allem Zeitungsartikel, ältere TV-Interviews. Während der Fahrt ins Spital hatte sie alles an Grauner weitergegeben. Das meiste bestätigte, was ihnen auch Belli schon erzählt hatte: Carla Manfredi war tatsächlich eine sagenumwobene Legende des internationalen Gourmet-Jetsets. Menschen, die mit ihr gearbeitet hatten, wussten in den Artikeln zu berichten, natürlich stets nur anonym, dass Manfredi die bitterstrengste Frau war, der sie jemals begegnet waren, gleichzeitig eine höchst disziplinierte, die, wenn sie wollte, böseste, verletzendste. Interviews gab eine wie sie, eine *Grande Dame* dieses Kalibers, natürlich schon lange keine mehr. Was auf *Wikipedia* und anderswo zu finden war, stammte aus den Zeilen ihrer zahlreichen, oft autobiografischen Bestseller.

Aufgewachsen war sie in den einfachen Verhältnissen einer Turiner Arbeiterfamilie. Tatsächlich war sie die erste Manfredi, die es bis an eine Universität geschafft hatte. Jurisprudenz. Sie war der ganze Stolz ihrer Eltern, die sich jedoch jäh von ihr abwandten, als sie im Sommer vor den letzten beiden Semestern hinschmiss. Mit einer Handvoll Lire trampte sie nach Frankreich. Zuerst Paris, dann Bordeaux, dann Elsass. Sie beschloss, ihre große Leidenschaft, das feine Essen, zum Beruf zu machen. Zur Berufung – irgendwie. Sie jobbte in Dreisternerestaurants. Zuerst in der Abwaschtruppe. Dann zog es sie weiter nach London, bald arbeitete sie im Service. Weiter, immer weiter. Nach Los Angeles, Sydney, Japan, dann ergatterte sie eine Stelle in der Patisserie, schließlich landete sie am Fleischposten. Schlussendlich, zurück in Italien, in Venedig, wurde sie stellvertretende Küchenchefin in einem Zweisternehaus in einer Gasse hinter dem Markusplatz. Da war sie gerade einmal vierundzwanzig. Es folgten: Marihuana, Kokain, LSD. Der Druck, der Stress, die Müdigkeit, die Schlaflosigkeit. Die Ausraster des hysterischen Küchenchefs. Ohrfeigen, Demütigungen, Psychoterror, Brandwunden. Sie schmiss hin, Absturz, Klinik.

Da schrieb sie alles auf. Ihre zweite Leidenschaft, das Schreiben, habe ihr geholfen, so sagte sie in einer TV-Sendung, die sich auf *YouTube* fand, den Schatten ihrer ersten Leidenschaft, des Kochens, des Essens, des kulinarischen Genusses, beizukommen. Sie schickte das Manuskript, das laut eigener Aussage nur so aus ihr herausgequollen sei, einem Mailänder Verlag. Der Verlag zeigte Interesse. *Die dunkle Seite der Sterne* wurde in über dreißig Sprachen übersetzt und zum Weltbestseller. Die Lesereise führte sie nach Frankreich, London, New York, Australien und Japan.

Der Küchenchef aus Venedig? Ihr im Buch angeprangerter Peiniger? Wurde von der Presse belagert und von den scheinheiligen Kollegen alsbald gemieden. Eines Tages fanden sie ihn leblos im letzten Winkel der Lagune. An Land gespült. Fremdverschulden? Nicht ausgeschlossen, so hieß es, laut einigen Artikeln des *Gazzettino di Venezia* im Abschlussbericht der Gerichtsmedizin, letztlich jedoch unwahrscheinlich, so zitierten die Zeitungen den zuständigen Staatsanwalt, eher Selbstmord, höchstwahrscheinlich Selbstmord, so lautete die Vermutung.

Manfredi? Schrieb und schrieb. Eine Biografie. Einen Küchenkrimi. Eine Anleitung zur hohen Gourmetkunst. Noch eine und noch eine. Dann, sie war nun Mitte dreißig und lebte kinderlos, gattenlos – für so etwas hatte sie wohl keine Zeit – in Rom, gründete sie *Sette Forchette*. Das Magazin erschien viermal im Jahr und enthielt jeweils sieben Porträts der laut einer streng geheimen Jury aus Gourmetjournalisten besten Restaurants der Welt. Der *Guide Michelin?* Ein McDonald's-Kindergeburtstagsflyer dagegen. Die Sterneköche dieser Welt hatten von nun an eine neue Herausforderung. Sie wollten ins *Sette Forchette*. War man im *Sette Forchette*, war man im Gourmethimmel. Alles andere? Irdisches Kochen. Menschlich, allzu menschlich.

Seit einem Vierteljahrhundert bereits leitete Manfredi ihr Imperium, das vordergründig nur aus ein paar Magazinseiten bestand, tatsächlich aber eine Macht im internationalen Gourmetzirkus war, eine Macht, die Karrieren bahnte und Existenzen vernichtete.

In der Redaktion von *Sette Forchette* hatte man erst ungläubig, dann bestürzt auf die Nachricht des Ablebens der

Chefin und Gründerin reagiert. Man händigte den Ermittlern den Redaktionskalender der Kritikerin aus, in dem sie ihre Termine der vergangenen Tage fanden: ein Treffen mit Sushi-Köchen in Japan, eine Chardonnay-Verkostung in Kalifornien, ein Flug nach Mailand Malpensa und eine Übernachtung mit geschäftlichem Abendessen im Gourmetrestaurant *Bottega sotto le Stelle* eines gewissen Antonio Martin in der Nähe von Modena.

Ob Carla Manfredi tatsächlich vorgehabt habe, das *Tan* aus der Liste der Empfehlungen zu streichen, darüber konnten oder wollten die Redaktionsmitglieder in Rom nichts sagen. In der Zwischenzeit übermittelten Polizeikollegen aus Turin den greisen Eltern der Toten die Schreckensnachricht. Tausende Kondolenzschreiben gingen auf der *Facebook*-Seite des Magazins ein.

Manfredi selbst war auf den sozialen Kanälen nicht aktiv. Über ihr Privatleben war kaum etwas bekannt. Auf *Wikipedia* hieß es dazu lediglich, sie sei kinderlos und ledig. Dann folgte eine lange Liste ihrer Bücher, die sie nach dem Bestseller *Die dunkle Seite der Sterne* im Akkord verfasst hatte und die allesamt ebenfalls zu Welterfolgen geworden waren:

Wie ich lernte, gutes Essen zu schätzen
365 Tage, 365 Länder, 365 Gerichte
Kochen ist Kunst
Wo es am allerbesten schmeckt
Warum es bei Mamma nicht am besten schmeckt
Schmutzige Gerichte – ein Küchenkrimi
Hot, hot, hot! Aus dem Innenleben einer Gourmetredaktion
Die Kunst des Lobs

Die Kunst des Verrisses
Die Kunst des Kauens
Wenn ich mal selber koche – 100 römische Klassiker
Ich, Manfredi
100 Tipps zum besseren Kochen
Was ich über gute Küche zu sagen habe
Meine Gerichte, mein Leben

Tappeiner hatte einen Polizisten beauftragt, all diese Bücher in der Stadtbibliothek zu ordern, sie sollten bis morgen früh in der Questura sein.

Grauner hatte bei den Carabinieri, die in Sarnthein eine Station betrieben, nach der Mutter der drei Schwestern, einer gewissen Anna Jöchler, gefragt. Ob die noch lebte. Der Stationsleiter, Luca D'Ambrosio, klärte ihn schnell auf: Anna Jöchler war vor fünfundzwanzig Jahren, noch bevor er selbst ins Tal versetzt worden war, aktenkundig geworden. Sie war eines Morgens verwirrt im Dorf umhergeirrt. Mit zerrissenem Kleid und Schürfwunden. Sie sagte damals anfangs aus, von einem Unbekannten angegriffen worden zu sein, nahm die Aussage jedoch nach wenigen Stunden zurück. D'Ambrosios Vorgänger hatte vermutet, dass die psychisch labile Frau, wie bereits des Öfteren, einige Tage im Wald verbracht und sich die Verletzungen bei einem Sturz im steilen Geröll zugezogen hatte. Die Frau sei daraufhin nur noch selten und bald gar nicht mehr im Dorf gesehen worden. Es hieß, sie habe in einer Höhle im Wald oder in der Sillschlucht gehaust. Mittlerweile war sie wohl ganz aus dem Tal verschwunden. Vielleicht auch verstorben. Bis heute wisse niemand, wer der Vater ihrer Töchter sei. Man vermute, irgendein untreuer Sarner Ehemann.

Grauner hatte sich bedankt und die Information an Tappeiner weitergegeben, die ihn daraufhin ihrerseits auf Stand gebracht hatte.

Die von den Männern vor der Bar als mögliche Opfer Genannten, Thomas Tauferer, Hubert Federkiel und Michael Burger, hatten für den ganzen Tag Alibis. Im Umkehrschluss kamen sie ja durchaus auch als Täter infrage, doch die Alibis waren wasserdicht und durch jeweils mehrere Personen belegt. Der Tauferer war den Tag über im Pustertal gewesen, mit seiner Frau, bei seinen Schwiegereltern. Der Federkiel war die ganze Woche schon in der Pianura Padana bei Verona, wo er ein paar Hektar Baumschulenland besaß. Und Burger hatte den Tag in seiner Schenke gearbeitet.

Hedwig Jöchler war von zwei Polizisten nach Hause gebracht worden. Sie durfte sich frei bewegen, die beiden Beamten würden jedoch ein Auge auf sie haben und auch die Nacht über das Haus bewachen. Um sie zu beobachten, aber auch, daran musste Grauner immerzu denken, um sie zu schützen. Die Aggressivität, die der Commissario vor der Bar zu spüren bekommen hatte, hatte ihn vorsichtig werden lassen. Er kannte das, wenn sich Dorfdynamiken verselbstständigten, wenn ein Südenbock gesucht wurde. Das konnte schlimm enden.

Hedwig Jöchler wurde gebeten, das Haus in den kommenden Stunden nicht mehr zu verlassen. Eine Streife würde sie morgen früh pünktlich zur Anhörung nach Bozen bringen. Sie hatte zugestimmt, scheinbar ruhig. Auch im familiären Umfeld der Köchin wurde recherchiert. Enge Freundschaften, so schien es, pflegte sie keine. Der Kellner, Paolo Sensi, hatte ausgesagt, vor einem halben Jahr im *Tan* angefangen zu haben. Als *Maître d'*, als Oberkellner. Zuvor sei er ein wenig herumgekommen, habe in verschiedenen Gourmetrestaurants gearbeitet, geboren und aufgewachsen sei er im Veneto, in Venedig habe er seine Ausbildung zur Gastronomiefachkraft gemacht.

Grauner schaute auf die Tote, die auf einem der Leichentische lag, von einem weißen Leinentuch verhüllt, nur der Kopf war zu sehen, die Lippen schmal, dünne dunkelblaue Äderchen auf den geschlossenen Augenlidern, ein noch dünneres Netz von roten Äderchen auf den Wangen. »Und?«, fragte er, »tatsächlich vergiftet?« Grauner spürte, wie der Gerichtsmediziner nervös das Gewicht von einem Bein auf das andere verlagerte. Das machte wiederum ihn selbst nervös.

»Wenn ich kurz ausholen darf ...«

Grauner bejahte.

John Lennon hob die Decke an und faltete sie oberhalb der Hüfte der Toten. Er zeigte auf ihren Bauch und einen ihrer Unterarme, den er hochhob. »Verbrennungen«, sagte er, »alte Verletzungen, die mit der Todesursache nichts zu tun haben. Ich wollte es nur erwähnt und gezeigt haben.«

Grauner nickte.

»Nun aber zu Ihrer Frage: Vergiftung? Ich kann es nicht mit Sicherheit sagen. Die Schleimhäute der Atemwege und des Magen-Darm-Trakts sind gereizt. Das kann ein Zeichen für eine erhöhte Dosis des Schwermetalls Thallium sein, muss aber nicht ...«

Das Wippen wurde heftiger, Grauner schaute sich um, sah einen Stuhl in der Ecke, ging hin, hob ihn hoch, stellte ihn dem jungen Mediziner hin und bedeutete ihm, sich zu setzen. Der Mann wirkte überrascht, kam jedoch Grauners Aufforderung nach. Er setzte sich, atmete einmal tief ein und aus, dann sprach er weiter. Ruhiger, gelassener. »Bei der Vermutung auf

Vergiftung können wir in der Rechtsmedizin nur nach dem Ausschlussverfahren vorgehen und müssen auf die Laborergebnisse warten. Leider oft lange warten. Wir haben die Proben vorhin noch nach Padua geschickt. Mit Eilantrag. Ich hoffe, da wissen wir dann … hm … übermorgen früh mehr.« Er schaute zu Boden. »Frühestens«, ergänzte er flüsternd.

»Dasselbe gilt für das halb gegessene und das nicht angerührte Pastetentörtchen, die noch auf dem Teller waren«, gab Weiherer dazu, »ob Gift darin ist, checkt das Labor in Padua ebenso. Alsbald hoffentlich.«

Grauner versank in Gedanken, er musste sich eingestehen, noch nicht allzu oft mit Giftmorden zu tun gehabt zu haben. Der Giftmord war ein wenig aus der Mode gekommen, da durch verbesserte Laborgerätschaften jede noch so winzige Menge Gift auch nach Jahren noch in den Toten nachgewiesen werden konnte. Nur, das dauerte seine Zeit. Und Zeit war die wichtigste Währung bei einem Mordfall. Warten bedeutete Rückstand.

Er wendete sich von der Toten ab und drehte sich einem weiteren Leichentisch zu, auf dem die beiden toten Hunde lagen. Er sah, dass deren Bäuche rasiert waren, sah die schlampig zusammengenähten Schnitte, die der junge Mann wohl gesetzt hatte, um die inneren Organe zu entnehmen. Ihm kam in den Sinn, mit welcher Sorgfalt Filippi ihre Toten stets wieder zusammennähte. Ihre Nähte waren fein wie bei teuren Kleidungsstücken. Aber er wollte John Lennon nicht unrecht tun. Vielleicht wäre Filippi bei Hunden auch weniger penibel vorgegangen.

Ein fragender Blick reichte, der junge Gerichtsmediziner nickte. Sie waren wohl auch am Gift gestorben.

»Was haben Sie im Magen gefunden?«, fragte Grauner.

Der Mediziner antwortete nicht sofort. »Äh, in welchem jetzt? In dem der Frau oder …«

»In allen drei Mägen.«

Der Mann räusperte sich, sah sich um, fasste in die Tasche seines Arztkittels, zog einige Papierfetzen hervor, ein Seziermesserchen, eine Pinzette, auch einige Münzen, die ihm sofort aus der Hand glitten und auf den Fliesenboden fielen. Eine davon rollte unter den Leichentisch der Toten, die andere unter einen Geräteschrank.

Der Mann schaute etwas verlegen, er schien zu überlegen, ob er sich nun bücken und die Münzen aufsammeln sollte. Oder sie ignorieren. Er ging schließlich auf die Knie, krabbelte unter die Tote, sprach indes weiter. »Ein paar Bestandteile aus dem Brei der Mägen konnten wir tatsächlich identifizieren. Im Magen des Windhundes: Reste von Weißbrot, Schinken, Essiggurkenstückchen, Walderdbeeren, Parmesanstückchen, trockenes Hundefutter. In dem des kleinen Volpino: ebenfalls Weißbrot, Schinken, Essiggurke, dunkles Fleisch, Parmesanstückchen …«, er deutete zur Toten über ihm, dann krabbelte er weiter zum Geräteschrank, »… in dem des Frauchens: Weißbrot, Essiggurke, Schinken, dunkles Fleisch, Walderdbeeren – kein Parmesan.«

Grauner wunderte sich, dass die Hunde wohl Parmesanstückchen verspeist hatten, Manfredi jedoch nicht. Der Gerichtsmediziner stand nun keuchend wieder auf, hielt die beiden Münzen ins Licht. Der Commissario konzentrierte sich auf einen dritten Leichentisch, auf dem das Hab und Gut der Toten ausgelegt war. Die Kleider aus ihrem Koffer, das Necessaire, einige Schmuckstücke, das Buch mit der Postkarte, das Tappeiner entdeckt hatte. Es hatte in einem zusammengefalteten roten Kaschmirpullover gelegen. Die

Schrift auf der Karte glich eher einer Frauenschrift denn einer Männerschrift, aber das konnte auch täuschen.

Grauner beugte sich erneut über die Karte, las in Gedanken die wenigen Zeilen.

Non lo voglio fare.
Ma lo faccio per te, ho fatto sempre tutto per te.

Addio

In Gedanken übersetzte er das Geschriebene ins Deutsche.

Ich will es nicht.
Doch ich tue es für dich, ich habe stets alles für dich getan.

Addio

Grauner griff nach einer Schachtel, in der transparente Plastikhandschuhe steckten, zog sie über die Finger, hob die Karte hoch. Er bemerkte, dass sie an beiden Seiten etwas eingeknickt war, so als ob eine Schnur oder ein Band darumgebunden gewesen wäre. Vielleicht war sie aber auch einfach nur alt und vor langer Zeit irgendwo liegend leicht geknickt worden, bevor sie in diesem Buch als Lesezeichen Verwendung fand.

Der Commissario schaute wieder auf, von Gesicht zu Gesicht, zu Tappeiner, zu Weiherer, zu John Lennon und zu Belli, der mit einigem Sicherheitsabstand nahe der Tür an der Wand lehnte. Keiner sagte etwas. Der Fall schien einerseits klar, doch andererseits unendlich mysteriös.

Sie verließen zu dritt die Gerichtsmedizin, ließen Lennon und Weiherer alleine zurück, die beiden hatten noch Organisatorisches zu besprechen. Weiherer hatte sie auf morgen früh vertröstet, noch konnte er zu eventuellen Spuren vor Ort nichts sagen. Draußen war es dunkler geworden. Belli wirkte nervös, er schaute auf die Uhr.

»Grauner«, sagte er schließlich, »ich habe in zwanzig Minuten drüben in der Staatsanwaltschaft die Journaille geladen. Die Südtiroler, aber auch die aus Mailand und Rom. Danach hat sich per Videocall die internationale Presse angemeldet. *New York Times*, *Le Monde*, *Falstaff*, der Jürgen Dollase von der *FAZ*, Grauner …«, er drehte sich zum Commissario, packte ihn beim Ärmel, »… was soll ich denen sagen?«

Der Commissario blieb stehen, er hatte keine Lust auf dieses Gespräch, aber ihm war klar, dass er es führen musste, um Schlimmeres zu verhindern, um zu vermeiden, dass Belli wirren Blödsinn in die Welt hinausposaunte. Es war immer das Gleiche mit ihm. Er wollte stets am selben Tag noch eine Pressekonferenz geben und glaubte wohl, damit seine Ermittler anzuspornen, den Fall schnell zu lösen. Ihn schon nach wenigen Stunden im Lichte des Ruhms leuchten zu sehen. Gut dazustehen. So ein Irrsinn.

»Die war es doch, diese Frau Jöchler, oder?« Belli flehte ihn nun beinahe an. »Mit der sprecht ihr morgen früh noch mal, ihr filetiert sie nach allen Regeln der Polizeikunst, dann gesteht die, das kündige ich heute schon mal an, und morgen Abend mache ich dann eine weitere Pressekonferenz und gebe ausgiebige Interviews. Und dann nehme ich mir ein paar Tage frei, es gibt da dieses neue Sparessort in Lazise am Gardasee, ein Freund eines befreundeten Staatsanwalts aus Treviso, der kennt den Cousin des Betreibers gut, der hat mir …«

»Ich würde noch nichts sagen, Herr Staatsanwalt. Ich würde nur bestätigen, dass, ja, die berühmte Gourmetkritikerin Carla Manfredi heute Mittag im *Tan* verstorben ist. Dass jedoch noch völlig unklar ist, warum sie plötzlich zusammengebrochen …«

»Aber Grauner, die Hunde, die auch tot sind, die Aussagen gerade eben von diesem … diesem Hippiearzt … gereizte Schleimhäute, Thallium … ich muss doch … wie stehen wir denn sonst da …«

Grauner ahnte, dass es schwierig sein würde, Belli zu zähmen. Es konnte wohl nur noch darum gehen, ihn zu überreden, nicht alles, Gesichertes wie Spekulationen, ungefiltert weiterzugeben. Es ging um präventive Schadensbegrenzung. Erneut sprang er über seinen Schatten, trug dick auf.

»Natürlich, Dottore, können Sie das alles jetzt schon preisgeben, natürlich wird es so gewesen sein, wie Sie sagen, daran gibt es überhaupt keinen Zweifel, das haben Sie richtig erkannt. Aber kaum geben Sie den Presseleuten über alles Bescheid, wollen die sofort mehr, suchen nach mehr. So sind die. Das wissen Sie doch besser als ich. Und wenn Sie ihnen dann nicht sogleich mehr bieten können, werden die Journalisten anfangen zu spekulieren, in alle Richtungen. Und dann, am Ende, wenn wir die Beweise liefern, wird eine ihrer unzähligen Thesen, die sie in der Zwischenzeit bereits niedergeschrieben haben, unweigerlich die richtige gewesen sein. Dann werden nicht mehr wir es gewesen sein, die den Fall gelöst haben, nicht mehr *Sie*, Dottore!, sondern *die*. Irgendein Zeitungsfuzzi. Dann wird keiner mehr ein großes Interview mit Ihnen machen wollen, Dottore, ich habe vieles von Ihnen gelernt. Sie haben mir einmal gesagt, ich erinnere mich noch genau, Sie haben gesagt, Grauner, haben Sie gesagt, merken Sie sich eins, und ja, ich habe es mir bis heute gemerkt. Ein weiser Mann verrät nur jene Geheimnisse, von denen er weiß, dass diese … äh … bald eh keine mehr sind. Die anderen behält er für sich …«

Er fürchtete kurz, es mit dieser holprigen Taschenbuchphilosophie nun doch etwas übertrieben zu haben. Während er gesprochen hatte, hatte sich das Gesicht des Staatsanwalts zuerst verfinstert, dann jedoch wieder erhellt.

»Sie haben recht, Grauner, Sie …«

Er atmete erleichtert aus. Sie waren nun bei Bellis Limousine angelangt, der Fahrer stand bereit, öffnete dem Staatsanwalt die Tür. Belli stieg ein, jedoch ohne dass Grauner erkennen konnte, ob er seinem Rat tatsächlich folgen würde. Es würde ihn verrückt machen, das Ergebnis erst später aus Radio, Fernsehen oder Internet zu erfahren. Er beschloss, ein letztes Überzeugungshäubchen draufzusetzen und überlegte, welche Worte er wählen sollte.

»Belli, Sie …«

Belli saß schon, blickte noch einmal hoch, genervter Blick, kein gutes Zeichen. Da erklang eine Melodie rechts von Grauner, Beyoncé, er erkannte die Stimme sofort, schöne Stimme, wirklich nicht schlecht, vielleicht sollte sie es mal mit Mahlers *Lied von der Erde* versuchen, er war sicher, sie würde das gut hinbekommen. Tappeiner zog ihr Handy hervor, hob ab, sagte nichts.

Dann: »Ja, ja, der hat seins bestimmt wieder im Auto liegen …«

Vorwurfsvoller Blick zu Grauner.

»Ja, Belli? Keine Ahnung, wo der Herr Staatsanwalt sein Telefon …«

Belli befühlte die Taschen seines Trenchcoats, runzelte die Stirn, tastete die Taschen seines Jacketts ab, dann seine Hosentaschen, er hob entschuldigend die Hände, flüsterte. »Muss es wohl im *Laurin* verge…«

»Was? Ja! Ja, natürlich, wir kommen sofort.«

Alle schauten nun gebannt zu Grauners Assistentin. Sie senkte das Handy. Ihr Mund stand offen. Sie schluckte, dann erst gelang es ihr zu sprechen.

»Das *Tan*, es brennt. Alles brennt lichterloh.«

11

Grauner legte den Kopf an die Tür, lauschte, hörte nichts. Er öffnete die Tür einen Spaltbreit, alles dunkel. Er steckte den Kopf ins Dunkel, lauschte noch einmal, hörte ihren ruhigen Atem. Er hatte es vergessen, total vergessen. Er war so ein Trottel. Er hatte es ihr versprochen. Hoch und heilig. Rechtzeitig da sein! Es war ihm erst in der letzten Kehre vor dem Hof hoch über dem Eisacktal wieder eingefallen und hatte ihn dann wie der Blitz getroffen.

Dabei hatte er sich in der Früh ja noch so auf den gemeinsamen Abend gefreut. Alba hatte beim Frühstück verkündet, sie würde Spinatknödel machen, dazu Krautsalat, es klang nach Klischee, aber es war nun einmal so, Knödel, das war seine Lieblingsspeise.

Grauner liebte die Knödel. Knödel, das war für ihn mehr als nur ein Gericht, Knödel, das war eine Lebenseinstellung. Er vergötterte den Knödel beinahe so sehr wie seine Kühe im Stall oder des Nachbars Schildkröten, noch mehr als Mahlers Sinfonien. Knödel, das war Philosophie. Von Knödeln, wie auch von den Kühen, konntest du alles lernen, was es über das Leben zu lernen gab.

Wenn Grauner einmal gedanklich beim Knödel landete, was ihm recht oft und auch schon mal in unpassenden Momenten passierte, kam er gar nicht mehr weg davon. Wenn er nicht Juristerei studiert hätte, er hätte Geschichte studiert, zum alleinigen Zweck, dem Knödel, und zwar der Südtiroler Variante, den rechten Platz in den Geschichtsbüchern zuzuweisen.

Entsetzt sah er, wenn er durch Bozen lief, wie sich deutsche Touristen, die gerade eben über den Brenner rübergekommen waren, am Waltherplatz in die pralle Sonne setzten und eine Pizza bestellten. Oftmals einen Cappuccino und dazu gleich noch einen Aperol Spritz, um das so lange vermisste Italiengefühl sofort voll und ganz und allumfassend auszukosten.

Er erinnerte sich, wie oft sich Saltapepe aufgeregt hatte, wenn er Pizza verschlingende, gleichzeitig Aperol Spritz bechernde und mittags Cappuccino schlürfende Touristen ausmachte. Ihm war das egal. Sollte doch jeder zur Pizza trinken, was er mochte. Ob morgens, in der Mittagshitze oder abends. Wurscht. Es wärmte ihm jedoch das Herz, wenn zumindest ein paar Touristen die Knödel der Pizza vorzogen.

Wie oft hatte er mit Saltapepe diskutiert, ob denn nun die Pizza oder der Knödel das genialste aller Gerichte war, die beste Erfindung der Menschheit. Beide verteidigten ihr Lieblingsgericht, obwohl sie insgeheim anerkannten, dass auch das Gericht des jeweils anderen durchaus zu punkten wusste, dass die beiden Gerichte, das eine hier aus dem Norden, das andere aus dem tiefsten Süden, auf den zweiten Blick durchaus vieles gemeinsam hatten. Beide Gerichte waren aus der Not heraus entstanden. Der tüchtige Knödel hatte sich in Südtirol von der Beilage sogar zum Hauptgericht gemausert. Und bei beidem, Pizza und Knödel, wurde einem ob des Variantenreichtums nie langweilig.

Die Pizzavielfalt: Pizza Margherita, Pizza Prosciutto e Funghi, Pizza Salamino piccante, Pizza Verdure, Pizza Hawaii. Letztere bestellte Grauner mittags ab und an aus Spaß, obwohl sie ihm nicht schmeckte, nur um Saltapepe zu ärgern. Die Knödelvielfalt: ganz traditionell mit Speck oder mit Käse oder mit Spinat oder mit Bärlauch oder mit Salbei oder mit Rote Bete oder …

Er hatte sich so sehr auf die Knödel gefreut, er war so froh, voll und ganz mit Knödeln zufriedenzustellen zu sein, es völlig in Ordnung zu finden, würde er für den Rest seines Lebens nur noch Knödel kredenzt bekommen. Diese eigenartige Waldküche dieser eigenartigen Gourmetköchin aus dem Sarntal interessierte ihn nicht.

Grauner schaute immer noch in Saras dunkles Zimmer hinein. Er spürte, wie ihn die Schwermut packte. Er vermisste Saltapepe, er hatte es ihm nie gesagt und würde es ihm wohl auch nie sagen, aber die Arbeit in der Questura war nicht mehr dieselbe ohne den neapolitanischen Kollegen, der ihm zu Anfang so sehr auf die Nerven gegangen war. Der Commissario fragte sich, ob er ihn überhaupt irgendwann zurückbekommen würde, ob er, sollte er irgendwann zurückkehren, noch derselbe sein würde.

Er tapste im Zimmer umher, stieß gegen die Bettkante, fluchte kurz, ertastete ihr Haar, ihre Wange, drückte ihr einen Kuss auf die Stirn. Er hatte schon seit Längerem gespürt, dass zwischen ihnen nun alles gut war, für immer gut sein würde.

Ihm war klar, dass sie bald weg sein würde, dass sie nun eine erwachsene Frau war. Nicht mehr sein Mädchen.

Er schleppte sich müde in die Küche, entdeckte die letzten zweieinhalb Knödel in der Pfanne, legte einen Finger auf einen der noch lauwarmen Knödel, schleckte die geschmolzene Butter vom Finger, schenkte sich ein halbes Glas St. Magdalener ein, aß. Die Rückenschmerzen schwanden, der Genuss erdrückte sie.

Grauner ließ den Geschmack des würzigen Dolomitenkaisers, der lauwarmen Butter und des Rotweins am Gaumen miteinander verschmelzen, schloss kurz die Augen, sah die Bilder, die den Tag über auf ihn eingeprasselt waren. Er würde heute Nacht nicht schlafen können. Er schlief immer schlecht während der Mordermittlungen.

Er sah die tote Frau, die toten Hunde und erinnerte sich an das eigenartige Verhalten der Köchin, sah die zornigen, spuckenden Männer vor der Bar, die Postkarte mit dem Stillleben, die Tappeiner im Koffer der Toten gefunden hatte. Er flüsterte kauend, schmatzend: »Ich will es nicht. Doch ich tue es für dich. Ich habe stets alles für dich getan.« Was mochte das bedeuten? Wer hatte das geschrieben? Hatte es mit dem Fall zu tun? Vielleicht. Wahrscheinlich nicht. Wahrscheinlich war es bloß eine unbedeutende alte Karte. Karten mit Widmungen warf man nicht weg, und so landeten die meisten unweigerlich irgendwann zwischen zwei Buchdeckeln.

Er steckte sich das letzte Stück Knödel in den Mund, bemerkte, dass er noch immer hungrig war, ihm fiel ein, dass er überhaupt nichts gegessen hatte, den ganzen Tag über, er öffnete den Kühlschrank, holte ein paar Radieschen hervor, streute etwas Salz darüber, brach ein Stück altes Brot ab, biss in die Radieschen, dann ins Brot.

Kurz waren die Bilder weg, jetzt waren sie wieder da. Die Tote in der Gerichtsmedizin, immer noch eine strenge Würde ausstrahlend, die beiden Hunde, wie große Wollknäuel auf dem Tisch daneben. Die Fahrt zurück ins Tal, ein Polizist am Steuer, Belli auf dem Beifahrersitz, wild gestikulierend, Grauner und Tappeiner im Wagenfond, schweigend. Das Dunkel. Dann das helle Leuchten der Flammen über dem Dorf, schon von Weitem zu sehen. Die Flammen stachen hoch in den schwarzen Himmel. Rot, gelb. Die Menschen aus dem Dorf standen am Straßenrand, schauten nach oben zu den Wiesen, zum Wald, zum Hang, wo es brannte.

Sie fuhren an den Menschen vorbei, die voller Angst und Zorn ins Wageninnere starrten. Sie hörten die Kirchenglocken läuten, ließen das Dorf hinter sich, kamen den Flammen näher, sahen das Blinken der Feuerwehrautos und das Flackern der Flammen. Sie fuhren in den Wald hinein, die Reifen knirschten in den sandigen Kehren. Knapp unterhalb des Parkplatzes bedeuteten ihnen zwei Feuerwehrmänner anzuhalten. Sie stiegen aus, husteten in der rauchigen Luft.

Während die anderen beim Auto zurückblieben, kämpfte sich Grauner durch das Wirrwarr der Feuerwehrleute, die aus dem ganzen Tal zusammengekommen waren. Einer hielt ihn fest, er riss sich wieder los, dann packten ihn drei. »Sie können da nicht … Sie dürfen da nicht …« Er zog sie noch ein paar Schritte mit sich, dann gab er nach. Er sah das brennende Haus, das verkohlte Holz, sah, wie die Flammen ihre lodernden Zungen zu den nahe stehenden Tannen hin ausstreckten und die Feuerwehrmänner mit den schweren Wasserschläuchen auf die Bäume zielten. Sie hatten den Holzkubus wohl schon aufgegeben und versuchten jetzt, den Wald zu retten. Grauner sah Flammenlinien, die auf der Wiese vor dem Haus loderten. Er brauchte einige Sekunden, bis er verstand, dass da jemand mit dem Feuer einige Buchstaben in die Wiese gezeichnet hatte. Die Botschaft eines Feuerteufels. Er flüsterte die Buchstaben, formte sie zu einem Wort, zu zwei Wörtern.

»Ess … te … i … er … be. Stirb. Ha …e … ix … stirb Hexe.«

Da stand: *STIRB HEXE.*

Unwillig putzte sich Grauner die Zähne, er wollte den Knödelgeschmack eigentlich nicht durch Zahnpastageschmack ersetzen. Er betrat das Schlafzimmer, ohne das Licht anzumachen. Das Holz knarzte unter seinen Füßen.

»Alba«, flüsterte er, »bist du wach?«

Er hörte das Rascheln des Federbetts, hörte ihr verschlafenes Stöhnen. »Johann? Was ist passiert?«

Er legte sich zu ihr, strich ihr übers Haar.

»Eine Tote im Sarntal.«

Sie seufzte.

Er küsste sie.

»Sara …«

»Sie … hat nichts gesagt. Sie will unbedingt mit uns sprechen. Mit uns beiden!«

Er brummte.

»Du wirst nicht schlafen können, oder? Soll ich mit dir wach bleiben?«

Er küsste sie erneut. Strich ihr erneut übers Haar.

»Schlaf, Alba, schlaf.«

Er schälte sich wieder aus dem Bett, tapste in die Stube, holte die alten *Derrick*-Videokassetten hervor, beschloss, ein paar der ganz alten Folgen anzuschauen. Im Rücken zog und zerrte es wieder.

12

Der Geruch der Flammen vermischte sich mit dem Geruch des Waldes. Der beißende Rauch mit dem süßen Harz. Die Geräusche des Feuers umhüllten die Tannen. Der Lärm der Menschen drang herüber. Das Knistern, das Schreien. Der Puls ganz ruhig. Der Atem ganz ruhig, rückwärts, einige Schritte zurück in den Schutz des Waldes hinein. Weg von den Menschen, weg von dem Bösen, hinein ins schöne, gute, sichere Dunkel. Hinein in den Wald. Den guten Wald. Hin zu den Tannen, den guten Tannen. Bleiben, ruhen. Bei den Tannen. Weg von den bösen Menschen, die Böses wollen, Böses tun. Weg, weg.

27. August

1

Zum alten, bereits bedenklich schwankenden Stapel der zu bewältigenden Akten hatten sich zwei neue gesellt. Der alte war ein Sisyphos-Stapel. Das Ziel, ihn irgendwann verschwinden zu lassen, war ein nicht zu erreichendes. Immer wenn er sonst nichts zu tun hatte, arbeitete Grauner ein paar der Akten ab. Außerdem drehte er täglich, ein paar der Akten unterm Arm, eine Runde durch die Questura, ging von einem Mitarbeiter zum nächsten, lenkte ihn mit sinnlosem Gequatsche ab und legte in einem günstigen Moment ein paar der Unterlagen auf den Stapel des Kollegen.

Auch an diesem Morgen hatte er das gemacht, aus bloßer Routine, doch seit Monaten schon machte es eigentlich keinen Spaß mehr. Weil sich auf Saltapepes Schreibtisch mittlerweile so viele Akten stapelten, dass ihn jede weitere zum Einstürzen bringen würde. Und weil auf Marchés Schreibtisch alles exakt so geblieben war wie vor einem halben Jahr noch. Am letzten Tag seines Lebens. Weil sich niemand getraut hatte, seinen Schreibtisch zu berühren, ihn aufzuräumen, wegzuräumen oder auch nur eine einzige weitere Akte dort hinzulegen. Das, Grauner konnte es sich nicht anders vorstellen, würde wohl für immer so bleiben.

Er schaute auf die beiden neuen Stapel vor sich. Einer bestand aus Tageszeitungen. Tappeiner hatte ihm die wohl hingelegt. Es waren Zeitungen aus aller Welt, *New York Times, Le Monde,* die *Süddeutsche*, der *Corriere.* Grauner schnappte sie sich, blätterte darin. In den meisten Gazetten war der Tod der Kritikerin auf der ersten Seite kurz angerissen. Er überflog die deutschen Texte, versuchte, die Untertitel der französischen zu verstehen, ein klein bisschen Französisch hatte er vor vielen Jahren in der Schule gelernt, nun stellte er fest, es vollends verlernt zu haben. Er winkte Tappeiner heran und bat sie, ihm zumindest den Inhalt der englischen Artikel wiederzugeben.

Aufgrund des gestrigen Feuers hatte Belli die Pressekonferenz sausen lassen müssen. Der Staatsanwalt wollte sie nun heute um vierzehn Uhr nachholen. Nach Grauners Gespräch mit Hedwig Jöchler. Daher stand in den Artikeln bislang nichts von einem möglichen Mord. Es wurde lediglich berichtet, dass die berühmt-berüchtigte Gourmetkritikerin vermutlich einem Herzinfarkt erlegen war. Oder eventuell erstickt war. Es folgten Oden auf ihr Leben, ihr Werk, ihr Schaffen.

Der Commissario legte die Zeitungen weg und widmete sich dem dritten Stapel. Bücher. Er legte die rechte Wange auf den Schreibtisch, um die Titel auf den Buchrücken entziffern zu können. Es waren Carla Manfredis Bücher. Sie waren aus der Bibliothek gekommen. Er nahm das oberste in die Hand und fragte sich, was er damit anfangen sollte. Sicher war es sinnvoll, sich in das Leben und Denken der Toten einzulesen, aber er hatte nie und nimmer die Zeit, das nun zu tun. Er blätterte durch einige der Exemplare. Es mussten insgesamt weit über viertausend Seiten sein.

Wieder waren seine Gedanken bei Marché, und er schämte sich sogleich etwas dafür. Aber es war nun mal so, wäre der Sovrintendente noch am Leben, wäre das eine ideale Aufgabe für ihn gewesen.

Grauner schaute zu Tappeiner, ihr Blick verriet ihm, dass sie seinen Gedanken erraten hatte. Sie hob die Arme. Er schüttelte den Kopf. Sie hatte ja recht, er brauchte sie, auch sie konnte sich jetzt nicht einfach zwei Tage den Büchern hingeben.

»Was gibt es Neues?«, fragte er.

Sie stand auf, ging zu seinem Schreibtisch. »Der Brand war gegen zwei Uhr morgens unter Kontrolle. Heute in aller Früh haben die Aufräumarbeiten begonnen. Die Spurensicherung ist bereits seit Stunden erneut vor Ort. Sie haben im Wald, etwa hundert Meter vom *Tan* entfernt, das hier gefunden …«

Grauners Assistentin drehte sich um, griff nach einigen Unterlagen auf ihrem Schreibtisch und legte alles vor Grauner hin. Obenauf lagen einige Fotos. Die ersten zeigten zwei dunkelgrüne Kanister. Benzinkanister.

»Brandstiftung …«, flüsterte der Commissario.

»Sieht alles danach aus.«

Er blätterte in den Fotos. Das verkohlte Restaurant. Die verbrannte Wiese. Beides vom Parkplatz aus fotografiert. Dann Aufnahmen aus der Luft. Sie mussten mit einer Drohne gemacht worden sein. Grauner war bekannt, dass die Scientifica seit einigen Wochen im Besitz eines solchen Fluggeräts war.

Er erinnerte sich noch bestens daran, wie Belli sich gegen

die Beschaffung gewehrt und wie Weiherer insistiert hatte. Er selbst hatte sich zurückgehalten, war insgeheim jedoch ebenso gegen den Ankauf gewesen. Ein höheres Budget für den Fuhrpark wäre ihm einleuchtender erschienen. Gegen Ende des Jahres kam es schon mal vor, dass das Budget für Reparaturen aufgebraucht war, manchmal, um die Weihnachtszeit, selbst das Budget fürs Benzin. Doch am Ende hatte sich Weiherer durchgesetzt. Er hatte vehement argumentiert, dass es europaweit keine Spurensicherung mehr gebe, die ohne Drohne arbeite, selbst seine albanischen Kollegen hätten jüngst eine angekauft, wenn auch eine gebrauchte aus Apulien. Der Chef der Spurensicherung hatte mit der Kündigung gedroht. Das wollte Belli nun auch wieder nicht. Grauner ebenso wenig, auch wenn er sich fragte, woher Weiherer, der Fuchs, wissen konnte, was bei den Kollegen in Albanien so los war. Er selbst wusste schließlich auch nicht, ob seine albanischen Kollegen neue oder alte Computer auf ihren Schreibtischen stehen hatten, ob ihre Kaffeemaschinen funktionierten und ihre Diensthandys auf dem neuesten Stand waren.

Er blickte erneut auf die Fotos. Mittels der Drohnenaufnahmen waren die Buchstaben, die das Feuer in die Wiese gebrannt hatte, bestens zu erkennen.

STIRB HEXE.

Der Commissario schaute auf die Uhr. Es war nun kurz vor halb zehn. Noch anderthalb Stunden bis zum Beginn der Anhörung.

»Hat jemand zu den beiden Schwestern der Hauptverdächtigen recherchiert?«, fragte er weiter.

Tappeiner bejahte.

»Was haben wir zu ihnen?«

Tappeiner setzte sich auf ihren Schreibtischstuhl. »Lisa Jöchler, einundvierzig Jahre alt, ist die mittlere der drei. Ledig, keine Kinder. Sie lebt auch im Tal und unterrichtet in der dortigen Grundschule. Nebenher ist sie Jägerin und bewirtschaftet einen Obst- und Gemüsegarten. Die Kollegen haben gestern Nacht noch kurz mit ihr gesprochen. Ich werde später noch einmal bei ihr vorbeischauen, um sie zu ihrer Schwester zu befragen. Und auch um herauszufinden, ob sich die Schwestern tatsächlich zerstritten haben. Und wenn ja, warum. Du erinnerst dich an die Worte der Männer vor der Bar gestern, Grauner, nicht?«

Der Commissario nickte.

»Die dritte heißt Susanne. Sie ist vierundzwanzig. Auch ledig und kinderlos. Sie hat vor wenigen Monaten ihr Studium der Psychologie in Wien abgeschlossen und ist ins Tal zurückgekehrt. Wir konnten sie allerdings nicht antreffen, Lisa Jöchler sagte, sie sei im Urlaub, ein paar Tage Hamburg, dann Wandern im Wattenmeer bei Groningen, dann Amsterdam. Rückkehr: Übermorgen, sie soll am späten Nachmittag in Bozen ankommen. Auf dem Handy war sie bisher nicht erreichbar, was laut ihrer Schwestern nicht ungewöhnlich ist. Sie nutzt es wohl kaum. Wir werden es später noch einmal versuchen.«

Grauner überlegte. »Gut«, sagte er dann. »Ja, frag sie alles, frag sie vor allem auch, warum die drei ... äh ... alle drei ...«

Sie schien sofort kapiert zu haben, was er sagen wollte, und beendete den Satz. »Warum sie alle ledig sind.«

Er nickte. Es wäre ihm etwas unangenehm gewesen, Hedwig Jöchler danach zu fragen. »Ja, und frag sie auch nach diesem angeblichen geheimen Kräutergarten im Wald. Am Berg. Du erinnerst dich?«

Sie nickte.

»Wann triffst du sie?«, fragte er schließlich.

Sie schaute auf die Uhr, hob dann jedoch die Schultern. »Sie hat am Telefon gesagt, sie sei bis elf in der Schule, nachmittags im Garten. Ich denke, ich fahre bald mal los, aber vorher …« Sie stand auf, ging zu ihm hin und klopfte auf den Bücherstapel.

»Vorher willst du tatsächlich noch die ganzen Bücher hier lesen«, sagte er und lachte.

Sie lachte ebenfalls. »Nein, nein, aber du auch nicht, oder?«

Er schüttelte heftig den Kopf.

»Hilf mir …«, sagte sie, drehte sich um, ging zu ihrem Schreibtisch, kramte zwei Stofftaschen aus einer Schublade hervor und hielt ihm eine hin. »Hilf mir, die da reinzupacken.«

Er zog die Augenbrauen zusammen.

»Ich weiß, wer all das lesen könnte.«

2

Grauner hatte lange überlegt, wo er mit ihr sprechen sollte. Er hatte die Beine auf den Schreibtisch gelegt, die Augen geschlossen und sich in Gedanken die verschiedenen Abläufe vorgestellt. Er hätte sie hier ins Büro zitieren können, wie er es von *Derrick* kannte. Er hätte sie drüben, auf der anderen Straßenseite, ins Gefängnis bestellen können, in den dortigen Verhörraum, wie es Saltapepe stets vorschlug. Weil man auf dem Weg dorthin drei Gittertüren passieren musste, weil es in den Fluren des Gefängnisses erbärmlich stank. Nach Schweiß, Schimmel, Pisse, kaltem Rauch. Weil man dort manchmal den einen oder anderen Gefangenen schreien hörte. Weil das Eindruck machte, einschüchterte.

Doch, nein, das wollte Grauner nicht. Er wollte kein eingeschüchtertes Gegenüber. Keines, das von der Angst gepackt war. Angst mochte manchmal helfen, die Zunge lösen. Aber nicht immer. Zermürbung, ja, die wusste auch Grauner zu nutzen. Schlussendlich aber trumpfte er lieber mit etwas anderem auf, nicht mit Angst, sondern mit: Überraschung. Unerwartetem. Etwas, das dem Gegenüber erst die Sprache raubte, verwirrte, aus der Fassung brachte, die Person dann aber vertrauen ließ.

Vertrauen war wichtiger als Angst, dessen war sich Grauner gewiss. Vertrauen war gerissener als Angst. Mit Angst konntest du das Gegenüber vielleicht knacken. Zerquetschen, sodass es alles sagte, alles, ob wahr oder falsch. Mit Vertrauen aber, konntest du es sezieren, auf deine Seite holen und vermeintlich zu deinem Partner machen, es nutzen.

Grauner hatte den beiden Polizisten genauestens beschrieben, wie sie mit ihr zu verfahren hatten. Er hatte sie gebeten, sie wortlos die Treppen der Questura hinaufzuführen, sie in den Warteraum zu bringen, sie dort alleine sitzen zu lassen. Ihr noch einen Kaffee zu bringen, einen schrecklichen, überzuckerten Kaffee aus der Kaffeemaschine, die seit drei Monaten nicht mehr richtig funktionierte, bei der es ein bloßes Lotteriespiel war, was herauskam, ganz egal, auf welche Taste man drückte. Nur Zucker, viel zu viel Zucker, war immer mit dabei. »Lasst sie da sitzen. Kümmert euch dann nicht mehr um sie«, hatte er den beiden befohlen. Sie sollte warten. Gemeinsam mit dem Pflichtverteidiger. Im alten, muffigen Zimmer. Er selbst roch den Alte-Teppich-Geruch der Questura nicht mehr, er war nach all den Jahren immun gegen ihn, doch er erinnerte sich noch allzu gut daran, wie er anfangs wochenlang gegen die Übelkeit ankämpfen musste, lernen musste, ihn zu ertragen. Grauner hatte vorgehabt, eine ganze Stunde verstreichen zu lassen, dann noch einmal eine Viertelstunde, dann schnellen Schrittes zu ihr ins Wartezimmer zu gehen. Ohne Entschuldigung, ohne Erklärung. »Frau Jöchler«, nur das hatte er vorgehabt zu sagen, »danke, dass Sie gekommen sind.« So, als ob sie eine Wahl gehabt hätte. Er schaute auf die Uhr, sie hätten längst hier sein und zu ihm ins Büro kommen, ihm Bescheid geben müssen, dass sie nun drüben saß, wartete. Er schaute auf seinen Schreibtisch, sah, dass das Handy blinkte.

Er hob ab. Hörte eine Stimme, im Hintergrund Verkehrsgeräusche. Er erkannte die Stimme, es war einer der beiden Polizisten, die Hedwig Jöchler abholen sollten. Die Stimme des Mannes überschlug sich, es brauchte ein paar Anläufe, bis Grauner verstand, was der Mann ihm ganz aufgeregt mitteilen wollte.

»Wie, was soll das heißen, sie weigert sich?«

Er glaubte nicht, was er da hörte.

»Geschrien? Wie, verrückt? Panikattacke? Ja, aber ... am Eingang der Schlucht?«

Er wollte überraschen. Nun stand er da. Überrascht. Er schlug mit der Faust gegen die Zimmerwand. Putz bröselte auf den Boden.

»Nein, natürlich nicht ... nein, lasst die Waffen stecken, ihr Idioten ... ja, ich komme. Jetzt. Ja. Nein. Wo? Ich bin in zehn Minuten da.«

Er sah sie schon von Weitem. Hier, am Rande der Stadt, im Niemandsland zwischen Bozen und der Sillschlucht. Vor dem ersten Tunnel, der durch den Fels ins Sarntal hineinführte, war er rechts abgebogen. Auf einen schmalen Weg am Fuße der Schlucht, der am Bach entlangführte, ein Stück in die beinahe undurchdringliche Schlucht hinein. Dorthin, wo etwas weiter vorne eine ältere, heute gesperrte, überwucherte Straße durch alte, oft eingefallene Stollen, ebenso am Hang entlang, durch die Schlucht ins Tal hineinführte. Hier stand der Polizeiwagen am Straßenrand. Die beiden Polizisten lehnten am Dienstalfa. Jöchler saß im Schneidersitz im Schatten eines wilden Nussbaums.

Grauner hielt, stieg aus. Er beobachtete die Frau beim Näherkommen. Sie wirkte ebenso geheimnisvoll wie tags zuvor. Sie war eine jener Frauen, die man in der Stadt sofort als Dorfmensch identifizierte. Es war nicht das, was sie trug. Sie war ganz unauffällig gekleidet, schwarze Hose aus grobem Stoff, schwarze Lederschuhe, ein schwarzes Leinenhemd, eine Jeansjacke drüber. Nein, es waren ihr Blick, ihr Haar, ihre Wangen, ihre Haut. Er konnte es nicht genau beschreiben, gleichzeitig aber war es so offensichtlich. Sie sah nicht nach Stadt aus. Ebenso wenig wie er nach Stadt aussah, wenn er in den Spiegel blickte. Selbst wenn er Uniform trug, was er vor langer Zeit das letzte Mal gemacht hatte. Du konntest einen aus dem Dorf holen und in die Stadt verpflanzen, aber du konntest ihm das Dorf nicht aus dem Gesicht waschen.

Einer der beiden Polizisten trat ihm entgegen. »Commissario, wir …«

Grauner winkte ab. Der Mann sprach trotzdem weiter. »Ich verstehe es nicht. Sie ist freiwillig mitgekommen. Dann plötzlich, mitten in der Schlucht, ist sie durchgedreht, vollends ausgerastet, sie hat um sich geschlagen, in die Sitze gebissen, sich gegen die Fenster geworfen. Wir haben halten müssen, wir …«

»Schon gut«, unterbrach ihn Grauner.

Der Mann schwieg.

Der Commissario trat unter den Nussbaum, schaute zu ihr hinab. Sie schaute zu ihm hinauf, weder böse noch freundlich. Sie faszinierte ihn.

»Wissen Sie, was?«, er reichte ihr eine Hand, sie ließ sich hochziehen, kurz stand sie ganz nah bei ihm. »Wir gehen spazieren. Einverstanden?«

Es war nur der Bruchteil einer Sekunde gewesen, aber er hatte es gesehen. Ihre Augen hatten aufgeblitzt, ehe ihre Gedanken sie wieder unter Kontrolle bringen konnten. Dann hatte sie sich kurz auf die Lippen gebissen, schneller, als der Kopf der Intuition den Biss untersagen konnte. Sie hatte ihre Überraschung gezeigt, nur ganz kurz, doch er hatte es bemerkt. Er hatte seinen ersten, kleinen Punkt gemacht.

Er hatte nur ein paar wenige Worte gesagt, hatte ihr Vertrauen geschenkt und hoffte nun, er würde Vertrauen zurückbekommen.

Wortlos ging sie los. »Gut«, flüsterte sie. Schon war sie drei Schritte voraus, ging die alte, von Schlaglöchern zersetzte Straße entlang, die neben dem Bach in die Schlucht führte. Er bedeutete den Polizisten, bei den Autos zu bleiben. Spätestens als er ihr hinterhereilte, hatte er das Gefühl, dass sie es schon wieder war, die alles in der Hand hatte. Grauner hatte tatsächlich genau diesen Weg gehen wollen, aber nicht so. Er hatte gewollt, dass sie ihm folgte und nicht umgekehrt. Nun ging er wieder neben ihr. Als ihnen ein Rentnerpärchen entgegenkam, war er gezwungen, seinen Schritt zu verlangsamen und hinter sie zu treten, um die beiden Alten passieren zu lassen.

Sie ging weiter, wie auf Schienen. Sie passierten eine Lagerhalle, rund um die Halle standen Hunderte zu verleihende Wohnwagen. Weiter vorne sah Grauner zwei junge Männer näher kommen, auch zwei Hunde, deren Hunde wohl, leinenlos vorneweg laufend, bellend. Der Commissario hatte nichts gegen Hunde. Meistens aber etwas gegen deren Besitzer. Besonders gegen Stadtbewohner mit Hunden. Diese beiden Männer, das sah er sofort, waren solche. Er kannte sich genau damit aus, auf dem Abschnitt der Talferwiesen vor der Questura war ein Auslaufplatz für die Viecher. Auf seinem Mittagsspaziergang über die Wiesen machte Grauner stets Bekanntschaft mit Stadthundebesitzern.

Ihn störte Hundegebell nicht. Zu Hause, oben am Hof, über dem Eisacktal, hörte er es nicht einmal. Genauso wenig, wie er da oben das Rauschen des Waldes oder das Knattern der Traktoren hörte. Aber in der Stadt, da störte ihn das ständige Gekläffe von der nahe liegenden Hundewiese deutlich mehr als das ständige Rauschen des Verkehrs, der über die Drususbrücke stadteinwärts und stadtauswärts zog.

Weil Hunde nicht in die Stadt gehörten, so dachte Grauner. Katzen seinetwegen, aber Hunde doch nicht. Weil ihr Bellen nicht in die Stadt gehörte. Es gab Landtiere und Stadttiere. Würde er in der Stadt wohnen – allein der Gedanke brachte sein Herz zum Stottern –, würde er sich ja auch keine Kuh halten.

Bei jeder seiner Verdauungsrunden konnte er am eigenen Leib spüren, wie Stadtbewohner daran scheiterten, ihre Hunde unter Kontrolle zu halten. Und es darüber hinaus noch nicht einmal bemerkten. Meistens lief er die Talferwiesen hinab, unter den beiden Brücken hindurch, der Drususbrücke für die Autos, unter der zwei Obdachlose hausten, denen er manchmal einen Fünfer zusteckte, und der kleineren, gelben, namenlosen Stahlbrücke für die Fahrräder, bis dahin, wo die Talfer, die aus dem Sarntal herausbrach, in den Eisack mündete, der aus dem Eisacktal floss.

Die beiden Kläffer rasten immer noch auf sie zu. Etwa fünf Meter vor ihm und Hedwig bremsten sie ab, verharrten regungslos, schauten die Köchin an, duckten sich und begannen zu winseln.

»Ich mag die Stadt nicht«, sagte Hedwig Jöchler unbeeindruckt, während sie an den Hunden vorbeiging, so als habe sie die beiden gar nicht bemerkt, »Sie sind auch nicht aus der Stadt, gell, Herr Kommissar?«

Grauner schaute auf die Hunde, die nun wieder kehrtgemacht hatten und zu ihren sich nähernden Herrchen zurückliefen.

»Sie sind ein Dorfmensch. Ein Bergmensch. Sie gehören nicht hierher. Ebenso wenig wie ich hierhergehöre. Sie haben sich vielleicht daran gewöhnt, aber die Stadt schnürt Ihnen immer noch die Kehle zu …«

Er bemerkte, wie er automatisch nickte.

»… mir schnürt sie auch die Kehle zu, ich halte es nicht aus. Wie ein Vampir in der Sonne, so ist es für mich.«

Grauner spürte die Hitze der Sonne in seinem Gesicht. Er verstand genau, was sie meinte.

»Es tut mir leid, dass Sie hierherkommen mussten. Ich dachte, ich schaffe es, aber … ich bekam Panik …«

Er schüttelte den Kopf. Winkte ab. Sie gingen an den

Hundebesitzern vorbei, die ihre Viecher nun am Halsband festhielten, hastig grüßten. Grauner grüßte grimmig zurück. Jöchler begann einen neuen Satz.

»Lassen Sie uns immer weitergehen, Herr Kommissar. Fragen Sie mich, was Sie mich fragen müssen. Und wenn Sie glauben, Sie müssen mich einsperren, dann sperren Sie mich ein. Und wenn nicht, dann kehre ich in mein Tal zurück und Sie hierher.«

Sie gingen weiter, hörten wieder Gebell, erst ganz leise, dann lauter. Grauner erinnerte sich, dass es am Rande der Schlucht ein Tierheim gab, weiter vorne tauchte es auf, sie gingen daran vorbei, das Gebell wurde leiser, erstarb. Mal wurde die Schlucht breiter, dann waren Sandbänke im Bachbett zu sehen, mal wurde sie ganz eng und schattig. Moos klebte am dunklen Fels.

Sie schwiegen wieder. Lange. Ein rasender Mountainbiker kam ihnen entgegen, rechts führte ein steiler Weg zum Ritten hoch. Sie gingen weiter in die Schlucht hinein. Nun waren sie ganz alleine. Grauner war sich sicher, sie hätten noch ewig so weitergehen können, ohne das Gespräch fortzusetzen. Was ihn daran besonders beeindruckte, sogar ein bisschen verstörte: Er verspürte keine Peinlichkeit dabei. Das Schweigen zwischen zwei Menschen war viel komplizierter als das Sprechen. Miteinander schweigen, das war ganz hohe Kunst.

Grauner konnte, wenn er so überlegte, eigentlich nur mit Alba gut schweigen. So schweigen, dass nicht einer von beiden irgendwann das Gefühl hatte, nun aber mal etwas sagen zu müssen. Mit Sara hingegen ging es nicht, weil er dann ständig in Sorge war, sie würde ihn langweilig finden. Uncool. Noch uncooler als eh schon.

Diese Frau aber, diese Köchin aus dem Sarntal, war anders. Es war ihm, als wäre sie, er suchte in Gedanken nach den richtigen Worten, als wäre sie … nicht von dieser Welt. Nicht Teil der Menschen.

»Wir waren gestern noch in der Bar im Dorf, Frau Jöchler«, sagte er schließlich.

Sie schwieg. Ging schnell und unbeeindruckt weiter.

»Ich habe den Männern dort ein wenig zugehört. Sie haben …«, er wartete kurz, aber vergebens auf eine Reaktion, »… über Sie gesprochen. Darüber, was oben bei Ihnen, im *Tan*, wohl vorgefallen sein mag. Sie sagten …« Wieder wartete er ein wenig, wieder schien sie ihm zwar zuzuhören, jedoch nicht im Geringsten daran zu denken, das zu tun, was Menschen eben so machten, wenn sie miteinander redeten. Zum anderen hinschauen, ihm zu verstehen geben, dass man gedanklich bei ihm war. »Die Männer sagten, dass bei Ihnen oben wohl etwas Böses passiert sei. Ohne dass sie erfahren hatten, was passiert war. Warum denken sie das?«

Er hatte Jöchlers rasantes Spaziertempo unterschätzt. Sie liefen immer tiefer in die Schlucht hinein. Manchmal hörten sie etwas rascheln in den Büschen unten am Wasser, Grauner wusste, dass sich hier, in der Sillschlucht, eigenartige Gestalten herumtrieben. Sandler, Einzelgänger, streunende Hunde, die ihren Bozner Besitzern ausgerissen waren, manches Pärchen verabredete sich hier heimlich zum Liebesspiel, manche Prostituierte und mancher Stricher trafen ihre Kunden, manchmal sonnten sich ein paar harmlose Nudisten am Wasser.

In den Büschen hingen Plastikfetzen, Müll lag zwischen den Steinen. Die Köchin schien das alles nicht zu kümmern. Wie von einer unsichtbaren Schnur gezogen, ging sie weiter, in Richtung ihres Tales, ihres Dorfes, ihrer Heimat.

Das Gebüsch am Wegrand wucherte, wurde dicker, Grauner war bekannt, dass die Straße schon bald enden würde, dass es dann nur noch über Gestein und Geröll den Bach entlang ging. Der Commissario dachte an früher. In der Oberstufe hatten sich hier manche Mitschüler stets zum Kiffen getroffen. Er war nie mitgekommen.

Sie waren nun tief drin in der Schlucht. Alleine. Der Weg schien menschenleer. Links entdeckte er eine Steinbrücke, die auf die andere Bachseite führte. Vom Fels fiel ein kleiner Wasserfall herab. Jöchler stellte sich an den Rand des steilen Hanges, schaute nach oben. Grauner stellte sich neben sie, tat es ihr gleich. Über dem Gebüsch lag wieder der Fels, er entdeckte ein Stück der alten, überwucherten Straße, die einst ins Tal geführt hatte.

»Es gibt das Dorf. Und es gibt uns Schwestern«, sagte sie plötzlich. So als ob sie die ganze Zeit überhaupt nicht geschwiegen hätten und er seine Fragen gerade eben erst gestellt hätte. Nicht vor einer Viertelstunde schon. »Das Dorf ist das Dorf, und wir sind wir. Wir leben am Rande, abseits, wir mischen uns nicht ein …«

»Warum?«, fuhr Grauner dazwischen.

Er wollte kein Rätselraten mehr, er fürchtete nun doch ein wenig, es würde ewig so weitergehen.

»Weil es uns so besser geht. Weil weniger passiert, wenn wir uns nicht einmischen.«

Der Commissario wurde nicht schlau aus dieser Frau. Sie irritierte ihn, gleichzeitig zog sie ihn in ihren Bann. Er verstand nicht, was mit ihr los war. Ob sie gefährlich war, ob sie Hilfe suchte, ob sie Angst hatte, ob sie spielte.

»Warum stehen Sie am Rande? Warum ist das besser?«

»Weil wir anders sind, schon immer anders waren.«

»Weil die aus dem Dorf Angst vor Ihnen haben?«

Sie drehte sich zu ihm, stand nun wieder ganz nah bei ihm. Sie flüsterte beinahe unverständlich: »Ja. Und weil sie Angst vor uns haben, müssen wir Angst vor ihnen haben. Auf der Hut vor ihnen sein. Weil sie uns Böses wollen. Seit immer schon.«

3

Tappeiner ging zuerst in die Küche, ins Bad, dann ins Wohnzimmer. Sie öffnete überall die Fenster, dann erst trat sie ins Schlafzimmer, wo er immer war. Er hatte sich vor Wochen schon den Fernseher aus dem Wohnzimmer geholt und ans Bettende gestellt. Er schaute alte Filme. Fünf, sechs pro Tag. *Casablanca*, *Chinatown*, *Reservoir Dogs*, *Apocalypse Now*, *Die üblichen Verdächtigen*, *Fight Club*. Immer wieder dieselben.

Sie setzte sich neben ihn aufs Bett. Erst dachte sie, die Bettwäsche würde schon wieder müffeln, dann sah sie die Brösel an seinem Mundwinkel. Er hob die Decke an, zeigte ihr die versteckte Chipstüte. Er grinste. Sie grinste. Sie wischte ihm die Krümel aus dem Vierzehntagebart, griff in die Tüte und steckte sich einen Chip in den Mund, ließ ihn mit der Zunge zerplatzen, verzog das Gesicht.

»Bääääh«, kurz dachte sie, sie müsse ausspucken, dann schluckte sie widerwillig.

Sie griff nach der Tüte. *Al gusto di Pizza Napoli* stand darauf.

»Claudio, ganz ehrlich, wie tief willst du noch sinken?!«

Er lehnte den Kopf an ihre Schulter. Das hatte er bis dahin noch nie gemacht. Es fühlte sich gut an. Sie wollte, dass es ihm gut ging. Sie hoffte es so sehr. Das alles hätte nie passieren dürfen. Und doch erwischte sie sich manchmal bei dem Gedanken, dass das alles, das hier, sie bei ihm, nie passiert wäre, wenn das Schreckliche nie geschehen wäre. Dass sie nicht hier sitzen würde. Sie erwischte sich beim Gedanken daran, was wohl sein würde, wenn … wenn, ja wenn … er eines Tages wieder in die Questura kommen würde. Ganz der Alte sein würde. Wäre das dann vorbei? Das hier. Sie zwei?

Tappeiner schüttelte sich innerlich. Sie verbot sich diese Gedanken, und doch kamen sie immer wieder zu ihr zurück. Sie dachte oft an ihn und konnte manchmal nicht einordnen, was das für Gedanken waren. Gedanken, die Mütter ihren Söhnen gegenüber hatten, oder … oder?

Im Fernsehen küsste gerade der Bogart die Bergmann. Er drückte ihre Hand. Sie schaute zu ihm. Er schaute zu ihr. Er öffnete seine Lippen. Sie schloss ihre Augen.

»Silvia«, sagte er.

Sie hielt die Augen geschlossen. Was hatte sie erwartet? Verdammt, sei nicht kindisch, sagte sie sich in Gedanken. Sie ließ seine Hand los.

»Silvia, ich möchte mich bei dir bedanken, für alles …«

Sie legte ihm den Zeigefinger auf die Lippen. Er schob den Finger weg. Ihre Lippen berührten sich. Kurz. Ein Kuss? Ein Hauch davon. Sie schwiegen wieder. Es war schön.

Sie wusste nicht, was sie wollte. Sie wollte, dass es ihm wieder gut ging. Dass alles war wie früher. Einerseits. Sie wollte, dass das so weiterging, sie bei ihm, sie wollte, dass das Kribbeln in ihrem Bauch nie mehr aufhörte. Andererseits. Sie schauten gemeinsam *Casablanca* zu Ende. Er, der Nerd, sprach jeden Dialog flüsternd mit.

Dove sei stato ieri sera?
È passato tanto tempo, non me ne ricordo.
Ci vediamo stasera?
Non faccio mai piani in anticipo.

Sie begann, ihm detailliert von den Ermittlungen im Sarntal zu erzählen, wusste zunächst nicht, ob er ihr zuhörte. Doch als er die Dialoge des Films nicht mehr mitsprach, war klar, dass er ihr folgte. Manchmal murmelte er, wiederholte einige ihrer Sätze.

Sie erinnerte sich noch daran, dass der Bildschirm irgendwann schwarz wurde. *Fin*. Sie erinnerte sich noch, dass sie sich im Bad etwas frisch machte und die mit den Unterlagen vollbepackte Tasche, die sie mitgebracht hatte, in der Küche auf die Ablage legte und dass dabei eine Zeitung zu Boden fiel. Es war die *Gazzetta dello Sport*. Sie überflog die Schlagzeile auf der ersten Seite.

Juve e Napoli – primo duello big

»Das erste Duell zweier großer Mannschaften«, übersetzte sie flüsternd und frei. Sie interessierte sich nur wenig für Fußball und wusste trotzdem mehr darüber als jede ihrer Freundinnen. Sie wusste, dass die *Serie A* vergangene Woche wieder begonnen und Napoli schon seit Jahrzehnten die Meisterschaft nicht mehr gewonnen hatte. Dass die Juve zuletzt Dauersiegerin war. Sie hob die Zeitung wieder hoch und legte sie auf die Tasche mit den fotokopierten Ermittlungsunterlagen und den Büchern der toten Köchin.

»Claudio, ich habe dir was zum Lesen mitgebracht. Viel Spaß. Und: Forza Napoli!«

4

»Hatte auch Carla Manfredi Angst vor Ihnen?«

Kurz flackerten Hedwig Jöchlers Augen auf. Die Frage schien sie zu überraschen. Dann schüttelte sie zaghaft den Kopf, schaute zu Boden.

»Nein«, sie grinste nun angestrengt. »Ich glaube, die Manfredi hatte vor niemandem Angst.«

»Hatten Sie Angst vor ihr?« Das Rauschen des nahen Wasserfalls mischte sich in ihre Stimmen.

Nun erstarrten ihre Züge vollends. Sie schien nachzudenken. Nach etlichen, langen Sekunden taute ihr Gesicht langsam wieder auf.

»Viele hatten Angst vor ihr. Aber nein, ich nicht.«

Nun leitete Grauner jenes Gespräch ein, das er mit jeder letzten Zeugin eines Mordfalls geführt hätte. Er bat Hedwig Jöchler, ausführlich zu berichten, was sich in den letzten Minuten von Manfredis Leben zugetragen hatte.

Die Köchin sprach klar und langsam, so als ob sie sich die ganze Zeit schon ebenso normal und kooperativ verhalten habe. Manfredi sei, so erzählte sie, wie verabredet, wenige Minuten vor zwölf eingetroffen. Sie sei alleine gewesen. Mit ihren beiden Hunden, die nicht von ihrer Seite gewichen seien. »Wie ein kleiner und ein großer Leibwächter.« Sie habe, so fuhr sie fort, die Kritikerin gemeinsam mit ihrem jungen Kellner, Paolo Sensi, am Parkplatz empfangen. Es gab kaum Small Talk. Die Fragen, ob die Anreise gut verlaufen und sie mit dem Apartment unten im Dorf zufrieden sei, erwiderte die Kritikerin mit einem eiligen Nicken.

Manfredi setzte sich, prompt wurde das erste Amuse-Bouche serviert.

Grauner ahnte, dass er sich mit der nächsten Frage eventuell blamieren würde, er war noch nie in einem Gourmetrestaurant gewesen, wollte da auch nicht hin, er hatte keine Lust auf siebzehn Gänge und fünf Gabeln, bei denen er keine Ahnung hatte, welche jeweils zu welchem Gericht zu benutzen war.

»Sagen Sie«, fragte er etwas verlegen, »verzeihen Sie, aber gab es Brot dazu? Ich meine … äh … Stand ein Brotkörbchen auf dem Tisch?«

Jöchler schüttelte grinsend den Kopf.

»Nicht bei mir, Herr Kommissar.«

Es war ihm, als sei er seinem Gegenüber eine Erklärung schuldig. Er sah keinen Grund, der Köchin die Information vorzuenthalten: »Die Obduktion hat ergeben, dass Manfredi auch Brot im Magen hatte. Außerdem Schinken, Essiggurke.«

Jöchler hob die Schultern.

»Das sind doch keine Zutaten Ihres Menüs, oder?«

Sie verneinte.

Grauner dachte nach. Kein Brot, kein Schinken, keine Essiggurke. Das alles musste sie also irgendwann vor ihrem Besuch im *Tan* zu sich genommen haben. Auf der Fahrt vielleicht. Möglicherweise an einer Autobahnraststätte. Obwohl er sich nach allem, was er über die Frau erfahren hatte, kaum vorstellen konnte, dass sie ein Raststättenbrötchen gegessen hatte.

Die Köchin erzählte, was sich in den Minuten darauf zugetragen hatte: Paolo Sensi schenkte der Kritikerin ein. Wasser. Stilles Quellwasser aus dem Tal. Keinen Wein. Dann entfernte sich Sensi wieder vom Tisch. Sie standen daraufhin beide ein paar Sekunden an der Tür, die zur Waldküche hinausführte, und spähten in den Saal. Sie sahen, wie Manfredi eins der drei Törtchen mit dem Gäbelchen zerteilte, ein Stück aß, wie sie mit der Hand unter den Tisch fuhr und ihre beiden Hunde die Köpfe nach ihr streckten, ihr ein Stückchen aus der Hand fraßen, die Hand abschleckten.

Dann sahen sie vom Türspalt aus, wie die Kritikerin die Gabel nahm und sich den weiteren Pastetchen widmete.

Jöchler ging zur Küchenzeile am Waldrand und machte sich daran, weitere Vorabkleinigkeiten anzurichten. Äsche mit Kohlrabi, Blutampfer und Hirschhornflechte. Sensi wartete am Rande der Küchenzeile, ging dann sogleich mit einem Teller los.

Als Nächstes hörte Jöchler einen Schrei. Sensis Schrei. Sie eilte sofort in den Speisesaal, sah Manfredi am Boden liegen, Sensi bei ihr stehend, die Hände über dem Kopf zusammenschlagend, Angst in den Augen, vor Panik erstarrt.

Manfredi zuckte, mit den Händen, den Beinen, dem Kopf, sie versuchte, noch einige Worte zu sprechen. Doch es trat nur Schaum aus ihrem Mund.

Jöchler beugte sich zu ihr hinab, schüttelte sie erst, legte sie dann auf die Seite, so, erzählte sie, habe sie es einmal bei einem Erste-Hilfe-Kurs gelernt.

Einer der Hunde gesellte sich winselnd zu ihr, er leckte der Sterbenden das Gesicht, der andere Hund trottete davon.

Erst später, als Sensi bereits mit zitternden Fingern die Nummer des Weißen Kreuzes in sein Handy tippte und Jöchler wieder hinten zur Tür hinaus torkelte, um frische Luft zu schnappen und ihre Gedanken zu sortieren, als sie bereits sicher war, dass Manfredi nicht mehr lebte, als sie keinen Puls mehr gespürt hatte, als sie aufgehört hatte, sie zu beatmen, da hatte sie draußen bei den Tannen, bei der Küche, den kleinen Volpino gefunden. Leblos. Da hatte sich dann der große Windhund, noch immer winselnd, neben den kleinen Gefährten gelegt. Und schließlich schloss auch der Windhund die Augen, noch eine Minute hob und senkte sich der Bauch, bis es auch mit ihm vorbei war.

»Danach haben wir gewartet, nur gewartet«, sagte Jöchler noch, »bis wir die ersten Blaulichter unten im Dorf gesehen haben und es dann auch im Grün des Waldes blau blinkte. Dann erreichten die ersten Ihrer Kollegen den Parkplatz.«

Eine Weile schwiegen sie nun wieder beide. Dann fragte Grauner weiter, was er fragen musste. »Frau Jöchler, Ihr Kellner, Paolo Sensi, ist es möglich, dass er von Ihnen unbemerkt Gift in die Speise gemischt hat?«

Jöchler schüttelte den Kopf.

»Ich horte alle Zutaten in einem Lagerraum auf der Rückseite des Hauses, zu diesem Raum habe nur ich einen Schlüssel. Ich sperre ihn stets ab.«

Grauner grübelte ein wenig, fragte dann weiter.

»Wäre es möglich, dass Ihr Kellner, während er an den Tisch ging, Gift in das Gericht gemischt hat?«

Jöchler hob die Augenbrauen.

»Ist denn Gift in meinem Essen gefunden worden?«

»Das wird noch analysiert«, antwortete Grauner, »Wir nehmen an, dass die Frau vergiftet worden ist. Fakt ist, dass sie starb, nachdem sie von Ihrem Gericht gekostet hat.«

Er hatte beschlossen, seine Gedanken zu teilen. Es half ja nichts, er kam sonst nicht voran, und er musste vorankommen. Manchmal musste man einige Flanken aufmachen, in der Hoffnung, dass sich dann andere Türen öffneten. Nichts war schlimmer als Stillstand.

»Theoretisch ist viel möglich, Herr Kommissar. Ja, theoretisch könnte mein geschätzter Mitarbeiter, mein bester Kellner, mein Paolo, Herr Sensi, eine Spritze mit Gift bei sich getragen haben und auf dem Weg von meiner Küche unter den Tannen zum Speisesaal dieses Gift in eins der Törtchen gespritzt haben, oder in zwei oder in alle drei, ja. Aber daran glauben Sie doch selber nicht.«

Grauners Reflex war schneller als sein Hirn. Er schüttelte kurz den Kopf, stoppte sich sogleich, doch da war es bereits zu spät.

»Weil Paolo überhaupt keinen Grund hat, so etwas zu tun …«

Sie trat nun einen Schritt näher an ihn heran.

»Im Gegensatz zu mir.«

Er atmete tief ein und aus.

»Es heißt, Manfredi sei zu Ihnen gekommen, um Ihr Lokal erneut zu prüfen. Um das *Tan* möglicherweise aus dem erlauchten Kreis der von *Sette Forchette* empfohlenen Restaurants zu nehmen.«

Sie stand immer noch ganz nah bei ihm.

»Wenn sie das vorgehabt hätte, dann wäre ich ruiniert gewesen …«

Er sagte nichts, genau das wäre sein nächster Satz gewesen. Sie sprach ruhig weiter. »Empfiehlt dich das *Sette Forchette*, dann will die ganze Welt bei dir essen. Und jene, die es sich leisten können, und die, die Geduld haben, schaffen es tatsächlich, irgendwann einen Tisch zu ergattern. Fällst du aber aus diesem elitären Kreis heraus, dann ist es vorbei. Du kochst womöglich immer noch besser als neunundneunzig Prozent aller Köchinnen und Köche der Welt, aber viele wollen nicht mehr zu dir kommen. Und das bloß, weil eine Gourmetkritikerin aus Rom glaubt, dass du schon einmal besser gekocht hast. Pffff …«

In diesem »Pffff«, das hörte Grauner heraus, steckte vollste Verachtung. Nicht unbedingt für die tote Manfredi, mehr dafür, Essen wie sportliche Rekorde zu bewerten. Im Kopf des Commissarios überschlugen sich die Gedanken. Er sprach sie laut aus. »Ich könnte, wenn ich wollte, Frau Jöchler, mir Folgendes zusammenreimen: Carla Manfredi meldete sich bei Ihnen zum Besuch an. Die ganze Gourmetwelt weiß, dass Manfredi kaum irgendwo zweimal isst. Sie kommt einmal in ein Lokal, um es eventuell ins *Sette Forchette* zu heben. Kommt sie ein zweites Mal, ist das meist ein schlechtes Zeichen. Dann nämlich geht es in der Regel darum, Ihre Testesser zu bestätigen, die bei weiteren Testessen bemerkt haben, dass es nicht mehr so gut schmeckt. Und …«

»… und Frau Manfredi hat ihren Testessern, auch das weiß die gesamte Gourmetwelt, noch nie widersprochen …«, unterbrach die Köchin den Commissario.

Ja, das hatte er genau so sagen wollen. Er wunderte sich über den nun veränderten, zornigen Ton Jöchlers. Dass es so plötzlich aus ihr herausgeplatzt war. Sie zeigte Emotionen. Vielleicht, so dachte er, hatte er sie jetzt.

»Ja, ich kenne das Geschwätz der Szene, Herr Kommissar, aber es interessiert mich nicht. Ich vergifte niemanden, nur weil ihm mein Essen nicht mehr schmeckt. Wovon ich bei Frau Manfredi nicht ausgehe. Woran ich keine Sekunde glaube.«

Er suchte ihren Blick, fand ihn, band ihn.

»Nehmen wir an, das stimmt«, fuhr er ganz ruhig fort, »nehmen wir an, irgendjemand anderes hat Manfredi vergiftet, wer auch immer, wie auch immer. Jedoch nicht, weil dieser Jemand mit der Kritikerin ein Hühnchen zu rupfen hatte – sondern mit Ihnen. Nehmen wir an, der Mord war nur Beiwerk. Die Kritikerin musste sterben, damit Sie vernichtet werden. Und dieser Jemand, lassen Sie mich weiter vor mich hin fantasieren, Frau Jöchler, dieser Unbekannte, hat dann auch noch Ihr Lokal angezündet. Oder, nein, anders. Sie selbst haben Ihr Restaurant angezündet. Weil … weil … Sie wissen, dass die Gäste nun eh ausbleiben. Eine Tote im *Tan*. Da vergeht einem ja der Appetit. Sie haben doch sicher eine hohe Versicherung abgeschlossen, die nun zahlt oder …«

Sie hob die Schultern.

Er hob eine Augenbraue. Es war nun alles aus ihm herausgeschossen, das ganze Gedankenknäuel, vielleicht war es gut so.

»Versicherungen? Um so etwas kümmert sich mein Investor, Giulio Torrinesi, melden Sie sich doch bei ihm.«

Sie drehte ihm den Rücken zu.

»Das werde ich machen, Frau Jöchler …«

Sie stellte sich nun direkt an den steilen Hang. Grauner blickte nach oben, die Felsen waren mit Büschen bewachsen, es ging, so schätzte er, mehr als hundert Meter nach oben, man musste da hochklettern, um zur alten, gesperrten Straße zu gelangen und zu den alten Stollen, um dahinter wiederum irgendwo weiter rein ins Tal zu kommen. Die Köchin ging ein paar Meter den Hang entlang, verschwand dann zwischen zwei Büschen und stand bereits nach wenigen Sekunden über ihm im Fels, dann verschwand sie erneut im steilen Gebüsch. Staub und kleine Steinchen bröselten auf ihn herab.

»Frau Jöchler, Sie sollten wieder herunterklettern, wir sollten jetzt zurückkehren …«

Schon verfluchte er sich dafür, diese Spaziergehidee gehabt zu haben. Er hätte wohl doch alles anders machen und den Polizisten sagen sollen, die Frau in Handschellen zu zwingen und mit vorgehaltener Waffe ins Gefängnis zu bringen. Mit aller Kraft. Irgendwie. Er hätte sie dort drei Stunden schmoren lassen sollen. Dann: dunkler Raum, Licht ins Gesicht. Knallharte Befragung. Immerfort die gleichen Fragen …

»Finden Sie Ihren Mörder, Herr Kommissar, finden Sie die Person, die Manfredi vergiftet hat, ich, das kann ich Ihnen sagen, bin es nicht.«

Sie blickte von noch weiter oben auf ihn herab.

»Frau Jöchler, wer will Ihnen Böses? Die Männer aus dem Dorf, wer von ihnen? Warum? Hat es mit Ihrer Mutter zu tun? Mit dem, was mit ihr geschehen ist?«

»Ich werde Ihnen auf diese Fragen keine Antwort geben, Herr Kommissar«, schallte es herab.

Grauner schaute zu Boden, biss sich auf die Lippen, überlegte sich den nächsten Satz, sprach ihn zuerst langsam in Gedanken, dann schnell laut aus. »Frau Jöchler, vergangene Nacht, da brannte nicht nur das *Tan*, da brannten auch zwei Wörter auf der Wiese. *Stirb Hexe*. Was bedeutet das?«

Stille.

»Hexe, warum Hexe?«

Ein Knacken weit über ihm.

»Ich bin keine Hexe. Ich bin eine Köchin, eine ganz wunderbare Köchin, eine tüchtige Geschäftsfrau.«

Er sah sie erneut zu ihm herunterschauen, zwischen den Büschen. Sie stand da im Fels, wie versteinert.

»Frau Jöchler …«

Sie ließ ihn nicht weitersprechen.

»Ich muss zurück in mein Tal, Herr Kommissar, wenn Sie mich daran hindern wollen, dann zwingen Sie mich. Ziehen Sie Ihre Waffe, zielen Sie, schießen Sie auf mich. Ich werde mich jetzt wieder umdrehen und weiterkraxeln, diesen Hang empor, über die Felsen, nach Hause.«

»Frau Jöchler, was ist mit Ihrer Mutter, Anna, geschehen? Vor fünfundzwanzig Jahren. Wo … wie ist sie … Ich habe erfahren …«

Sie grinste zu ihm herab, dann verfinsterte sich ihr Gesicht.

»Frau Jöchler, machen Sie das nicht, Sie …«

Dann sah er sie nicht mehr. Ihm war sofort klar, dass es nutzlos war, ihr hinterherzuklettern. Tappeiner hätte das vielleicht geschafft, er nicht. Er war ein guter, ein ausdauernder Wandersmann, doch kein guter Kletterer. Er würde hier ein Stück hochkommen, irgendwie, aber wenn er oben wäre, wäre sie längst weg.

Grauner schaute noch einmal den Felsen empor und versuchte zu erkennen, ob sich Büsche bewegten, versuchte, sie noch einmal zu Gesicht zu bekommen.

Erst hörte er ein weiteres Knacken, dann ein Krachen, dann sah er einen dunklen Punkt, dann zwei, dann drei direkt über ihm. Die Punkte wurden größer, deutlicher. Er erkannte, dass es Steine waren. Er sprang vom Fels weg, hielt sich die Arme über den Kopf. Rannte über die kleine Steinbrücke zur schmalen Straße zurück, hörte, wie die Steine hinter ihm auf den Boden krachten und zerschellten, hörte einen Schrei. Dann Gelächter. Das Echo warf zuerst den Schrei und dann das Gelächter zwischen den Wänden hin und her. Er lief weiter, schaute nicht mehr zurück.

5

»Warum sind Sie eigentlich ledig, Sie alle drei?«

Lisa Jöchler lachte, bückte sich, riss ein paar Gräser, Blätter und Kräuter aus dem Boden und hielt sie Tappeiner hin. Grauners Assistentin nahm eine frische Intensität wahr, es duftete nach trockenen Blumen und feuchtem Waldboden gleichzeitig. Der Geruch war so überwältigend, dass sie ihre soeben gestellte Frage schon wieder vergessen hatte.

»Was ist das?«, fragte sie stattdessen.

Lisa Jöchler hob die Schultern, lachte wieder, jetzt noch lauter als zuvor.

»Schauen Sie, Frau Polizistin, hier in meinem Garten habe ich dreitausend Sorten Obst, Gemüse und Kräuter angebaut. Mindestens. Viele Sorten, die Sie sonst nirgendwo finden.«

Sie schaute um sich.

»Ananaskirschen, Japanischer Wasserpfeffer Elefantenknoblauch, Barbarakresse, Erdnussrucola, Austernkraut, Forellensalat, Winterheckenzwiebeln, Teufelsohren, Hirschzunge, kennen Sie Hirschzunge, römische Hirschzunge? Ein ganz vorzüglicher süßer Salat …«

Sie wartete keine Antwort ab und roch nun an den Gräsern und Blättern, die sie Tappeiner gereicht hatte.

»… ich habe keine Ahnung, was das ist. Ich kann mir das beim besten Willen nicht alles merken. Ich lasse vieles einfach wuchern, manchmal säe ich wild drauflos und schaue, was dabei herauskommt.«

Tappeiner war gegen zwölf Uhr mittags in Sarnthein eingetroffen. Sie hatte im Zentrum des Dorfes geparkt, neben der Kirche, und war dann in Richtung Nordosten gelaufen. Sie hatte das Haus von Lisa Jöchler schnell gefunden. Es lag, wie auch das Apartmenthaus, bei dem sie tags zuvor mit Grauner gewesen war, ein paar Hundert Meter abseits der anderen Häuser, am Rand des Dorfes. Am Hang. Umgeben von Wiesen.

Sie war auf die Wiesen gelaufen und hatte auf das Dorf hinuntergeschaut. Sie hatte die Kirche, die Bar, die Männer vor der Bar ausmachen können. Einige TV-Übertragungswagen auf dem Parkplatz dahinter. Die Journalisten waren wie erwartet eingetroffen. Sie hatte die Wiesen auf der anderen Talseite gesehen, den Wald, ein Stück davon verkohlt, doch Rauch war keiner mehr in den hellblauen Himmel aufgestiegen. Ein Kondensstreifen hatte sich durch das Blau gezogen. Sie hatte überlegt, das machte sie immer, wohin der Flieger wohl fliegen mochte.

Die Schwester der Köchin war nicht zu Hause gewesen, also war Tappeiner wieder ins Dorf hinunterspaziert, hatte sich zur Schule durchgefragt, dort, so hieß es, sei Lisa Jöchler heute nicht gewesen, sie habe sich morgens krankgemeldet. Man habe Verständnis gehabt, nach all dem, was geschehen war. Tappeiner hatte in der Schule nach Lisa Jöchlers Gartenbeeten gefragt, die Direktorin hatte nach Osten gezeigt, auf die Wiesen am Waldrand.

Eine Viertelstunde später hatte Tappeiner die Anbaufläche erreicht. Die schiere Größe der Beete hatte sie sofort beeindruckt. Insgesamt war der Garten beinahe halb so groß wie ein Fußballplatz. Sie hatte Lisa Jöchler nicht sofort entdeckt, doch dann war die Schwester der Köchin aus dem

Wald herausgetreten, sie trug einen blauen Mechanikeranzug, der an den Knien dreckig war, voller Erde. Auch ihre Schuhe waren von einer Erdschicht überzogen, ihre Wangen schmutzig braun. Sie hatte wohl schon einige Stunden hier im Garten gewühlt.

»Sie waren in der Schule?«, hatte Lisa Jöchler die Ermittlerin anstatt eines Grußes sogleich gefragt.

Sie schien etwas außer Atem.

Tappeiner hatte genickt.

»Denen habe ich gesagt, dass ich krank bin. Bin ich auch, das gestern hat mich sehr mitgenommen.«

Als sie Tappeiner erreichte, streckte sie ihr die Hand entgegen, unter den Fingernägeln klebte Erde.

»Aber im Bett werde ich nicht gesund, nur hier, in meinem Garten. Kommen Sie, ich zeige Ihnen alles.«

»Ihre Frage …«

Lisa Jöchlers Worte holten Tappeiner wieder aus den Gedanken.

»Ihre Frage, warum wir Jöchlerinnen nicht verheiratet sind, die kann ich Ihnen gerne beantworten, Frau Polizistin.«

Tappeiner war wieder bei der Sache, der Duft der Gräser, Blätter und Kräuter kitzelte sie jedoch immer noch in der Nase.

»Weil das halbe Dorf Angst vor uns hat, weil es glaubt, dass wir Hexen sind.«

Tappeiner erinnerte sich mit Schaudern an die Männer vor der Dorfbar. Und an die Feuerbuchstaben vor dem abgebrannten *Tan*.

»Sie glauben, dass wir es mit dem Teufel treiben, Frau

Polizistin, so wie es bereits unsere Mutter und unsere Großmutter und deren Großmutter mit dem Teufel getrieben haben sollen.«

Tappeiner zog die Augenbrauen zusammen.

Lisa Jöchler fuhr fort: »Hexen heiratet man nicht, vor Hexen haben die Männer im Dorf Angst.«

Nun fand Grauners Assistentin die Worte wieder. »Frau Jöchler«, sagte sie, »mir kommt das alles …« Weiter kam sie nicht. Traute sie sich nicht. Lisa Jöchler schaute nun finster.

»Frau Polizistin!«, sagte sie, »wir Jöchlerinnen leben schon seit über tausend Jahren im Sarntal. Es gibt Feindschaften im Dorf, im Tal, Fehden, die ziehen sich durch die Generationen, die hören nie auf. Wir Jöchlerinnen haben es mit dem Teufel zu schaffen, das haben die Herren im Dorf vor ewiger Zeit so entschieden, und sie haben damals ebenso entschieden, dass wir nicht im Schutze der Häuser im Dorf leben dürfen. Sie haben entschieden, dass wir an allem Schlimmen im Tal schuld sind. Manchmal legten sich der Zorn und der Hass für eine Weile, dann durfte eine, wie meine Mutter, im Dorf arbeiten, sie war jahrelang Sekretärin in der Gemeinde, ich bin Lehrerin, doch irgendwann geht alles wieder von vorne los. Die Wut, die Gewalt. Meistens wenn etwas passiert im Dorf, im Tal, wenn es Schuldige braucht. So wie jetzt …«

Tappeiner kam es eigenartig vor, welche Richtung dieses Gespräch so rasant genommen hatte. Eben noch war sie einer netten Frau mittleren Alters gegenübergestanden, die von ihren Kräutern und Gemüsesorten geschwärmt und den Eindruck gemacht hatte, in sich zu ruhen. Sie hatte sich das alles vor wenigen Minuten noch als ein schönes Leben vorgestellt. Für sie selbst vielleicht etwas zu langweilig, aber schön für eine Frau, die sich hier in diesem Tal daheim fühlte, im Einklang mit der Natur lebte. Und jetzt, plötzlich, erzählte ihr diese Frau in durchaus gereiztem Ton etwas von alten Fehden, vom Teufel und von Hexen. Auch wenn es ihr schwerfiel, Tappeiner bemühte sich zu beherzigen, was Grauner ihr so oft geraten hatte: das, was ihr erzählt wurde, ernst zu nehmen. Es nicht als Blödsinn abzutun, nachzufragen, immer wieder nachzufragen. Jeden Nebensatz zu hinterfragen.

»Wir haben erfahren, dass Ihre Mutter …«

»Unsere Mutter war eine großartige Frau, sie hat uns mit Liebe großgezogen, doch als wir groß waren, hat sie uns verlassen, sie ist in den Wald, in die Schlucht, sie ist weggegangen, weg von den Menschen hier. Das musste sie tun, die Menschen hier taten ihr nicht gut.«

»Wissen Sie, wer Ihr Vater ist?«

Die Frau schüttelte den Kopf. »Nein, unsere Mutter hat es uns nicht verraten. Ich denke, weil sie uns schützen wollte. Weil es wohl böses Blut gegeben hätte im Dorf. Und es gab schon genug böses Blut.«

»Die jüngste, Susanne …«

»Hedwig und ich haben sie großgezogen. Mamma brachte sie zur Welt, kurz bevor sie für immer verschwand.«

»Und Ihr Vater, Sie wissen wirklich nicht …«

Die Frau schüttelte den Kopf. Schloss die Augen, wie zum Zeichen, dass es sich darüber nicht weiter zu reden lohnte. Dass sie darüber nichts mehr sagen konnte. Wollte.

»Das Dorf glaubt also, dass Sie drei Hexen sind?«

»Nicht alle. Nein. Aber viele. Sie meiden uns, spucken aus, wenn von uns die Rede ist, weil das schützen soll vor uns Teufelsfrauen.«

Tappeiner erinnerte sich erneut an die spuckenden Männer vor der Bar. Die Absurdität von Lisa Jöchlers Worten war ihr durchaus bewusst, trotzdem sprach sie weiter. »Aber Frau Jöchler, Sie unterrichten doch die Kinder im Dorf.«

»Nicht alle Kinder, Frau Polizistin.«

Jöchler lachte, noch lauter als zuvor, anders, böser, sie bückte sich zu ein paar gelben Zucchini hinab, begutachtete sie.

»Es gibt zwei Klassenzüge bei uns in der Schule hier in Sarnthein. In einem Zug sitzen die Kinder, die ich nicht unterrichten soll. Es sind die Kinder vieler alteingesessener Dorfbewohner. Im anderen sitzen jene, zu denen auch die Hexe darf. Weil die Eltern, meist später Zugezogene, nicht an Hexen glauben.«

Sie hob die Schultern, als ob ihr das egal wäre. Doch ihr Ton hatte verraten, dass dem nicht so war. Tappeiner beschloss, die Sache von einer anderen Seite anzugehen, direkt, ohne Umschweife.

»Frau Jöchler, wer, glauben Sie, könnte Carla Manfredi, die Tote im Gasthaus Ihrer Schwester, auf dem Gewissen haben?«

Die Frau stand auf, schaute Grauners Assistentin tief in die Augen. Tappeiners Gesichtszüge rührten sich nicht.

»Wenn hier im Tal jemand ermordet wird, vergiftet, dann hat das mit den Menschen hier im Tal zu tun, Frau Polizistin. Selbst wenn die Tote anderswo herkommt. Seien Sie sich dessen gewiss. Diese Frau ist ein Bauernopfer. Ihr Tod gilt nicht ihr. Ihr Tod soll uns treffen. Uns Jöchlerinnen. Das schwöre ich Ihnen.«

Lisa Jöchler kniff die Augen zu Schlitzen zusammen.

»Und das Feuer und die in Feuer getauchten Wörter vor dem brennenden *Tan*«, sponn Tappeiner den Gedanken

Jöchlers weiter, »sollten Ihnen dreien zeigen, wer dahintersteckt. Es sollte ein Zeichen an Sie sein?«

Die Frau nickte.

»Und wer soll das alles getan haben?«, fragte Tappeiner weiter.

Lisa Jöchler atmete einmal tief ein und aus. Ihr war wohl bewusst, dass ein nun genannter Name einer bösen Anschuldigung gleichkam.

Sie sprach klar und deutlich: »Der Luis war das. Da gibt es keine Zweifel. Der Steiner Luis. Die Steiners wollten uns noch nie Gutes. Der Luis nicht. Der Vater vom Luis nicht. Auch der Großvater wollte uns stets nur Böses und dessen Großvater ebenfalls.«

Tappeiner schaute kurz zu Boden.

»Was … was war der Ausschlag für diese Jahrhunderte währende Feindschaft?«

Jöchlers Pupillen zitterten nun. Die dünnen Lippen ebenso. Sie musste dreimal ansetzen, um den Satz ins Laufen zu bringen. »Der Urgroßvater der Urgroßväter vom Steiner Luis hat die Urgroßmutter unserer Urgroßmütter auf dem Gewissen.«

Tappeiner flüsterte sich in Gedanken weiter Grauners Rat zu. Ernst nehmen! Nichts als lächerlich deklarieren! Weiter nachfragen!

»Frau Jöchler, was hat der Urahn von diesem Luis Steiner Ihrer Urahnin denn angetan?«

Lisa Jöchler schluckte.

»Er hat sie als Hexe verleumdet. Eugenius Elias Nikolaus Steiner vom Steinerhof, hoch oben bei den Almen am hintersten Talende, hat unsere Urahnin, die Ursula Jöchler, vor fünfhundert Jahren der Hexerei beschuldigt. Er hat das

Gerücht im Dorf verbreitet, hat es wiederholt und wiederholt, auch als Ursula im Turm von Schloss Reinegg gepeinigt wurde, um sie zu einem Geständnis zu zwingen, als sie zum Tode durch den Scheiterhaufen verurteilt wurde und schließlich die Flammen des Scheiterhaufens um sie loderten, als sie sich in ihre Haut fraßen, die Haut aufplatzte und sie allen Schmerz aus sich hinausschrie. Als ihre Gebeine schließlich verkohlt dalagen, da soll es nur gelacht haben, dieses Steinerschwein, zufrieden gelacht.«

Tappeiner hatte Gänsehaut am ganzen Körper. Und sie war sich sicher, dass die Jöchlerin es bemerkte. Ihre Gedanken flogen wild durcheinander.

»Das, äh, ich weiß nicht …«

Lisa Jöchler sprach nun wieder klar und unaufgeregt.

»Ich verstehe, dass Sie denken, ich spinne. Sie werden das jetzt alles nachprüfen wollen, nicht?«

Tappeiner nickte. Etwas zu brav. Kurz kam sie sich vor wie eine Schülerin, sie biss sich auf die Lippen.

»Ich möchte Ihnen vorschlagen, dass Sie das *Südtiroler Landesarchiv* in Bozen besuchen. Wenden Sie sich an Dr. Heinrich von Waldstätter. Er kann Ihnen das alles besser erklären als ich. Er kann Ihnen alles bezeugen, Ihnen Unterlagen zeigen.«

Tappeiner versuchte, sich den Namen des Mannes einzuprägen.

»Das werde ich machen, Frau Jöchler. Und ich werde auch diesen Herrn Luis Steiner aufsuchen. Sagen Sie mir, wo finde ich den?«

Die Frau hatte sich wieder zu ihrem Gemüse hinuntergebückt, sie pflückte ein paar Tomaten.

»Ich habe mich Luis Steiner seit Jahren nicht mehr auf

unter zehn Metern genähert, kommt er des Weges, wechsle ich die Straßenseite. Um die Bar im Dorf mache ich einen weiten Bogen. Denn meistens ist er da, in der Bar oder davor, mit seinen Männern, sie trinken, er raucht seine stinkende Zigarre. Und wenn er nicht da ist, dann ist er in seinem *Hotel Schattenbach,* das kaum Gäste hat, ganz hinten am Ende des Tals. Oder auf seinem Hof über dem Hotel.«

Wieder standen Tappeiner die Gesichter des vergangenen Nachmittags vor Augen, die hasserfüllten Männergesichter, auch das des Zigarrenmannes.

»Noch zwei letzte Fragen, Frau Jöchler.«

Die Frau wandte sich ihr zu, reichte ihr zwei Handvoll unterschiedlichster Tomaten. Eine groß, eine klein, eine rund, eine oval, eine knollig, eine dunkelrot, eine hellrot, eine grün, eine gelb.

»Grünes Zebra, Schwarze Russin, Kaiserin Sissi, Weiße Schönheit, Andenhorn, Zahnrad, Grünes Würstchen«, sie zeigte mit dem kleinen Finger auf ein paar der Exemplare.

»Danke«, sagte Tappeiner.

»Ihre zwei letzten Fragen ...«

Kurz hatte Tappeiner erneut den Faden verloren.

»Sie wollten mir zwei letzte Fragen stellen.«

Die Kommissarin stockte, dann fielen sie ihr wieder ein.

»Ja, wir waren gestern im Dorf. Vor der Bar. Da haben wir auch diesen Herrn Steiner gesehen, ihn und seine Männer. Sie haben über Sie und Ihre Schwestern gesprochen. Es gibt wohl das Gerücht, dass Sie einen Garten mit giftigen Kräutern irgendwo oben im Wald, am Berg, betreiben ...«

Die Frau lachte kurz laut auf und zeigte dann um sich.

»Glauben Sie, liebe Frau Polizistin, ich hätte mit diesem Garten hier nicht mehr als genug zu tun?« Sie schien keine Antwort zu erwarten, fuhr fort: »Das ist dummes Geschwätz.«

Tappeiner legte nach. »Sie haben auch gesagt, dass Sie und Ihre Schwestern sich jüngst zerstritten hätten. Stimmt das?«

Die Frau lächelte, doch es wirkte etwas gewollt.

»Glauben Sie nicht alles, was im Dorf geredet wird.«

Tappeiner schaute streng. »Das mache ich nicht. Deshalb bin ich hier. Also? Sind Sie zerstritten?«

Jöchler lächelte erneut. »Wir sind drei dickköpfige Schwestern. Es wäre doch sehr eigenartig, wenn wir nicht ab und an aneinandergerieten. Oder?«

Tappeiner suchte Jöchlers Blick, sah, dass die sie bereits fixierte.

»Na also, eben. Natürlich gibt es ab und an Krach zwischen uns. Aber wir lieben uns und werden uns immer lieben.« Dann schaute sie auf die Tomaten. »Und nehmen Sie die Tomaten ruhig, machen Sie einen schönen Tomatensalat daraus. Bisschen Olivenöl, Salz, Basilikum. Und machen Sie sich keine Sorgen, die Tomaten sind nicht vergiftet.«

Sie zeigte wieder ihr Lächeln. Tappeiner verstand nicht, ob es ein spöttisches oder ein herzliches war.

»Großes Hexenehrenwort.«

6

Grauner hatte sie angelogen. Nicht ganz. Nur so halb. Ganz lügen, das konnte er nicht. Da wurde er rot, fing an zu stottern. Halb lügen, das hatte er sich im Laufe der Jahrzehnte als Commissario gut antrainiert. Darin war er zum Experten geworden. Lügen, gutes Lügen, war stets halbes Lügen, ganz nah an der Wahrheit vorbei. Im Kopf so zurechtgelegt, dass es einem selbst beinahe wahr vorkam. Dass man selbst daran glaubte.

»Ich habe sie gehen lassen«, hatte er ins Handy gesprochen. Sofort, ohne sie zu grüßen. »Ich habe lange überlegt, ich glaube, es ist das Beste so.«

Dann hatte er gewartet, sie nur atmen hören, versucht, das Atmen zu deuten. Glaubte sie ihm? Er kam nicht dahinter. Sie sagte nichts. Es kam ihm etwas eigenartig vor, sich vor seiner Assistentin zu rechtfertigen. Sie schwieg weiter. Schweigen war das Schlimmste.

Er setzte wieder an. Erzählte von den Ereignissen, davon, dass Hedwig Jöchler im Polizeiwagen durchgedreht sei, sich geweigert hatte, bis in die Stadt mitzukommen. Dass sie sich am Eingang zur Sillschlucht getroffen und dort einen Spaziergang unternommen hatten. Er erzählte auch von ihrem Gespräch. Davon, dass sie ihm gesagt hatte, sie wolle wieder ins Tal hinein, nicht nach Bozen. Er erzählte ihr nicht, dass er ihr am steilen Hang nicht nachgekommen war. Und auch nicht vom Schrei, vom schallenden Gelächter und den Steinen, die auf ihn herabgefallen waren, ihn beinahe getroffen hatten. Er konnte das alles selbst noch nicht recht einordnen. Vielleicht war sie ausgerutscht, deshalb der Schrei. Die Steine? Hatten sie sich beim Ausrutschen gelöst? So was passierte. Aber das Gelächter? Es hatte dumpf geklungen. Er war sich nicht sicher, ob es ihres gewesen war.

Grauner war bedrückt wieder aus der Schlucht hinausgewandert. Er hatte an diese eigenartige Begegnung gedacht, dann war er gedanklich abgeschweift. Hin zur Schulzeit. Er dachte an die alten Kumpels, die Kifferclique, die sich ab und an hier drin herumgetrieben hatte. Einmal, ja, nur ein einziges Mal, hatte er auch gekifft. Niemandem hatte er je davon erzählt. Alba nicht, Sara schon gar nicht. Jetzt kam es ihm wieder in den Sinn.

Er hatte nicht mit der Clique gekifft, sondern mit einem Schulfreund, den er bereits seit frühesten Kindheitstagen kannte. Dem Niederfringer Markus vom Niederfringerhof, beinahe ein Nachbar, auch in der Klasse unten in Bozen hatten sie nebeneinandergesessen.

Sie hatten sich am Waldrand oberhalb des Dorfes getroffen und geraucht. Markus hatte zu kichern angefangen, war in den Wald hineingestolpert, hatte einen Baum nach dem anderen umarmt, nicht mehr losgelassen und dann zu singen begonnen, in einer Art Fantasiesprache. Grauner, sechzehn war er damals gewesen, war nur schlecht geworden, alles hatte sich plötzlich gedreht, den Bäumen waren Arme und Beine gewachsen, aus ihren Rinden hatten sich Gesichter herausgebläht. Sie hatten sich zu ihm hinabgebeugt, Grimassen schneidend nach ihm gegriffen. Sie hätten ihn wohl gepackt und hochgezerrt, wenn das Moos, auf dem er lag, nicht nachgegeben hätte, er versank darin, das Moos legte sich über ihn. Dunkel war es geworden. Er hatte Panik gehabt.

Irgendwie hatte er es hinausgeschafft aus dem Wald, irgendwie hatte er diesen Nachmittag überlebt. Er hatte noch drei Nächte von den Fratzen der Bäume geträumt. Beinahe ein halbes Jahr war er in keinen Wald mehr gegangen. Nach der Matura hatte er Markus aus den Augen verloren. Der Freund war nach Mailand gezogen, um Wirtschaft zu studieren, später hatte er erfahren, dass er eine erfolgreiche Kanzlei für Urheberrechtsfragen gegründet und geheiratet hatte.

Ab und an hatte er beim Einkaufen dessen Mutter getroffen, bei einer Begegnung eines Nachmittags, zehn Jahre musste das nun her sein, mindestens, da hatte sie ihm unter Tränen berichtet, dass ihr Markus alles hingeschmissen, sich habe scheiden lassen und mit einer dreißig Jahre Jüngeren nach Indien abgehauen sei, dass sie seitdem nichts mehr vom ihm gehört habe.

An dem Abend nach jener Begegnung hatte Grauner lange wach gelegen. Auf ein Glas Wein folgte ein zweites. Er hatte sich überlegt, was wohl anders gelaufen wäre in seinem Leben, wenn er sich bei mancher Gabelung anders entschieden hätte. Er konnte es sich nicht vorstellen, es machte ihn ganz verrückt. Es war gut so, wie es war. Nach all den Jahren kam es ihm, bei allen Höhen und Tiefen, so vor, dass alles genauso sein sollte, dass alles nach einem Plan verlaufen war.

Ein Plan, ein göttlicher? Er misstraute dem Gedanken, doch er kam ihm immer öfter. Welcher Gott hätte seine Eltern so früh und so grausam sterben lassen? Er wusste es nicht. Aber es war nicht mehr so, dass er die Existenz dieses Gottes völlig ausschloss, es konnte schon sein, dass alles doch irgendwie Sinn ergab. Er verdrängte diese Möglichkeit zumindest nicht mehr, wie er es jahrelang getan hatte.

Manchmal erwischte er sich sogar dabei, wie er mit ihm redete, diesem möglichen Pläneschmieder. Es tat ihm gut. Er war, vielleicht war es das Alter, immer mehr der Meinung, dass da hinter der Realität Rätsel steckten, Wunder, Unerklärliches, dass der Mensch nicht zu wissen vermochte, dass er nicht zu wissen brauchte. Er zumindest nicht. Eine neue Generation vielleicht schon, Saras Generation. Irgendwann würden die Jungen hinter manch weiteres Geheimnis des Lebens kommen, vielleicht würden irgendwann Außerirdische auf die Erde kommen und alle Fragen beantworten. Er wusste es nicht, er brauchte nicht zu wissen. Alles war gut. Alles sollte so sein. Mit einer dreißig Jahre Jüngeren nach Indien. Das wäre die Hölle.

Der Commissario war zu den beiden Polizisten zurückgekehrt und ihnen nach Bozen gefolgt, zurück in die Questura. Er hatte sie beauftragt, eine Streife zu organisieren, die alles durchstöbern sollte. Den Taleingang. Das Tierheim, ebenso den Camperverleih. Dann den Rest der Schlucht. Grauner machte sich wenig Hoffnung. Die Schlucht war lang und an vielen Orten anscheinend unzugänglich. Die Frau war verschwunden. Und wenn sie es wollte, blieb sie es wohl.

Er hatte eine Weile im Hof der Questura gestanden, hatte keine Lust gehabt, ins Büro hochzugehen, was sollte er da? Er hatte beschlossen, sich ein wenig in die Sonne zu setzen, auf die Talferwiesen. Von da hatte er seine Assistentin angerufen.

Tappeiner erzählte ihm von ihrer Begegnung mit Lisa Jöchler. Sie berichtete ihm, dass sie danach noch einmal zur Dorfbar gegangen sei, den Zigarre rauchenden Steiner dort jedoch nicht angetroffen habe. Dafür zahlreiche herumschnüffelnde Journalisten. Sie sei dann zur Carabinieri-Station gegangen, die Carabinieri hatten sich dazu bereit erklärt, Steiner zu suchen. Zu Hause am Hof. Oder in dessen Hotel. Oder wo auch immer er sich aufhalten mochte. Sie würden Grauner oder auch sie verständigen, sobald sie ihn hätten.

»Und jetzt bist du auf dem Weg wohin?«

Er stand auf und beschloss, wieder zur Questura zu gehen. Vorbei an der Hundezone. Ein erster Hund kam bereits auf ihn zugerannt. Der Besitzer hinterher.

»Zum *Landesarchiv* … was? Hexen? Hast du *Hexen* gesagt?« Er glaubte, nicht richtig verstanden zu haben.

»Keine Angst, der tut nichts …«, rief einer der Besitzer.

Knurren.

»Du, Silvia, ich verstehe dich …«

Gekläffe.

»Der will nur …«, rief der Hundehalter.

Bellerei.

»Wir …«

Drei Hunde umzingelten ihn jetzt.

»… sehen uns später.«

Grauner lief an der Gefängnismauer entlang, überquerte die Straße, die Hunde waren enttäuscht auf der Wiese zurückgeblieben, die Besitzer riefen ihm noch irgendetwas hinterher, das er nicht verstand. Das Rauschen des Flusses war nicht mehr zu hören, es ging im Rauschen des Stadtverkehrs unter.

Er lief an der Schranke vorbei, grüßte den Wachmann, ging zu den Treppen, die zum Eingang der Questura hinaufführten. Auf der Treppe sah er einen Mann sitzen. Er fragte sich, auf wen der wohl wartete. Der Mann erhob sich, er trug einen dunkelblauen Mantel, ein weiß leuchtendes Hemd, eine braune Krawatte und schwere braune Schuhe mit goldenen Schnallen. Die grauen Haare hatte er akkurat zur Seite gekämmt. Er trat auf ihn zu.

»Entschuldigen Sie, sind Sie …«

Grauner stoppte.

»… Commissario Grauner. Der Commissario, der im … äh … Fall Manfredi ermittelt?«

Grauner nickte vorsichtig. Der Mann streckte ihm die Hand entgegen.

»Mein Name ist Giulio Torrinesi, ich bin …«

Die Hand des Mannes fühlte sich schlaff und feucht an.

»Ich weiß, wer Sie sind.«

Grauner machte eine einladende Geste, bat ihn zur Tür der Questura.

»Commissario, ist Hedwig hier bei Ihnen?«

Grauner blieb verdutzt stehen. Der fragende Blick reichte.

»Ich … wir wollten uns hier treffen. Hier in der Stadt. Wir haben gestern telefoniert. Sie hat mir erzählt, dass sie zum Verhör gebracht werden soll. Mit Ihnen. Sie … sie ist nicht gerne in der Stadt. Ich sollte sie abholen …«

Grauner erklärte dem Mann, dass sie auf dem Weg zurück ins Sarntal sei. Zu Fuß.

»Eigenartig«, flüsterte der Mann.

»Warum?«, fragte Grauner.

»Weil …«

Torrinesi kramte sein Handy aus der Hosentasche, wischte darauf herum.

»Deshalb«, murmelte er dann und las schließlich laut vor: »VERSCHWINDEN SIE!«

Der Mann reichte Grauner das Handy, sagte ihm, dass die Nachricht von der Köchin stamme. Der Commissario schaute auf den Bildschirm. Dann auf die Uhrzeit der Nachricht. Kurz vor eins. Er hatte nicht auf die Uhr geschaut, doch soweit er sich erinnerte, hatte Hedwig Jöchler während ihres Beisammenseins kein Handy in die Hand genommen. Sie musste das also geschrieben haben, kurz nachdem sie ihm entkommen war.

»Eine Warnung vielleicht«, murmelte er, »vielleicht will Hedwig Jöchler, dass Sie da in nichts hinein…«

Torrinesi schüttelte den Kopf.

»Nein, Commissario, ich glaube nicht …«

Grauner gab dem Mann das Handy zurück.

»… dass Hedwig diese Nachricht verschickt hat.«

Der Commissario stoppte auf den Treppenstufen, die Hand an der Tür..

»Hedwig und ich, wir … äh … duzen uns.«

Grauner erkannte die Panik im Gesicht des Mannes. Er hörte in Gedanken den Schrei in der Schlucht. Das Gelächter. Er sah die Steine erneut auf ihn herabfallen und am Boden zerschellen.

»Ich … ich mache mir Sorgen«, sagte der Mann mit einem Flehen in der Stimme.

7

Die Finger schmerzten, einer der Fingernägel war eingerissen, Staub auf der Haut, auf dem Hemd, auf den Schuhen. Die Hitze, ihr schwitzender Körper. Ihr Stöhnen.

»Keine Angst, keine Sorge.«

Ob sie das Flüstern wohl hören würde? Das erbarmungslose Stechen der Sonne spüren würde? Hinein in die Felsen, hinein ins schützende Kühl. Die Steine, das Lachen, nein, das hätte nicht passieren dürfen. Kontrollverlust. Nicht jetzt. Gerade jetzt war es wichtig, die Kontrolle zu behalten. Wohin? Zu ihm? Er würde wissen, was zu tun war. Er wusste immer, was zu tun war. Ohne ihn würde es nicht klappen. Er würde weiter bremsen, zügeln. Doch, nein, es musste geschehen.

8

Tappeiner liebte dieses Bozen westlich der Talfer. Östlich lag das Bozen der Altstadt, der Lauben, des Waltherplatzes, des Doms. Das Bozen der Touristen, das Postkarten-Bozen. Volle Bars und Restaurants. Volle Gassen. Geschrei am Obstmarkt, Gedränge vor dem *Archäologiemuseum*, in dem Ötzi ruhte. Hier auf der Westseite glich Bozen einer stinknormalen italienischen Durchschnittsstadt. Sechzigerjahre-Häuser, manch faschistischer Palazzo dazwischen.

Hier herrschte eine angenehme, unaufgeregte Normalität. Tappeiner zwängte den Ford Kuga, den sie sich neuerdings mit ihrer Mutter teilte, in eine kleine, freie Parklücke in der Prinz-Eugen-Allee. Sie freute sich, dass die Platanen Schatten auf das Auto warfen. Sie hoffte, so würde es später nicht allzu schwül und stickig darin sein.

Sie lief die Straße hoch, lachende, kreischende Grundschulkinder kamen ihr entgegen, der Tag war so wunderschön, eigentlich. Sie hatte überhaupt keine Lust, sich mit diesem Mordfall zu beschäftigen, eigentlich. Kurz überlegte sie, sich drüben an der Eisdiele am Siegesplatz zwei Kugeln zu holen, Stracciatella und Nuss, sich in die Sonne zu setzen.

Sofort kam ihr sein Gesicht in den Sinn. Sein Lachen, wenn er ihnen allen, wie an so manchen heißen Sommernachmittagen Eis in die Questura gebracht hatte. Marché, sie dachte jeden verdammten Tag an ihn. Es ging nicht weg, sollte nie weggehen, das wünschte sie sich, auch wenn jeder Gedanke an den Kollegen mit Schmerz verbunden war.

Sie hätte jetzt so gerne ein Eis mit ihm gegessen. Doch das ging nicht. Er war tot. Nichts war so schmerzhaft wie die unerträgliche Endgültigkeit des Todes. Kurz überlegte sie, sich zumindest ihm zu Ehren ein Eis zu gönnen. Ob ihr das dann überhaupt schmecken würde? Doch dann überkam sie sofort wieder das Pflichtbewusstsein. Wie immer. Blödes Pflichtbewusstsein.

Tappeiner trat durch die Glastür in das zweistöckige Gebäude. Sie war schon öfter in der *Landesbibliothek* gewesen. Von hier hatte einer der Polizisten ihnen Manfredis Bücher geholt, die jetzt bei Saltapepe in der Küche lagen. Wahrscheinlich, so vermutete sie, immer noch unberührt.

Sie ging zum Empfangsschalter, hinter einer dünnen Scheibe saß ein älterer Mann. Sie hatte vorhin, als sie in Sarnthein losgefahren war, angerufen. Nicht hier unten in der Bibliothek, sondern oben im *Landesarchiv*. Sie hatte Dr. Heinrich von Waldstätter sofort in der Leitung gehabt. Er hatte gesagt, dass sie gerne vorbeikommen könne, ja, auch gleich in einer halben Stunde. Er sei hier, er sei immer hier. »Wo soll ich denn sonst sein?«, hatte er noch gesagt vor dem Auflegen, so als ob sich bei so einem schönen, sonnig-heißen Endaugusttag nicht unendlich viele Alternativen boten.

Der Mann am Empfang deutete zur Treppe nebenan und vertiefte sich dann wieder in die Zeitungslektüre. Der *Kurier*. Tappeiner erhaschte ein Foto des noch unversehrten *Tan* auf der ersten Seite. Der Teppich, der sich um die Treppenstufen schmiegte, dämpfte ihre Schritte, jedes Mal, wenn sie den Fuß auf eine Stufe setzte, stob eine kleine Staubwolke empor. Die Wände waren schmutzig weiß. Als Grauners Assistentin die erste Etage erreichte, sah sie einen langen Flur hinab, braune Türen links und rechts, manche offen, manche geschlossen.

»Hallo«, rief sie.

»Hallo«, antwortete eine dumpfe Stimme von ganz hinten. »Kommen Sie, kommen Sie, ich habe schon alles vorbereitet.«

Sie entdeckte den Mann hinter vollgestopften Regalreihen, er stand an einer weißen Tischplatte, auf der Bücher, Zettel und alte Nachschlagewerke ausgebreitet waren, die Lederumschläge speckig und eingerissen.

Der Mann blickte auf, er sah genau so aus, wie sich Tappeiner einen Archivar vorgestellt hatte. Er verschwand im Grau, das ihn umgab. Ungekämmte graue Haare, grauer Bart, grauer Schafswollpullover, gelbes Hemd, graue Hose, weiße Birkenstocks, eine Brille mit fettigen Gläsern hing an einem neongrünen Band um seinen Hals.

Tappeiner bemühte sich, nicht zu grinsen. Sie fand den Style beinahe schon wieder konsequent. Wenn schon Archiv, dann aber bitte auch dem Klischee entsprechend. Sie bemerkte, dass nicht nur sie den Mann, sondern der Mann auch sie musterte. Er öffnete den Mund, grinste so, dass eine breite gelbe Zahnreihe zum Vorschein kam.

»Sie sind also bei der Polizei.« Eine Feststellung, keine Frage. Er musterte sie noch einmal von oben bis unten. Ihr war klar, dass sie im Gegensatz zu ihm keineswegs dem zu erwartenden Klischee entsprach. Nein, wie eine typische Polizistin sah sie nicht aus. Vielleicht hatte er jemanden in Uniform erwartet. Doch die trug sie so gut wie nie. Nur wenn sie unbedingt musste. Da war sie Grauner nicht unähnlich. Meistens trug sie eine Kletterhose, einen Kapuzenpulli, darunter ein Klettershirt, Sportschuhe.

»Und Sie sind wegen der Hexen hier?«

Sie bejahte.

»Da sind Sie bei mir richtig. Über Hexen weiß ich alles. Über Hexen in Tirol im Besonderen.«

Sie trat einen Schritt näher heran.

»Eine aus dem Sarntal interessiert mich ganz besonders«, sagte sie.

»Eine aus dem Sarntal«, murmelte er wiederholend.

»Ursula Jöchler«, fuhr sie fort.

Der Mann hob ruckartig den Kopf, seine Augen blitzten auf.

Er stapelte hektisch einige der Bücher um, hob ein paar der Zettel hoch, dann hievte er einen der großen, schweren Lederbände in die Mitte des Tisches. Er winkte Tappeiner noch näher heran, drehte sich dann um, zu einem Schrank hinter ihm. Der Archivar öffnete eine Schublade, sie knarzte, er zog dünne Baumwollhandschuhe hervor, zog sie sich über die gelblichen Finger.

Der Mann fasste mit den Fingerspitzen nach einem Lederumschlag, öffnete ihn, blätterte vorsichtig die beinahe kartondicken Seiten um.

»Hier«, sagte er schließlich und zeigte auf eine der Seiten.

Tappeiner schaute auf das aufgeschlagene Buch, die dicken Blätter waren am Rand eingerissen, sie sahen wie angeknabbert aus, so als ob sich hungrige Mäuse mangels Käse über sie hergemacht hätten.

»Ein bisschen was haben sich die Mäuse schmecken lassen, das meiste aber ist erhalten«, sagte der Mann.

Die offen daliegende Doppelseite war von oben bis unten vollgeschrieben, mit großen, zackigen, beinahe unlesbaren Lettern.

Tappeiner flüsterte die wenigen Wörter, die sie entziffern konnte, vor sich hin. »Recht … Ursula … alt … achtundzwanzig … hundertvierundfünfzig … Forderung … was ist das?«

Der Mann blätterte vorsichtig weiter.

»Das«, sagte er, während er die Seiten umschlug, »ist das original erhaltene Gerichtsbuch von Sarnthein aus dem dunklen Jahr 1540. Hier ist Ursula Jöchlers Schicksal festgehalten. Am 28. August musste sie qualvoll auf dem Scheiterhaufen sterben.«

Tappeiner spürte förmlich, wie sie erblasste.

»Warum?«, fragte sie. »Ich weiß, sie wurde der Hexerei bezichtigt, aber, ich meine, warum wurde sie dessen bezichtigt? Und wie, um Gottes willen, soll sie bitte der Hexerei überführt worden sein?«

Der Mann schloss das Buch, schaute streng. »Wollen Sie einen Kaffee?«, fragte er schließlich.

Sie nickte. Er verschwand hinter den Bücherzeilen, sie hörte ein Piepsen, dann ein Gurgeln, schließlich kam er mit zwei kleinen Plastikbechern zurück, reichte ihr einen.

Sie trank. Das Gebräu schmeckte scheußlich, aber nicht ganz so abscheulich wie der Automatenkaffee in der Questura.

»Darf ich etwas ausholen?«, fragte Dr. von Waldstätter schließlich.

Tappeiner nickte erneut. Was blieb ihr anderes übrig? Sie schaute auf die Uhr. Es war nun kurz nach vierzehn Uhr.

»Hexen, Hexen«, er atmete tief ein und sprach wie mit Märchenstimme, »das waren Außenseiterinnen. Frauen, die ledig waren, die versuchten, sich auf eigene Faust durchs Leben zu schlagen. Landstreicherinnen. Frauen, die keinen Mann fanden …«

»Oder die keinen Mann wollten«, gab Tappeiner dazu. Sie

wusste nichts von diesem dunklen Geschichtskapitel, aber so viel dann doch.

Der Mann nickte ihr zu. »Ja, ja, ja. Sie haben ganz recht. Erste Powerfrauen waren das, wenn ich mir diesen schiefen Vergleich leisten darf.« Er gluckste.

»Auch schiefe Vergleiche können schön sein«, warf sie ein.

Er klatschte in die Hände. Sie spürte, sie verstanden sich.

»Sie lebten am Rande der Dörfer, diese Frauen«, fuhr er fort, und es schien, als ob er sich diese Erzählung schon längst bereitgelegt hatte, als ob er froh war, nun endlich jemanden gefunden zu haben, der sie sich auch anhörte, »in den Wäldern. Irgendwann vernetzten sie sich untereinander. Sie gaben das Wissen, das sie von ihren Müttern und Großmüttern erlernt hatten, das Wissen vom Leben im Wald und mit der Natur, untereinander weiter …«

»Was für Wissen genau?«, unterbrach sie ihn.

»Kräuterwissen zum Beispiel, Wurzenwissen«, antwortete er. »Vieles davon ist heute verloren oder nur noch wenigen bekannt. Da gibt es etwa die Haselwurzel oder die Brechwurz. Beides in hoher Dosis höchst giftig, tödlich. Doch richtig vermengt, ein Wundermittel gegen verstopfte Leber, Wassersucht, Gelbsucht, schmerzende Hüften, Husten. Haben Sie Husten?«

Sie bemerkte, dass der Staub der Bücher in ihrer Kehle kratzte, und schüttelte den Kopf. Sie holte einen Notizblock und einen Kugelschreiber aus der Tasche und notierte sich die Namen der beiden scheinbaren Heilmittel.

Der Mann fuhr fort: »Unsere Frauen trafen sich mehrmals im Jahr, um sich auszutauschen …«

Tappeiner räusperte sich. »Wo trafen sie sich?«

»Oben am Berg. Auf den Lichtungen im Wald. Im Sarntal, oben über dem Auenjoch, auf der Hohen Reisch, bei den *Stoanernen Mandln.*«

Tappeiner kannte diesen Ort vom Hörensagen. Es war ein Berg im Westen des Tales, nicht unweit des abgebrannten *Tan*. Der Gipfel war leicht zu erreichen, ein recht einfaches Wanderziel.

»Das waren richtige Feste, wenn sich diese Frauen trafen«, fuhr der Archivar fort, »Festivals würde man heute wohl sagen.« Er kicherte in sich hinein. »Da gab es Workshops, Rezeptseminare, Tanzkurse, abends wurde gefeiert. Ordentlich gefeiert. Ein amüsantes Detail möchte ich abschweifend erwähnen, wenn ich darf …«

Natürlich durfte er. Tappeiner war bereits ganz hin und weg von der Erzählung dieses Mannes. Hexen! Dieses Wort hatte bislang für sie keine sonderliche Bedeutung gehabt. Natürlich wusste sie von den Hexenverbrennungen. Natürlich war ihr die dunkle Zeit der Inquisition aus dem Geschichtsunterricht bekannt. Darüber hinaus verband sie mit dem Begriff jedoch eher lieblich-schaurige Kindheitserinnerungen. Sie kannte *Die kleine Hexe*, sie kannte *Bibi Blocksberg*. Sie kannte Gundel Gaukeley aus den *Lustigen Taschenbüchern*. Sie mochte diese Kinderbuchhexen, die guten und die bösen. Mehrmals war sie zu Fasching als Hexe verkleidet gewesen. Im Grundschulalter. Sie hatte sich damals, das fiel ihr nun schlagartig wieder ein, vorgestellt, alleine im Wald zu leben, auf einem Besen zu fliegen, eine unendliche Freiheit zu spüren. Vielleicht gab es nur ein noch größeres Freiheitsgefühl als das, eine Kletterwand zu bezwingen: auf einem Besen über die Welt und die Menschen hinwegzufliegen.

Tappeiner schaute wissbegierig zu Dr. von Waldstätter. Sie

wollte mehr erfahren. Er musste ihren Blick richtig gedeutet haben.

»Da, über dem Auenjoch, auf der Hohen Reisch, bei den *Stoanernen Mandln*, sollen die Frauen bei den nächtlichen Tänzen große Lagerfeuer errichtet haben. Sie sollen dafür die Latschenkieferbüsche verheizt haben. Es gibt ja unzählige Latschenkiefern im Sarntal. Die ätherischen Öle aus den Latschen, die in den Flammen freigesetzt wurden, sollen die tanzenden Frauen in Ekstase versetzt und ihnen Halluzinationen beschert haben. Das müssen wilde, bewusstseinsverändernde Partynächte gewesen sein …«

Der Archivar lachte schallend, sprach dann plötzlich ganz sachlich weiter.

»Und die Männer aus dem Dorf, die das Treiben heimlich beobachtet haben, glaubten, da gehe etwas mit dem Teufel zu.«

Tappeiner fand den Mann zunehmend amüsanter. Sie stellte sich dessen Archivdasein nun doch nicht mehr ganz so schrecklich vor. Er lebte hier in seiner eigenen Welt, in den Gedanken einer längst vergangenen Zeit.

»Die Frauen halfen sich gegenseitig, wurden stärker, organisierten sich, wurden mächtiger, sie formten Bünde …«

Seine Augen leuchteten wieder.

»Erste Frauenbünde«, flüsterte sie.

»Ja, ja«, stimmte er ihr flüsternd zu. »Endlich jemand, der es versteht!« Er jauchzte beinahe.

Sie verstand nicht.

»In meiner Dissertation an der Universität in Wien, in den frühen Achtzigerjahren, habe ich sogar von ersten feministischen Bünden gesprochen, ich habe Parallelen gezogen zu den Amazonen und den Suffragetten … aber mein Doktorvater hat mir das meiste wieder rausgestrichen. Ich habe die Dissertation nur mit Ach und Krach verteidigt, anstatt Professor bin ich Archivar geworden und habe so halt von hier aus meine Forschungen vorangetrieben. Gerade arbeite ich an einem Aufsatz, da spinne ich das Netz noch weiter: Ich ziehe Vergleiche zu Alice Schwarzers Frauenbewegung, Uma Thurman, Lucy Liu und Daryl Hannah in Quentin Tarantinos *Kill Bill* und *#MeToo*.«

Er atmete tief ein. Tappeiner ebenso. Dann fuhr er fort.

»Die Hexen, meine Hexen, haben damals, im frühen und mittleren 16. Jahrhundert, begonnen, aus ihrem Wissen ein Business zu machen. Sie verkauften ihre Waldprodukte, Rezepte und Naturmedizin unter der Hand. Und für gutes Geld. So manche zog bald als eine Art Schamanin von Dorf zu Dorf, manche galt als Wunderheilerin. Half das Beten nichts mehr, so ging der ein oder andere Dorfbewohner zur Kräuterfrau, zur Wahrsagerin, zur Schamanin.«

Er rieb sich die Hände, hob dann einen Zeigefinger.

»Glauben Sie nicht den jungen Historikern von heute, die meinen, herausgefunden zu haben, dass das Kräuterwissen von damals bei der Hexenverfolgung keine Rolle gespielt habe. Hat es wohl! Manche hatten tatsächlich umfassendes und heilsames Wissen der Naturmedizin zu bieten, weit mehr als die gemeinen Bäuerinnen aus den Tälern. Natürlich waren auch Scharlataninnen unter ihnen, die abgeschabtes Pulver von Altarmarmor als Wundermittel oder Fäden von Altartüchern als Talismane verkauften und billige Zaubersprüche aufsagten. So oder so: Diese Frauen waren den höheren Mächten schon bald ein Dorn im Auge. Lange gingen kirchliche Rituale und Volksmagie Hand in Hand, sie koexistierten, doch das war irgendwann vorbei. Während im fernen Jahre 906 nach Christi der Abt Regino von Prüm in seinem bekannten Werk, dem *Canon episcopi*, Hexenflug und Tierverwandlungen noch als Lächerlichkeit und heidnischen Irrglauben abtat, wandelte sich die kirchliche Einstellung zu alldem im Laufe der folgenden Jahrhunderte. Den mächtigen Kirchenleuten waren diese freigeistigen Weibsbilder alsbald suspekt, sie sahen in deren Treiben zunehmend keinen harmlosen Aberglauben mehr, sondern tatsächlich Teufelszeug. Es galt fortan, die Frauen aus den Klauen des Satans zu befreien – mit allen Mitteln. Wir befinden uns in einer Zeit des rasanten Bevölkerungswachstums, der zunehmenden Arbeitslosigkeit, der Kältewellen, der Missernten, Hungersnöte, Seuchen und hohen Kindersterblichkeit. Diese vermeintlichen Unholdinnen waren mit dem Teufel im Bunde und, so glaubte bald auch ein großer Teil der Menschen, schuld an alledem. Die Jagd begann. Die Inquisition breitete sich über Europa aus. Nun wurden Kirchenglocken geläutet, um die Hexen zu vertreiben. Es wurde auf den Boden gespuckt, auf das Stallvieh gespuckt. Weil das die vermeintlich bösen Frauen fernhalten sollte. Auch Zweige vor den Türen und schwarze Kerzen sollten gegen den Zauber helfen. Die Furcht nahm zu. Schon das *4. Laterankonzil* von 1215 legalisierte die Folter vermeintlicher Hexen, die hochnotpeinliche Befragung. Unsere lieben Frauen waren bald vogelfrei. Kaum erhob jemand auch nur den leisesten Verdacht gegen eine unserer Landstreicherinnen und Außenseiterinnen, war der Inquisitor zur Stelle. Ein Papstdekret von 1409 erklärte, alle Hexen gehörten einer Sekte an, die sich gegen die Kirche verschworen hatte, das Christentum vernichten wollte und sich nachts auf Hexentanzplätzen versammelte. Anno 1484 erließ Papst Innozenz VIII. schließlich die Bulle *Summis desiderantes affectibus*, die uns allen als *Hexenbulle* bekannt ist, nicht wahr?«

Er sprach wie zu einem Seminar, Tappeiner ließ es geschehen.

»Zwei Jahre später erschien der *Hexenhammer*, die Abhandlung *Malleus Maleficarum*, in der penibel kundgetan wird, wie mit Hexerei und Teufelsanbetung umzugehen ist. Der darin empfohlene Strafenkatalog ist streng. Bei bloßem Fluchen: entweder acht Tage Gefängnis oder Durchbrennen der Zunge oder Landesverweis. Bei Giftmischerei: Tod durch das Rad und vorab mehrmaliges Zwicken mit einem heißen Eisen. Bei Gotteslästerungen aller Art: Traktat mit glühenden Zangen! Anschließend sollten der Verurteilten Riemen aus der Haut geschnitten und daraufhin die Zunge abgetrennt werden, schließlich war die Verurteilte bei lebendigem Leibe zu verbrennen. In ganz Europa fanden zwischen 1400 und 1800 rund 60 000 Hexenhinrichtungen statt, etwa die Hälfte davon im Heiligen Römischen Reich. In Tirol sind um die 80 Hinrichtungen wissenschaftlich wasserdicht belegt. Die Dunkelziffer jedoch liegt ganz sicher weit höher. Besonders in den Tälern wurde gewütet, oft ohne das Wissen der Landesregierung in Innsbruck. Erst war es die Kirche, die hinter der vermeintlichen Hexensekte her war. Bald aber sprach sie mildere Strafen aus, versuchte, die vom Teufel Besessenen mit Bußstrafen wieder zu gewinnen. Mit Geld- oder Haftstrafen. Mit Wallfahrten. Mit Peitschenhieben. Manche Frau musste mit brennenden Kerzen sonntags vor der Kirche ausharren. Mancher wurde die Stirn gebrandmarkt. Bald aber, ab dem 16. Jahrhundert, waren es vor allem weltliche Gerichte, die das Zepter übernahmen. Denen war der Teufel egal, sie brauchten Schuldige für Missernten, Kältewellen, tote Kinder.«

Der Archivar nahm einen Schluck vom Plastikespresso, dann leuchteten seine Augen auf.

»Viele unserer Frauen befanden sich fortan in einer Zwickmühle. Sie wollten mit ihren Mixturen ja oftmals nur Gutes tun. Wer jedoch mit scheinbaren Zaubertränken Gutes zu tun vermochte, konnte damit, so der Glaube, ja auch Böses anstellen und wurde deshalb alsbald bezichtigt, an allem Unheil schuld zu sein. Sie waren schutzlos, einfache Opfer. Opfer für alles und jeden. Brauchte jemand einen Sündenbock, für was auch immer, fand er ihn in einer dieser Frauen. Untreue Männer, die sich mit einer dieser Frauen eingelassen hatten und deren Untreue aufgeflogen war, beschuldigten die Frau, ihn mit Teufels Hilfe verführt zu haben. Betrogene Ehefrauen beschuldigten sie, ihre Männer verzaubert zu haben. Baute jemand Mist, drehte er es irgendwie so, dass eine Unholdin daran schuld war. Für die Beseitigung von Schuld brauchte es Schuldige, Frau Polizistin, ob es auch die richtigen Schuldigen waren, das war egal.«

Tappeiner verstand. Sie räusperte sich: »Waren es demnach hauptsächlich Frauen, die angeklagt wurden?«

Der Mann nickte eifrig. »Anfangs nicht. Aber nach dem Erscheinen des *Hexenhammers* beinahe ausschließlich.«

»Warum?«

»Darauf gibt der *Hexenhammer* selbst detailliert Antwort«, der Mann stapelte ein paar der Bücher vor ihm um, klopfte schließlich auf eines davon. »Es heißt darin, die Frauen seien nun mal ein schwaches Geschlecht, leichtgläubig, in unsteter körperlicher Verfassung, mit schlüpfriger Zunge versehen, von Natur aus lügnerisch, in Eitelkeit badend, daher auch schneller am Glauben zweifelnd, der Leugnung schnell nahe.«

Nun schlug der Mann das Buch auf, Staub rieselte zu Boden, er steckte seine Nase zwischen die muffigen Seiten.

»Ah, hier«, entfuhr es ihm dann. »Alle Reiche der Welt sind schließlich durch Frauen zerstört worden. Das glückliche Troja durch Helena, das Reich der Juden durch Jezabel und ihre Tochter Athalja, das Reich der Römer durch Kleopatra. Tja …« Er schaute auf, klappte das Buch zusammen. Erneut stieg eine Staubwolke auf, der Staub legte sich auf sein graues Haar, seinen Bart. »So war das damals, keine gute Zeit für freiheitsliebende Frauen …«

Tappeiner nieste. Der Mann schluckte.

»Geständnisse, was auch immer sie gestehen sollten, wurden aus ihnen herausgefoltert. Manche gestanden, weil sie lieber starben, als die Qualen weiter zu ertragen. Manche glaubten, tatsächlich Hexen zu sein, sie horteten ja so manche Wunderkräuter und Wunderrezepte und trafen sich zu klandestinen Feiern im Wald, auf Almen, auf Gipfeln, wo sie sich ob des verbrannten Latschenöls und mittels anderer Kräutermixturen, der Alraune beispielsweise oder des Aronstabs oder des Schwarzen Bilsenkrauts oder des Gefleckten Schierlings oder der Tollkirsche oder der Hauswurz oder der Kleinblütigen Königskerze, Halluzinationen hingaben, zu schweben glaubten. Manche machten tatsächlich ihr Geld damit, indem sie ihre vermeintliche Kunst, jemanden zu verfluchen, feilboten. Dem haitianischen Voodookult nicht unähnlich, formten sie aus Wachs Gesichter und malträtierten diese mit Holzsplittern.«

Tappeiner schluckte nun ebenso. Sie spürte ihre trockene Kehle. Wieder notierte sie sich einige der genannten Wundermittel, nicht alle, das schaffte sie nicht, dafür sprach der Mann viel zu schnell.

»Herr Dr. von Waldstätter, was ist mit Ursula Jöchler geschehen?«

Der Mann klopfte sachte auf die Unterlagen vor ihm. Dann schloss er kurz die Augen.

»Diese Frage ist einfach und kompliziert zugleich.«

Tappeiner runzelte die Stirn.

»Es gibt ein paar Antworten, die hier drinstehen.« Er zeigte wieder auf das große Buch, jenes ihrer Verurteilung, das er zuerst in der Hand gehalten hatte.

»Und dann gibt es eine weiterführende Antwort, die Historiker, unter anderem meine Wenigkeit, erörtert und aufgeschrieben haben. Welche wollen Sie erfahren?«

»Beide.«

»Die junge Ursula heiratete den Jöchlerbauer vom Jöchlerhof, zu dem viele Ländereien gehörten, fruchtbare Wiesen und Wälder. Ihr Mann starb auf dem Feld, als er vom Blitz getroffen wurde. Da war sie wohl um die vierzig Jahre und hatte bereits sechs Kinder, die ihr mit der Zeit dreizehn Enkelkinder gebären würden. Zwei Jahre nach dem Unglück, wir schreiben jetzt das vermaledeite Jahr 1540, wurde Ursula Jöchler von einem gewissen Eugenius Elias Nikolaus Steiner beim Dorfvorsitzenden von Sarnthein angezeigt. Diesem Steiner, der einen Hof auf den steilen Wiesen im hintersten Teil des Sarntals bewohnte, waren einige Nächte zuvor drei seiner siebzehn Kühe verstorben. Und Steiner wollte beobachtet haben, wie die Jöchlerin in jener Nacht aus seinem Stall gekommen war. Nicht schleichend, nicht gehend, nicht laufend, vielmehr geschwebt soll sie sein. Einen halben Meter über dem Boden. Und geleuchtet soll sie haben, wie eine Mariengestalt, ihre Augen aber seien schwarz gewesen. Das habe ihm bewiesen, dass der Teufel in ihr steckte. Mit schwarzen Augen habe sie ihn angestarrt, über dem Boden schwebend und schwarzes Blut sei aus ihren Augen geronnen.«

Tappeiner spürte, wie es ihr kalt den Rücken hinunterlief.

»Der Ortsvorsteher ließ Ursula Jöchler suchen, zwei Männer fanden sie im Wald, wo sie Beeren sammelte. Sie bestritt alles. Sie schwor beim Leibe ihrer Kinder, dass sie nicht über die Macht verfügte, Kühe tot umfallen zu lassen. Der Ortsvorsteher, sie nannten ihn noch über Jahre hinweg halb im Scherz den Pontius Pilatus von Sarnthein, wollte kein Urteil abgeben. Richter Rueland Kaboy, der erst Monate zuvor aus Kastelruth ins Tal gekommen war, nahm sich des Falles an. Damit war Jöchlers Schicksal schon besiegelt. Von diesem Kaboy war bekannt, dass er nicht lange fackelte. Er scharte zwölf Geschworene um sich.«

Der Mann schloss die Augen, sprach wie auswendig gelernt weiter.

»Ciprian Moser, Michel Hofstetter, Thordan Rorer, Jörgen Mair an der Wiste, Hansen Kieser, Christoff Pruger, Siegmund Mair zu Agrat, Hansen Strassmann, Hansen Hüber, Jakob Stäckhel, Euraßen Prutz, Hansen Wassnegger und Hansen Inderebner aus Reinswald.«

Er öffnete die Augen wieder, fuhr fort.

»Ursula Jöchler wurde geschoren, auf ein *stigma diabolicum*, auffällige Muttermale oder Teufelskratzer untersucht, in all ihre Muttermale wurden Nadeln gesteckt, man umhängte sie mit Amuletten, dann wurde sie in den Burgfried von Schloss Reinegg gesperrt und drei Tage ohne Wasser und Brot allein gelassen. Doch sie gestand nicht. Daraufhin wurden ihr in demselben Turm die Folterinstrumente vorgeführt. Doch sie gestand nicht. Man ließ ihr die Daumenschrauben anlegen, ließ sie festziehen, man ließ sie auf die Streckbank legen, sie strecken, bis die Knochen knackten. Sie gestand nicht. Schließlich zwang man sie, auf glühend heißen Platten zu stehen. Erst ein *Vaterunser* lang. Dann ein *Ave Maria* lang. Da gestand sie. Schreiend gestand sie alles, was man sie zu gestehen aufgefordert hatte: den Teufelsbund, die Teufelsbuhlschaft, ja, sie habe sich oben, auf der Hohen Reisch, bei den *Stoanernen Mandln*, mit dem Teufel vereinigt. Den Hexenflug. Ja, sie habe einen Melkschemel mit einer Kräutersalbe eingerieben und sei damit übers Tal geflogen und zu den Hexensabbaten am Ritten, am Schlern und oben über dem Joch. Sie habe es da getrieben, an Donnerstagen und an Samstagen, mit dem Teufel, dessen Glied schuppig und schmerzhaft sei, mit anderen Hexen, auch mit Zwergen. Ja, sie habe Schadenzauber gewirkt. Sie habe Wetter gemacht. Sie habe Steine und Frauenhaar in einen See geworfen, um es blitzen und donnern zu lassen. Sie habe zudem Regen, Hagel und Steine vom Himmel fallen lassen. Vor drei Jahren habe sie eine Mäuseplage über die Felder des Tals gebracht. Sie habe letzten Sommer Schnee auf das Getreide gezaubert und den Bach zum reißenden Fluss anschwellen lassen. Sie habe Milch von Nachbarskühen in die eigenen Kühe gezaubert. Ja, sie habe die Kühe vom Steiner verhext. Tiere anderer Bauern ebenso, sie habe Kinder gestohlen und zum Sterben gebracht, ihr Blut geschlürft, sie gekocht und gebraten und gegessen, mit Käse, Brot und Wein, ihre Knochen versteckt, ja, sie trage immerfort Kinderknochen mit sich und Büschel von Menschenhaar. Ja, sie habe Fäden von Altartüchern verbrannt. Auch sei sie nicht regelmäßig zur Beichte gegangen, habe die Zauberei bei der Beichte stets verschwiegen, habe die heilige Hostie nur zum Schein geschluckt, sie vielmehr heimlich aus dem Mund genommen und dem Teufel zur Schändung gebracht.«

Er schwieg einige Sekunden. Der Zorn in der Stimme, der in den vergangenen Sätzen entbrannt war, war wie verschwunden, als er nüchtern, beinahe sanft weitersprach.

»Sie hatte ihr Leben verwirkt. Man wusch sie, salbte sie, kleidete sie neu ein, forderte von ihr, das Geständnis zu wiederholen. Denn es galt nur, wenn es auch ohne die Qual der Folter aufgesagt wurde. Tags darauf wurde Wolfgang Helmschmid, der Henker von Meran, herbeigebracht. Ursula Jöchler durfte beichten und erhielt die Kommunion. Dann wurde sie lebendig auf dem Scheiterhaufen verbrannt. Dort, wo der Öttenbach in die Talfer fließt, auf einem Hügel vor den Toren des Dorfs. Sie vergoss keine Träne. Ein weiterer Beweis, so war man sich gewiss. Denn Hexen weinen nicht. Ihre Asche wurde in den Bach gestreut. Die Kinder und Enkelkinder Ursulas flohen aus dem Tal in die Schlucht. Sie lebten von da an in einer Höhle in der Sillschlucht und ernährten sich von dem, was der Wald ihnen bot.«

Tappeiner atmete tief ein, der Mann sprach weiter.

»Unsere Hexen, die außerhalb der Dörfer wohnten, gerieten mit dem Ende der Inquisition in Vergessenheit. Sie starben, allein. Wie gesagt, ihr Wissen ging größtenteils verloren, und damit auch ein großes Wissen über das Leben mit der Natur, den Kräutern. Ihre Kinder kehrten zu den Menschen zurück ...«

»... oder an den Rand der Dörfer, in die Nähe der Menschen, wie die Nachfahren der Ursula Jöchler?«

Der Mann nickte.

Dann fragte sie laut: »Wer, Herr Dr. von Waldstätter, hat damals tatsächlich Steiners Kühe getötet?«

Der Mann hob die Schultern, machte ein beinahe entschuldigendes Gesicht.

»Glauben Sie, Ursula Jöchler hat tatsächlich mit Kräutern, mit Wundermitteln aus dem Wald experimentiert?«

»Das kann sehr gut sein«, antwortete er. »Doch historisch belegt ist davon tatsächlich nichts.«

»Sie haben vom Mordfall im *Tan* gehört, nicht wahr …«

Der Mann nickte. »Ich habe alles darüber gelesen, wissen Sie, ich sitze ja nicht den ganzen Tag hier zwischen den Büchern. Ich setze mich früh morgens unten in die Bibliothek und studiere sämtliche wichtigen Tageszeitungen der Welt. Man braucht schließlich etwas Abwechslung im Leben. Und wenn ich mal genug habe vom Archiv und der Bibliothek, besonders jetzt im Sommer, wenn es nachmittags so fürchterlich heiß wird hier drinnen, dann reiße ich aus und hole die Arbeitsstunden abends nach. Dann spaziere ich einmal über die Talferwiesen, hoch bis zum Eingang der Sillschlucht und runter bis an die Stelle, wo die Talfer in den Eisack mündet, da, wo die Hunde frei laufen dürfen. Diese Scheißviecher …«

Tappeiner musste lachen. Dann wurde sie wieder ernst.

»Sie wissen auch davon, dass das *Tan*, das Restaurant einer der Nachfahrinnen der Ursula Jöchler, vergangene Nacht abgebrannt ist.«

Erneut das Nicken. »Aus dem Radio, ja.«

Sie korrigierte sich. »Angezündet wurde.«

Er hob eine Augenbraue. Verharrte still.

»Jemand hat zwei Wörter in die Wiese vor dem Lokal gebrannt, Herr Dr. von Waldstätter. *Stirb* und *Hexe*.«

Der Mann öffnete den Mund, doch kein Ton kam heraus.

»Was glauben Sie, Herr Doktor, kann das bedeuten?«

Der Mann hob die Schultern.

Sie versuchte es anders: »Diese Kräuterkunde, Herr Dr. von Waldstätter, kann es sein, dass davon doch einiges in die Gegenwart gerettet wurde? Der Mord, die Tote im *Tan*, diese Frau ist vergiftet worden. Kann es sein, dass Hedwig Jöchler, die Besitzerin und Betreiberin des *Tan*, mit dem Gift dieser …«, sie schaute auf den Block, las ab, »… dieser Haselwurzel oder der Brechwurz oder Alraune oder dieser Mandragora oder einer dieser anderen Pflanzen, Kräuter oder Wurzeln einen Giftmord begangen hat?«

Der Mann hob die Arme. »Ich bin Archivar, liebe Frau Polizistin, kein Ermittler.«

Er stapelte die Bücher wieder um, sortierte die Blätter, schloss die alten Alben.

Sie grübelte vor sich hin, schaute dann auf. »Eine letzte Frage, wenn ich darf?«

Er nickte.

»Sie sagten, die Kinder und Enkelkinder der Ursula Jöchler flohen in die Sillschlucht und lebten dort in einer Höhle.«

Erneut das Nicken, heftiger, ungeduldiger.

»Wir haben erfahren, dass die Mutter der Besitzerin des *Tan* vor Jahren aus dem Tal abgehauen sein und in einer Höhle in der Sillschlucht gehaust haben soll.«

Er hob erneut die Schultern. »Über das Sarntal der Inquisitionszeit kann ich Ihnen viel erzählen, Frau Polizistin, aber über die letzten Jahre und das Jetzt …«

»Wo in der Schlucht lebten die Kinder und Enkel der Ursula Jöchler damals?«

Der Archivar schien ihren Gedankengang nun zu verstehen. Er schloss kurz die Augen, öffnete sie wieder.

»Kennen Sie sich in der Schlucht aus?«

Tappeiner schüttelte den Kopf.

»Sind Sie schwindelfrei?«

Sie bejahte.

»Können Sie ein bisschen klettern?«

Sie grinste. Er sprach langsam, klar und deutlich.

»Fahren Sie bis zur engen Kurve zwischen dem dritten und dem vierten Tunnel. Parken Sie dort auf dem kleinen Sandplatz neben der Tunneleinfahrt. Gehen Sie durch den alten, dunklen Tunnel, der sich neben dem neuen, beleuchteten Tunnel um den Fels schwingt, den Weg ein Stück zurück. Klettern Sie am südlichen Ausgang des alten Tunnels durchs Gebüsch den Felsen hinab. Folgen Sie dem rutschigen, sandigen Trampelpfad dort, dann erreichen Sie den Bach. Folgen Sie dem Bach taleinwärts, bis Sie einen kleinen See erreichen. Dahinter werden Sie einen Hang sehen.«

Tappeiner war bemüht, sich jeden Schritt einzuprägen.

»Klettern Sie den Hang empor. Früher, noch vor dem Mittelalter, gab es übrigens keine Straße, da gab es nur diesen beschwerlichen, steilen und gefährlichen Weg ins Tal.

Am oberen Hangende angelangt, sehen Sie einen großen Stein, dahinter führt ein weiterer Trampelpfad den Hang hinab. Nach etwa zweihundert Metern tut sich links bei einer Lichtung unter den Felsen eine kleine Höhlenöffnung auf. Dort, so heißt es, sollen die Kinder und Enkel der Ursula Jöchler gelebt haben.«

Tappeiner trat auf den Mann zu, sie reichten sich die Hände.

»Danke, Herr Dr. von Waldstätter, ich …«

Sie wollte ihre Hand zurückziehen, er ließ sie jedoch nicht los, drückte fester, ging ganz nah an sie heran. »Tun Sie mir einen Gefallen, gnädige Frau, gehen Sie nicht allein in die Schlucht. Und schon gar nicht bei Nacht. Da treiben sich Gestalten herum, denen will man nicht begegnen.«

Sie zog die Hand weg. Lächelte verlegen. Er lächelte nicht.

9

»Über die Geschichte im Tal kann ich Ihnen nichts erzählen, Commissario. Ich bin Mailänder, was weiß ich schon über die Vergangenheit dieser abgelegenen Täler? Über das Sarntal von heute weiß ich jedoch Bescheid. Ich sehe Potenzial in diesem Tal. Noch viel mehr Potenzial. Ich will da noch mehr Geld reinstecken. In das Sarntal und in Hedwig. Auch wenn ich fürchte, dass ich da in etwas hineingeraten bin, das sich nicht so leicht kontrollieren lässt. Verflixte Dorfstreitereien. Aber ich bin keiner, der so schnell aufgibt, wissen Sie?«

Torrinesi saß Grauner in dessen Büro gegenüber. Er hatte begonnen zu reden, sobald er saß. Der Commissario hatte noch nicht einmal die Zeit gehabt, ihm ein Wasser oder einen Kaffee anzubieten. Er hatte nichts dagegen, er war es leid, Menschen ihr Wissen aus der Nase zu ziehen. Lieber so einer. Grauner unterbrach den Mann nicht, er wollte einfach einmal schauen, wohin das führte. Er nickte an den richtigen Stellen, das hatte er über die Jahre bis zur Perfektion verfeinert, er musste dafür noch nicht einmal ganz zuhören, nur ein bisschen. Er hörte allein am Rhythmus, am Ton, wann er zu nicken und wann er die Gedanken wieder auf sein Gegenüber zu lenken hatte, wann das, was der da von sich gab, kein unnützes Gelaber mehr war, sondern ernst zu nehmende Information. So wie jetzt.

Der Commissario lehnte sich nach vorne, faltete die Hände, kniff die Augen zusammen.

»Für mich war Geld immer nur Mittel zum Zweck. Als ich viel davon hatte, habe ich es in Beton investiert, mit dem

Beton hat das Geld von alleine weitergearbeitet, ich habe mich meiner Leidenschaft hingegeben, den schönen Dingen des Lebens, dem Genuss. Vor allem dem kulinarischen. Ich habe bald in Geschäftsideen rund ums Essen investiert, wurde zu einem kulinarischen *Business Angel.*«

Grauner notierte sich im Hirn, später zu googeln, was ein *Business Angel* war.

»Ich habe in einen Luxus-Lieferdienst investiert. *Starsdelivery!* Da werden Zutaten und Rezepte von Sterneköchen weltweit nach Hause geliefert. Derzeit arbeiten meine Schützlinge daran, die Lieferung per Drohne zu perfektionieren …«

Grauner schaltete die Aufmerksamkeit wieder runter, hörte nur noch auf Rhythmus und Tonalität, dachte an anderes. Er fragte sich, ob Saltapepe tatsächlich in den Büchern blättern würde, die ihm Tappeiner vorbeigebracht hatte. Er glaubte es nicht. Er fragte sich, ob er den Ispettore besuchen sollte, verdrängte den Gedanken allerdings schnell, wie schon so oft. Und damit auch das schlechte Gewissen, es bislang noch nicht getan zu haben. Schnell war die immer gleiche Ausrede parat. Vielleicht sollte er einfach alles schön der Reihe nach machen. Erst Marchés Grab besuchen, dann Saltapepe. Er fragte sich, wie lange er noch brauchen würde, bis zum nächsten Versuch. Ein paar Tage, Wochen?

»Grauner, du Feigling«, schalt er sich in Gedanken.

Er fragte sich, wo Tappeiner blieb. Bei ihrem Telefonat vorhin hatte er nicht recht verstanden, was sie vorhatte. Er nahm sich vor, sie nach diesem Gespräch erneut anzurufen.

»… dann habe ich in eine Art Küchen-Tinder investiert, *Kitchenmatch!*, da können weltweit junge Küchenmitarbeiter und Köche zueinander finden. Es folgte: *MyPrivateChef!* Da können betuchte Premiummitglieder einen Sternekoch für die eigenen vier Wände buchen. Später habe ich begonnen, in unnachahmliche Restaurants zu investieren. In ein Unterwasserrestaurant in Chile zum Beispiel. Da kann der Gast den Tauchern dabei zusehen, wie sie mit Harpunen auf Fischjagd gehen, die Fische landen Minuten später auf den Tellern. Ein …«

Jetzt wurde es Grauner doch etwas zu ausschweifend.

»Und schließlich haben Sie auch in Hedwig Jöchler investiert, nicht?«

»Ja.«

»Sie haben mit ihr das *Tan* aufgebaut, das Apartmenthaus ebenso. Und nun haben Sie in Mailand vom Unglück gehört und sind sofort hochgefahren, um zu sehen, was zu retten ist und um Ihrer …«

Der Mann schüttelte den Kopf.

»Nicht korrekt, Herr Commissario. Ich muss Sie berichtigen. Ich bin schon seit Tagen hier. Ich bin … äh … ins *Laurin* gezogen. Hedwig und ich, wir sind … äh … glaubten … noch lange nicht am Ende unseres gemeinsamen … äh … geschäftlichen Abenteuers angekommen zu sein. Wir arbeiteten an der Konkretisierung von neuen Plänen. Wir waren in Verhandlungen …«

Grauner schoss hoch. »In was für Verhandlungen?«

Nun stand auch sein Gegenüber auf und begann, im Büro auf und ab zu wandern.

»Ich habe immer daran geglaubt, dass Hedwig ihr Geld wert ist. Der Markt, den sie bedient, funktioniert: die Rückkehr zum einfachen Naturprodukt. Zur Regionalität. Zu den *good old times*. Sie ist das perfekte Gesicht für diesen Megatrend. Sie, die ihr Tal nie verlässt. Die Angstzustände bekommt, wenn sie in die Stadt muss. Sie, die ausschließlich mit Produkten aus den Wäldern und Wiesen ihres Heimattals arbeitet. Eines dieser Produkte hat sich in den vergangenen Jahren als ihr Markenzeichen hervorgetan. Ein Produkt, das vor vielen Jahrzehnten noch eine nicht wegzudenkende Essenz der Bergküche und der alpinen Naturheilkunde war, doch dann in Vergessenheit geriet ...«

Grauner hatte keine Ahnung, wovon der Mann sprach. Er riet.

»Knödel!«

Torrinesi grinste.

»Latschen«, sagte er dann.

»Latschen«, murmelte Grauner, dann setzte er sich wieder, lehnte sich zurück.

»Ja, Latschenkiefer«, wiederholte der Mann, »*pinus sarentensis.* Das Gold der Sarner Berge. Das ist eine der ältesten medizinisch genutzten Pflanzen, faszinierend, nicht? Eine tolle Geschichte. Marketingmäßig, im Sinne des Storytellings, optimal! Von Hand geerntet, alles biologisch, logo, auf roten Porphyrböden vulkanischen Ursprungs gewachsen.«

Der Commissario erinnerte sich an so manche Wanderung im Sarntal. Früher mit seinem Vater, später alleine oder mit Alba. Und mit Sara, die nur widerwillig mitkam. Ja, die Berge des Sarntals waren überwuchert mit dem Latschengewächs. Nirgendwo in Südtirol wuchsen die knochigen Büsche so gut wie in den Bergen rund um das Tal. Er hatte ihnen nie große Beachtung geschenkt. Er vermutete, dass manches Großmütterchen wohl auf die Latschen schwor: Latschenwickel gegen Fieber, Latschenöl auf die Brust gegen Erkältungen und Lungenentzündungen.

Grauner selbst hatte es nicht so mit dem penetranten Geruch. Ihm behagte die Stallwürze mehr. Bei Fieber legte er sich ins Bett, schlief, wartete, bis es vorüber war. Da konnte auch Albas Zureden, doch mal ein Aspirin zu schlucken und zum Hausarzt zu gehen, nichts dran ändern.

»Latschen roden, sie brennen, das Holz und Öl verkaufen, das war früher ein ehrenhafter Beruf im Tal, der vielen Familien eine gute Einkunft bescherte. Dann starb der Beruf aus. Weil die Supermarktprodukte aus aller Welt billiger waren. Schäbiges Fuselöl aus Sibirien, Ungarn, Rumänien.«

Grauner brummte.

»Doch ich will die Latsche zurückbringen. Latschenöl, Latschenbadeessenz, Latschencremes, Latschenmedizin gegen Rheuma und Atemwegskatarrh, aber auch Latschenpesto, Latschenschnaps. Mit Hedwigs Hilfe.«

Die Augen des Mannes leuchteten nun.

»Ich will mit ihr ein kleines Latschenimperium aufbauen. *Hexengold*, so soll die Firma heißen.«

Er kicherte.

»Hexen, verstehen Sie? Das ist perfektes Storytelling!«

Grauner schwieg.

»Wir wollen, Herr Kommissar, Latschengin auf den Markt bringen. Eine Latschengewürzmischung, Latschengrissini, Latschensugo, Latschenspaghetti. Latschenduftkerzen. Latschenpizzateig …«

Grauner runzelte die Stirn.

»Latschenknödel.«

Das Gesicht des Commissarios erhellte sich wieder.

»Wir sind mit einigen Bauern im Tal im Gespräch. Sie alle besitzen Flächen mit Latschenbestand. Einem davon, einem gewissen Luis Steiner, gehören über zehn Hektar, beim Skigebiet im hintersten Tal und oberhalb der Burg Reinegg, außerdem einige Almwiesen oben, auf der Hohen Reisch …«

Grauner sprang wieder auf. »Steiner?«, schrie er.

»Ja, Steiner, Herr Steiner, kennen Sie den?«, fragte Torrinesi etwas eingeschüchtert zurück.

Grauners Hirn schlug Purzelbäume. Steiner, ja, er war sich ziemlich sicher. Steiner, hatte Tappeiner am Telefon gesagt, so heiße der Mann mit der Zigarre vor der Bar. Der so über die Schwestern gelästert hatte und über den wiederum Lisa Jöchler im Gespräch mit Tappeiner so geschimpft hatte. Den die Carabinieri aus dem Dorf jetzt suchten. Das passte doch nicht zusammen, dass ausgerechnet der mit Hedwig Jöchler ein Geschäft einging. Das musste ein Irrtum sein. Torrinesi musste einen anderen Steiner meinen. Es gab ganz sicher nicht nur einen Steiner im Sarntal. Grauner gab es ja auch nicht nur einen. Im Eisacktal. Grauner selbst kannte bereits fünf, sechs weitere Grauners. Sogar zwei Johanns.

»Dieser Steiner, raucht er?«

»Zigarre. Ununterbrochen. Eine Zumutung.« Torrinesi verzog angewidert das Gesicht.

»Also doch«, murmelte Grauner. »Eine Frage noch«, sagte er dann.

»Ja?« Torrinesi hatte sich der Zimmerpflanze an der Tür zugewandt, streichelte ihre Blätter.

»Sie sagten vorhin, dass Sie im *Laurin* untergebracht sind, nicht?«

Der Mann wendete sich von der Pflanze ab. »Ja.«

Grauner kniff die Augen zusammen. »Warum wohnen Sie nicht im Apartmenthaus des *Tan*, das Sie selbst mitfinanziert haben? Das wäre doch viel naheliegender für Sie.«

Der Mann biss sich auf die Lippen. Er öffnete mehrmals den Mund, schloss ihn wieder, schien mit sich zu ringen.

»Herr Torrinesi, wenn Sie wollen, dass ich Ihnen helfe,

dass ich Hedwig helfe, dann müssen Sie ehrlich zu mir sein …«

»Ich … dieses Tal …«

»Ehrlich sein, das heißt, mir alles sagen. Ich weiß nicht, wer Carla Manfredi ermordet hat. Ich weiß nicht, wer das *Tan* abgefackelt hat. Ich weiß auch nicht, wer Ihnen diese mysteriöse Nachricht geschrieben hat. Hedwig Jöchler – oder sonst irgendwer. Ich habe keine Ahnung von Ihrem Business, aber eines weiß ich: Ich weiß, wie diese Täler funktionieren. Besser als Sie.«

Der Mann schaute zu Boden. Grauner sah sofort, dass er zitterte. Er verstand. Der Mann traute sich nicht mehr ins Tal. Und seine Gesprächspartnerin traute sich nicht aus dem Tal heraus.

»Herr Commissario … ich .. ich …«

»Ja!«

»Ich habe zunächst im Apartmenthaus geschlafen, wie auch sonst immer. Dann … dann …«

»Weiter!«

»Vor drei Tagen bin ich aus dem Schlaf aufgeschreckt. Sie haben mit einem Stein die Scheibe der Apartmentwohnung eingeworfen. Sie sind zu zweit gewesen, standen auf der Wiese, die an das Grundstück grenzt, und haben schwarze Leintücher über den Gesichtern getragen, mit Löchern, da, wo die Augen sind. Sie haben brennende Äste in den Händen gehalten. Erst haben sie gemurmelt, dann geschrien. *Verschwinde!*, immer wieder, *verschwinde!* Ich bin nach vorne zum Haus hinaus geflüchtet, raus zu meinem Auto, ich bin losgerast, raus aus dem Dorf, raus aus dem Tal. Ins *Laurin*. Ich bin nicht mehr zurückgekehrt.«

10

Grauner hatte versucht, die Köchin zu erreichen. Nichts. Er hatte versucht, Tappeiner zu erreichen. Nichts. Schließlich war er losgefahren. Er hatte Torrinesi gefragt, ob er mitkommen wolle. Er würde unter seinem Schutz stehen, das hatte er ihm garantiert. Doch der Mailänder Unternehmer hatte abgelehnt. Sie hatten sich vor der Questura verabschiedet, Torrinesi war in Richtung Innenstadt davongegangen.

Grauner war im zähen Mittagsverkehr die Cadornastraße links der Talferwiesen hochgefahren, vorbei an den Schulen, die sich hier aneinanderreihten, auch an der Schule, die er selbst einst besucht hatte, und an jener, in der Sara Anfang des Sommers ihren Abschluss gemacht hatte. Am Hang des Guntschnaberges lenkte er nach rechts, die Stadt hinter sich lassend. Der Panda zog vorbei an der Talstation der Seilbahn, die nach Jenesien hochführte. Erbarmungslos brannte die Sonne auf den Stadtkessel hinab, über dem sich eine Dunstwolke festgesetzt hatte. Sein Rücken schmerzte, das Ziehen und Drücken waren beinahe unerträglich. Er fuhr in den Tunnel hinein, vor dem er zuvor noch mit Hedwig Jöchler zum Spaziergang in der Schlucht aufgebrochen war. Er ließ den Tunnel hinter sich, umkurvte die Felsen, es folgte ein weiterer Tunnel, dann befand er sich wieder auf der Fahrbahn direkt am Hang.

Die neuen Tunnel waren groß und hell orange beleuchtet. Er erinnerte sich an früher, als es noch durch die anderen, kleineren, engeren und dunkleren Tunnel ging. Damals waren die Tunnel einfach in den Stein geschlagen worden, es tropfte von oben auf die Windschutzscheibe herab. Immer wieder, so erinnerte er sich, standen damals Unfallmeldungen aus der Sillschlucht im *Kurier*. Meldungen von Autos, die in den schmalen, steilen, rutschigen Kurven zwischen den Tunnels von der Fahrbahn abgekommen und über die Leitplanke hinweg in die Tiefe gestürzt waren. Meldungen von Steinbrocken, die auf Autodächer gekracht waren. Wieder ein Toter im Sarntal.

Grauner dachte an die Steine, die am Vormittag auf ihn herabgeprasselt waren. An den Schrei und das Gelächter. Diese Schlucht war ihm ein Rätsel. Sie war eine Art Niemandsland zwischen Bozen, wo das Chaos herrschte, der Wahnsinn der sogenannten Zivilisation, und dem Sarntal, wo sich, wenn nicht gerade eine tote Gourmetkritikerin für Aufruhr sorgte, alles in einem verzückend schönen, fast göttlichen Gleichgewicht befand. Zumindest scheinbar.

Er fuhr aus einem der Tunnel heraus, schaute kurz nach links, sah den schwarzen, nassen und bemoosten Felsen. Er schaute kurz nach rechts, wo es hinter der Leitplanke steil bergab ging, runter zum Bach. Er sah nach vorne, wo sich schon der nächste Tunnel vor ihm auftat. Rechts neben dem Tunnel, überwuchert von hohem Gebüsch, befand sich ein kleiner Parkplatz, die rostige Absperrstange war geöffnet, weiter hinten lagen einige gestapelte Holzstämme, alte Autoreifen. Vor den Reifen parkte ein Wagen. Ein alter dunkelblauer Ford Kuga.

Er fuhr in den Tunnel hinein, dann bremste er. Blieb stehen. Verharrte für einige Sekunden, dann legte er den Rückwärtsgang ein, hörte hinter sich lautes Quietschen und ein ohrenbetäubendes Hupen. Jetzt erst schaute er erschrocken in den Rückspiegel, sah an seinem Heck eine Blechfront kleben. Wieder erstarrte er. Licht blinkte auf, mehrmals hupte der Bus hinter ihm, das Echo des Hupens dröhnte fürchterlich im gesamten Tunnel. Grauner war wie gelähmt, wie hatte ihm das nur passieren können? Der Bus, es war ein Schulbus, fuhr ein paar Meter rückwärts, scherte aus, überholte ihn. Der Commissario hob entschuldigend die Hand, lugte nach oben, von der Fahrerkabine aus reckte ihm der Chauffeur wütend die Faust entgegen. Zu Recht.

Der Commissario schaute erneut in den Rückspiegel. Sah den Eingang des Tunnels, das Licht draußen, das Ende des anderen Tunnels. Er hatte vergessen, in den Rückspiegel zu schauen, bevor er abbremste, war in Gedanken versunken. Er hatte sich so oft schon geschworen, nicht mehr über die Fälle zu grübeln, während er fuhr. Es gelang ihm nicht, die Gedanken zog es automatisch dahin.

Grauner drückte aufs Gaspedal, schnellte rückwärts wieder aus dem Tunnel hinaus, bremste, legte hastig den Vorwärtsgang ein und fuhr auf die kleine Sandbucht. Er stellte seinen Panda neben den Ford.

Er stieg aus, ging um den Wagen herum, lugte hinein. Auf dem Beifahrersitz lagen Tomaten. Viele unterschiedliche Tomaten. Auf dem Rücksitz sah er ein Kletterseil, auch Kletterschuhe, Karabiner. Keine Frage, das war Tappeiners Wagen.

Er drehte sich im Kreis. Schaute die Felsen empor. Dann ging er zur Leitplanke, schaute hinab. Leise hörte er das Rauschen des Baches. Er schaute zum Tunnel hinter ihm, der tief in den Fels hineinführte, und sah, dass links davon ein schmaler Trampelpfad außen um den Tunnel herum zu einem dunklen Stollen führte.

Der Stollen, das war der alte Tunnel, durch den man früher gefahren war.

»Silvia«, schrie er. Noch einmal: »Silvia!«

Nichts. Noch nicht einmal ein Echo. Er schaute aufs Handy, kein Empfang. Keine Anrufe in Abwesenheit, keine Sprachnachricht. Noch einmal drehte er sich um sich selbst, dieser Trampelpfad schien ihm der einzige Weg, den sie wohl hätte gehen können. Grauner ging noch einmal zum Panda zurück, öffnete die Beifahrertür, dann das Handschuhfach, er holte die Beretta hervor, steckte sie in den Hosenbund. Dann lief er die Leitplanke entlang zum neuen Tunnel, den schmalen Sandweg entlang, schließlich in den dunklen alten Stollen hinein.

Hier am Eingang war es noch hell, weiter vorne stockdunkel. Es war feucht und roch nach kaltem, nassem Gestein. Auch nach Exkrementen. Auf dem Boden lagen zwei dreckige Matratzen und ein kaputter Regenschirm. Ein Einkaufswagen stand daneben. Darin Decken, eine Plastikplane. An den Wänden konnte er Graffiti erkennen. Keine Schmierereien, sondern schöne Zeichnungen: eine Eule, die geheimnisvoll schaute, Jesus, die Arme breit ausgestreckt, ein Baum, der statt Früchten Dollarnoten trug, ein kleines Mädchen, das diese pflückte.

Grauner schritt voran. Es wurde dunkler und unheimlicher. Bald sah er nichts mehr. Er holte das Handy hervor, tippte auf das Display, konnte die Taschenlampen-App aber nicht finden. Er verfluchte all die unnützen Apps, die ihm Sara geraten hatte herunterzuladen. Er brauchte sie nie.

Das leuchtende Display spendete ihm zumindest ein wenig Licht. Er richtete das Handy gen Boden, sah Flaschenscherben, Zigarettenstummel, eine Spritze. Er ging langsam weiter, vorne sah er bereits wieder einen Lichtschimmer. Er hörte sich keuchen, ihm war, als keuchte es auch um ihn herum. Oder nur in seinem Kopf? Vielleicht keuchte auch die Angst in ihm.

»Silvia«, flüsterte er. Nichts. Dann doch ein Rascheln. Ein

Luftzug. Ganz klar. Nicht im Kopf, sondern im Dunkeln. Da wieder. Er versuchte, sich zu beruhigen. Vielleicht eine Ratte, die davongehuscht war. Oder eine Eule, eine echte, die über ihm davongeflogen war. Oder beides. Eine Eule, die sich eine Ratte geschnappt hatte.

Er stand ganz still. Hielt den Atem an. Irgendetwas um ihn rauschte, atmete, wimmerte, murmelte. Oder war es der Verkehr, der durch den neuen Tunnel zog, den er bis hierhin hörte? Er schloss die Augen. Nein, er wurde den unguten Gedanken nicht los, nicht allein zu sein. Er griff an den Hosenbund, verspürte das komische Gefühl, das ihn so oft überkam, wenn er die Pistole bei sich trug, was höchst selten geschah. Das Gefühl schenkte ihm einerseits Sicherheit, andererseits ängstigte es ihn.

Grauner zog die Beretta hervor, die Waffe fühlte sich kalt an. Es half alles nichts. Er ging weiter, dem Licht entgegen, er schaute wieder aufs Handy, noch immer kein Netz, er ging weiter, ein klein bisschen Netz. Als er das Ende des Tunnels erreichte, leuchtete das Display rhythmisch auf, ein eingehender Anruf. Eine unbekannte Nummer. Er ging ran.

»Grauner?«

Es war D'Ambrosio, der Carabiniere aus Sarnthein. Grauner war froh, seine Stimme zu hören. Der Mann teilte ihm mit, dass er und seine Kollegen Tappeiner nicht erreichen und Steiner nicht finden konnten. Nicht auf den Feldern, nicht in der Bar, nicht in seinem Hotel, wo ihnen ein Concierge gesagt habe, dass er wohl den Tag auf dem Hof verbringen würde. Doch dort war er auch nicht. Der Carabiniere teilte Grauner ebenso mit, dass auch Steiners Auto weg war, nur der Hund im Hof habe gebellt und wie wild an der Leine gezerrt. Sie hätten geklingelt, an die verschlossene Tür geklopft, nichts. Sie hätten das Haus und den nebenan liegenden Heuschupfen umrundet. Das Tor des Schupfens habe offen gestanden. Dort hätten sie einen Kanister gefunden, gleich hinter dem Tor. Einen grünen Kanister wie jene beiden, die zwischen den Bäumen im Wald unweit des *Tan* gefunden worden waren und wie man sie an der Tankstelle vor der Dorfeinfahrt bekam. Zwischen Schupfentor und Kanister hätten sie verschüttetes Benzin bemerkt.

»Was machen wir jetzt, Commissario?«, fragte der Carabiniere am Telefon.

Grauner antwortete, ohne lange zu überlegen. Zwei Carabinieri sollten beim Hotel warten, zwei weitere beim Hof bleiben, befahl er. Falls Steiner wiederkommen würde, sollten sie ihn mit in die Station nehmen. Obwohl Grauner ihnen gar nichts zu befehlen hatte, da er ja Commissario der Polizia di Stato war und somit nicht ihr Vorgesetzter, nahm D'Ambrosio die Anweisung ohne Widerworte an. Grauner bat den Mann außerdem, den Staatsanwalt zu informieren, schnellstmöglich zwei weitere Streifen für die Suche nach der Köchin zu organisieren.

Nachdem er aufgelegt hatte, starrte er lange ins schwarze Nichts des alten Tunnels. Er hatte weiterhin das Gefühl, dass jemand zu ihm hinausschaute. Dass ihn da drinnen jemand beobachtet hatte, ganz nah bei ihm gewesen war. Er überlegte kurz, dann hob er die Hand mit der Pistole. Wartete wieder. Er ging ein paar Schritte auf den Tunnel zu. Stoppte, wartete erneut.

»Kommen Sie heraus!«, schrie er dann. Zählte in Gedanken bis zwanzig. Nichts.

Dann ging er den Trampelpfad weiter, der bald steil zwischen den Felsen hindurch in die Schlucht hinabführte.

Er achtete darauf, nicht auszurutschen. Tat es trotzdem, hielt sich am Gebüsch fest. Er steckte die Waffe wieder in den Hosenbund, fluchte, schwitzte. Erschöpft kam er auf dem Grund der Schlucht an und ging taleinwärts. Bald sah er einen kleinen See vor sich. Dahinter einen Hang, einen Pfad, der steil emporführte. Er drehte sich erneut um sich selbst, schaute nach oben.

»Silvia«, rief er. »Silvia.«

Das Echo hallte zurück.

Silvia. Silvia.

Dann schwieg die Schlucht.

11

Mehr Licht. Da vorne war mehr Licht. Sie verstand nicht so recht, woher es kam. Da musste ein Spalt im Fels sein. Es schien von oben herab, das Licht tanzte auf dem Stein, erhellte den kleinen, tiefen Raum, der sich vor ihr auftat. Sie lief rasch um die Pfützen auf dem sandigen Boden herum, ihre dünne Jacke streifte die nasse Wand.

Tappeiner verstand sofort, was das hier war. Diese Höhle war ein Wohnzimmer. Hier hatte sich jemand häuslich eingerichtet. Spartanisch. So gut es ging. In einer Ecke lag eine Matratze auf zwei Holzpaletten. Auf der anderen Seite waren Apfelkisten gestapelt. Darin Handtücher. Daneben eine Kochplatte. Eine Schachtel mit Batterien, eine Taschenlampe, Kerzen, ein Feuerzeug, rostiges Besteck, Plastikbehälter, Kleider, altmodische Trachten, Frauenunterwäsche, ebenso altmodisch, mit Spitzen. Eine Zahnbürste, Zahnpasta.

Sie schaute sich weiter um, eine dritte Felswand lag halb

im Dunkeln. Tappeiner holte ihr Handy hervor, aktivierte die Taschenlampen-App, strahlte die Wand an. Erst erkannte sie nichts außer dem schwarzen Felsgestein. Dann sah sie, dass darauf etwas eingeritzt war. Kleine Kreise. Die konnten nicht durch Zufall entstanden sein. Sie trat einige Schritte zurück, leuchtete die Wand ab, von oben nach unten, von links nach rechts. Sie war voll mit diesen Kreisen, jemand musste sie mit einem Messer oder etwas Ähnlichem eingeritzt haben.

Sie überlegte, was das sein konnte. Dann, plötzlich, hörte sie ein Rascheln. Es kam vom Eingang der Höhle her. Sie zuckte zusammen. Erstarrte. Steckte das Handy weg. Sie schaute auf den Boden, sah einen Stein, zu klein. Vorsichtig tapste sie an der Felswand entlang, hinüber zu den Apfelkisten, versuchte, ihren Atem zu unterdrücken. Sie hörte Schritte, knirschenden Sand, einen schweren Atem. Sie schaute sich weiter nach Steinen um, fand keine passenden und griff nach einem der rostigen Messer.

Wieder horchte sie. Nichts. Kein Atem mehr, keine Schritte. Stille. Nur ein leises Rauschen, das von draußen hereinkam. Das Rauschen der Natur.

Sie umklammerte das Messer. Dann hörte sie das Geräusch. Sie hatte es schon oft gehört, dieses unverwechselbare kalte maschinelle Geräusch. Anfang des Jahres hatte sie mit dem Schießtraining begonnen. In Bozen. Nie wieder in ihrem Leben wollte sie in einer Situation sein, in der sie eine Waffe benutzen musste. Falls doch, wollte sie künftig vorbereitet sein. Erschießen, nicht erschossen werden. Sie ging nun ein- bis zweimal im Monat zum Training. Sie war von Anfang an gut gewesen, ein Naturtalent, hatte ihr Schießtrainer gesagt. Das hatte ihr Angst eingejagt.

Gleichzeitig aber hatte sie bemerkt, wie sie nach und

nach die Angst vor dem Schießen verlor. Die Angst vor dem Schießen verlieren, das sei der wichtigste Schritt, hatte ihr Schießlehrer gepredigt. Nicht wegwollen. Nicht verschwinden wollen, sich nicht verstecken wollen. Die Situation beherrschen, schießen und treffen wollen. Das machte einen gut. Das rettete Leben.

Die meisten Polizisten und Carabinieri hatten Angst vor der Waffe. Auch Saltapepe. Auch Grauner. Die beiden waren trotzdem gute Schützen. Weil sie die Angst vor der Waffe im entscheidenden Moment ablegten. Weil sie beim Anlegen noch panisch waren, sich dann aber blitzschnell professionelle Ruhe über alles legte.

Das mechanische *Klick*, wenn sich die Patrone in den Laderaum schiebt, versetzte sie in Panik, bei den Schießübungen hatte sie die im Griff, da sagte ihr Gehirn der Panik, dass sie sich mal beruhigen solle, dass das hier nur eine Übung war und sie nur auf Zielscheiben aus Karton ziele.

Hier aber war das unmöglich. Schon deshalb, weil nicht sie es war, die das *Klick* auslöste. Sondern jemand im Dunkeln.

Das *Klick* der Waffe hallte durch die Höhle. Tappeiner zitterte, umklammerte das Messer nun noch fester, versuchte, sich trotz der Panik zu konzentrieren. Ihre Gedanken überschlugen sich. Noch war ihr unklar, ob dieser Jemand bereits wusste, dass sie da war, sie überraschen wollte. Oder ob sie ihn noch überraschen konnte.

Sie hörte wieder den Atem, er kam näher, sie hörte das Knirschen des Sandes, der Schritte. Sie beschloss, in die Offensive zu gehen, in Gedanken bis drei zu zählen, sie hob das Messer.

Eins, zwei …

»Silvia!«

12

Tappeiners Knie hatten einfach nachgegeben. Er hatte sie aufgefangen und hochgehoben, in ihr entgeistertes Gesicht gestarrt, sie geschüttelt.

»G … Grauner …«, hatte sie nur gestammelt.

Der Commissario hatte die Waffe weggesteckt. Ihm war klar gewesen, dass er nicht weniger entgeistert gewirkt haben musste.

Er war den Hügel hochgeklettert, immer wieder war er ausgerutscht, hatte sich an Baumstämmen festgehalten. Einmal hatte er sich an einem Ast die Hand aufgeritzt, sie blutete immer noch.

Oben angekommen, war er den schmalen Trampelpfad weitergegangen, der an einer Wiese endete. Er hatte nicht mehr weitergewusst, in einiger Entfernung war es wieder steil nach unten gegangen, irgendwo da musste ein Weg weiter ins Tal führen. Doch er fand ihn nicht. Er wollte schon umkehren, da sah er an einem der Büsche abgebrochene Zweige. Ein paar Meter weiter noch welche.

Er erzählte das alles Tappeiner, nachdem sie frische Luft geschnappt hatten und gemeinsam wieder zurück in die Höhle gingen. Als ihr Herz wieder normal pumpte. Nicht mehr raste. Grauner erzählte ihr von seiner Begegnung mit Torrinesi und noch einmal vom Spaziergang mit Hedwig Jöchler am Vormittag. Von den Steinen, dem Schrei, dem Lachen. Sie erzählte von ihrer Begegnung mit Dr. Heinrich von Waldstätter.

»Ursula Jöchler«, murmelte Grauner.

»Dieser von Waldstätter hat mir den Weg zur Höhle hier beschrieben, wo die Kinder und Enkelkinder dieser Ursula Jöchler nach ihrem Tod auf dem Scheiterhaufen gelebt haben sollen. Und von den Carabinieri wissen wir ja, dass wohl auch die Mutter der drei Schwestern, diese Anna Jöchler, in einer Höhle gehaust haben soll …«

Grauner brummte zustimmend. Er schaute auf die Matratze, die Apfelkisten, die Handtücher, die Kochplatte.

»Glaubst du, diese Anna Jöchler …«, sie beendete den Satz nicht.

Er hob die Schultern. Ging zu den Apfelkisten hin, zog ein zerknülltes Zeitungspapier auseinander, ein Stück Seife lag darin, er roch an der Seife, sie duftete zitronig, er schaute auf das Papier, es war eine Seite des *Kurier*. Er schaute auf das Datum, die Zeitung war von diesem Jahr. Er griff nach der Zahnpastatube. Öffnete sie, drückte ein wenig Zahnpasta auf seinen Finger, leckte ihn ab. Sie schmeckte frisch, nach Kräutern.

»Vielleicht …«, er drehte sich um sich selbst.

»Vielleicht lebt sie immer noch«, beendete Tappeiner seinen begonnenen Satz. »Hier, wo auch ihre Urahnen einst lebten.«

Grauner runzelte die Stirn.

»Schau«, sagte Tappeiner, sie zog ihr Handy wieder hervor, leuchtete auf die Wand ganz hinten, ging näher heran.

Er nahm nun auch sein Handy hervor, reichte es ihr.

»Diese Taschenlampen-App …«

Mehr musste er nicht sagen.

Sie wischte herum, fand sie, nun leuchtete auch sein Handy grell.

Sie gingen beide ein paar Meter rückwärts, erhellten nun gemeinsam die gesamte Wand.

»Sieht aus wie der Sternenhimmel«, sagte sie.

»Oder wie eine Karte«, erwiderte er.

»Eine Sternenkarte?«

»Eine Sternenkarte …«, wiederholte er murmelnd. »Kannten sich die Hexen auch mit Sternbildern aus?«

»Waren das nicht die Azteken? Oder die Beduinen … was weiß ich …« Sie schüttelte den Kopf.

Er ging wieder näher an die Wand heran. Ganz nach links. Er bückte sich, hielt die Lampe nach vorne. Da, in der Ecke, neben all den Kreisen, hatte jemand ein kleines geschwungenes *x* eingeritzt.

Sie schauten sich an, Grauner fotografierte die Wand mit seinem Handy, während Tappeiner alles weiter beleuchtete, dann schwiegen sie.

13

Sie waren wieder hinunter zum See in der Schlucht geklettert. Grauner hatte Belli verständigt. Es war schlimm, wenn der Staatsanwalt schrie, doch es war noch schlimmer, wenn er ganz ruhig und sachlich sprach. Am allerschlimmsten war es, wenn er ruhig und sachlich sprach – und auch noch recht hatte. Er hatte fast nie recht. Diesmal schon. Grauner hätte Hedwig Jöchler niemals entkommen lassen dürfen.

Er ließ das Schweigen über sich ergehen. Er verachtete sich selbst – und Belli, weil er bemerkte, wie der das Rechthaben genoss.

Tappeiner hatte indes mit Weiherer und der Questura telefoniert, von Hedwig fehlte weiterhin jede Spur. Grauners Assistentin ordnete an, dass Polizisten und Spurensicherer die Höhle in der Schlucht untersuchen sollten. Schon wollten die beiden zurück zu den Autos, da meldete sich D'Ambrosio. Steiner war aufgetaucht. Bei der Bar im Dorf. Der Barbetreiber hatte dem Mann gesagt, dass die Carabinieri nach ihm suchten. Er sei nun in der Station eingetroffen, erklärte der Carabiniere.

Sie waren hintereinander ins Tal gefahren. Grauner voraus, Tappeiner hinterher. Sie hatten bei der Tankstelle am Dorfeingang kurz haltgemacht und dort nach Steiner gefragt, ob er hier manchmal Benzin kaufe. Ganze Kanister. Der Tankwart hatte bejaht. Sie hatten ihn gefragt, wann Steiner das letzte Mal hier gewesen sei, um welches zu kaufen. Vor fünf Tagen etwa. Wie viele Kanister. Drei. Er kaufe immer drei. Das passte.

Als sie auf das Tor der Carabinieri-Station zugingen, kam ihnen D'Ambrosio bereits entgegen. Hastig, noch im Gehen, begann er zu sprechen.

»Er ist nicht mehr da.«

Grauner blieb stehen. Tappeiner ebenfalls.

»Wie, nicht mehr da?«, fragte Grauner, der bemerkte, wie die Unsicherheit über das Gesicht des Carabiniere krabbelte.

»Er, äh, ich, äh …« D'Ambrosio schaute verlegen zu Boden, flüsterte beinahe, »ich bat ihn zu warten, bis Sie, Herr Commissario, eintreffen würden. Er, äh, er sagte, er würde auf niemanden warten. Er habe noch nie jemals auf jemanden gewartet. Er ging …« D'Ambrosio schaute immer noch zu Boden, stammelte Unverständliches.

Grauner stellte sich neben ihn, legte ihm die Hand auf die Schulter. Was sollte er denn tun? Ihn anschreien?

»Sie haben alles richtig gemacht, wir werden ihn suchen, finden und anhören. Lasst uns kurz hineingehen, die Lage besprechen.«

Er drehte sich um und ging in Richtung Kaserneneingang. Zog den Carabiniere mit sich mit.

Sie setzten sich in die kleine Teeküche. D'Ambrosio erzählte noch einmal, wie alles abgelaufen war. Dass Steiner vor etwa einer halben Stunde unten am Tor geklingelt habe, er aber schon bald darauf einfach aufgestanden sei und gesagt habe, dass, wenn jemand etwas von ihm wolle, man ja wisse, wo er zu finden sei. Am Hof oder am Hotel. Dann gegangen sei.

Dass Anrufe in der Station eingegangen waren und es Tumulte im Dorf gegeben habe. Zwei Carabinieri waren zur Bar gefahren und hatten sich umgehört, sich erkundigt, was geschehen war. Sie erfuhren, dass einige Journalisten, die sich in der Bar und im Dorf herumgetrieben hatten, Steiner auf seinem Weg in die Station begleiten wollten. Ein paar der Männer vor der Bar hätten die Journalisten festgehalten, es sei zu einem Handgemenge gekommen, einer blutigen Nase, einer kaputten Kamera.

»Nix Besonderes«, hatte der Barbesitzer den Carabinieri grinsend berichtet.

In der Bar sei es daraufhin einige Minuten lang still gewesen. So still wie noch nie, hatte der Besitzer weiter erzählt. Auch draußen auf der Straße sei es still gewesen. Hinter den Vorhängen der Häuser gegenüber hätten ein paar Gesichter hervorgelugt.

Einige Männer seien eilig nach Hause gelaufen, erzählte D'Ambrosio. Sie hätten dabei allenthalben auf den Boden gespuckt. Manche hätten Tannenzweige vor die Tür gelegt, andere schwarze Kerzen in den Fenstern entzündet. Dann hätten die Kirchenglocken geläutet.

Der Commissario sah sich in der Teeküche um, es schien ihm, als sei sie einst eine alte Bauernstube gewesen. Es amüsierte ihn immer wieder, wie in den Carabinieri-Unterkünften Südtirols die Welten aufeinanderprallten.

Da das Innenministerium nie über genügend Geld verfügte, um tatsächliche Kasernen zu bauen, waren vor Jahrzehnten meist irgendwelche leer stehenden Wohnhäuser gekauft oder gemietet und mehr schlecht als recht zu Stationen umgebaut worden. Da war dann ein hoher Zaun rundherum aufgebaut und am Eingangstor die Tricolore gehisst worden. Da wurde dann die Bauernstube zur Teeküche, das ehemalige Kinderzimmer zum Büro und bei einem der ehemaligen Schlafzimmer wurde die Tür ausgehängt, in den Keller gestellt und durch Gitterstäbe ersetzt.

Die Wände der Teeküche waren mit dunklem Holz vertäfelt. In der Ecke hing Jesus am Kreuz, einen Rosenkranz um die Schultern. Vor den Fenstern steckten Geranien in Blumenkästchen, die Tischdecke war rot-weiß kariert, in einer anderen Ecke stand ein smaragdgrüner Kachelofen. Von der Decke hing eine alte Lampe. D'Ambrosio blinzelte ins Licht. Die schwarzen Haare mit reichlich Gel nach hinten gekämmt, die Uniform glatt gebügelt, perfekt sitzend. Es war ein Anblick, wie aus einer stehen gebliebenen Zeit. Viele Carabinieri und Poliziotti dello Stato kamen aus Süditalien. Immer schon, immer noch. Früher wurden sie hierher strafversetzt. Heute kamen sie freiwillig. Früher sprachen sie kein Wort Deutsch, heute doch ein wenig. Früher galt es, die Dorfbevölkerung zu drangsalieren. Die Bewohner hassten die Carabinieri alsbald dafür und diese die Dorfleute alsbald ebenso. Der ewige Kreislauf des Hasses. Die jungen Polizeibeamten hassten das Dorf, die Täler, die Berge, die Menschen hier, die sie nicht verstanden. Sie hatten stets Heimweh, wollten wieder in den Süden, wehrten sich gegen alles, die Unsicherheit, das Heimweh, mit Gewalt.

Die Zeiten waren nun andere. Die Carabinieri und auch die alteingesessenen Dorfbewohner hatten längst verstanden, dass sie es alle leichter hatten, wenn man sich nicht gegenseitig bekriegte.

Wie in ganz Südtirol hatte vor allem die Kulinarik Frieden gestiftet. Weigerte sich manch Südtiroler Sturschädel vor einem halben Jahrhundert noch, jemals Spaghetti oder sogar eine Pizza anzurühren, weil das Feindesessen war, so war die mediterrane Küche längst auch in den hintersten Bauernstuben angekommen. Fuhren die jungen Carabinieri vor einem halben Jahrhundert noch aus den hintersten Tälern stets raus nach Bozen, um in den italienischen Vierteln westlich der Talfer in die neapolitanische Pizzeria zu gehen, so hatten sie mittlerweile längst auch den Knödel zu schätzen gelernt.

Die Carabinieri drückten längst alle Augen zu, wenn bei Dorffestivitäten nicht alles exakt der dritten Fußnote der Anordnungen aus Rom entsprach. Sie erklärten dem Dorfbarista, wie sich die Kaffeemaschine besser reinigen ließ, sie brachten den Nachbarn gutes Olivenöl aus dem Salento vorbei. Die Dorfbewohner nahmen sie im Gegenzug bei den Dorffesten längst in ihrer Mitte auf, die Dorfgroßmütterchen gossen ihnen die Geranien, die Dorfschneiderinnen schneiderten ihnen die Uniformen *slim fit* zurecht.

Früher hätten die Carabinieri so einen wie den Steiner in den Keller gezerrt, wo mancher Schrei nicht zu hören war, früher wären die Dorfmänner nachts über den Zaun geklettert und hätten den Carabinieri die Reifen aufgeschlitzt. *Tempi passati.*

Grauner räusperte sich, fragte D'Ambrosio, ob er etwas von einem Gerücht über einen geheimen Garten der Jöchlerinnen wisse. Irgendwo im Wald, oben am Berg. Der Carabiniere nickte. Ja, das Gerücht kursiere seit Jahren schon. Irgendwo bei den Felsen unterhalb des Auenjochs solle sich der Garten befinden. Bestückt mit seltenen, alten, teils giftigen, auch manchen scheinbar vergessenen Kräutern. Das Gerücht besage auch, dass die drei Schwestern das Hexenwissen über die heilenden und tödlichen Kräfte dieser Kräuter immer noch in sich tragen würden. Dass Hedwig Jöchler in ihrer Küche mit diesen Kräutern experimentieren würde.

Grauner schaute D'Ambrosio in die Augen. Der Carabiniere zitterte ein wenig. Der Commissario verstand sofort, dass der Mann sich in seiner Haut nicht wohlfühlte. Er erinnerte sich an den Fall vor einem halben Jahr, da war ein Dorfpolizist in Gröden getötet worden. Ein Gedanke von damals holte ihn ein: dass es das Schlimmste sein musste, in so einem Dorf den Polizisten oder den Carabiniere verkörpern zu müssen. Denn man befand sich sogleich in einem Teufelskreis. Arbeitete man gegen das Dorf, machte man sich das Leben zur Hölle. Wurde man Teil des Dorfes, musste man stets der Spielverderber sein.

Gesetz des Staates und Gesetz des Tals, der Dörfer, prallten aufeinander, erdrückten den Carabiniere. Die Gesetze der Täler und Dörfer waren ungeschriebene, die Machtverhältnisse hatten sich über die Jahrzehnte und Generationen verfestigt. Man hielt sich an das Regelwerk aus Bozen und aus Rom, meistens, hier in den Tälern, aber viel wichtiger waren die eigenen Regeln. An die Gesetze des Tals, des Dorfs hielt man sich, stets, denn hielt man sich nicht daran, brach alles Gleichgewicht zusammen, wie das Gleichgewicht der Natur zusammenbrechen würde, wenn plötzlich nicht mehr der Wolf das Reh riss – sondern umgekehrt.

So etwas war hier wohl geschehen, das ahnte Grauner. Das Gleichgewicht des Tals war durcheinandergeraten. Es mochte kein gutes gewesen sein, dieses Gleichgewicht, das wollte Grauner gar nicht beurteilen, es konnte grausam und ungerecht sein, so ein Gleichgewicht, aber es sorgte für Ruhe. Wenn auch oftmals für verabscheuenswürdige Ruhe durch Angst. Hier nun war es vorbei mit der Ruhe.

Steiner, so vermutete Grauner, war ein Wolf. Einer, der im Dorf etwas zu sagen hatte. Häufig waren es solche Figuren und Gasthausanführer, die in solchen Dörfern mehr zu sagen hatten als ein Bürgermeister, der oft nur eine im Gasthaus gewählte Pappfigur war. Ebenso wie der Pfarrer, der sonntags in der Kirche zwar noch predigte, dem dabei aber kaum noch einer zuhörte, der beim Begräbnis zwar voranschritt, weil sich das halt so gehörte, weil das Folklore war, der beim anschließenden Leichenschmaus aber längst nicht mehr das beste Stück vom gebratenen Rindsfilet auf den Teller bekam.

Vielleicht war dieser Steiner ein Brandstifter. Vielleicht hatte er diesem Torrinesi Gewalt angedroht, mit einem Kompagnon, Steine gegen das Fenster seines Apartments geworfen. Vielleicht hatte er gemordet. Grauner wusste es nicht.

Der Fußboden knarzte. Ein Carabiniere trat ein. Die Köpfe drehten sich zu ihm.

»Steiner ist in seinem Hotel«, sagte der junge Mann.

14

Das *Hotel Schattenbach* war ein Idyll, wenn auch ein etwas in die Jahre gekommenes. Es befand sich eine halbe Stunde außerhalb des Dorfes, weiter taleinwärts, links der Straße, hinter Weiden, auf denen Kühe grasten.

Das alte Haus aus dunklem Holz stand umringt von hohen Tannen. Auf dem großen Parkplatz waren nur wenige Autos zu sehen. Deutsche Kennzeichen. Auf dem Weg zum Eingang tat sich hinter wild verwucherten Hecken der Blick auf einen Pool auf. Er war leer. Auf den Liegen keine Handtücher. Zwei Bauarbeiter standen da, rauchten.

Der Concierge hatte die drei schweigend in die erste Etage des Hauses geleitet, über knarzende Holzböden, vorbei an alten Ölgemälden, die Jäger mit erlegtem Wild zeigten, eine Burg am steilen Wiesenhang, eine Schlucht, einen See, ein Kirchlein im Wald, Männer in einem Gasthaus, beim Trinken und Kartenspielen, Frauen auf einer Picknickwiese, dahinter Rehe am Waldrand.

Der Mann klopfte an eine dicke Holztür, wartete nicht, öffnete die Tür, trat zur Seite. Grauner, Tappeiner und D'Ambrosio traten ein, hinter einem dicken Holzschreibtisch, der beinahe das gesamte Zimmer einnahm, saß Steiner. Er war ganz anders gekleidet als noch tags zuvor vor der Bar. Da hatte er noch wie ein Bauer ausgesehen mit seinem blauen Schurz. Nun trug er ein weißes Hemd, ein Leder-Gelee und eine faltenfrei gebügelte Schnürlsamthose. Sofort fiel Grauner wieder das versehrte Ohr auf. Er überlegte, was dem Mann wohl passiert sein konnte. Ein Missgeschick? Eine Messerattacke? Eine außer Kontrolle geratene Kneipenrauferei?

Steiner grinste und kaute gleichzeitig auf einer nicht entzündeten Zigarre herum. Grauner kannte dieses aufgesetzte Grinsen. Südtirols Hoteliers beherrschten es in Perfektion. Es steckte in ihrer DNA, sie gaben es von Generation zu Generation weiter. Traf man die Hoteliers nach Feierabend, wenn beim fünften Schnaps weit und breit kein Gast, kein Tourist mehr zu sehen waren, legten sie das Grinsen ab. Dann, erst dann, schimpften sie über die Gäste und Touristen, die ihnen Tag für Tag die Taschen mit Geld vollstopften. Standen sie morgens dann wieder mit verkatertem Schädel hinter der Rezeption, da mochte ihnen noch so speiübel sein, das Grinsen war wieder angeknipst. Hoteliers waren wie Duracell-Hasen. Automatisches Grinsen. Willkommensgrinsen. Schön-dass-ihr-hier-seid's-Grinsen. Eine-gute-Abreise-und-kommt's-ja-bald-wieder-Grinsen. Wahrscheinlich musste man das automatisieren, weil das sonst ja alles nicht auszuhalten war, dieses Heile-Welt-Klischee, das permanente Dolomitenglühen, die stete Freundlichkeit. Er würde durchdrehen, dachte sich der Commissario, müsste er stets freundlich sein.

Steiner öffnete den obersten Hemdknopf, fuhr sich über den erröteten kahlen Schädel, das aufgesetzte Grinsen verschwand. Er schaute verächtlich zu D'Ambrosio, dann freundlich zu Grauner. Spielchen.

»Da sind Sie also wieder«, sagte er. Raue, unfreundliche Bauernstimme. Die Rückverwandlung hatte wieder eingesetzt. »Sie sind gekommen, um von mir zu erfahren, ob ich der Mörder bin, Herr Kommissar.« Es war keine Frage, vielmehr eine Feststellung. »Nein, das bin ich nicht.«

Grauner und die anderen rührten sich nicht.

»Sie wollen von mir wissen, ob ich ein Brandstifter bin.« Er sprach weiter, ohne eine Reaktion abzuwarten. »Nein, auch das bin ich nicht.«

Grauner schaute zu Tappeiner, schloss nur kurz die Lider. Er wollte, dass sie loslegte. Sie verstand sofort, räusperte sich. »Sie haben vor wenigen Tagen bei der Tankstelle am Dorfeingang drei Kanister Benzin gekauft, Herr Steiner, wir haben einen Kanister in Ihrem Schupfen sichergestellt. Zwei Kanister wurden im Wald beim *Tan* gefunden.«

Der Mann spielte mit den Fingern auf der Holzplatte herum. Grauner entdeckte Dreckreste unter den Fingernägeln.

»Ich weiß nicht, wie die Kanister dahingekommen sind, Herr Kommissar.« Der Mann blickte immer noch zu Grauner, würdigte seine Assistentin aber, die zu ihm gesprochen hatte, keines Blickes. Er setzte die Spielchen fort. »Ich weiß nicht, wer der Mörder ist. Ebenso wenig, wer der Brandstifter ist. Ich kann Ihnen aber trotzdem einiges erzählen, das Sie und Ihre Leute weiterbringen wird.«

Nun wendete er den Kopf, starrte Tappeiner an. Grauner beobachtete sie. Sie schaute weiter streng und war wohl bemüht, nicht neugierig zu wirken. Es gelang ihr, sie machte das gut. Er beschloss, sie weitermachen zu lassen.

»Ich kann Ihnen Einblick in einige Geheimnisse geben.«

Er faltete für einige Sekunden die Hände.

»Aber ich möchte diese Geheimnisse nur mit Ihnen beiden teilen. Mit ihm hier nicht«, er zeigte auf D'Ambrosio, »weil ich Teil dieser Geheimnisse bin. Weil es um Sachen geht, über die lieber geschwiegen werden soll im

Dorf, im Tal, über die hier drin nicht jeder Bescheid wissen sollte.«

Tappeiner und Grauner blickten gleichzeitig fragend zum Kollegen aus dem Tal.

Der Carabiniere entfernte sich, beinahe geräuschlos verließ er das Zimmer. Nun wendeten sich die Ermittler wieder Steiner zu.

Grauner klang das alles etwas zu bedeutungsschwanger, er fürchtete, dass sie alles, was ihnen der Mann nun sagen würde, eh schon wussten.

»Meine Familie, wir Steiners, sind seit Jahrhunderten mit den Jöchlers verfeindet.«

Steiner kramte ein Feuerzeug aus der Hosentasche hervor, entzündete die Zigarre, paffte gegen die Zimmerdecke.

»Fragen Sie mich jetzt nicht, warum, es ist auch egal.«

Kurz war es still. Dann schaute Tappeiner erneut zu Grauner. Wieder schloss der Commissario kurz die Augen. Zum Zeichen, dass sie weitermachen sollte. Sie räusperte sich erneut.

»Nun ja«, sagte sie, »Ihre Vorfahren haben vor fünfhundert Jahren eine gewisse Ursula Jöchler der Hexerei bezichtigt, sie musste auf den Scheiterhaufen …«

Weiter sprach sie nicht. Steiner lächelte, etwas bemüht.

»Ich weiß, dass die drei Schwestern diese Geschichte gerne bemühen. Ja, das mag alles so gewesen sein, das mag sich alles so zugetragen haben, damals. Das alles ist lange her …«, der Mann schluckte, schaute zu Boden, sprach dann flüsternd weiter, »… und lässt uns doch nicht los hier im Tal.«

Tappeiner trat einen Schritt nach vorne. Gut, dachte sich Grauner. Vielleicht war von diesem Gespräch doch mehr zu erwarten.

Steiner holte tief Luft, dann sprach er ruhig weiter. »Ich glaube nicht an Hexen«, er versuchte zu lächeln, es gelang ihm nicht, das Lächeln erstarrte auf halbem Weg. »Wir leben im 21. Jahrhundert. Und doch sind die Hexen bei uns im Tal immer noch da. Realität. Aus einem einfachen Grund: weil die alten Geschichten, die alten Gräben, noch da sind. Der Hass zwischen uns, den Steiners und den Schwestern, dieser Streit hat sich eingebrannt ins ganze Dorf. Er ist nicht mehr wegzubekommen, geht nicht mehr raus aus den Köpfen, selbst wenn ich wollte, könnte ich nicht …«, er stockte, »… Frieden suchen … schließen … öffentlich … vor dem Dorf … den Männern im Dorf …«

Er stockte, schien wieder nach Worten zu suchen. Tappeiner griff erneut ein.

»Sie haben den Frieden gesucht? Heimlich?«

Der Mann schien sich zu sammeln. »Ja, weil Streit nicht gut fürs Geschäft ist. Der Streit zwischen mir und den Schwestern nicht und ebenso wenig der Streit der Schwestern untereinander …«

»Sie sagen, die Schwestern streiten untereinander. Lisa Jöchler sagt, das sei nicht wahr«, ging Tappeiner dazwischen.

»Dann lügt Lisa Jöchler«, sprach Steiner ganz ruhig weiter.

Einige Sekunden verstrichen, bevor er erneut ansetzte.

»Hedwig und ich, wir sind uns vor einem halben Jahr oben bei den *Stoanernen Mandln* über den Weg gelaufen. Zufällig. Wir sahen uns von Weitem, erkannten uns, gingen aufeinander zu, wurden immer langsamer. Doch keiner wich aus. So wie wir es unten im Dorf machten, wenn wir uns begegneten. Wir blieben voreinander stehen. Sprachen erst nicht. Sahen uns nur lange in die Augen, erst gehässig.

Alle beide. Dann verschwand der Hass aus ihren Zügen. Ich spürte, wie er auch in mir schwand. Ich weiß nicht mehr, wer angefangen hat zu sprechen. Wir sprachen auch nicht viel, nur ein paar Worte, gingen ein Stück nebeneinanderher. Wir könnten das alles hinter uns lassen, ja, das hatte sie zu mir gesagt. Nach all den Jahren und Jahrzehnten des Schweigens, der Feindschaft, könnten wir das alles hinter uns lassen. Weil es uns ja nichts bringe, uns nur im Wege stehe. Wir könnten Geschäfte miteinander machen, wir könnten uns das Tal aufteilen. Ich fühlte mich plötzlich leicht, so leicht, fast, als würde ich schweben …«

Er stockte kurz.

»Alles hinter uns lassen, Business machen, nichts wäre mir lieber, ja, das habe ich der Hedwig geantwortet. Mehr sprachen wir nicht an jenem Nachmittag. Ohne uns konkret zu verabreden, trafen wir uns wieder da oben. Es zog uns immer wieder dahin, wie magisch. Sie sagte mir, dass sie nicht wisse, ob ihre Schwestern die Versöhnung akzeptieren würden. Dass es darüber wohl Streit geben würde. Ich antwortete ihr, dass die Männer im Dorf mir eine Versöhnung nie verzeihen würden. Wir beschlossen, unsere Aussprache für uns zu behalten. Vor wenigen Tagen trafen wir uns wieder. Sie brachte ihren Investor mit, diesen Torrinesi. Die beiden sagten mir, dass sie gerne einige meiner Latschenfelder kaufen würden. Ich war nicht abgeneigt. Bin es immer noch nicht. Sie sagten mir, dass sie auch mit anderen Bauern im Tal in Verhandlungen stünden und keiner der Bauern abgeneigt sei. Dass sie sich aber alle sträubten mit ihr, einer Jöchlerin, einer Hex', das Geschäft zu machen. Weil das nicht gehe. Weil man das nicht mache. Weil man so das Dorf gegen sich aufbringe und keiner mich zum Feind haben will. Wir überlegten, was zu tun sei. Wir beschlossen, uns bald wieder zu treffen. Doch nun …«

Er schluckte.

»Nun passierte der Mord, nun wurde das *Tan* niedergebrannt«, sprach Tappeiner weiter.

»Ja«, sagte Steiner.

»Torrinesi wurde aus dem Tal gejagt. Sie wissen davon?«

Wieder bejahte der Mann.

»Wissen Sie, wer das war?«

»Ich kann es nur vermuten.«

»Bitte, sprechen Sie.«

»Es gibt Bauern im Tal, die Latschenfelder besitzen. Denen hat Torrinesi ein Kaufangebot gemacht. Und es gibt welche ohne Latschenbesitz. In der Bar wird getrunken und geredet, da bleibt kein Geheimnis lange geheim, da werden die Bauern ohne Latschenfelder davon erfahren, dass Bauern mit Latschenfeldern von den Hexen und diesem Investor aus Mailand Angebote erhalten haben. Und da werden sie sich überlegt haben, dem ein Ende zu setzen.«

»Wer? Welche Bauern? Zwei maskierte Gestalten hat Torrinesi in der Nacht gesehen.«

Der Mann schüttelte den Kopf.

»Ich weiß nicht, wer die Männer waren. Ich vermute, dass dieselben Männer das Benzin aus meinem Schupfen gestohlen und das *Tan* damit angezündet haben. Um es mir in die Schuhe zu schieben. Vielleicht. Vielleicht haben sie auch diese Kritikerin … ich weiß es nicht. Die Geister, die meine Familie rief, vor Hunderten von Jahren, ich werde sie nicht los.«

Grauners Gedanken rasten. Er fand diese Art des Gesprächs geradezu angenehm. Tappeiner übernahm das Sprechen, er konnte nachdenken, Fäden verknüpfen, sich alles einprägen. Er glaubte Steiners Erzählung. Dem Mann aber traute er nicht. Er kannte diese Typen, wusste aus Erfahrung, wann für so einen wie diesen Steiner die Zeit gekommen war, Gräben zu überwinden. Wenn die Brücken lukrativer waren als der Graben. Geld war der Motor für Veränderung. Zum Guten wie zum Bösen. Beinahe immer und überall. In Bozen, Mailand, Rom. In Sarnthein. Für Geld waren diese Leute bereit zur Versöhnung. Doch das konnte schnell umschlagen. Für Geld waren sie ebenso schnell bereit, einen Streit neu zu entfachen.

»Warum steigen Sie nicht selbst ins Latschengeschäft ein?«, fragte Tappeiner weiter.

Der Mann winkte ab. »Latschen? Latschenöl? Latschenrisotto? Das mag eine Modeerscheinung sein. Ich investiere nicht in Modeerscheinungen. Das *Tan* ist … war … eine Modeerscheinung. Bald hätten die Leute eh wieder genug gehabt von diesem Firlefanz, bald wären sie eh wieder zu mir gekommen. Um meine Speckknödel zu essen, mein Sauerkraut zu genießen …«

»Es heißt, Ihr Hotel sei nicht ausgelastet …«

»Wer sagt das?«

Sie schwieg.

»Die Bauern in der Bar? Die Schwestern? Hedwig? Lisa? Die sagen das?«

Tappeiner tat gut daran, nicht darauf einzugehen. Grauner fühlte sich in seinen vorhergehenden Gedanken bestätigt. In Sekundenschnelle war Steiners Hass wieder aufgeflammt. Der Hass, den er auch vor der Bar in seinem Gesicht gesehen hatte.

»Das ist Verleumdung. Wir bauen gerade um, draußen, den Pool, da ist es ja klar … aber nächste Woche sind wir fertig, nächste Woche sind wir ausgebucht. Kommen Sie nächste Woche wieder …«

Der Kopf des Mannes war nun dunkelrot, dann stoppte er. Besann sich, bemerkte wohl, dass er sich vergessen hatte. Atmete dreimal tief ein und aus. Er ging um den Schreibtisch herum, bat Grauner und Tappeiner mit einer Handbewegung zur Tür. Der Commissario blieb stehen.

»Eine Sache noch«, sagte er.

Der Mann schaute auf.

»Vor der Bar, gestern, da sprachen die Männer, die da mit Ihnen standen, davon, dass die Schwestern einen weiteren Garten betreiben würden, zusätzlich zu dem, den Lisa Jöchler kultiviert. Einen Garten mit alten, teils längst vergessenen Heilkräutern, Kräutern, die giftig sind, die töten können, wenn man den Umgang mit ihnen nicht beherrscht oder … oder wenn man töten *will*.«

Tappeiner kramte in ihrer Hosentasche, zog einen Notizblock hervor, blätterte darin, las dann laut vor.

»Haselwurzel, Brechwurz, Alraune, Aronstab, Schwarzes Bilsenkraut, Gefleckter Schierling.«

Der Mann sagte nichts.

»Dieser versteckte Garten soll sich irgendwo am Auenjoch bei den Felsen unterhalb der *Stoanernen Mandln* befinden …«

»Ja, da im Wald, da, wo die Felsen steil abfallen. Ich weiß nicht, ob das ein Gerücht ist oder die Wahrheit. Ich weiß nur, dass diesen Garten noch nie jemand gesehen, nie jemand gefunden hat, kein Jäger, kein Förster, kein Wanderer …«

Er hob die Schultern.

Steiner ging nun zügig voran, durch den Flur in Richtung Treppe, die hinunter ins Foyer führte. Die zwei folgten ihm.

»Klären Sie Ihren Mord schnell auf, bitte. *The show must go on*. Auch hier im Sarntal«, sagte der Mann, die Zigarre im Mundwinkel, er knöpfte sich im Gehen den obersten Hemdknopf wieder zu.

Sie liefen erneut an den Ölbildern vorbei. Grauner sah die Männer im Gasthaus, das Kirchlein im Wald, die Schlucht, den kleinen See, er blieb stehen, ja, das war der See in der Sillschlucht.

»Eine Sekunde noch«, sagte er. Alle stoppten, drehten sich zu ihm. Er zeigte auf das Bild. »Sie kennen den Ort?«, fragte er Steiner.

»Natürlich, der kleine See in der Schlucht, den kennt jeder im Tal. Als Kinder haben wir da gespielt, sind darin geschwommen. Es war eine Mutprobe, in der Schlucht herumzuklettern. Da, wo sich die Spinner rumtreiben, die Landstreicher, die streunenden Hunde, die Nackedeis und Drogenabhängigen …«

Der Commissario trat einen Schritt zurück, betrachtete das Bild mit den Frauen beim Picknick. Ging wieder näher ran. Er schaute in die Gesichter der Frauen, die Züge kamen ihm irgendwie bekannt vor. Er reckte den Hals, erst ganz von der Nähe erkannte er, dass die Augen der Frauen schwarz, ganz schwarz, waren. Gänsehaut krabbelte ihm über den Rücken, er fuhr zurück, drehte sich zum Bild mit der Burg.

»Burg Reinegg«, sagte Steiner.

»Reinegg«, entfuhr es Tappeiner. Sie trat an Grauner heran. »Ursula Jöchler wurde auf der Burg der Prozess gemacht. Sie wurde dort gefoltert.«

Steiner nickte. »Die gehört mir, die Burg«, sagte er dann,

»nun … äh … nicht mehr lange. Hoch oben über der Burg, am Hang, die Latschenfelder, auch die will ich der Hedwig und dem Torrinesi verkaufen. Und die Burg wollen sie ebenfalls haben. Die wollen sie wohl zur Latschenölfabrik umbauen. Können sie haben, die Bruchbude. Ich brauche sie nicht mehr.«

In der Lobby angelangt, drückte der Bauer und Hotelier die Zigarre in einen Aschenbecher und verabschiedete sich von den beiden. Grauner und Tappeiner gingen in Richtung Parkplatz, wo D'Ambrosio nervös auf und ab gehend auf sie wartete. Grauner schaute auf die Wiese, den leeren Pool. Die Bauarbeiter hatten eine Leiter und eine Plastikplane herbeigeschafft. Der Commissario fixierte die von der Sonne beleuchteten Berggipfel. Das Tal lag bereits im Schatten. Er überlegte, was als Nächstes zu tun war.

»Wir sollten uns neben allem anderen auch auf die Suche nach diesem Garten machen, oben bei den *Stoanernen Mandln*«, sagte er dann. »D'Ambrosio, Sie bringen mich da hoch.« Kurz hatte er daran gedacht, Tappeiner mitzunehmen, aber sie sollte lieber in die Questura zurückkehren, den Stand der Ermittlungen überprüfen und alles weiter vorantreiben. Ihn, falls es Neuigkeiten gab, sofort verständigen. Vor allem hatte er selbst gerade keine Lust, den Rest des Tages in einem stickigen Zimmer zu sitzen. Er brauchte frische Luft, wollte hinauf in die Berge. Weg von den Leuten.

»Okay?«, sagte er. Es war keine Frage.

Der Carabiniere nickte.

»Na ja, ich würde schon auch …«, sagte Tappeiner.

Grauner hob eine Augenbraue.

Sie nickte.

15

Plötzlich tauchten sie auf. Wie stumme Krieger. Sie hatten etwas Natürliches an sich, und doch waren sie von Menschenhand geschaffen. Manche waren dicker, manche dünner, manche nur ganz klein, manche größer, manche hüfthoch, andere mannshoch. Es waren über hundert, zweihundert vielleicht sogar. Sie bestanden aus nichts anderem als aufeinandergeschichteten Steinplatten, und doch wirkten sie, als hätten sie Augen und würden einen beobachten.

Grauner und D'Ambrosio waren mit dem Auto bis zum abgebrannten *Tan* gefahren. Sie hatten sich kurz mit Weiherer ausgetauscht, der mit seinen Männern dort immer noch zu tun hatte. Aus Padua gab es noch keine Neuigkeiten. Geduld, meinte der Chef der Scientifica, es brauche noch Geduld, so etwas dauere nun mal. Man könne bis zu den Almen unter dem Joch mit dem Auto heranfahren, erklärte der Carabiniere dann, oder hier ein steiles Stück den Wald entlang hochwandern. Dann über die Almen und Latschenfelder. Grauner hatte sich für das Wandern entschieden. Er brauchte das jetzt. Frische Luft, für die Gedanken.

Der Carabiniere ging voran. Grauner musste immer wieder schmunzeln während des Aufstiegs. Dass er sich eines Tages von einem Carabiniere, der aus Kalabrien stammte, wie er ihm zuvor im Wagen erzählt hatte, auf einen Berg führen lassen würde, das hätte er auch nie gedacht. Schon zum zweiten Mal an diesem Tag musste er daran denken, wie das früher und wie das heute war, mit den Carabinieri, die aus dem Süden hier hoch in die Bergdörfer Südtirols versetzt wurden.

Früher saßen sie in ihren Stationen herum, tranken Espresso und sehnten sich nach dem Meer zurück. Lange trauten sie sich keinen Schritt in die Berge. Wollte man ihnen entfliehen, da man etwas angestellt hatte, illegal Schnaps gebrannt oder gar jemanden umgebracht, so floh man ins Gebirge. Hohe Gipfel, das wusste Grauner auch von Saltapepe, jagten Menschen, denen sie nicht in der DNA steckten, oftmals Angst ein. Panik.

»Ich laufe einmal die Woche hier hoch, weil es so märchenhaft schön ist«, sagte D'Ambrosio, während er schnellen Schrittes voranging, sodass Grauner nur schwer hinterherkam. Er fragte sich, ob die alle hier immer so schnell wanderten. Ob das hier so üblich war. »Ich bin Bergläufer«, erzählte der Carabiniere weiter. Ohne einen Tropfen Schweiß auf der Stirn. »Ich nehme an zwei Dutzend Rennen im Jahr teil. Letztes Jahr in Innsbruck habe ich sogar eine Medaille gewonnen. Nicht schlecht für einen, der am Meer aufgewachsen ist, oder?«

Er lachte strahlend, Grauner stimmte keuchend mit ein.

Eine gute Stunde später waren sie da. Grauner kannte die Steintürmchen, er war als Kind mit seinem Vater bereits einmal hier gewesen, doch ihre Geschichte kannte er nicht. Er ging zu einem der Steinmännchen, berührte es sanft. Es wackelte nicht. Es wunderte ihn, wie all diese Türmchen dem Wetter und der Zeit standgehalten hatten. Manche, so vermutete er, mussten bereits vierzig, vielleicht fünfzig Jahre hier stehen.

»Die *Stoanernen Mandln*«, sagte D'Ambrosio, er sprach die Bezeichnung in perfektem Sarner Slang aus, »stehen schon seit Jahrhunderten hier.«

Grauner blieb ungläubig stehen.

»Man weiß nicht, wie das alles begonnen hat. Die ersten waren vielleicht als Wegweiser gedacht, später machten sich womöglich Hirten einen Zeitvertreib daraus, welche aufzustellen. Die ältesten Familien, so viel ist bekannt, haben vor ewig langen Zeiten jeweils eine dieser Pyramiden errichtet.«

Sie gingen weiter, Grauner schaute sich um. Viele der Männchen waren mit Moos bewachsen, mit Flechten und Pilzen. Sie erreichten bald den höchsten Punkt der abgeflachten Bergkuppel, wo ein hohes Holzkreuz stand. Nach Norden hin fiel der Berg flach zu den Almen ab. Östlich, südlich und westlich tat sich ein atemberaubender Blick über die Bergkulisse Südtirols auf. Oft war es so auf den Gipfeln Südtirols, wenn sie nicht die höchsten waren, dass die höheren Gipfel rundherum den Blick in die Ferne versperrten. Hier aber war genug Platz, kein weiterer Gipfel weit und breit, sodass die volle Bergpracht rundum zu sehen war. Die Texelgruppe, die Ötztaler Alpen, das Ortlergebiet, die Dolomiten. Auch die Latschenfelder auf der anderen Talseite, die magisch im Abendlicht schimmerten.

Grauner stellte sich vor, wie sich hier vor einem halben Jahrtausend die mysteriösen, faszinierenden als Hexen verschrienen Frauen getroffen haben mochten. Wie sie tanzten, feierten. Der Commissario war kein Tänzer. Er liebte die Erinnerung an seine Hochzeit, es war ein schöner Tag gewesen, nie, nicht unter Folterqualen würde er jemals etwas anderes behaupten. Aber ganz tief in sich drin, wo es niemand hören konnte, wo nur er selbst sich hörte, musste er sich eingestehen, dass die drei Minuten Hochzeitstanz, die er mit Alba zu absolvieren hatte, die schrecklichsten drei Minuten seines bisherigen Lebens gewesen waren.

Er war kein Tänzer, noch nicht einmal ein Feiermensch. Feiern? Partymachen? Das Herumstehen in irgendwelchen WG-Küchen bei lauter Musik, den Reiz daran hatte er schon als Student in Verona nicht verstanden. Er ging damals lieber spazieren. Mit einem oder zwei Kommilitonen, immer die Etsch entlang, zur Stadt hinaus, dorthin, wo die Felder lagen, wo man bei klarem Wetter und guter Sicht die Berge sah.

Grauner tanzte nicht, er feierte nicht, außer, nun, das konnte durchaus vorkommen, wenn im Stall gerade der *Scherzo* aus Mahlers *Siebter* lief, wenn die Mitzi, die Mara, die Gertraude, die Joseffa und die Brunhilda dann im Takte ihre Köpfe hoben und senkten und mitmuhten, dann, ja dann konnte es durchaus sein, dass er mehr tänzelnd als stampfend über den Stallboden schwebte. Aber das war etwas anderes, das waren Momente des puren Glücks, des absoluten Vergessens von irdischen Problemchen. Das waren Momente, in denen er unbeobachtet war, in denen noch nicht einmal er selbst sich beobachtete. Nur die Kühe sahen ihn dann, aber vor denen hatte er kaum Geheimnisse. Weniger als vor Alba. Weniger als vor sich selbst.

Er drehte sich weiter, sah die Pyramiden aus Stein, die glitzernden Berge. Er konnte sich gut vorstellen, dass das hier ein idealer Ort für die Treffen der Frauen gewesen war.

»Wo soll sich dieser Garten befinden?«, fragte er D'Ambrosio.

Der Carabiniere zeigte nach Osten. Hinter den letzten Männchen lag eine karge Wiese, dann begann der Wald.

»Hinter dem Wald fallen die Felsen bald steil ab, da unten irgendwo soll er sein.«

Grauner schaute auf die Uhr. Es war kurz nach fünf.

»Und wie wollen wir den jetzt suchen? Zu zweit.«

Der Carabiniere hob die Schultern.

»Wir können den auch zu fünft suchen, zu sechst, Polizei und Carabinieri zusammen, zu zwanzigst, dreißigst, wir werden ihn nicht finden, Commissario, weil ihn bislang noch niemand gefunden hat, weil der Wald da dicht ist und dunkel und groß und es ihn wahrscheinlich überhaupt nicht gibt, diesen Garten.«

Sie schwiegen eine Weile, dann sprach D'Ambrosio wieder.

»Es gibt ihn nicht. Zumindest nicht da im Wald. Nur im Kopf der Menschen hier im Tal, da gibt es ihn.«

Grauner schaute zu den Bergen. »Nur im Kopf«, flüsterte er, »nur im Kopf.«

Er schaute um sich, drehte sich um sich selbst, ihm war, als bewegten sich die Männchen mit ihm mit. Ein Schauder lief ihm über den Rücken.

»Von Hedwig Jöchler fehlt immer noch jede Spur.« Er hatte es mehr vor sich hingesprochen.

»Wenn sie nicht will, dass wir sie finden, finden wir sie nicht«, antwortete der Carabiniere.

Das war Grauner klar. Ihn trieb ein anderer, ein schrecklicherer Gedanke um. Was, wenn jemand anderes nicht wollte, dass sie gefunden wurde. Lebend. Oder tot.

»D'Ambrosio«, sagte er wieder, »die alte Jöchlerin, die Mutter, die Anna, was ist mit ihr geschehen?«

Die Gesichtszüge des Carabiniere verfinsterten sich, es war Grauner, als legte sich ein Schatten über sie.

»Die soll einst das schönste Mädchen weit und breit gewesen sein. Alle Männer aus Sarnthein sollen ihr nachgestellt haben. Irgendwann aber ist sie aus dem Tal verschwunden.«

»In die Schlucht?«

Der Mann hob die Schultern. »Oder nach Bozen. Oder hinaus in die Welt.«

Hinaus in die Welt. Das konnte sich Grauner nicht vorstellen. Eine Mutter, die ihre Kinder, die ihr Tal zurücklässt, in dem sie ihr ganzes Leben verbracht hat, in dem all ihre Vorfahren stets gelebt hatten.

»Kann es sein, D'Ambrosio, dass die alte, schöne Frau Jöchler noch lebt?«

Der Carabiniere runzelte die Stirn.

»Ich meine … nur rein theoretisch. Wurde sie …«

»Ihre Töchter haben sie, soweit ich weiß, irgendwann für tot erklären lassen.«

Der Carabiniere scharrte mit den Wanderschuhen auf dem Boden herum.

»Für tot erklären lassen«, wiederholte Grauner murmelnd.

Dann griff er in die Jackentasche und zog das Handy hervor. Er sah einen, nein, zwei Anrufe in Abwesenheit. Wieder einmal, wie beinahe immer, hatte er es auf stumm gestellt. Er drückte auf dem Display herum. Silvia hatte angerufen. Und … und … seine Gedanken stockten. Kurz blieb ihm die Luft weg. Das konnte, das musste … nein, doch, es stimmte. Silvia und … Der zweite Anruf, der war … das war … Saltapepe.

16

Tappeiner stand vor dem großen Tor, die schweren Holzbalken vor der Nase. Sie schaute nach links, hinunter ins Tal, hinunter ins Dorf, das da ganz friedlich im Schatten lag. Die

Sonne hatte sich nun hinter die Berge gesenkt, die Abendstunden eingeläutet.

Sie hätte sich Grauners Anweisung nie widersetzt. Das hätte sie sich nie getraut. Ja, sie würde zurück in die Questura fahren, so wie er es befohlen hatte. Aber er hatte nicht gesagt, wann. Er hatte nicht befohlen, dass sie sofort hinfahren sollte. Sie war vom *Hotel Schattenbach* talauswärts gefahren, kurz vor Sarnthein hatte sie die Burg erblickt. Links oben am Hang. Reinegg. Gestern war sie ihr gar nicht aufgefallen. Nun hatte sie den Wagen gestoppt und lange hochgesehen. Wuchtig. Schwer. Dunkel. Sie sah die schmale, geschwungene Straße, die hinaufführte. Die Burg zog sie wie magisch an. Da drin, dachte sie sich, war es also geschehen.

Sie hatte beschlossen, kurz hochzufahren, sich die Burg aus der Nähe anzusehen. Nun stand sie da.

Sie klopfte gegen das Burgtor, was ihr etwas eigenartig vorkam. Als ob hinter dem großen Tor jemand sitzen würde, der darauf wartete, dass es draußen zart klopfte. Soweit sie wusste, war die Burg unbewohnt. Sie drückte die Klinke nach unten, was ihr noch eigenartiger vorkam. Bei so einer Burg ließ man doch das Tor nicht offen. Und tatsächlich, es gab nicht nach, so fest sie sich auch dagegendrückte.

Sie schaute nach oben. Als Kind hatte sie alles über Burgen und Schlösser gelesen, was sie finden konnte. Sie war fasziniert gewesen von der Ritterwelt. Sie zwang ihre wanderfaulen Eltern, sie jeden Sonntag zu einer anderen Burg zu bringen. Bestimmt war sie auch schon einmal hier gewesen, sie notierte sich in Gedanken, ihre Eltern danach zu fragen. Sie erinnerte sich an den Besuch der Churburg im obersten Vinschgau, wo sie ehrfurchtsvoll und mit kribbelnder Angst die aufgereihten Ritterrüstungen entlang spaziert war. Sie erinnerte sich an Burg Greifenstein, im Westen von Bozen, die im Volksmund nur Sauschloss genannt wurde, da die belagerten Burgbewohner einmal ihre letzte Sau über die Mauer geworfen hatten, um den Belagerern vorzugaukeln, sie würden noch in Saus und Braus leben. Die Belagerer zogen ab.

Silvia ging ein Stück die Burgmauer entlang, immer wieder wanderte ihr Blick nach oben, zu sehr steckte die kindliche Fantasie noch in ihr, wie angreifende Ritter heißes Pech auf die Rüstung geworfen bekamen. Sie fasste die Steinmauer an, sie bröselte kaum, sie schaute hoch, immer wieder, wegen des Pechs, aber auch, weil sie überlegte, ob sie wohl … Die Mauer war gut fünf Meter hoch, schätzte sie. Sie lief zum Auto zurück, holte ihre Kletterschuhe, streifte sie über, wie immer schmerzten die Zehen bei den ersten Schritten, da die Kletterschuhe zwei Nummern kleiner waren als ihre Sneakers. Damit sie auch in den kleinsten Ritzen Halt finden würde.

Wie immer wich der Schmerz in den Zehen, sobald sie in der Wand hing. Volle Konzentration. Diese unvergleichliche Leichtigkeit ein paar Meter über dem Boden, wenn es kein Zurück mehr gab.

Innerhalb von Sekunden hatte sie das obere Ende der Mauer erreicht, schwang sich darüber und landete auf einem hölzernen Rundgang, der sich am Mauerinneren entlangzog. Sie lief zu einer Holztreppe, die in den Burghof hinunterführte. Langes Gras, wildes Gebüsch. Hier, so schien ihr, war schon länger kein Mensch mehr gewesen. Sie lief am Inneren der Mauer entlang, ein weiteres Tor, kleiner, offen, führte in die Burg hinein. Sie drehte sich zum Burgfried, entdeckte einen Treppenaufgang, der in eine kleine Öffnung mündete. Sie sprang die Treppe hoch und verschwand im Dunkeln, wo es kalt und muffig war.

17

Bei den letzten Schritten begannen Grauners Knie zu zittern. Seine Sinne spielten verrückt. Er roch den Mief der Questura so intensiv, wie er ihn schon seit Langem nicht mehr gerochen hatte. Er hörte die Geräusche der Questura, sie waren laut und nervtötend wie lange nicht mehr. Kurz sah er alles nur verschwommen und kniff sich in die Wangen, um sich zu vergewissern, dass er auch wach war.

Er erinnerte sich an die Worte, die Saltapepe am Telefon gesagt hatte, nachdem er zweimal nachgefragt hatte, um sicherzugehen, auch richtig gehört zu haben. Ja, hatte Saltapepe gesagt, ja, du hast richtig gehört, Grauner, in der Questura, ich bin in der Questura. Bis gleich also.

Grauner hatte die ganze Fahrt aus dem Tal hinaus darüber nachgedacht, wie es wohl sein würde, was er wohl sagen sollte. Was *er* wohl sagen würde. Ob es ein komischer Moment sein würde? Ein herzlicher Moment? Er bemerkte, wie seine Schritte langsamer wurden, ohne dass er sie bewusst verlangsamt hatte. Er riss sich zusammen. Da half ja jetzt nichts. Da musste er jetzt durch. Er war nicht gut in so was. Bei Dingen, die ihm emotional wichtig waren, versagte er. Wenn er Alba sagen wollte, dass er sie liebte, wenn er Sara sagen wollte, dass er sie liebte. Dass das nun bei Saltapepe auch so war, zeigte ihm, wie wichtig der Ispettore ihm über die Jahre geworden war. Aber wie um Gottes willen sagte man einem so etwas? Er hatte keine Ahnung.

Es waren noch zwei Meter bis zur Bürotür. Er blieb stehen, sah den langen Flur entlang, dann zum alten Fußboden hinab. Der billige Plastikboden war in der Mitte durchgebogen, ob der vielen Polizisten und Verbrecher, die bereits schweren Schrittes über ihn gelaufen waren. Er räusperte sich, spürte den trockenen Rachen, überlegte, doch noch kurz nach links abzubiegen, in die miefige Teeküche, um einen Schluck Wasser zu trinken, verwarf den Gedanken aber sofort wieder, nein, er wollte das jetzt hinter sich bringen. Er hoffte, Saltapepe würde ihm keine Vorwürfe machen, auch wenn er alles Recht dazu hätte. Ja, es war ein halbes Jahr vergangen, seitdem das alles passiert war. Ja, er hatte ihn seitdem nicht einmal besucht in seiner Wohnung. Ja, verdammt, ja, er war so ein Feigling. Er kniff sich noch einmal in die Wange. Zählte in Gedanken bis eins, zwei …

»Grauner!«

»Au!«

Er hatte ihm von hinten in die Hüfte gekniffen, war um ihn herumgegangen. Schaute ihm in die Augen. Prüfend wie ihm schien. Grauner spürte, wie sein Rachen noch trockener wurde, spürte ein Reißen an der Schleimhaut, er versuchte zu sprechen, doch bekam keinen Laut hervor.

»Äh …«

»Komm her!«

Saltapepe trat auf ihn zu, umarmte ihn, fuhr ihm durchs Haar, klatschte ihm einen feuchten Kuss auf die Wange. Grauner versuchte, das Gesicht nicht zu verziehen. Wenn er etwas nicht mochte, dann waren es Wangenküsschen. Von niemandem. Alba und Sara ausgenommen. Marta, Josefine,

Kunigunda und die weiteren seiner Stallbewohnerinnen auch. Er hatte das noch nie gemocht. Er fand, dass die Tiroler südlich des Brenners sich ganz viele schöne Sachen von den Italienern abgeschaut hatten. Und umgekehrt. Das fand er gut. Grundsätzlich. Aber ständig dieses Gebussele, immer und überall, es war ihm ein Graus. Schon als Student in Verona war er nicht damit klargekommen. Er tat sich ja schon schwer genug damit, jemandem, den er zum ersten Mal traf, ordentlich die Hand zu drücken und sich gleichzeitig dessen Namen zu merken. Meistens drückte er zu fest und hatte drei Sekunden später schon keine Ahnung mehr, welchen Namen ihm sein Gegenüber entgegengemurmelt hatte.

Vor den Küsschen brach er regelmäßig in Schweiß aus, er hatte die permanente Angst, nicht automatisch zu kapieren, ob er den Kopf nun nach rechts oder nach links zu beugen hatte. Er hatte Angst davor, dass die Köpfe aneinanderprallen konnten, dass sich anstatt Wange und Lippen aus Versehen Lippen und Lippen berührten, er wusste nie, ob nun diesmal zwei Küsschen hinter sich zu bringen waren oder ob sein Gegenüber noch ein drittes austauschen wollte. Konnte nicht zumindest das ein für alle Mal auf der ganzen Welt einheitlich geregelt werden. Zwei Küsschen oder drei.

Er bemerkte, wie Saltapepe ihn drückte, wie auch er ihn drückte, und dass plötzlich alles ganz leicht in ihm war und wie froh er war, dass Claudio vor ihm stand, ihn einfach nur glücklich anstrahlte. Er bemerkte, wie glücklich er zurückstrahlte, und verstand in diesem Moment, dass es nichts zu besprechen, nichts zu verzeihen gab. Dass alles gut war zwischen ihnen beiden.

»Komm, Grauner«, sagte der Ispettore, drehte sich um und ging ins Büro, winkte ihn hinter sich her. »Ich glaube, ich habe da etwas entdeckt, das dich und Silvia interessieren könnte.«

18

Tappeiner tappte im Inneren des Turms eine schmale, steile Holztreppe nach oben. Spinnennetze in den Ecken, Staub auf dem Boden. Sie erreichte eine Plattform, ebenso aus Holz. Durch schmale Schießscharten ging der Blick nach draußen. Inzwischen war es etwas dunkler geworden. Es faszinierte sie immer wieder, wie schnell das im Sommer plötzlich passierte. Als sie über die Burgmauer geklettert war, hatte sie das Dämmern noch nicht wahrgenommen. Auf dem Boden lag ein schwerer Holzbalken mit Fußlöchern und angeschmiedeten Handschellen. Sie las die an die Burgmauer gekritzelten Sprüche, pubertärer Blödsinn. *Ficken. 666. Samantha was here. Forza ASC Sarntal. Sexy Hexi.* Sie sah kleine weiße Kreise auf dem dunklen Gestein der Turmmauer und erkannte schnell, dass die Kreise mit einem spitzen Gegenstand, einem Messer vielleicht, eingeritzt worden sein mussten.

Tappeiner trat zwei Schritte zurück, noch zwei, bis sie an die andere Seite des Turms gelangte. Sie suchte die Mauer weiter nach eingeritzten Kreisen ab, fand immer mehr. »Ein Sternenbild«, murmelte sie. »Das Sternenbild aus der Höhle.«

Grauners Assistentin ging wieder nach vorne, dem Sternenbild entgegen. Kurz überkam sie ein Schwindelgefühl, sie wankte, wusste nicht, wie ihr geschah, stützte sich an der Wand ab. Tappeiners Kopf dröhnte, sie hörte ein Flüstern, eine Frauenstimme flüsterte um sie herum, sie sah Gesichter auftauchen und wieder verschwimmen, hörte Schreie, ein Brüllen, sah Flammen auflodern, sie kniff die Augen zusammen, hielt sich die Ohren zu und spürte ihren Puls im Hals pumpen, sie biss die Zähne zusammen, hörte das Knirschen ihrer Backenzähne.

Dann spürte Tappeiner einen Lufthauch, der ihr um die Nase wehte, die Stimmen verschwanden, das Schreien auch, sie öffnete die Augen wieder, es war düster um sie herum. Sie schaltete die Taschenlampe des Handys an, leuchtete die Wand ab. Von weißem Kreis zu weißem Kreis. Sie ging in die Hocke, führte das Handy nach links unten, entdeckte einen weiteren Kreis, noch einen, dann hielt sie inne. Ging näher heran. Grauners Assistentin hatte das *x* gefunden. Ganz unten. So wie beim Sternenbild in der Höhle. Genau so.

»Was …«, flüsterte Tappeiner zu sich selbst, »was hat das zu bedeuten?«

19

Die Bücher lagen auf Saltapepes Schreibtisch, so als hätten sie da immer schon gelegen, als hätte er seit Tagen schon darin gelesen. Manche waren gestapelt. Manche lagen aufgeschlagen da, in manche waren Notizzettel geklebt.

Der Ispettore musste Grauners überraschten Blick gesehen haben, er ging zum Schreibtisch des Commissarios, nahm dessen Stuhl, schob einen zweiten heran, bedeutete ihm, sich zu setzen. Grauner kam der Aufforderung nach, Saltapepe setzte sich ebenso und nahm eines der Bücher in die Hand.

Grauner erhaschte einen Blick auf den Umschlag. *Die dunkle Seite der Sterne*. Es war Manfredis erstes Buch, das sie geschrieben hatte, als sie noch sehr jung und noch nicht berühmt war.

»Ihr habt euch auf die Menschen im Tal konzentriert, Grauner.«

Der Commissario hörte Tadel in der Stimme des Kollegen.

»Ich habe mich auf das Leben der Toten konzentriert«, sprach Saltapepe weiter. Er legte die Hand auf den Umschlag und fuhr sanft darüber. »Ich habe den ganzen Tag in diesen Büchern gelesen, Grauner. Ich habe mich gefragt, was wäre, wenn der Mord an der Frau nichts mit dem Ort zu tun hat, wo sie gestorben ist, wenn jemand den Ort nur benutzt hat, um …«

»… um von sich abzulenken«, fuhr Grauner fort.

»Ja, um von sich abzulenken, falsche Fährten zu legen, das war auch mein Anfangsgedanke. Ich habe nach Begebenheiten im Leben und Schaffen dieser Frau gesucht, die sie in Schwierigkeiten gebracht haben könnten, bei denen sie sich Feinde gemacht haben könnte. Solche, die vor Mord nicht zurückschrecken.«

»Und?«, fragte Grauner.

Saltapepe lächelte verschmitzt. »Diese Frau hat es sich zum Beruf gemacht, das Lebenswerk anderer Menschen zu kritisieren, hart darüber zu urteilen, schmerzhaft hart, es bisweilen zu zerstören. Es gehörte zu ihrem Beruf, Menschen wehzutun, sich Feinde zu machen. Theoretisch haben alle Köchinnen und Köche, die in dieser Liga mitspielen oder mitspielen wollen, ein Motiv, ihr etwas anzutun. Die Feindesliste ist endlos lang. Da kommt man vom Hundertsten ins Tausendste, das ist ein Abyss, der sich da auftut, aber …«

Er stoppte. Öffnete das Buch. Blätterte.

»Aber …«, drängte Grauner. Das alles war ihnen doch bekannt. Deshalb lag es ja auch so nahe, dass Hedwig Jöchler hinter der Vergiftung Manfredis steckte. Oder aber jemand, der ihr, der Sarner Köchin, Böses wollte.

»Ich bin weiter in die Biografie der Dame eingetaucht, hier in diesem Buch«, er hielt *Die dunkle Seite der Sterne* hoch, »ich habe Namen gegoogelt, nach Bezügen gesucht, nach Verbindungen zum Sarntal, zu Südtirol, ich habe jemanden gefunden …«

Er lehnte sich nach vorne, sah Grauner tief in die Augen. »… der sehr viel mehr Gründe hat, dieser Frau Böses zu wollen, als nur kulinarische. Manfredi schreibt in diesem Buch von ihren ersten Erfahrungen in den Küchen dieser Welt. Sie schreibt davon, wie sie in einem Sternerestaurant in Venedig zur zweiten Küchenchefin aufstieg, zur *sous chef*, sie war blutjung. Und schwach.«

Er drehte das Buch um, schob es Grauner hin, auf der aufgeschlagenen Seite war ein Foto abgebildet. Grauner erkannte die Tote sofort wieder, auch wenn sie viel jünger war. Die schwarzen Haare fielen ihr über die Schultern, sie trug eine weiße Kochweste, hinter ihr, beinahe etwas verschwommen, stand ein älterer Mann, grauer Lockenschopf, dunkle, beinahe schwarze Augen. Der Mund des Mannes grinste, doch sein Gesicht grinste nicht mit. Die schwarzen Augen schauten leer in die Kamera. Ins Nichts.

»Hinter Manfredi, das ist Armando Rezzo, der Inhaber und Chefkoch des *Gondoliere*, eines Lokals in einem Gässchen hinter dem Markusplatz in Venedig. Das Lokal gibt es nicht mehr, Rezzo lebt nicht mehr. Er ist wenige Wochen nach Erscheinen dieses Buches in der Lagune tot aufgefunden worden.«

Grauner erinnerte sich, dass ihm Tappeiner davon erzählt hatte.

Saltapepe fuhr fort: »Laut den damaligen Ermittlungen handelte es sich wohl um einen Unfall oder einen Selbstmord. Auf Fremdverschulden deutete nichts hin. Im Blut des Toten wurden Alkohol, Medikamente und Kokain festgestellt. Manfredi widmet dem Koch ganze drei Kapitel. Darin schreibt sie, wie sehr er sie fasziniert hatte, sein Charisma, seine Kochkunst, wie sie sein Wissen aufsaugte. In den anderen beiden …«, er schluckte, »beschreibt sie, wie er alle drangsalierte, terrorisierte. Ganz besonders sie, die Jüngste und Schwächste. Manfredi beschreibt, wie er ihr den Unterarm verbrannte oder den Bauch, wenn sie die Gerichte nicht exakt nach seinen Vorgaben portionierte. Einmal zündete er ihr vor versammelter Mannschaft die Haare an, weil sie ihren Posten für zwei Minuten verlassen hatte, um auf Toilette zu gehen. Eines Nachts, als alle anderen bereits weg waren, zwang er sie dazu, zwanzig Kilo Miesmuscheln mit einer Zahnbürste zu reinigen, weil es ihm zu langsam ging, schüttete er ihr das Miesmuschelwasser über den Kopf, steckte ihr die Zahnbürste in den Mund und putzte ihr die Zähne damit, für den Rest der Nacht sperrte er sie in die Kühlzelle. Zu den Krebsen, den Langusten, den Barschen. Manfredi schreibt, dass sie am nächsten Morgen das Lokal verließ und nie wiederkam. Monatelang wurde sie von Albträumen geplagt und hegte Mordfantasien gegen ihn. Sie schreibt, dass sie eine Therapie begann, dass die vierte Therapie ihr schließlich etwas Seelenfrieden bescherte und sie sogar wieder Miesmuscheln essen würde. Sie beschloss, nie wieder in einer Küche zu arbeiten, Kritikerin zu werden.«

Grauner biss sich auf die Lippe. Er erinnerte sich an die alten Verbrennungswunden der Toten, auf die ihn John Lennon in der Gerichtsmedizin aufmerksam gemacht hatte. Dies alles nun hatte er nicht gewusst, doch er verstand immer noch nicht, was es mit dem Tod Manfredis zu tun haben sollte. Es war tragisch, ekelerregend – aber Jahrzehnte her. Saltapepe schien seine Skepsis zu erahnen, er hob den Zeigefinger.

»Ich habe mir vorhin hier im digitalen Archiv die alten Zeitungsartikel zum Buch und zum Tod des Kochs geholt. Der Mann hinterließ eine Frau und drei Kinder. Doch im Zuge der Erbabwicklungen meldete sich eine weitere Person vor Gericht. Eine gewisse Sandra Pecarelli, die behauptete, dem toten Rezzo einen unehelichen Sohn geboren zu haben. Der Sohn, Pietro, sei damals bereits drei Jahre alt gewesen. Sie behauptete, in Venedig als Edelprostituierte gearbeitet und im *Casino* am Canale Grande verkehrt zu haben, dass sie den Koch dort kennengelernt und eine Affäre mit ihm gehabt habe, die weit über ihre üblichen Dienste hinausgegangen sei. Etwas, das mehr war als Sex für Geld. Sie behauptete, seine Geliebte gewesen zu sein, und verlangte einen Vaterschaftstest. Rezzos Witwe wehrte sich dagegen, sie wollte wohl die Ehre der Familie retten, schließlich kam es zu einer außergerichtlichen Einigung. Wie viel Geld dabei an Pecarelli geflossen ist, scheint bis heute nicht bekannt zu sein. Pecarelli behauptete noch in zahlreichen Fernseh- und Zeitungsinterviews, dass sie überzeugt sei, ihr Geliebter, der Vater ihres Sohnes, sei ermordet worden. Von Carla Manfredi. Nach einigen Monaten aber wurde es still um sie.«

Der Ispettore blickte auf, Grauner bemühte sich, möglichst gelangweilt zu schauen, dem Kollegen zu signalisieren, dass er immer noch nicht ahnte, was er ihm eigentlich sagen wollte.

»Rezzos Witwe heiratete erneut, sie zog mit ihrem neuen Mann nach Senigallia, lebt seitdem dort. Zwei ihrer Kinder aus erster Ehe ebenso. Ein Sohn betreibt erfolgreich ein Weingut in der Nähe. Eine Tochter arbeitet dort als Immobilienscout. Das dritte Kind, eine weitere Tochter, ist in die USA ausgewandert und lebt als recht erfolgreiche Architektin im Süden Kaliforniens …«

Nun ahnte Grauner zumindest, wohin sich die Geschichte drehen könnte. »Und dieser uneheliche Sohn, Pietro …«

»Nun«, Saltapepe rieb sich die Hände. »Ich habe versucht, Sandra Pecarelli ausfindig zu machen, und habe sie tatsächlich im Telefonbuch entdeckt. Sie wohnt in Mestre, in einer kleinen Zweiraumwohnung. Ich habe Pietro gegoogelt. Er hat eine Kochausbildung in Venedig absolviert und vor einigen Jahren sogar einen Nachwuchskochwettbewerb gewonnen. Ich habe dazu ein kleines Interview mit ihm im *Messaggero di Mestre* gefunden.

Er reichte Grauner ein kopiertes Blatt Papier. Drei Fragen, drei kurze Antworten. Die letzten Zeilen der dritten Antwort hatte Saltapepe, so vermutete der Commissario, unterstrichen.

Herr Pecarelli, Sie haben den Nachwuchskochwettbewerb »Cucina giovane« gewonnen. Herzlichen Glückwunsch. Was bedeutet Ihnen dieser Erfolg?

Er bedeutet mir alles. Kochen ist meine große Leidenschaft. Sie steckt in mir drin, seit ich denken kann. Ich wollte nie etwas anderes machen. Es ist mein großer Traum, irgendwann zu den besten Köchen der Welt zu gehören.

Welches Gericht haben Sie im Finale präsentiert?
Ein verrücktes und doch eigentlich typisches venezianisches Gericht, ein Mix aus Meeresküche und habsburgischen Einflüssen, neu interpretiert: Hühnerleber und Kalbsblutwurst mit Cozze und Vongole in Algensud.

Wer hat Sie auf Ihrem bisherigen Weg als Koch geprägt?
Es gibt so viele Köche, die mich beeinflusst haben, aber einer sticht heraus. Das ist mein Vater, dem das Leben geraubt wurde, bevor ich ihn richtig kennenlernen durfte. Ich spüre, dass er bei mir ist. Jeden Tag. Er fehlt mir, jeden Tag. Ich blättere jeden Tag in seinen Rezepten. Ich will den Weg vollenden, den er einst begonnen hat. Die neue venezianische Küche! Ich werde es all jenen zeigen, die ihn daran gehindert haben, den Weg selbst zu vollenden. Ich werde ihnen den Atem rauben. Ich werde es für ihn tun. Er ist mein Held.

»Ich werde es ihnen zeigen, den Atem rauben … den Atem rauben!«, las Grauner erneut laut vor, »ich werde ihnen den Atem rauben … das kann man so lesen, dass …«

»Ja«, unterbrach ihn der Ispettore, »so, dass er es einfach allen zeigen will, oder so, dass er …«

Sie schauten sich ein paar Sekunden in die Augen, schwiegen. Dann sprach der Ispettore weiter.

»Ich habe die Mutter angerufen und habe sie tatsächlich erreicht. Sie sagte, ihr Sohn sei als junger Koch um die Welt gereist, um Erfahrungen zu sammeln. Einige Stationen in Frankreich, dann London. Da habe er mit einem Drogenproblem zu kämpfen gehabt. Sie hatte ihm helfen wollen, ihn gebeten, nach Hause zu kommen, doch er habe abgelehnt, sei weitergezogen. Er habe ihr aus jedem Land eine Postkarte geschickt. Ich habe sie nach den Postkarten gefragt, ob sie die noch habe. Sie hat bejaht und mich warten lassen, ist dann ans Telefon zurückgekommen, und ich habe sie gebeten, mir zu sagen, wo sie abgeschickt wurden. Sie hat langsam gesprochen: *Los Angeles, Sydney, Tokio*. Dazu die immer gleiche Zeile: *Mamma, sorge dich nicht, ich gehe meinen Weg. Kuss.* Mal hat er mit *Pietro* unterschrieben. Mal mit *P.*«

»USA, Australien, Japan …«, flüsterte Grauner. Er erinnerte sich an die beschriftete Karte mit dem Stillleben in Manfredis Tasche, mit dem Obst und den Papageien. Ob es da einen Zusammenhang gab? Wohl eher nicht. Oder doch?

Saltapepe sprach weiter: »Und vor einem Monat ist dann eine weitere Postkarte bei ihr in Mestre angekommen, Grauner.«

Seine Augen leuchteten jetzt.

»Aus Südtirol. Aufgegeben beim Postamt am Dom von Bozen. Sie zeigt den Waltherplatz, die Waltherstatue. Auf der Rückseite, die immer gleichen Worte, wie bei den Postkarten die Jahre zuvor. *Mamma, sorge dich nicht, ich gehe meinen Weg. Kuss, P.*«

Grauner murmelte, »*Kuss P.*, *P* wie Pietro, *P* wie …«

»Ich habe in den kopierten Ermittlungsunterlagen geblättert, die mir Silvia vorbeigebracht hat. *P* wie Pietro, *P* wie Paolo. Paolo Sensi, der Kellner im *Tan*. Das Alter passt. Sensi hat angegeben, aus dem Veneto zu stammen, dort eine Ausbildung zur Gastronomiefachkraft absolviert zu haben, ein bisschen um die Welt gereist zu sein. Alles passt. Paolo Sensi ist Pietro Pecarelli.«

Grauner lehnte sich zurück. Er schloss die Augen, faltete die Hände über dem Kopf. Er war noch skeptisch. Ja, das war interessant, aber war es tatsächlich eine Spur? Was hatten sie? Ein ewig altes Interview, eine Postkarte aus Bozen. Ja, das, worum sich Saltapepe in den vergangenen Stunden gekümmert hatte, war eine Flanke, die sie völlig vernachlässigt hatten. Natürlich mussten sie dem jetzt nachgehen. Er rief sich den Blick des Ispettore von vorhin wieder ins Gedächtnis. Er hatte völlig recht gehabt, so zu schauen. Tadelnd zu schauen. Sie waren viel zu sehr davon ausgegangen, dass ein Mord in den hintersten Tälern Südtirols mit den Machenschaften der hintersten Täler zu tun haben musste. Dabei hatten ihm die vergangenen Jahre, die vergangenen Fälle, gezeigt, dass dem durchaus nicht immer so war.

Vielleicht war es sein Unterbewusstsein, das sich dagegen wehrte, sich einzugestehen, dass das Böse schon wieder über sie hereinbrach. Wie sollte er gegen das Böse da draußen ankommen, wenn er schon genug damit zu tun hatte, das Böse hier drinnen, in Südtirol, in den Dörfern, den Tälern, halbwegs in Schach zu halten. Dabei wusste er doch, dass es das gar nicht gab. Das Draußen und das Drinnen. Südtirols Berge schienen undurchlässig, nach draußen und drinnen, doch sie waren es keineswegs. Alles hing untrennbar mit allem zusammen, alles Gute, alles Böse. Das im Tal. Das in der Welt. Und es würde nie, nie vorbei sein.

Er musste sich das eingestehen, und doch konnte er nichts anderes tun, als weiterzumachen. Zu den Toten, den Ermordeten, den Vergifteten gehen, in ihre toten Gesichter schauen, sich umschauen, die Menschen um sie befragen, Licht ins Dunkel bringen. Denjenigen finden, oder diejenige, der oder die Böses getan hatte, diesen Menschen vor Gericht bringen, dann nach Hause gehen, zu Alba, zu Sara, zu den Kühen, Bauer sein. Warten, bis wieder etwas Böses geschah, im Wissen, dass immerfort Böses geschehen würde. Das ewige Rad.

»Gut, dann sollten wir uns wohl noch einmal mit diesem Paolo Sensi unterhalten. Und ihn fragen, ob er denn wirklich Paolo Sensi ist oder vielmehr Pietro Pecarelli«, sagte Grauner und schaute auf die Uhr. Es war nun kurz vor acht.

Saltapepe sprang auf, zog die Schlüssel seines Alfas aus der Jackentasche.

»Nein, warte«, sagte Grauner, er holte sein Handy hervor, suchte D'Ambrosios Nummer, drückte dann auf den grünen Hörer. Der Carabiniere ging sofort ran. Der Commissario bat ihn, den Kellner aufzusuchen und ihn für morgen früh, um neun, in die Questura zu bestellen. Ihn am Morgen herzubringen. Außerdem jemanden abzustellen, um ihn nachts zu überwachen.

»Wer war das?«, fragte Saltapepe, nachdem Grauner aufgelegt hatte.

»Einer der Carabinieri aus Sarnthein.«

»Carabinieri?«, fragte Saltapepe weiter, die Verwunderung im Ton war nicht zu überhören, »seit wann ...«

»Der kennt sich im Dorf aus, ich brauche Leute, die sich da auskennen, Claudio, du weißt, wie das ist in den Dörfern und Tälern ...«

Grauner verstand Saltapepes Reaktion. Normalerweise wollte auch er keine Carabinieri in die Fälle involvieren. Weil dann sofort ein kontraproduktives Konkurrenzverhältnis entstand. Aber in den allermeisten Dörfern Südtirols standen nun mal Carabinieri-Stationen und keine Kommissariate der Polizia di Stato. D'Ambrosio war ihm hilfreich, sehr sogar. Auch weil er als im Dorf stationierter Carabiniere anders als ein Carabiniere aus Bozen wohl weniger den Anspruch hatte, es der Staatspolizei zeigen zu wollen.

Saltapepes Miene blieb weiter skeptisch. Der Ispettore stand auf, ordnete noch ein paar Unterlagen auf dem Schreibtisch, zog dann die Jacke über. Er ging zur Tür, drehte sich noch einmal um.

»Dann …«, sagte er.

»Dann …«, sagte Grauner.

»Dann sehen wir uns morgen um neun.«

»Claudio«, fügte Grauner noch hinzu.

Saltapepe verharrte in der Tür.

»Wie geht es dir?«

Der Ispettore zuckte leicht mit den Schultern.

»Du weißt, dass du … niemand zwingt dich …«

»Doch, Grauner. Ich zwinge mich. Ich muss zurück. Zu Hause verrecke ich. Ich muss das jetzt schaffen.«

»Wenn ich irgendetwas für dich tun kann …«

»Danke«, hauchte der Ispettore.

»Gut, dass du wieder da bist.«

»Ja.«

»Das bringt uns weiter, deine Spur, das ist … danke.« Er war sich immer noch unsicher, ob diese Recherche wirklich etwas bringen würde, aber es tat gut, es so zu sagen. Ihm. Dem Ispettore sicher auch.

Saltapepe schaute kurz zu Boden.

»Marché …«, sagte er dann.

Grauner schaute ebenso zu Boden.

»Es tut so weh.«

Grauner nickte. »Ja.«

Saltapepe räusperte sich. »Wo ist eigentlich Silvia?«, fragte er schließlich und kniff die Augen zusammen.

Grauner hob die Schultern. »Zu Hause, denke ich. Sie ruht sich bestimmt aus. War ein langer Tag.«

Der Ispettore ging aus der Tür.

»Kaum bin ich weg, arbeiten die mit den Carabinieri zusammen«, hörte Grauner ihn noch schimpfen, als er den Flur hinunterlief.

20

Sie bremste, die Reifen quietschten. Der Wagen rutschte, dann stoppte er. Sie kippte nach vorne, der Sicherheitsgurt zog sie zurück, sie fiel in die weiche Rückenlehne. Kurz war alles um sie still, auch sie selbst saß da wie erstarrt. Auch ihre Gedanken hielten inne. Dann ratterte ihr Gehirn wieder. Sie war unverletzt, es war nur der Schock, der in ihr bebte.

Wie durch ein Wunder hatte ihr Ford Zentimeter vor dem Auto gestoppt, das da mitten auf der Fahrbahn stand. Alle vier Türen weit geöffnet, der Motor abgestellt, die Scheinwerfer an. Tappeiner verfluchte ihren alten Ford, die abgewetzten Reifen, die durchhängende Bremse. Das hätte mächtig schiefgehen können.

Sie verharrte noch einige Sekunden reglos, sie befand sich zwischen den beiden Tunnels, genau da, wo sie am früheren Nachmittag geparkt hatte und in die Schlucht hinabgestiegen war. Dann öffnete sie den Gurt, dann die Tür. Kalte Nachtluft, Schluchtenluft, drang ihr entgegen. Sie stieg aus, fröstelte sofort, ging die paar Schritte auf das Auto vor ihr zu. Es war ein weißer Fiat Uno. Ein älteres Modell. Sie schaute hinein, niemand war darin. Sie schaute um sich, niemand war zu sehen.

Tappeiner überlegte kurz, den Rückwärtsgang einzulegen, eine Kurve um den Uno zu machen und einfach weiterzufahren, aus dem Tal hinaus. Sie verwarf den Gedanken schnell wieder. Das war absurd. Sie musste jemanden verständigen. Die Feuerwehr oder, sie musste grinsen, die Polizei. Wackeligen Schrittes ging sie zum Straßenrand, beugte sich über die Leitplanke, schaute nach unten. Finsternis. Die Böschung fiel hier steil ab.

»Hallo?«, rief sie. Erst leise. Dann noch einmal. Kräftig, laut: »Hallo? Hallo! Ist da wer?«

Sie lehnte sich nach vorne, schaute weiter hinab. Sie spürte die Leitplanke an ihren Knien, dann hörte sie ein Knirschen hinter sich, fuhr herum, sah nur einen schwarzen Schatten, direkt bei ihr, dann spürte sie zwei Hände, die sie packten und fester gegen die Leitplanke drückten. Sie hatte keine Zeit nachzudenken, schrie. Kurz sah sie noch das matte Licht der beiden Autos auf der Fahrbahn, dann spürte sie die raue Kante der Leitplanke in ihren Kniekehlen und bemerkte, wie in Zeitlupe, wie sie das Gleichgewicht verlor und fiel. Ihr Rücken krachte gegen den staubigen, steinigen Boden. Sie rutschte, sie schrie, das Gebüsch kratzte ihre Wangen auf, doch es bremste ihr Rutschen nicht.

»Vorbei«, dachte sie. »Scheiße, vorbei.«

21

Grauner legte die Schlüssel in die Schüssel neben der Tür, in der sich ein paar Münzen, Bonbons und einige winzige Muscheln vom letzten Adria-Urlaub befanden. Er griff nach den Briefen, die danebenlagen, und blätterte sie durch. Die Stromrechnung, die Versicherung, der Bauernbund. Er legte alles wieder hin und ging in Richtung Stube, wo Licht brannte.

Sie saßen da und schauten ihn böse an. Alle drei. Er lugte

kurz zur leise tickenden Standuhr neben dem Ofen. Das Ticken hatte ihn sein ganzes Leben begleitet, er nahm es längst kaum noch wahr.

Er sagte nichts, was sollte er denn machen, das sollte sein Schweigen sagen. Was wollt ihr von mir? Dass ich mitten in Mordermittlungen nach Hause fahre, weil meine Tochter mir mitteilen will, wo und was sie nun definitiv studieren will. Jura oder Psychologie. In Mailand oder Innsbruck. Er liebte seine Tochter so sehr, er mochte ihren Freund, aber es war ihm nun einerlei, wo sie studieren würden. Weg war weg. Er würde sie vermissen, sehr, so oder so.

Er hatte sich gewünscht, dass Sara irgendwann jemanden finden würde, mit dem sie gemeinsam den Hof übernehmen könnte. Und ihm war bereits klar, dass es ein Wunsch bleiben würde, auch wenn Mickey und Sara sich vor ein paar Jahren durchaus für die Stallarbeit interessiert, ihm manchmal beim Melken und auch beim Ausmisten geholfen hatten. Bald schon aber hatte ihr Interesse nachgelassen, hatten sie nur noch danebengestanden, um Fotos für dieses Instagram zu posten. Warum, das hatte er nicht verstanden. Aber bitte, es war ihm egal.

Sara würde vielleicht irgendwann in einer Wirtschaftskanzlei arbeiten. Irgendwo. Die beiden würden, das hoffte er sehr für sie, miteinander glücklich werden. Vielleicht tatsächlich in Bozen. Dann würde er sich mit Alba um die Enkelkinder kümmern, so Gott wollte, dass sie alt wurden und es Nachwuchs geben würde. Er hatte das so akzeptiert, was blieb ihm anderes übrig. Es nicht zu akzeptieren würde ihn unglücklich machen.

Er ließ sich auf einen Stuhl plumpsen, schnappte nach zwei Scheiben Speck, die auf einem Teller lagen.

»Tatta«, sagte Sara, er schaute auf, kauend. »Wir, ich und Mickey …«, sie stoppte, packte die Hand ihres Freundes, drückte sie, »wir beide möchten … natürlich nur, wenn du einverstanden bist …«

Sie schluckte, schien nach den richtigen Worten zu suchen. Grauner kaute weiter auf dem Speck herum, schob ihn auf der Zunge hin und her. Er war müde, so müde.

»Jetzt sag schon, Sara«, er schaute zu ihr, zu ihm, dann wieder zu ihr, »Mailand oder Innsbruck? Sara schau, ich möchte, dass du glücklich bist, ich werde jede deiner …«

»Wir möchten den Hof übernehmen, Tatta, ich meine, nicht jetzt, nicht gleich, aber irgendwann, wenn du und Mamma … äh, wenn ihr es alleine nicht mehr schafft, möchten wir den Hof hier übernehmen, mit allem, den Kühen, den Hühnern. Wir wollen außerdem Schweine züchten, Lamas, Yaks aus dem Himalaya.«

Grauner blieb der Speck in der Kehle stecken. Er spürte, wie ihm der Atem wegblieb, wie sein Gesicht anschwoll, rot anlief. Alba sprang auf, klopfte ihm auf den Rücken, der Speck rutschte wieder zurück in den Mund, er schob ihn mit der Zungenspitze hinter die Backenzähne, beschloss, ihn dort ruhen zu lassen, später weiterzukauen.

»Ich … ich …«

Er sah Saras unsichere Miene, Mickeys etwas ängstlichen Gesichtsausdruck, Albas Strahlen.

»Ich … also, das …«

Er spürte, wie die Freude ihn packte und von innen erwärmte.

»Aber natürlich, das ist ja ganz … das mit den Lamas und den Yaks, na, also, da würde ich noch einmal …«

Mickey räusperte sich vorsichtig, dann legte er hastig los:

»Wir wollen alles ganz neu aufziehen, zeitgemäß, jedes einzelne Tier, jede Kuh, jedes Huhn, jedes Lama, jedes Yak, bekommt einen virtuellen Paten, oder mehrere, wir machen das mit Kameras, sodass die Paten ihre Tiere jederzeit beobachten können, wir erstellen eine eigene Webseite, ich habe die Domain bereits gesichert: *www.graunerslittlefarm.net.* Da kann man sich als Mitglied dann einloggen, einen virtuellen Spaziergang von Kuh zu Kuh machen, auf der Webseite soll auch ein 3-D-Film anklickbar sein, der uns bei der Stallarbeit zeigt, ich habe bereits einen Freund von einem Freund gefragt, der ist Hobbyfilmemacher, der würde sich eine Drohne …«

»Eine Drohne …«, stammelte Grauner.

»Ja, genau«, fuhr Sara fort, »damit machen wir ein schönes Panoramavideo, wir starten drüben am Waldrand, fliegen über den Hof hinweg, danach ziehen wir eine Schleife, sodass die Dolomiten im Abendlicht zu sehen sind.«

Grauner wich alle Farbe aus dem Gesicht. »Und das wollt ihr alles, wann wollt ihr das …«

»Das machen wir alles Schritt für Schritt, Tatta, auch die Interviews mit dir und Mamma, immer in den Semesterferien, an den Wochenenden, meinen Job in der Obdachlosenküche gebe ich dafür auf, weil wir haben uns entschieden, beide zusammen nach Wien zu gehen, um an der *Boku* zu studieren. Tierwirtschaft. Medienwissenschaften im Nebenfach. Wenn wir richtig reinhauen, dann sind wir in fünf Jahren durch, und dann legen wir richtig los. Alle zusammen! Was meinst du, Tatta?«

Er sagte nichts, stand auf und klopfte Mickey auf die Schulter. Er beugte sich zu Sara hinunter, umarmte sie fest. Alba drückte er einen dicken Schmatzer auf die Wange, dann schenkte er sich noch ein Glas Vernatsch ein, strahlte übers ganze Gesicht.

»Ich habe zwar nur die Hälfte von dem verstanden, was ihr mir gerade erklärt habt, Tochter, zukünftiger Schwiegersohn, aber ich bin sicher, es ist alles ganz richtig so, wie ihr es zu machen plant. Ich bin ein alter Mann, ihr seid jung, deshalb habt ihr recht. Ihr seid die Zukunft. Ihr werdet meinem Hof, unserem Hof, eurem Hof eine Zukunft schenken. Ihr werdet hier glücklich werden, ihr … ihr macht mich glücklich.«

Er schenkte allen ein, hob sein Glas.

»Auf unsere *little farm*«, sagte er.

Dann trank er einen großen Schluck, und er schmeckte ihm, so gut, noch besser, als ihm der Eigenbau vom Sepp, dem befreundeten Winzer aus dem Unterland, eh immer schon geschmeckt hatte.

22

Sie spürte das Stupsen, spürte den Schmerz. Sie hörte das Knurren, dann das Wimmern, öffnete die schmerzenden Augenlider, sah nur dunkles Nichts. Dann drehte sie sich auf den Rücken, stöhnte vor Schmerz, hörte ein Scharren und Rascheln, drehte den Kopf nach links, woher die Geräusche kamen. Sie sah das Tier im Halbschatten, wie es sich zu ihr umdrehte, die Augen leuchteten, es fletschte die weißen Zähne, knurrte, kam auf sie zu.

Sie spürte den warmen Hundeatem ganz nah bei sich. Noch ein kurzes Knurren, dann ein Jaulen. Etwas Raues, Schleimiges, fuhr ihr über die Wangen. Das Fell kitzelte sie auf der Haut.

Wieder schleckte die Zunge über ihr Gesicht, diesmal über die Nase. Sie schaffte es, den Rücken etwas anzuheben, sie war durstig, so durstig. Der Hund, ein langhaariger schwarzbrauner Schäferhund, ging drei Schritte rückwärts, drehte sich um sich selbst, sodass seine Schnauze beinahe seinen buschigen Schwanz berührte, dann legte er sich nieder, spitzte die Ohren, hob eine Augenbraue, schaute sie erwartungsvoll an.

Schon hörte sie eine Stimme. »Gsch, gsch.« Sie sah, wie der Hund sich erhob und den Schwanz einzog, wieder winselte, lauter, dann weglief. Sie bemerkte jemanden bei sich, spürte eine Hand auf dem Kopf, eine Hand, die ihr durch die Haare strich, sah die Hand vor ihrem Gesicht, an ihrer Nase und vernahm einen beißenden, würzigen Geruch. Sie atmete tief ein. Wie gut das tat.

Alles verschwamm, sie sah bunte Punkte, spürte, wie alles an ihr, in ihr, drückte, wie ihre Haut aufbrach, ein Federkleid aus ihr herauswuchs und ihr Flügel wuchsen. Plötzlich fühlte sie sich leicht, so leicht, sie hob ab, zischte die Felswände empor, schwebte bald hoch über der Schlucht, flog über das Sarntal hinweg, drehte sich um sich selbst, so als ob sie in der Luft schwimmen könnte, sie schob die Luft beiseite, flog wieder südwärts, sah vorne schon Bozens Lichter in der Nacht leuchten. Sie fühlte sich so frei. Alles war gut. Sie schrie stumm. Vor Glück.

Wie lange hatte sie erneut das Bewusstsein verloren? Sekunden? Minuten? Länger? Der Schmerz war sofort wieder da, die Augenlider klebten wieder aufeinander, Tappeiner versuchte, einen Arm zu heben, es gelang ihr nicht.

Wieder spürte sie ein Stupsen, fester als zuvor, wieder hörte sie einen Atem und bemerkte einen weichen Druck auf dem Gesicht, ein Räuspern, einen Ruck, dann wurde sie leicht, ganz leicht. Ob sie wieder fliegen würde? Ja, Tappeiner schwebte. Aber nicht in die Höhe. Grauners Assistentin wurde getragen. Von jemandem. Irgendwohin. War sie wach? Träumte sie? War es das? Ging so das Sterben? Ihr Körper zog sie nach unten, doch irgendetwas stemmte sie in die Höhe.

Sie blinzelte, die Schmerzen waren weniger geworden. Verschwanden die Schmerzen, wenn man starb? Tappeiner wollte nicht sterben. Sie öffnete die Augen, sah Stoff, rauen Stoff, sie roch Gestank, sie sah Haut, unrasierte Haut, Nasenlöcher, von unten, ein Gesicht, langes, fettiges Haar. Der Kopf schaute zu ihr herab, das Gesicht war dunkel, nur die Augen leuchteten hellblau. Dieser jemand öffnete den Mund, Geruch von kaltem Tabak, schwarze Zähne, eine Stimme, eine raue Männerstimme.

»Ruhig, ganz ruhig, Ich bringe Sie fort von hier. Keine Angst.«

23

Die Dämonen kamen nicht, der Schmerz im Rücken verschwand nicht. Der Commissario war irgendwo in der Zwischenwelt aus Wachsein und Schlaf. Halb nahmen ihn die Ereignisse des Tages noch in Beschlag, hielten ihn wach: der Spaziergang in die Schlucht hinein, Hedwig Jöchlers Flucht, der Steinschlag, das Gelächter, das Treffen mit Torrinesi, Steiners Anhörung, die Wanderung zu den *Mandln*, Saltapepes Auftauchen in der Questura. Er war so froh, dass der

Ispettore wieder da war, dass nun alles so wie früher sein würde. Vielleicht. Zumindest ein klein wenig, doch ohne Marché. Von nun an mit diesem Schmerz.

Seine Gedanken wanderten weiter. Zu Saltapepes Spur. War sie eine? Oder war das alles – ein eigenartiger Zufall? Wohl eher Zweiteres, trotzdem: Ja, der Vorwurf, den der Ispettore ihm machte, den er nun auch sich selbst machte, nagte an ihm. Ja, sie hatten den jungen Kellner etwas aus den Augen verloren. Aber sie waren auch zwei Mann weniger als sonst. Zwei Mann weniger, das heißt, zwei Hirne weniger, die mitdachten. Er hatte sich in den vergangenen Jahren so sehr darauf verlassen, dass jene Stränge, die er unbeabsichtigt vernachlässigte, von Saltapepe überprüft wurden. Dass auch Marché ab und zu an Entscheidungen zweifelte. Er hatte diese Aufgabe nun automatisch Tappeiner zugerechnet, doch er konnte es nicht von ihr erwarten. Das war nicht ihre Aufgabe.

Sie erfüllte so viel mehr als das, was ihre Aufgabe war. Sie war eine große Hilfe. Doch ihr fehlte es noch an Erfahrung. Das war nicht ihr Fehler, bei Gott nicht, es war sein Fehler, all das nicht im Blick gehabt zu haben.

Bevor er nach Hause gekommen war, als er noch kurz im Stall nach den Kühen gesehen hatte, hatte sich D'Ambrosio zurückgemeldet. Das Handy des Kellners war aus. Er war zu dessen Wohnung gefahren. Paolo Sensi, wenn er denn so hieß, wohnte in einem Kondominium im Westen des Dorfes. Er war nicht da gewesen. D'Ambrosio hatte einen Kollegen damit beauftragt, am Kondominium die Stellung zu halten. Er würde sicher irgendwann, bald, nach Hause kommen.

Dann, endlich, hatte er die Gedanken rund um den Fall geordnet, auch wenn noch ein großes Fragezeichen über allem stand. Er musste morgen mit diesem Kellner sprechen, sie mussten oben bei den *Stoanernen Mandln* eine groß angelegte Suchaktion starten, möglicherweise gab es diesen ominösen Kräutergarten ja wirklich. Die Ergebnisse aus Padua würden hoffentlich demnächst eintreffen. Er hoffte so sehr, Weiherer würde ihm bald Aufschluss über die Art der Vergiftung geben können. War es tatsächlich das Gift eines Krauts, einer Kräuterpflanze aus dem Tal, gewesen? Aus dem geheimen Garten? Wie sollten sie ihn bloß finden, in diesem unzugänglichen, finsteren Wald?

Grauner dachte an das Gespräch in der Stube, schöne Gedanken ließen ihn besser einschlafen. Er drehte sich noch einmal zu Alba hin, ihre Brust hob und senkte sich sanft. Er nahm ihre Hand, küsste sie, drückte sie, so wollte er einschlafen, Hand in Hand.

Er malte sich die kommende Zeit aus. Das machte er selten. Eigentlich nur, wenn er leise in sich merkte, dass alles gut war, dass alles gut werden würde. Kurz gab es dann diese Zeit des Glücks, bevor sich auch schon die Angst, das Glück zu verlieren, einstellte. Er fragte sich, ob Sara und Mickey das wohl hinbekommen würden. Er fürchtete, dass nicht, schob den negativen Gedanken allerdings schnell beiseite und beschloss, daran zu glauben, dass sie es schaffen würden, sie machen zu lassen, er nahm es sich ganz fest vor. Seinen Rat und seine Hilfe würde er anbieten, aber sie ihnen nicht aufdrängen. Er wollte langsam und ehrenvoll abtreten. Kameras im Stall. Musste das wirklich … Nein, weg mit den Bedenken, lass sie machen, Grauner!

Der Schlaf, die Träume krochen immer näher an ihn heran, sie hoben ihn hoch, zogen ihn aus dem Fenster hinaus, der Traum packte ihn, schloss sich um ihn, ein Hahn krähte, die Sonne zischte sekundenschnell hinter den Bergen hervor, er schwebte über dem Hof, vom Haus hinüber zum Stall, durchs Fenster in den Stall hinein, über die Kühe hinweg, auf der anderen Seite wieder hinaus, er sah die Berge von oben, das Dorf von oben, den Hof von oben, unten im Hof standen Alba, Sara, Mickey. Dämonen? Weit und breit nicht zu sehen. Der Rücken? Schmerzfrei.

Mickey hatte ein Handy in der Hand, drehte es nach links, auch Grauner oben in der Luft drehte sich nach links, Mickey drehte das Handy nach rechts, auch Grauner drehte sich nach rechts. Es geschah so oft in seinen jüngsten halb wachen Träumereien, dass er anfing nachzudenken, was der beginnende Traum ihm wohl sagen wollte, ob er einen Besen ritt, einen Hexenbesen oder … dann schreckte er aus dem Halbschlaf hoch. Aus der Traum.

»Drohne, eine Drohne«, sagte er.

Grauner war plötzlich hellwach, spürte den kalten Schweiß im Nacken. Mickey hatte davon gesprochen, dass er mit der Drohne eines befreundeten Fotografen den Hof … Er hüpfte aus dem Bett, tapste zum Zimmer hinaus, über den kalten Flurboden, tastete im Dunkeln nach der Jacke, die hinter der Tür hing. Er kramte das Handy daraus hervor, machte das Flurlicht an, ging durch die letzten Anrufe. Stoppte. Drückte auf das grüne Telefonsymbol. Wartete. Freizeichen. Knacksen.

»Max … ja, ja, ja, ich weiß, welche Uhrzeit. Du, sag, diese Drohne … jederzeit … ja, okay, dann bring sie morgen früh bitte mit ins Tal, ja? … Ja … ja, beim *Tan*. Perfekt. … Ja, gleich um acht!«

Grauner griff nach der Post, ging in die Stube, er würde jetzt sowieso nicht gleich einschlafen können, doch auf *Derrick* hatte er keine Lust. Er blätterte durch die Briefe. Die Versicherung. Der Strom. Der Bauernbund. Eine Ansichtskarte, die er vorhin übersehen hatte. Strand, Meer, ein Boot. Er wendete die Karte. Las, schmunzelte.

Erholsame Grüße, mein lieber Grauner. Du glaubst es nicht, aber ich genieße es tatsächlich: endlich mal Pause! War viel unterwegs, in der ganzen Welt. Ein halbes Jahr schon – und jetzt, zum Abschluss, mache ich noch einmal eine letzte Reise – drei Wochen. Kann ich dir nur empfehlen. Würde dir guttun ;-) Herrlich. Hätte ja nie gedacht, dass ich das in meinem Leben noch einmal für mich entdecken werde. Nichts tun! Seele baumeln lassen. Ja, ja, du lachst jetzt ganz sicher, weil wir uns ja gemeinsam immer über diese Urlaubsgeschöpfe lustig gemacht haben. Haha. Wurscht! Es tut mir so gut. Jetzt muss ich aber aufhören. Jetzt will ich ins Getümmel: Bangkok @ night. Küsschen, Filippi

24

Sie stand ganz still und wartete, bis die Augen sich an die Düsternis gewöhnt hatten. Das Holz hatte nicht geknarzt. Alles war gut, alles schlief. Sie hatte schon als Kind geübt, über den Holzboden zu wandeln, beinahe zu schweben, so, dass auch altes Stubenholz nicht knarzte.

Langsam ließen sich Konturen erkennen. Sie ging auf das Bett zu, erkannte das Gesicht. Sie öffnete die Jutetasche, in der sie alles hatte, was sie brauchte. Sie griff nach den Kräutern, hielt sie ganz nah an das schlafende Gesicht, gerade so nah, dass sie nicht die Nasenspitze berührten. Die Nase zuckte kurz, der Atem stockte, wurde dann wieder ruhig, noch ruhiger als zuvor.

»Schlaf schön, träum schön, flieg schön«, flüsterte sie.

Sie kramte weiter in der Tasche, zog die Spritze hervor, auch den Klebestreifen, legte beides auf die Bettdecke. Dann wandelte sie im dunklen Zimmer umher, zu den dicken Wollvorhängen, zog sie beiseite, der helle Mond schien ins Zimmer, warf weiße Lichtstreifen auf den Boden und aufs Bett. Es würde alles klappen, es musste alles klappen. Auch wenn so vieles anders gelaufen war, als sie es sich vorgestellt hatte. Schlimmer. Mit Mord, nein, damit hatte sie nicht gerechnet. Das hatte sie niemandem zugetraut. Niemandem. Außer sich selbst.

28. August

1

Tappeiner sah die verwunderten, ängstlichen, wütenden Blicke. Sie huschte an den Schaufenstern vorbei, sah ihre eigene Silhouette, die sich in den Scheiben spiegelte. Sie sah, dass ihr Haar zerzaust war, sah die Schrammen auf der Wange, den Dreck auf ihrem T-Shirt und auf der Hose. Sie fror, die Morgensonne war noch zu schwach, um sie zu wärmen. Die Füße taten ihr weh. Sie sehnte sich so sehr nach Geborgenheit, nach einer Tür, die sie schließen konnte, und einem Spiegel, in den sie schauen konnte, nach Wasser, mit dem sie sich waschen konnte. Sie war kein Badewannenmensch, doch jetzt hätte sie alles gegeben für ein heißes Schaumbad.

Der Lärm hatte sie geweckt, das Rauschen des Morgenverkehrs, der sich in das Rauschen des Flusses mischte. Das Hupen. Sie hatte lange gebraucht, um sich zu erinnern, was geschehen war. Der weiße Fiat auf der Fahrbahn und die dunkle Gestalt, die sie über die Leitplanke in die Tiefe stieß.

Sie hatte den Sturz überlebt. Da war ein Gesicht gewesen, ein verschwommenes Etwas, jemand hatte sie weggebracht. Raus aus der Schlucht. Jemand hatte eine Decke über sie gelegt. Unter der Brücke. Wer? Sie hatte sich hochgekämpft, war mit wackeligen Beinen unter der Brücke hervorgetreten und hatte auf die großen Steine geschaut, um die das Wasser des Flusses krabbelte, sie hatte auf den Brückenpfeiler geschaut, der mit Graffiti voll gekritzelt war. Eine Sonne, zwei Palmen, ein Strand, ein Segelschiff, eine Eule mit schwarzen Augen. Dann hatte sie auf die Straße geschaut, die zur Brücke führte und hinter der sich eine Seilbahn den Berg hochzog, rechts hatte sie einige alte Häuser entdeckt, weiter vorne eine weitere Brücke über dem Fluss. Sie hatte verstanden. Sie war am nördlichen Ende von Bozen, am Eingang der Sillschlucht. Der Unbekannte hatte sie aus der Schlucht hinausgetragen. Hin zu den Menschen.

Tappeiner war den Fluss, dann die Talferwiesen entlang weitergelaufen, immer Richtung Süden. Sie hatte kurz überlegt, zur Questura zu gehen, aber so, in diesem Zustand, wollte sie da nicht auftauchen. Beim Siegesdenkmal war sie nach rechts abgebogen, war weitergelaufen, schnell, das Gesicht zu Boden gerichtet. Trotzdem hatte sie die bohrenden Blicke wahrgenommen, sie war erschöpft, als sie die Straße erreichte, in der Saltapepe wohnte. Ein Hauch von frischem Brot aus der gegenüberliegenden Bäckerei trat ihr in die Nase. Sie schaute kurz hin, griff in die Tasche, nichts, keine Schlüssel, kein Portemonnaie, kein Handy, keine Münzen. Das musste alles noch in ihrem Auto sein.

Tappeiner klingelte. Wartete. Nichts. Sie überlegte, ob er noch schlafen würde. Sie klingelte noch einmal, nichts.

Sie wartete erneut, diesmal etwas länger, dann klingelte sie Sturm. Nichts, nichts, nichts.

Wieder stieg ihr der Duft von frischem Brot in die Nase, intensiver jetzt, der Wind musste wohl gedreht, ihn von der Bäckerei erneut herangetragen haben. Der Duft wurde immer intensiver, sie spürte, wie ihr das Wasser im Mund zusammenlief. Dann waren plötzlich Schritte zu hören, ganz nah, sie stoppten. Tappeiner zuckte zusammen, etwas hatte sie von hinten berührt, zog an ihr. Sie schrie kurz auf, drehte sich um.

»Silvia ...«

Sie sah sein überraschtes Gesicht und spürte die Tränen in den Augen. Er ließ die braune Tüte zu Boden fallen, frische Semmeln kullerten heraus.

»Claudio.«

Sie fiel ihm um den Hals, vergrub ihr Gesicht an seiner Schulter.

»Ich muss dir ...«

Er packte sie bei den Schultern, nahm ihr Kinn, drehte es zu sich hoch. Küsste sie auf die Stirn.

»Ich dir auch ...«

Sein Blick erstarrte. Jetzt erst bemerkte er wohl, wie sie aussah.

»Wa ... was ...«

Er bückte sich, sammelte die Semmeln ein, zog den Hausschlüssel aus der Tasche, sperrte die Tür auf und schob sie hinein.

»Was ist passiert, Silvia?«

2

Grauner kannte die Geräusche des Waldes. Er kannte sie vielleicht nicht so gut, wie diese Jöchlerinnen sie kannten, aber er war ein Bergmensch, ein Waldmensch, würde es immer sein, da hatte diese Hedwig Jöchler schon recht, da konnte er noch so viele Jahre und Tage und Stunden inmitten des Trubels der Stadt verbringen. In der Stadt fühlte er sich wie ein Fremdkörper, im Wald, in den Bergen, fühlte er sich als Teil des Ganzen. Wenn nicht gerade eine eigenartige Köchin hinter einem Baum hervorsprang und ihn erschreckte.

Ja, er kannte die Geräusche des Waldes. Jedes Klopfen, jedes Knacksen, jedes Zirpen, jedes Zwitschern. Doch dieses eigenartige Surren gehörte nicht dazu. Es klang irgendwie mechanisch, irgendwie zu abgehackt für ein Naturgeräusch. Schon fürchtete er, nun auch an einem Tinnitus zu leiden. In dem Moment fiel ihm ein, dass seit der Früh der Rücken nicht geschmerzt hatte. Und während es ihm einfiel, begann es wieder zu ziehen und zu drücken. Das war ja das Fatale an diesen chronischen Schmerzen. Man genoss es nie, wenn sie nicht da waren. Weil sie, sobald man bemerkte, dass sie weg waren, sofort wieder auftauchten.

Nun also auch noch Tinnitus. Er hatte ja immer gedacht, es würde irgendwann die Bandscheibe sein, die ihn aus der Bahn werfen würde. Und wenn nicht die Bandscheibe, dann ein Herzinfarkt. Ja, er war in den vergangenen Jahren mit zunehmendem Alter schleichend zum Hypochonder geworden. Es ging nicht mehr weg. Als es ihm zunehmend besser ging, da begann es plötzlich. Und je besser es ihm ging, desto größer wurden die Sorgen, dass das Glück bald vorbei sein konnte. Jedes Zwicken ein Schrecken.

Vielleicht war er schon zu lange Commissario, um tatsächlich daran glauben zu können, dass alles gut sein konnte. Ohne Schmerzen im Körper. Ohne Böses in der Welt. Manchmal stand er auf dem Balkon des Hofes, schaute hinüber auf die andere Seite des Tals, sah die Dolomiten im Abendrot. Da wurde ihm warm ums Herz vor lauter Schönheit. Doch er wurde das Wissen nicht los, dass da, wo es schön ist, immer auch das Dunkel lauert, oben auf den Gipfeln leuchtete rot der Fels, unten im Tal war es düster und kalt. Da, wo die Berge sich besonders hoch und schön gegen die Sonne reckten, da waren die Täler besonders tief. Auch die Täler in einem drin.

Grauner verdrängte seine Überzeugung, doch sie ließ ihn nie ganz los. Er war sich sicher, und er war sich auch der Schrecklichkeit dieses Gedankens bewusst, dass er als Commissario in welches Dorf Südtirols, ach der Welt, auch immer fahren konnte, wenn er da nur lange genug bleiben würde, jedem Verdacht jeder Verleumdung nachgehen würde, dass er überall, in jedem Kaff, einem Verbrechen auf die Spur kommen würde.

Er war sich sicher, dass dem Bösen alles in allem nicht beizukommen war. Dass es da war wie die Luft. Er war sich aber ebenso sicher, dass es trotzdem die Aufgabe eines jeden guten Menschen war, es zu bekämpfen, auch wenn der Kampf einer gegen Windmühlen war. Warum? Weil der Kampf für das Gute den guten Menschen ausmachte. Weil es schlussendlich das Wichtigste war, was ihn vom Viech unterschied. Weil man es sonst auch gleich bleiben lassen konnte, das Menschsein. Doch wenn der Mensch das Menschsein bleiben ließ, dann blieb da nur noch der Abgrund, der viel dunkler war, als man es sich vorzustellen wagte.

Er beugte sich nach vorne, schaute durch die Windschutzscheibe nach oben, von wo das Surren kam, doch er sah nichts. Der Commissario verlangsamte, bog in die Kurve, sah erneut kurz nach oben, entdeckte einen dunklen schwarzen Fleck im Himmel über sich, dann schraubte sich der Fleck höher in die Luft, sodass er ihn nicht mehr sehen konnte. Eine Alpendohle war das nicht. Dann fiel es ihm ein, die Drohne!

Grauner gab wieder Gas, er war spät dran, weiter vorne bei den Tannen sah er schon die Autos der Scientifica stehen. Er parkte den Panda daneben, öffnete die Tür. Da hörte er das Surren der Drohne wieder. Das Surren kam näher, es war ihm, als würde es nun auch in seinem Kopf surren, er schaute wieder nach oben, in den blauen, wolkenlosen Himmel, sah den schwarzen Punkt, der auf ihn herabrauschte, er musste an die Schlucht denken, an die Steine, die auf ihn herabgefallen waren, er sprang zwei Schritte zur Seite, der Punkt glitt ebenfalls zur Seite, senkte sich weiter auf ihn herab. Er ging weiter zwei Meter rückwärts, stolperte, sah im Fallen noch, dass Weiherer langsam auf ihn zukam, die Augen nicht nach vorne gerichtet, sondern auf das Handy, das er in der Hand hielt. Er sah D'Ambrosio bei Weiherer, auch der Carabiniere war also schon hier.

»Da schaust du, Grauner, was? Das ist … ah, Grauner, pass auf…«, sagte der Spurensicherer.

Doch da lag der Commissario schon im Staub, er blinzelte. Der Rücken drückte, neben ihm landete die Drohne, dieses schwarze Viech. Zwei Punkte leuchteten, erst weiß, dann rot, dann grün.

»Grauner!«

Weiherer und D'Ambrosio griffen ihm unter die Arme, halfen ihm hoch. Klopften den Parkplatzstaub von ihm ab.

»Entschuldige, Grauner, ich habe die Maschine noch nicht hundertprozentig unter Kontrolle, es scheint, als mache sie, was sie wolle. Aber keine Angst …«

»Die will nur spielen …«, knurrte Grauner.

»Wie geht es Silvia?«, fragte Weiherer jetzt ernst und hob die Drohne hoch.

»Sie schläft.«

Es war gut, dass sie sich so früh getroffen hatten. So früh schlief die Pressemeute noch. Sie waren nun mit den Autos weiter hochgefahren. D'Ambrosio hatte Grauner mitgeteilt, dass Sensi immer noch nicht aufgetaucht sei und sie ihn mittlerweile im ganzen Tal suchten. Sie hatten die Wagen bei den Almen abgestellt, bei den Latschenfeldern, waren zu Fuß weitergegangen und hatten bald die ersten Männchen aus Stein erreicht. Weiherer hatte die Drohne geschleppt und sie oben, am Gipfelkreuz, sogleich aufsteigen lassen.

Er winkte alle herbei, Grauner schaute ihm über die Schulter. »Lass mal sehen!«

Der Commissario griff nach dem Handy, das Weiherer jedoch nicht losließ.

»Nur schauen, nicht anfassen«, sagte der Spurensicherer und blickte ihn böse an. »Für so etwas braucht es eine offizielle Genehmigung. Das ist wie Flugzeugfliegen, Grauner, das will gelernt und geübt sein.«

Der Commissario erkannte nicht viel auf dem kleinen

Smartphone-Bildschirm. Er sah die Pyramiden von oben, auch das Gipfelkreuz, die Autos, die unten am Rande der Almen standen. Weiherer drehte das Handy sanft nach vorne. Grauner schaute in die Luft, die Drohne zog nach Süden.

Dann hielt der Spurensicherer das Handy wieder gerade, nun war der Wald von oben zu sehen. So also, dachte Grauner, sahen die Alpendohlen, die Adler, die Bussarde, die Welt. Es faszinierte ihn. Vielleicht war es doch keine so schlechte Idee, dass Mickeys Fotografenfreund bald mal vorbeikam, um seine Drohne über dem Graunerhof aufsteigen zu lassen, ja, er wollte den Hof von oben sehen. Es war doch verrückt, dass er diesen Ort, seinen Hof, an dem er sein ganzes Leben verbracht hatte, nun noch einmal von einer anderen Perspektive aus zu sehen bekommen würde. Er konnte es kaum erwarten.

»Ich denke, wir können alles überfliegen, Grauner, ich glaube aber beim besten Willen nicht … so ein Kräuterbeet, ganz ehrlich, wenn sich das unter den Bäumen befindet, dann ist es aus dieser Perspektive ganz schwierig …«

»Die Drohne kann doch auch fotografieren, oder, Max?«, fragte Grauner und zeigte auf das Gerät in der Luft und dann auf das Handy in der Hand des Spurensicherers.

»Klar«, sagte Weiherer.

»Mach Fotos«, fuhr Grauner fort. »Fotografier den Wald unter dem Gipfel. Herangezoomt. So, dass wir das groß ausdrucken können und es sich jemand in der Questura in Ruhe anschauen kann.«

Er überlegte bereits, wem er diese Aufgabe zutragen konnte. Es war mühsam, die Suche nach der Nadel im Heuhaufen, aber sie mussten es versuchen, vielleicht würde jemandem bei genauerem Hinsehen etwas auffallen.

Weiherer schaute wieder aufs Handy, er hielt es nun mit

einer Hand, die andere streckte er in den Himmel, hielt die Handfläche nach oben. Die Drohne schwebte langsam und kerzengerade herab, bis sie auf der Hand des Spurensicherers landete, das Surren erlosch, die Propellerchen drehten sich immer langsamer, standen dann still.

Die plötzliche Stille dröhnte noch einige Sekunden in Grauners Ohren, dann waren wieder der Wind und die Kuhglocken der nahe liegenden Almen zu hören. Welch Wohltat. Grauner beschloss, sich kurz ans Gipfelkreuz zu setzen und zu verschnaufen.

Er war in der Früh kurz in der Questura vorbeigefahren. Als er aus dem Auto gestiegen war und aufs Handy geschaut hatte, hatte er gesehen, dass Saltapepe ihn bereits dreimal angerufen hatte. Er hatte ihn zurückgerufen und alles erfahren. Silvia!

Daraufhin hatte er Weiherer verständigt und ihm aufgetragen, einige seiner Männer zu den Tunnels in der Schlucht zu schicken. Schließlich war er losgefahren. Als er die Stelle zwischen den Tunnels erreichte, waren bereits zwei Polizeiwagen vor Ort. Auch Spurensicherer. Silvias Auto habe in der Parkbucht am Straßenrand gestanden, hatte einer der Polizisten dem Commissario berichtet. Die Schlüssel hätten gesteckt. Vom anderen Auto, dem weißen Fiat Uno, fehle jede Spur.

Weiherers Männer standen um Silvias Ford herum. Im Fußraum der Beifahrerseite lagen Tappeiners Handy und ihr Portemonnaie.

Grauner war zur Leitplanke gegangen, hatte nach unten geschaut. Er hatte die abgehackten Äste und die Büsche gesehen und war weiter die Leitplanke entlang gegangen, hin zum alten Stollen. Er hatte ins Dunkel geblickt.

»Hallo«, hatte er gerufen und war sich blöd dabei vorgekommen.

»Hallo«, noch einmal. Leiser.

Nichts.

Dann war er zu seinem Auto zurückgegangen und weitergefahren. Zwanzig Minuten später hatte er das abgebrannte *Tan* erreicht.

Er schaute um sich, wieder war es ihm, wie tags zuvor, als würden ihn die *Stoanernen Mandln* beobachten, als hätten die Steine Gesichter, als würden sie leben. Er schaute auf die Uhr. Es war kurz nach elf, er überlegte, was nun zu tun war.

Im Augenwinkel sah er, dass D'Ambrosio sein Handy ans Ohr führte, murmelte, aufschaute, in seiner Jackentasche kramte, einen Kugelschreiber hervorholte, die Ärmel seiner Jacke und seines Hemdes hochschob, mit dem Kugelschreiber auf den Unterarm schrieb, dann auflegte und auf ihn zukam.

»Paolo Sensi.«

»Habt ihr ihn?«

Kopfschütteln.

»Nein. Aber wir wissen jetzt, wo er sein könnte.«

3

Es war alles wieder wie früher. Zumindest schien es so auf den ersten Blick. Für einen kurzen Moment. Grauner saß an seinem Schreibtisch, Saltapepe hinter dem Tisch ihm gegenüber. Belli stand in der Tür. Tappeiner lehnte an der Wand. Ein Pflaster klebte auf ihrer rechten Wange. Sie hatte zwei Stunden geschlafen und ein Bad genommen. Saltapepe hatte sie überreden wollen, sich weiter auszuruhen, und angeboten, sie nach Hause zu fahren. Doch sie wollte nicht. Sie wollte hierher. Mit ihm. Zum Treffen.

Grauner schmunzelte, er sah, dass auch Saltapepe schmunzelte, dass auch Tappeiner schmunzelte. Er hatte, wenn er so darüber nachdachte, kaum jemals einen schöneren Moment in diesem Raum erlebt.

Doch der Moment war von kurzer Dauer. Dann war der Gedanke an ihn wieder da. Grauner bemerkte, dass auch bei allen Umstehenden das Lächeln erstarrte, dass sich wohl auch bei ihnen dieses unbarmherzige schlechte Gewissen einstellte. Einer fehlte. Marché fehlte.

Der Commissario verschränkte die Arme hinter dem Kopf und sah sich um, dachte an die vielen Jahre, die vielen Tage und Stunden seines Lebens, die er hier verbracht hatte. Es war alles alt und schäbig und muffig, und doch fühlte es sich in diesem Moment richtig und gut an, all diese Zeit seines Lebens in diesem Raum verbracht zu haben.

Er musterte Saltapepe, ja, er hatte sich verändert. Er bemerkte die leicht ergrauten Schläfen. Waren da auch Falten um seine Augen? Grauner konnte es nicht genau sagen. Schließlich war da der Blick des Kollegen, er war anders. Ernsthafter vielleicht. Trauriger. Ihm war klar, dass diese Traurigkeit nie wieder weggehen würde. Er war froh, so froh, dass Saltapepe wieder da war.

Alle berichteten von ihren Erlebnissen der vergangenen Stunden, der Nacht. Tappeiner konnte nicht sagen, wer sie überwältigt und über die Leitplanke gestoßen hatte. Und ob es dieselbe Person gewesen war, die sie später, halb weggetreten, aus der Schlucht hinausgetragen hatte. Der Wagen, ja, da sei sie sich sicher, sei ein weißer Uno gewesen.

Saltapepe erläuterte erneut seine Venedig-Spur. Grauner berichtete, was er von D'Ambrosio erfahren hatte. »Einer der Carabinieri hat Sensis Vermieterin ausfindig gemacht. Sie hat angegeben, dass der Kellner seit seinem Einzug, wenn er frei hatte, immer wieder mal für ein paar Tage nach Venedig gereist ist, seine Heimatstadt, wo er noch ein WG-Zimmer besitzt.«

Tappeiner und Belli machten erstaunte Gesichter.

»Einer der Carabinieri!«, zischte Saltapepe.

Grauner ignorierte ihn und sprach weiter. »Die Vermieterin hat wohl ein paar Zettel hervorgekramt, auf denen die Adresse vermerkt war. *Via Santa Croce 3.*«

Kurz herrschte Stille im Raum.

»Und jetzt?«, fragte Tappeiner.

»Jetzt …«

Ein Klopfen am Türrahmen unterbrach den Commissario. Da stand eine junge Frau. Sie hatte zartweiße Haut, blonde, schulterlange Haare, dünne Lippen, wenige zarte Sommersprossen auf der Nase. Grauner hatte sie noch nie in der Questura gesehen. Sie schaute etwas verlegen, errötete.

»Ja, bitte«, sagte der Commissario.

»Ich, äh, ich bin vom Büro für Einwanderung drüben. Ich meine … äh. Ich bin … ich mache dort ein Praktikum. Eigentlich studiere ich in Bologna …«

Jetzt erst sah Grauner, dass die junge Frau einen ganzen Packen an großformatigen Papierseiten unter dem Arm hielt. A3-Format, schätzte er.

Saltapepe ging auf sie zu und nahm ihr den Packen ab. Sie lächelte erleichtert.

»Die liegen schon seit über einer Stunde im Kopierzimmer und verstopfen den Ausgang des Druckers. Die habt ihr hier doch …«

Grauner sprang auf. Die Ausdrucke der Drohnenaufnahmen hatte er völlig vergessen.

»Danke … äh …«

»Sabrina«, hauchte sie, schaute dabei jedoch nicht Grauner an, sondern zu Saltapepe, der nun wiederum errötete. Tappeiner blickte zu Boden.

Grauner trat zum Ispettore, nahm ihm den Packen ab und legte ihn auf den Boden.

»Na los«, sagte er, »verteilen wir das alles.«

Bald knieten Grauner, Saltapepe und Tappeiner auf den Blättern. Der zarte Parfumduft der Praktikantin von nebenan hing immer noch in der Luft und übertünchte den muffigen Questurageruch. Belli ging aufgeregt auf und ab.

Etwa eine Viertelstunde später hatten sie alle, auch Belli, die Schuhe ausgezogen und vors Büro gestellt, da der gesamte Boden des Büros und auch die Schreibtische mit den vergrößerten Luftaufnahmen ausgelegt waren. Die Bilder waren tatsächlich gestochen scharf. Jeder Stein, beinahe jede Blume war zu erkennen.

Auf einem der Fotos entdeckte Grauner ein Reh unter einer Tanne hervorlugen, auf einem anderen waren einige der *Stoanernen Mandln* zu sehen. Auch das Gipfelkreuz. Der Commissario tapste ziellos von einem Bild zum anderen. Manche zeigten ganze Waldabschnitte, andere einen vergrößerten Flecken der Alm. Weiherer hatte wohl recht, das war ein Suchen der Nadel im Heuhaufen.

Grauner beschloss, zu seinen Überlegungen vom frühen Morgen zurückzukehren und jemanden zu bestimmen, der sich das alles in Ruhe anschauen würde. Kurz überlegte er, ob sie sich diese Praktikantin von der Einwanderung eventuell ausleihen konnten. Oder den ganzen Packen den Carabinieri in Sarnthein vorbeizubringen, doch das würde viel zu lange dauern.

Sollte er das Tappeiner überlassen? Das konnte er ihr nicht antun. Das war das Gegenteil von Wertschätzung. Er überlegte weiter, ging die Abteilung durch, verdrängte dabei immer wieder den einen Gedanken. Weil er sich dafür schämte. Natürlich, ja, er hätte Marché diese Aufgabe übergeben. Das war eine typische Marché-Aufgabe. Es tat weh. So weh.

»Grauner«, Tappeiners Stimme drang in seinen Schmerz.

Er schaute auf. Sah zu ihr. Saltapepe trat bereits an sie heran. Belli auch. Sie stand über einem der Bilder. Schaute ernst.

Nun war auch der Commissario bei ihr. Das Bild zeigte den abgerundeten Berggipfel aus großer Höhe, die *Stoanernen Mandln*, alle, es war wohl in einem Moment aufgenommen worden, als Weiherer die Drohne noch einmal ganz weit nach oben geschickt hatte, kurz bevor der Commissario zu den Autos zurückgekehrt war.

Der Commissario erinnerte sich an das stolze Grinsen des Spurensicherers. An seine Worte zum Abschied: »Hundert Höhenmeter! Da sagst du nichts mehr, Grauner, gell?!«

Nur am Rande des Bildes war ein Stückchen Wald zu sehen, weiter drüben die Felsen im Süden, die steil abfielen. Der Rest des Bildes bestand aus hellem und dunklerem Grün – Gras und Latschenbüschen –, das mit braunen Punkten – den steinernen *Mandln* – versehen war.

Grauner schaute zu Tappeiner, er hatte verstanden, was sie wortlos, nur mit ihrem Gesichtsausdruck, angedeutet hatte.

»Was … was?«, fragte Saltapepe.

Tappeiner setzte sich hinter Grauners Schreibtisch und schnappte sich dessen Handy, sie schaute sich um, entdeckte ein Handykabel, steckte das eine Ende in die Rückseite des Bildschirms, das andere ins Telefon, wartete, dann klickte sie ein paarmal herum. Grauner begriff allmählich, was sie vorhatte. Er ließ sie machen.

»Könntet ihr freundlicherweise mal sagen, was wir hier machen?«, fragte Saltapepe.

Tappeiner huschte am Ispettore vorbei, auch am immer noch stummen Belli, zur Tür hinaus. Grauner blickte schweigend zu Boden und auf die braunen Punkte auf dem Foto.

Nach wenigen Sekunden kam Tappeiner wieder ins Büro gehuscht. Mit einem Ausdruck. Auch A3, sie legte das Blatt neben das mit den Männern aus Stein. Ein paar der anderen Blätter schob sie beiseite. Sie drehte und wendete den neuen Ausdruck, bis es passte. Der Ausdruck zeigte das Handybild, das Grauner in der Höhle gemacht hatte. Die Anordnung der eingeritzten Kreise in der Höhlenwand war beinahe identisch mit jener der von oben aufgenommenen *Stoanernen Mandln*.

»Die eingekratzten Kreise aus dem Turm von Burg Reinegg, von denen du vorhin erzählt hast, Silvia …«, fragte Grauner.

»Die sind exakt genauso angeordnet«, antwortete sie.

Der Commissario kniete sich wieder hin, suchte nach dem einen *x*, das auf der Höhlenwand anstatt eines Kreises eingeritzt worden war. Er fand es, schaute dann auf das Bild der *Stoanernen Mandln*, dort, an der Stelle des *x*, stand eins der vielen Männchen.

»Auch im Turm ist das *x* an der gleichen Stelle …«, fuhr Tappeiner fort.

Sie klärten Saltapepe und Belli auf, worüber sie die ganze Zeit sprachen.

»Das ist kein Sternenbild«, sagte Grauner schließlich, »das ist eine Art Karte. Die Anordnung der Männer aus Stein.«

»Und das *x* bezeichnet eines der Männchen«, sagte Belli.

»Manche davon sind vor vielen Jahrhunderten entstanden«, murmelte Grauner, sich an die Worte D'Ambrosios erinnernd. »Jede der alten Familien aus Sarnthein hat so ein Männchen aus Stein errichtet.«

»Fragt sich, wessen Steinhaufen der mit dem *x* ist«, sagte Tappeiner.

Sie schauten sich an, alle vier, dann wieder aufs Bild.

»Was nun?«, fragte Saltapepe.

4

Es tat so gut. Ja, es war, als hätte sich alles in ihm gelöst, als wären die vergangenen Tage, Wochen, Monate wie weggewischt. Der Ispettore wusste nicht genau, was es ausgelöst hatte. Der Kuss? Das Blättern in den Unterlagen dieses neuen, mysteriösen Falls? Das Drei-zu-null gegen die verhasste Juve, das mit der Tabellenführung einherging? Wahrscheinlich die Kombination aus allem.

Er wusste auch nicht, wie lange und ob es überhaupt anhalten würde. Es war ihm schon ein paar wenige Male besser gegangen, seit Marchés Tod. Jedes Mal war das Dunkel mit aller Macht zurückgekehrt. Das aber war ihm nun egal. Sollte es wiederkommen. Er hatte nun zumindest die Kraft, sich von dem Gedanken jetzt nicht zermartern zu lassen. Er hatte die Kraft, das Hier und Jetzt zu genießen. Immerhin. Das war ein Fortschritt.

Es war alles schön gewesen, das Sich-hinein-Wühlen in den Fall, die Demütigung der Scheißjuve, vor allem das dritte, entscheidende Tor, das Napoli in der vierundsiebzigsten Minute erzielt hatte, genau zu dem Zeitpunkt, als die verhassten Spieler aus dem Norden noch einmal ordentlich Druck gemacht und drei Hundertprozentige herausgespielt, einmal sogar die Querlatte getroffen hatten.

Bei einem Zwei-zu-eins in der Vierundsiebzigsten wäre alles wieder offen gewesen. Das Momentum, um das es immer ging beim Fußball, wieder auf Juves Seite. Napoli müde, kaputt, Juve mit der letzten Offensive. Aber dann dieser Alleingang von Lorenzo Insigne, ein Dribbling, noch eins, wann sah man das denn noch in der Tikitaka-Welt des modernen Fußballs? Saltapepe spürte bei diesen Gedanken das Adrenalin in sich wallen, während er sich bei *Verona Süd* rechts hielt, um auf die *Milano-Venezia* abzubiegen.

»Warum grinst du?«, fragte Tappeiner.

Der Verkehr war überschaubar, kaum Lkw auf der Straße. Der Ispettore blickte auf das Armaturenbrett seines Alfas, drückte aufs Gaspedal, die digitale Anzeige krabbelte in Richtung zweihundert, die digitale Uhr zeigte *14:05* an.

»Weil ich gerade glücklich bin.«

Er sah im Augenwinkel die Schramme auf ihrer Stirn, das Pflaster auf der Wange. Ihr Lächeln. Vor seinem inneren Auge sah er noch einmal Insigne alleine auf den Torwart zulaufen, die Szene war wie ein stets abrufbarer Film gespeichert, das war immer schon so gewesen. Er konnte sich Torszenen einmal anschauen und hatte sie von da an memorisiert. Er konnte jetzt, auf der Stelle, bei Tempo zweihundert auf der Autobahn, sämtliche Torszenen der vergangenen Saison des SSC abrufen, problemlos. Manche verblassten zwar nach einer Weile, wichtige, ikonische, aber blieben ihm ein Leben lang in Erinnerung.

Das war eine seltene Gabe, für die er dem lieben Gott unendlich dankbar war. Es war ein kleiner Schatz. Insigne, allein vor dem Torwart. Eine solche Eins-zu-eins-Situation war viel schwieriger, als ein Fußballlaie sie sich vorzustellen vermochte. Die Angst des Stürmers, alleine auf den Torwart zulaufend. Es ist klar: Du musst ihn machen. Der Torwart hat nichts zu verlieren. Du alles. Was machst du? Verlangsamst du? Willst du ihn umkreisen, willst du den Ball über ihn heben? Der Torwart kommt näher, er weiß, je schneller er dir näher kommt, desto schwieriger wird alles. Er wird größer, das Tor hinter ihm kleiner.

Die Knie des Stürmers werden weich, die Gedanken kommen. Stürmer, die denken, sind keine guten Stürmer. Insigne ist ein guter Stürmer. Insigne dachte nicht. Er lief auf den Torwart zu, der Torwart kam ihm entgegen. Insigne schaute kurz auf, fixierte dann wieder den Ball. Gute Spieler schauen nicht zum Ball, sie haben den Kopf oben, um die Übersicht zu behalten. Ausgezeichnete Spieler aber schauen auf den Ball, sie müssen nicht um sich schauen, nur ganz kurz hochschauen, um alles lesen zu können, was um sie herum passiert. Sie lesen das Spiel, den Platz, sie wissen blind, was wo vor sich geht, wo der Gegner steht, wo das Tor, in welchem Winkel sie den Ball treffen müssen, sie sehen den Ball an, fokussieren ihn.

Insigne schoss, da war er drei Meter vor dem Torwart, der bereits in die Hocke gegangen war und die Hände, diese unmenschlich übergroßen Torwarthände, ausstreckte. Der Ball landete im Kreuzeck, zappelte im Netz, fiel ins Gras. Drei zu null für Napoli! Saltapepe träumte vom Titel. Jetzt grinste er.

»Glaubst du, er ist es? Dieser Kellner?«

Silvias Stimme zog ihn wieder zurück ins Jetzt.

»Ja«, murmelte er.

Alles sprach dafür. Er konnte nicht verstehen, dass Grauner diese Spur nicht entdeckt, nicht verfolgt hatte. Tappeiner mochte er keinen Vorwurf machen, Santo Gennaro, sie war noch nicht einmal eine ausgebildete Ermittlerin. Sie war eine große Hilfe, aber sie hatte das Handwerk nie gelernt. Hätte sie ihm die Bücher und die Unterlagen nicht vorbeigebracht, würden die beiden wohl immer noch in diesem Tal nach Kräutergärten suchen, alten Hexengeschichten lauschen und sich von so einem dahergelaufenen Carabiniere erklären lassen, wer da hinter den Bergen von Bozen besonders verdächtig war.

Saltapepe mochte Grauner, sehr sogar, er hatte ihn über die vergangenen Jahre lieb gewonnen, aber in manchen Dingen war er einfach ein wenig naiv. Saltapepe kannte diese Carabinieri-Typen, die in den Gemeinden stationiert waren. Das waren Typen, die aus Süditalien hierher versetzt wurden, weil sie in Süditalien in tausend zweifelhafte Machenschaften verstrickt waren. Diese Männer wurden, schafften sie den Sprung auf die Carabinieri-Schule, eben Carabinieri. Schafften sie den Sprung nicht, wurden sie Mafiosi. Da war kein Ehrgefühl, kein Gerechtigkeitsdrang. Sie versuchten nur durchzukommen, irgendwie. Die waren hier so schnell wieder in irgendwelche krummen Dinger verstrickt, so schnell konnten die den Sumpf des Südens gar nicht hinter sich lassen. Er kannte nur wenige, sehr wenige Carabinieri, denen er vertraute.

Klar, Grauner kannte die Täler und Dörfer dieser Bergprovinz hier besser, aber auch ihm passierten Fehler. So eine Spur durftest du nicht übersehen. Und du durftest auch nicht die Carabinieri in so eine Sache mit reinziehen. Wie hatte Belli das zulassen können? Klar, Saltapepe wusste, dass Belli es mit der Trennung von Staatspolizei und Carabinieri nicht so ernst nahm, er fand es ja selbst idiotisch, dass es keine gemeinsame Einheit gab, aber es war nun mal so. Und er kannte genug Carabinieri, die sich lieber in den Fuß schießen würden, als einem Poliziotto di Stato zu helfen. Viel schlimmer noch, sie würden ihn auf falsche Fährten locken, um selbst gut dazustehen. Er traute diesem D'Ambrosio nicht. Ohne ihn zu kennen. Sein Gefühl sagte ihm das.

Saltapepe war froh, erst einmal nicht ins Tal zu müssen, nach Venedig fahren zu dürfen. Sein Herz hatte gepocht, als vor Verona die Berge zu Hügeln geschrumpft und dann im Rückspiegel verschwunden waren. Er genoss den Blick auf die Ebene vor sich, diese unendliche Sehnsuchtsweite. Venedig war nicht Neapel. Er war noch siebenhundert Kilometer von der Heimat entfernt. Und doch, schon hier, irgendwo zwischen Verona und Padua, fühlte sich alles eigenartigerweise schon sehr viel mehr nach Zuhause an. Wahrscheinlich würde er sich auch in Holland mehr zu Hause fühlen als in den Alpen. Wahrscheinlich war der Blick auf flaches Land so eine Art Valium für Meersüchtige.

Dieses Licht. Er wehrte sich mittlerweile, nach all den Jahren, nicht mehr gegen die Berge, Heiliger Diego Armando, er hatte sogar versucht, das Skifahren zu erlernen. Das war nicht gut ausgegangen, aber das war eine andere Geschichte. Er versuchte nun, seinen Frieden mit den Bergen zu machen, und es war ihm tatsächlich recht gut gelungen. Bevor ihn die Geschehnisse vor einem halben Jahr zur Strecke gebracht hatten. Aber das sollte nun hinter ihm liegen, er versuchte, diese Fahrt nach Venedig als Aufbruch anzusehen.

Saltapepe war in einer Zwickmühle gewesen. Eigentlich hatte er gewollt, dass Silvia bei Grauner blieb. Er war sich sicher, dass der Commissario sie nur mitgeschickt hatte, damit sie auf ihn aufpasste. Weil er ihm die Fahrt nach Venedig noch nicht zutraute. Er hatte nicht protestiert, er wollte Tappeiner nicht denken lassen, er würde diese Fahrt nicht mit ihr unternehmen wollen. Er wusste, so gut kannte er die Frauen, glaubte er zumindest, dass sie das sofort vermutet hätte.

Er hatte nichts gesagt, Grauners Entscheidung akzeptiert. Sie hätte beim Commissario bleiben sollen. Damit der nicht alleine mit diesem D'Ambrosio herumhing. Er verstand nicht so recht, was Grauner sich von dieser Karte der Steinpyramiden erhoffte. Vor ihrem Aufbruch hatte er sich von Tappeiner noch einmal in aller Ruhe erklären lassen, was es mit diesen Kreisen und dem Kreuz auf sich hatte.

Na und? Santo Cielo, überall kritzelte jemand was an die Wand. Da hatte sich in dieser Höhle und in diesem Turm nun einer gedacht, ich kritzele jetzt mal die Steinmännchen auf die Wand. Ja, und? Die Blüten der Langeweile mancher Jugendlicher, insbesondere in den hintersten Dörfern, abgelegensten Tälern, waren unergründlich.

»Was erhofft sich Grauner davon, sich diese Steinmännchen jetzt noch mal anzuschauen?«

Er schaute zu Silvia, sie hob die Schultern.

»Ich traue diesem D'Ambrosio nicht«, schob er hinterher.

Saltapepe blinkte mit dem Scheinwerfer auf, da ein Lkw

weiter vorne hinter einem anderen ausscherte, ihn zum Bremsen zwang. Er schaute erneut zu ihr. Sie hob erneut die Schultern. Er bremste, die Plane des Lkw nahm ihm die Sicht. Er schaute erneut auf die Digitaluhr. *14.13*. Sie würden um drei da sein. Wenn alles gut lief, wenn dieser Lkw den anderen endlich überholt hatte, die Spur endlich wieder frei war.

5

Der gesamte Gipfel war mit rot-weißem-Flatterband abgesteckt. Grauner fand das ein wenig lächerlich, hütete sich jedoch, etwas zu sagen. Weiherer und seine Leute würden allergisch darauf reagieren. Er akzeptierte es. Es war wohl so eine Art Ritual, er musste es wohl nicht verstehen. In der Stadt, wo ständig neugierige Passanten die Polizeiarbeit störten, war ihm der Nutzen klar. Aber hier auf dem Berg? Wo niemand war, außer den Kühen weiter unten bei den Almen.

Egal. Er drückte das Band nach unten, nickte den beiden Polizisten zu, die an einem der *Stoanernen Mandln* standen, um das ebenfalls Flatterband gebunden worden war. Er sah D'Ambrosio, Belli, Weiherer sowie ein paar weitere Spurensicherer ganz hinten bei den letzten Steinformationen stehen. Er kam näher und erkannte, dass Weiherer wild gestikulierte, ja, der Chef der Scientifica schien sich zu streiten, nur mit wem? Noch ein paar Schritte, der Wind blies die Worte Weiherers bereits in seine Richtung.

»... Das ist mir scheißegal, das Flatterband bleibt, ich lass' mir doch nicht von irgendeinem Dorfcarabiniere sagen, wie ich hier meine Arbeit ...«

Weiherer schaute auf, sah zu Grauner.

»Grauner … ich muss …«

Der Commissario war nun beinahe bei dem Grüppchen angekommen und sah, wie Belli einen Schritt zurückwich, der Feigling. Eines war stets gewiss, immer wenn es brenzlig wurde, und sei es nur, dass sich ein Spurensicherer mit einem Carabiniere stritt, duckte sich der Herr Staatsanwalt weg. Um dem Streit aus dem Weg zu gehen und kein Machtwort sprechen zu müssen. Belli war wohl der einzige Staatsanwalt der Welt, der Konflikten aus dem Weg ging. Ein Staatsanwalt, der ein Machtwort scheute, das war wie ein Viechbauer, der allergisch gegen Stallmist war.

»Grauner, schaff mir diesen Typen vom Leib, damit ich endlich meine Arbeit machen kann.«

Weiherers Kopf war dunkelrot angelaufen, er zeigte auf D'Ambrosio.

»Was ist denn los?«, fragte Grauner.

Weiherer holte tief Luft, doch D'Ambrosio kam ihm zuvor.

»Mit Verlaub, Commissario Grauner«, der Carabiniere schaute zu Boden, während er sprach. Es war ihm sichtlich unangenehm, sich hier nun wohl verteidigen zu müssen.

»Bitte«, sagte Grauner. Er wollte endlich wissen, worum es ging.

»Es geht um die Absperrbänder.«

Grauner musste sich ein Schmunzeln verkneifen, schaute aber gleichzeitig mit erhobener Augenbraue zum Carabiniere.

»D'Ambrosio …«

»Dieser Ort, Commissario, mit Verlaub, ist den Dorfbewohnern heilig. Diese Männer aus Stein sind für sie wie …«

Er suchte einige Sekunden nach den richtigen Worten. Schaute nun hoch. Selbstsicher.

»… wie Schreine. Heilige Erde. Hier in den Steinen, so sagen die Leute im Dorf, wohnen die Engel jener, die noch leben, und die Seelen jener, die bereits gestorben sind. Hier …«

Weiherer scharrte mit den Füßen, als ob er Hufe hätte.

»Grauner, bitte schaff mir diesen Mann …«

Grauner hob die Hände, bedeutete ihm, den Carabiniere aussprechen zu lassen. Weiherer verstummte knurrend. D'Ambrosio fuhr fort.

»Ich respektiere Ihre Arbeit, Herr Weiherer, aber respektieren Sie bitte auch die meine. Sie klären diesen Fall auf, früher oder später werden Sie die Mörderin oder den Mörder dieser armen Frau aus Rom gefunden haben, dann ziehen Sie ab und kommen nicht mehr wieder. Aber ich und meine Männer, wir werden weiter mit den Menschen im Tal leben und arbeiten. Möglichst in Frieden. Unsere Währung ist Respekt. Wir haben uns den Respekt dieser stolzen Talbewohner über Jahrzehnte erkämpfen müssen. Glauben Sie mir, das war nicht einfach. Sie respektieren uns Carabinieri, wir respektieren ihre Eigenheiten, Bräuche. Das lasse ich mir von Ihnen nicht kaputt machen. Ich bitte Sie noch einmal: Binden Sie das Flatterband nicht an den Steinmännchen fest. Das ist respektlos.«

Als er fertig war, sagte lange niemand etwas. Grauner musterte Weiherer, der nun beschämt zu Boden blickte. Der Commissario schaute zu einem von Weiherers Kollegen, der sogleich verstand, was zu tun war. Weiherer trat zur Seite, D'Ambrosio und die anderen taten es ihm gleich. Belli trat wieder heran. Grauner sah das Steinmännchen, vor dem sie gestanden und diskutiert hatten.

Es war ein schöner Turm, am Boden breit, nach oben hin von allen Seiten gleichmäßig spitz zusammenlaufend. Ganz unten lagen große, flache Porphyrsteine, mit jeder Schicht wurden die Steine kleiner, in den sich ergebenden Lücken steckten unterschiedlich große und runde Exemplare. Wäre dieser schöne Steinhaufen ein Gipfel, durchfuhr es Grauner, so wäre es einer, den er gerne besteigen wollte. Er schaute auf die Gipfel rundherum, auf die Texelgruppe, die Ötztaler Alpen, das Ortlergebiet, die Dolomiten, dann auf die umliegenden Latschenfelder, schließlich wieder auf das *Mandl* vor ihm.

»Das ist es?«, fragte er und wusste es bereits.

»Ja«, sagte Weiherer.

Der Commissario ging um den Steinturm herum. Ein klein wenig Unsicherheit erfasste ihn. Kurz fragte er sich, was er hier machte. Würde ihm dieses Sternbild tatsächlich irgendwie weiterhelfen? Wie? Warum? Was hatte das alles zu bedeuten? Und, noch viel wichtiger: Sagte ihnen das etwas für ihre Ermittlungen? Und wenn ja, was?

Er schaute zu den anderen Steinpyramiden, ging zu zweien, die ganz in der Nähe standen, beugte sich zu ihnen hinab. Sie waren windschief, die Lücken zwischen den flachen Steinen waren nicht mit runden Steinen gestopft.

Er wendete sich an D'Ambrosio. »Sie sagten, jede der alten Familien im Dorf hat einst so ein Männchen aus Stein errichtet. Später dann kamen alle weiteren dazu.«

»Ja.«

»Wessen Turm ist dieser hier?« Er zeigte auf die Pyramide, um die sie die ganze Zeit gestanden hatten.

Der Mann hob die Schultern. »Ich glaube, dass einige der ältesten Männchen im Kellerarchiv der Gemeinde einmal kategorisiert worden sind …«

Der Commissario schaute wieder zum Steinmännchen. Musterte es. Ja, es musste ein älteres sein, eines von denen, die hier schon Jahrhunderte standen. Die Steine waren dunkler als die der anderen Türme, sie waren mit Moos und weißen Pilzflechten übersät. Der Anblick war wunderschön. Das *Mandl* war von Menschenhand erschaffen und von der Natur weiter geformt worden. Von Eis und Schnee und Wind.

»Bitte fahren Sie runter zur Gemeinde«, sagte Grauner zum Carabiniere, »schauen Sie nach, ob es diese Kategorisierung tatsächlich gibt und ob auch dieses Männchen darin zu finden ist. Finden Sie raus, wessen Männchen das ist.«

D'Ambrosio drehte sich um, ging zwischen den *Mandln* hindurch, über die Latschenfelder hinunter zur sandigen Almenstraße, wo die Autos standen und die Kühe grasten.

Grauner beobachtete, wie einige von Weiherers Männern das Flatterband von den Männchen entfernten. Er wartete wortlos, bis D'Ambrosio in den Punto der Carabinieri stieg. Leise hörte man das Starten des Motors, der Carabiniere wendete, fuhr los, den Berg hinab. Der Punto verschwand in einer Wolke aus aufgewirbeltem Staub.

Der Commissario drehte sich wieder um.

»Fotografiert das Männchen von allen Seiten, ja?«

Er ging zum Steinturm hin, berührte ihn sanft, hob die oberste Platte an.

»Dann nehmt behutsam Platte für Platte ab, legt sie vorsichtig hin und baut am Ende alles wieder exakt so zusammen, so, als ob die Pyramide nie berührt worden wäre.«

6

Es war ihr, als träume sie. Alles war so schnell gegangen. Tappeiners Kopf schmerzte noch ein wenig, ihr linker Ellenbogen ebenfalls, doch irgendwie schien ihr, als läge die vergangene Nacht bereits Wochen zurück. Eben waren sie noch in Bozen gewesen, jetzt war sie hier, in Venedig. Hinter ihr türmte sich die Parkgarage, in der sie den Alfa abgestellt hatten, ganz unvenezianisch in die Höhe. Saltapepe war mit zweihundert Sachen über die Autobahn gebrettert.

Sie vermutete, er hätte erwartet, dass sie sich ein wenig über die Geschwindigkeit beschwert hätte. Sie glaubte, nein, sie wusste, Männer waren so. Männer wie Saltapepe ganz bestimmt. Doch sie hatte ihm den Gefallen nicht getan. Sie wusste immer noch nicht, woran sie bei ihm war. Und er sollte auch nicht wissen, woran er bei ihr war. Sie wusste, wenn sie ehrlich war, ja selbst nicht so recht, was das war zwischen ihnen. Was sie darin sah.

Zweihundert Sachen? Sie liebte es.

»Ich war noch nie in Venedig«, hatte sie gesagt, während sie über die schmale, kerzengerade Brücke vom Festland auf die Insel gefahren waren. Links von ihnen war ein Zug in die entgegengesetzte Richtung gerattert.

»Was?«, hatte er geantwortet.

In der Lagune hatten Fischer ein Netz von einem Holzkahn zum anderen gespannt, über den beiden Booten hatten Möwen ihre Kreise gezogen. Vor ihnen hatten bereits die Dächer der Stadt geleuchtet. Saltapepe hatte die Fensterscheibe geöffnet, die salzige Meeresluft war hereingedrungen, der Wind hatte in ihrem Haar gespielt.

»Ich sagte, ich war noch nie in Venedig«, hatte sie wiederholt.

Sie hatte irgendwie das Gefühl gehabt, ihm das sagen zu müssen, es gestehen zu müssen. Es hatte ihr, es war Irrsinn, und doch war es so, ein schlechtes Gewissen bereitet. Sie hatte immer schon mal hierhin gewollt. Venedig, die Lagunenstadt, lag nur einen Tagesausflug von Südtirol entfernt. Aber irgendwie hatte sie es nie geschafft. Nahe liegende Ausflüge werden so oft im Trubel des Lebens immer weiter und weiter nach hinten geschoben. Jetzt hatte sie es diesem Mordfall zu verdanken, sie getraute sich gar nicht, diesen unerhörten Gedanken zu Ende zu denken, es doch geschafft zu haben.

Er schaute zu ihr, erst ein oberlehrerhafter Blick, dann ein Grinsen. »Ich auch nicht. Was soll ein Neapolitaner wie ich schon in Venedig?«

Sie lachten beide, er zwinkerte ihr zu.

Hinter ihnen stand die Parkgarage, die wirkte wie ein soeben in der Renaissance gelandetes Ufo. Vor ihnen, auf der anderen Seite des hier beginnenden *Canal Grande*, befand sich der Bahnhof, der ebenso wenig zum Rest der Gebäude passte, deren prunkvolle Fassaden sich am dunklen Wasser des Kanals aneinanderreihten. Geschwungene Marmorbalkone, Treppen, die ins Wasser führten, goldverzierte schwarze, schaukelnde Gondeln, an Holzpfähle gebunden, Wellen, die gegen die Fassaden platschten. Der Bahnhof dagegen, ganz in Weiß, ein schlichter, zeitloser Flachbau, der Eingang zur Märchenwelt.

»Hier?«, fragte sie noch einmal. Durchaus etwas enttäuscht. Sie standen vor der Fassade eines heruntergekommenen Palazzos.

Saltapepe starrte auf sein Handy.

»Ja«, sagte er und suchte noch einmal das Klingelschild ab.

Tappeiner schaute an der Fassade empor. Der Palazzo war etwas nach hinten versetzt und stand nicht direkt am Wasser. Die Sohlen der Passanten klapperten auf dem Steinboden. Die Fassade war verschmutzt, die Fensterläden morsch. Die vermutlichen Namen des Kellners waren nicht auf den Klingelschildern zu finden. Weder der eine, Paolo Sensi, noch der andere, Pietro Pecarelli.

Saltapepe drückte nun auf alle Klingeln. Er nahm den goldenen Türring in die Hand und pochte dreimal gegen das Löwenmaul, in dem er steckte. Dann trat er drei Schritte zurück, schaute nach oben. Tappeiner drehte sich zum Wasser, blickte sehnsüchtig auf den Kanal und die Vaporetti, die an schwimmenden Inseln, auf denen zahlreiche Menschen bereits ihre Ankunft erwarteten, andockten. Sie schaute zur ersten Brücke, die sich über den Kanal schwang. Musste sich die Wohnung dieses Kellners denn unbedingt hier, gleich am Anfang der Stadt, bei Bahnhof und Parkhaus befinden. Sie hatte sich bei ihrem ersten Besuch in Venedig im Grunde schon eine Vaporettofahrt durch den *Canal Grande* erhofft. Und einen Blick auf den Markusplatz.

Enttäuscht schaute sie auf die Passanten, die auf sie zukamen. Sie hörte das Stimmengewirr aus dem Lautsprecher der Klingel des heruntergekommenen Palazzos.

»*Chi c'è?*«

»*Sì!*«

Sie hörte das Surren der Tür, da ein Bewohner, wohl ohne nachzufragen, geöffnet hatte, sah im Augenwinkel, wie Saltapepe die Tür aufdrückte. Es qietschte.

Die Passanten umzingelten sie jetzt. Hastend, mit mächtigen Rucksäcken auf den Rücken und großen Kameras um die Hälse. Herumschreiend. Die Köpfe ruckhaft hierhin und dahin drehend, auf der Suche nach schon millionenfach fotografierten Motiven. Mit dem Handy in der Hand, mit dem sie wohl in den verwinkelten Gassen umhernavigierten.

Die meisten Passanten waren Touristen, das war auf den ersten Blick klar. Die wenigen Veneziani waren sofort zu erkennen. Sie hasteten nicht, sie schritten stolz, wichen nicht aus, verlangsamten stets nur, wenn eine Horde sie umgab, blieben stehen, warteten, bis die Horde vorbeizog. Stieß sie jemand an, fluchten sie nicht, sie schlossen nur kurz die Augen, atmeten tief ein, dann aus.

Tappeiner schaute in die Gesichter. In die verschwitzten, sonnenverbrannten der Touristen. In die der Veneziani, meistens hinter Sonnenbrillen versteckt. Irgendwo, in einem Zeitungsartikel wohl, hatte sie vor Jahren gelesen, dass sich viele Veneziani nur mehr nachts trafen, um durch ihre Stadt zu spazieren, weil nachts die Touristen weg waren, auf ihren Kreuzfahrtschiffen, in ihren Hotels, auf dem Heimweg.

Sie schwelgte noch in Gedanken, als sie, da, plötzlich, sein Gesicht sah. Blass, knochig. Sein geschorenes Haar. Sein Leinenhemd, seine weiten Jeans, seine beigen Mokassins. Er kam auf sie zu, verschwand immer wieder hinter anderen Gesichtern, tauchte wieder auf. Er ging wie die Veneziani. Schnell, aber nicht hastend. Elegant hopsend. Er schaute vor sich, halb auf den Boden, hielt eine Zigarette in der Hand, hob sie an den Mund, zog daran, blies den Rauch in die Luft. Schaute nur kurz nach vorne, konzentrierte sich dann wieder auf den wenigen Platz vor sich, auf die folgenden Schritte, wieder ein kurzer Blick hoch, da schaute er ihr direkt in die Augen.

Er erstarrte, stoppte, musste sie sofort erkannt haben. Er wurde von einem kamerabepackten, rucksackbepackten

Sandalenträger angerempelt und fiel nach vorne, klatschte auf den Boden. Die Masse drang an ihm vorbei, schob sich über ihn hinweg. Eine ältere elegante Dame blieb bei ihm stehen, bückte sich zu ihm hinab. Half ihm hoch.

Tappeiner ging langsam auf ihn zu. Erreichte ihn. Die Alte ging weiter. Die Zigarette lag noch auf dem Boden, erloschen, in einer Pfütze. Wasser, das wohl über den Bordstein vom Kanal hochgeschwappt war. Die Augen des jungen Mannes zuckten. Sie zuckten nach links und rechts. Kurz schien er an Flucht zu denken. Doch er blieb stehen.

Tappeiner zögerte. »Pietro«, sagte sie dann.

Der junge Mann schaute verwundert. »Wie bitte?«

»Pecarelli.« Sie schaute ihm in die Augen, während sie sprach.

»Ich …«

»Pietro Pecarelli.«

Der junge Mann schüttelte den Kopf, runzelte die Stirn.

»Sie erinnern sich an mich, Silvia Tappeiner, Polizia di Stato. Wir haben uns vor dem *Tan*, auf dem Parkplatz, unterhalten.«

»Ich … ja, ja, natürlich erinnere ich mich an Sie. Aber …«

»Sie heißen in Wirklichkeit Pietro Pecarelli.«

Er schüttelte erneut den Kopf, jetzt noch heftiger, beinahe panisch.

»Nein, nein. Ich bin … ich heiße … ich bin Paolo, Paolo Sensi. Was wollen Sie noch von mir?«

7

Grauner hatte sich Handschuhe übergezogen, er hielt den runden Stein hoch, den er aus dem *Mandl* gezogen hatte, er blickte ins Innere des Männchens. Ja, da steckte etwas, ein Stück Plastik, Müll vielleicht. Er versuchte, mit zwei Fingern hineinzufahren, doch der Spalt war zu schmal, die Steine knirschten. Er zog die Hand zurück. Weiherers Leute waren mit dem Fotografieren fertig. Sie konnten loslegen. Der Commissario trat einen Schritt zur Seite.

Einer der Spurensicherer hob die oberen kleinen Platten an, nahm sie ab und legte sie auf ein weißes Tuch, das sie neben dem Männchen ausgebreitet hatten.

Noch ein platter Stein, noch einer, dann hatten sie die Stelle erreicht. Der Commissario, Belli und die anderen schauten auf das geköpfte Steinmännchen hinab. Ja, da lag etwas. Ein in Folie eingehüllter Behälter. Grauner hob ihn hoch, wickelte den Behälter aus, reichte die Folie weiter. Er hielt eine mit Tannenbäumen und bunten Kugeln verzierte Keksdose in der Hand.

Er kniete sich hin, legte die Dose auf das weiße Tuch, hob mit einem Ruck den Deckel hoch. Es knackte, und eine Staubwolke entwich aus dem Inneren.

Der Commissario legte den Deckel neben die Dose, in der ein akkurat gefaltetes Stück Stoff lag. Er nahm den Stoff, dieser war von einem ausgewaschenen hellen Rot. An manchen Stellen waren dunkle Flecken, an anderen Stellen war er zerrissen, hier und da war er mit Verzierungen bestickt.

Grauner schaute zu Weiherer, der nickte. Dann stand der Commissario wieder auf und ließ den Stoff auseinanderfallen.

Noch mehr Flecken kamen zum Vorschein, noch mehr Risse, doch es war nun genau zu erkennen, worum es sich handelte.

Es war ein hellrotes Kleid.

8

»Er ist es nicht«, sagte Tappeiner.

»Er ist es tatsächlich nicht«, sagte Saltapepe und drehte sich wieder zum jungen Mann hin, der eingeschüchtert am alten Holztisch in der WG-Küche saß.

Sie waren mit ihm hochgegangen, er hatte ihnen die Tür aufgesperrt, im Treppenhaus hatte es nach schalem Bier, Pisse und Schimmel gerochen. Vor der Wohnung in der zweiten Etage hatten mehrere Dutzend Paar Schuhe gestanden. Sie mochten die Unordnung bitte entschuldigen, hatte er zu ihnen gesagt, bevor er auch die Wohnungstür aufgesperrt hatte.

Der Flur war schmal und düster, er führte die beiden Ermittler bis ganz nach hinten durch, wo sich eine kleine Küche anschloss. Im Waschbecken stapelte sich schmutziges Geschirr, auf dem Fliesenboden sah man Tomatensoßeflecken. Vor dem Fenster glitzerte die Sonne auf den Kanal hinab, dahinter war der Flachbau des Bahnhofs zu erkennen.

»Ich musste weg. Ich hatte Panik«, sagte er, nachdem sie sich gesetzt hatten.

Sensi hatte beschlossen, hierhinzukommen. Nach Venedig. Nach Hause. Hierhin, wo er immer noch ein WG-Zimmer besaß, das er illegal an Tagestouristen vermietete. Um sich etwas dazuzuverdienen. Was sollte er noch im Sarntal. Das *Tan* gab es nicht mehr. »Noch einmal«, fuhr er fort, »ich bin nicht Pietro Pecarelli. Aber ich kenne ihn. Flüchtig. Wir haben hier in Venedig zusammen die Hauswirtschaftsschule besucht. Er war bei den Köchen, ich in der Serviceklasse. Er ist jetzt nicht mein bester Kumpel oder so … aber ich kenne ein paar seiner Freunde.«

Er zog sein Handy hervor. »Ich kann gerne versuchen, einen Freund, der ihn besser kennt, zu erreichen.«

Tappeiner nickte.

»Machen Sie das«, sagte Saltapepe.

Der Mann tippte auf dem Handy herum, hielt es sich ans Ohr. Wartete.

»*Ciao, Emanuel, sí, ciao … senti …*« Es folgte etwas Small Talk im venezianischen Dialekt, den Tappeiner kaum verstand, sie schaute zu Saltapepe. Seine Miene verriet, dass auch er sich damit schwertat.

Dann schaute sie wieder zu Sensi.

Dessen Miene erhellte sich.

»*Qui? A Venezia? Al Lido …*«

Kurz darauf legte er auf. Schaute ernst.

»Er ist hier. Emanuel sagt, er sei mit Pietro vergangene Nacht am Lido gewesen. Dort habe eine Strandparty stattgefunden. Er vermutet, dass Pietro immer noch da ist. Pietro ist …«

Sensi tupfte mit den Fingern ein paar Brösel von der Tischplatte auf, schnippte sie weg. »Ich kenne ihn wirklich kaum, aber er … wirkte oft überdreht auf mich. Er ist keiner, der eine Party verlässt, bevor sie zu Ende ist. Er …«

Sensi schaute auf, Tappeiner wollte schon etwas sagen, hielt dann aber inne. Sie wartete, suchte Augenkontakt. Sie versuchte den Blick, den sie so oft vor dem Spiegel geübt hatte, schon als Jugendliche. Damals noch aus anderen Motiven. Um ihren Eltern überzeugend in die Augen blicken zu können, wenn es darum ging, wie lange sie ausbleiben durfte. Vertrauensblicke, so nannte sie die Spiegelübung, die sie über die Jahre hinweg stets verfeinert hatte. Sie schaute Sensi an.

»Pietro«, sagte Paolo Sensi schließlich, »wirkte oft überdreht, aber noch viel öfter wirkte er einfach nur traurig auf mich. Unendlich traurig und verloren. Ich glaube, ich bin in meinem ganzen bisherigen Leben noch niemandem begegnet, der so traurig und verloren auf mich wirkte. Und ich bin Kellner, da begegnet man so einigem.«

Die Fassaden der Palazzi zogen an ihnen vorbei. Sie waren über die moderne, schlichte Brücke zur Kanalseite des Bahnhofs hinübergegangen, sie hatten sich auf eines der schwimmenden Wartehäuschen gestellt. Bald waren sie von einer Touristenmenge umringt gewesen, das Häuschen hatte mehr und mehr gewackelt, Tappeiner war etwas unwohl geworden. Das Vaporetto hatte angelegt, und eine Menschenmasse war herausgeschwappt, dann waren sie und die anderen Wartenden hineingeschwappt, das Boot hatte bedenklich geschwankt. Tappeiner war alles Blut aus dem Gesicht gewichen.

»Wie lange brauchen wir bis zum Lido?«, fragte sie Sensi.

Dieser schien zu überlegen. »Ich glaube, wir fahren durch den *Canal Grande* und nicht außenrum, da brauchen wir etwas länger, eine gute halbe Stunde vielleicht.«

Grauners Assistentin hätte sich eigentlich freuen können. Durch den Kanal, nicht außenrum. Das klang doch fantastisch. Ihr Magen aber verbat sich alle Freude. Sie atmete tief aus und ein, roch das Salzwasser, den Schiffsdiesel, sie spürte das Zittern des Motors unter ihren Beinen, die immer weicher wurden. Es zitterte in ihr, sie suchte Saltapepes Arm, krallte sich an ihm fest. Der Ispettore schien sofort zu verstehen. Er stellte sich vor sie, zog sie durch die Menschenmenge. Sie dachte an das Gespräch von eben. Sensi hatte ihnen gesagt, er wisse nicht, wo Pecarelli derzeit arbeite. Hier in Venedig? In Südtirol? Sie erreichten den Bug des Bootes, der das Kanalwasser vor sich stoisch zweiteilte.

»Schau nach vorne«, sagte der Ispettore, »immer geradeaus, aufs Wasser.«

Tappeiner tat wie befohlen. Es wurde schnell besser. Schon wagte sie den ein oder anderen Blick zur Seite. Sie fragte nichts, sie musste nur den Menschen um sie lauschen, erfuhr alles. Die Touristen um sie herum hatten ihre Handys und Kameras gezückt. Sie blendete alles aus, konzentrierte sich auf die göttlichen Fassaden, an denen sie vorbeiglitten, hörte die staunenden, schreienden Stimmen der Menschen um sie herum nur noch gedämpft.

»Das Casino«, staunten sie.

»Rialto, Rialto«, schrien sie.

Auf dem Marmorplätzchen neben den ersten Brückenstufen brachte ein Kellner in schwarzem Anzug gerade zwei Teller Spaghetti alle Vongole an einen Tisch, an dem ein dickes Pärchen in kurzen Hosen und Sandalen mit weißen Socken saß. So Schönes und so Hässliches so nahe beieinander. Ein zweiter öffnete eine Champagnerflasche, die Kellner schauten wie die Veneziani, die Tappeiner vorhin beobachtet hatte. Stolz und erhaben. Sie liebte sie dafür.

Das Vaporetto fuhr im Zickzackkurs weiter durch den Kanal, der sich mitten durch die Lagunenstadt schlängelte.

Mal zu einer schwimmenden Insel links, mal zu einer rechts. Sensi stellte sich neben die beiden Ermittler, schwieg. Bald tauchte vor ihnen der Markusplatz auf. Ein Schwarm Tauben schreckte hoch, zwei Möwen flogen umher, eine landete auf dem Dach des Boots, eine schnappte einem Mädchen das Eis aus der Hand, das Kind kreischte, noch lauter als die Möwe, dann weinte es. Die Eltern schimpften. Zuerst mit der Möwe, dann mit dem Mädchen, schließlich stritten sie untereinander.

Die Marmorfiguren auf dem Dach der *Biblioteca Nazionale* schauten gelangweilt auf das Treiben vor dem Dogenpalast, der Basilica und auf dem Wasser hinab. Gondeln kreuzten das Boot, von rechts hinten tauchte ein Monster auf, ein Kreuzfahrtschiff, es dröhnte, sodass ein jeder zusammenzuckte, an der Reling des Monsters waren die Kreuzfahrtdeppen zu erkennen, sie fotografierten die menschenüberströmte Piazza.

Das Vaporetto legte an, alles drängte nach draußen, Tappeiner fühlte sich sekündlich leichter, die Vaporettomenge quoll in die Markusplatzmenge hinein, nur einzelne Veneziani betraten erhaben und elegant das Boot, das sogleich weiterfuhr, in Richtung Giardini und schließlich über die offene Lagune. Holzpfosten ragten aus dem dunklen Wasser empor. Miesmuscheln klebten daran. Ein dünner grüner Streifen erschien am Horizont.

»Der Lido«, schrie Sensi gegen den Wind an und zeigte nach vorne.

9

Dort, wo das Männchen aus Stein gestanden hatte, war nun ein runder Fleck aus platt gedrückter, dunkler Erde zu sehen. Anders als der Boden um die Pyramiden herum, der von einem kräftigen Wiesengrün war. Grauner schaute auf das Kleid, das ein Spurensicherer bereits ordentlich gefaltet und zurück in die Keksdose gelegt hatte. Dann wandte er sich den in der Nähe stehenden Männchen zu, bei denen er keine kleinen runden Steinchen zwischen den platten Steinen entdeckt hatte. Er war sich nun sicher, dass jemand die Steinchen in das abgetragene *Mandl* gesteckt hatte, um die Büchse darin gut zu verstecken. Er starrte weiter auf den Fleck, wo das Männchen gestanden hatte, dann erneut auf die weiteren Steinpyramiden, irgendetwas ließ ihm keine Ruhe. Das versteckte Kleid. Die Männchen, sie wirkten ... wie Gedenkstätten, Schreine, Orte der Erinnerung. Orte der ...

»Tragt bitte auch eines dieser weiteren Männchen ab«, sagte er schließlich zu Weiherers Männern.

Weiherer schaute verdutzt. »Warum?«

»Macht es einfach.« Es war bloß eine Idee.

»Äh, welches?«, fragte einer der Spurensicherer.

»Egal«, antwortete der Commissario

Dann aber, seine Gedanken rasten, hob er den Arm. »Nehmt eines ...«, er sah sich um, sprach weiter, »... nehmt eines der älteren, eines, bei dem genauso viel Moos an den Steinen hängt und das sich genauso dunkel gefärbt hat wie das bereits abgetragene.«

Einer von Weiherers Männern ging um die umstehenden Männchen herum und zeigte schließlich auf ein passendes.

Grauner nickte. Der Mann winkte weitere Kollegen zu sich heran, sie fotografierten den Steinhaufen, legten ein zweites weißes Tuch aus, hoben vorsichtig die obersten Steine an, legten sie behutsam zur Seite.

Grauner musterte nun die beiden runden Flecken, auf denen die *Stoanernen Mandln* nur wenige Meter voneinander entfernt gestanden hatten. Der erste Fleck, da, wo das *Mandl* mit dem Kleid darin gestanden hatte, war etwas dunkler, der zweite etwas heller. Er bat einen der Spurensicherer um eine Schaufel und stach in den dunklen Fleck hinein, die Erde war recht locker. Er ging hinüber zum helleren Fleck. Die Spitze der Schaufel krachte auf den Boden, der hart war wie Stein. Er ging wieder zum dunkleren Fleck mit der etwas lockereren Erde, hob ein paar Male Erde aus. Die Spurensicherer schafften weitere Schaufeln heran und halfen ihm. Schon nach wenigen Minuten – sie hatten bereits ein zwanzig Zentimeter tiefes Loch gegraben – stieß eine Schaufel auf etwas Hartes. Noch einmal. Noch einmal.

Alle stoppten. Grauner kniete sich hin. Grub mit den Händen in der dunklen Erde, grub und grub, warf die Erde neben sich. Dann spürte er einen Widerstand, wischte ihn frei, sah etwas Weißes, Flaches, Glattes und zog daran. Erst dachte er, es wäre vielleicht ein Stein, dann sah er, dass ihn sein anfänglicher Instinkt nicht getäuscht hatte. Er hielt einen menschlichen Schädel in der Hand.

Er grub weiter in der Erde herum und wischte ein paar Knochen frei, bald war ein Skelett zu erkennen, gekrümmt, die Arme um die Beine geschlungen. Weiherers Männer machten sich daran, es zu bergen und auf ein drittes Leintuch zu legen. Einer der Männer legte ein Meterband auf den Boden, zog es aus. Grauner trat zwei Schritte zurück, sodass er das ganze Skelett sehen konnte. Er erkannte auch ohne Meterband, dass die Leiche nicht allzu groß war. Höchstens eins sechzig, schätzte er. Er schaute Weiherer an. »Stellt zuerst das Steinmännchen da drüben wieder auf, dann dieses hier«, sagte der zu seinen Männern. »Fotografiert das Skelett, dann bringen wir es zum Wagen und nach Bozen. Die Keksdose mit dem Kleid ebenso. Ich melde mich, sobald ich mehr weiß«, sagte er noch an Grauner gerichtet. Der Commissario schaute auf sein Handy. Kein Anruf, weder von Saltapepe noch von Tappeiner.

10

Sie steckten dem Taxifahrer zehn Euro zu. Von den Dünen stieg Rauch auf. Als sie näher kamen, wehte ihnen würziger Geruch entgegen, und die Bässe der Musik. Bald sahen sie die Flammen des kleinen Lagerfeuers. Die Menschen um das Feuer saßen in Grüppchen zusammen. Manche lagen sich in den Armen, zwei Mädchen tanzten barfuß im Sand, das DJ-Pult, das auf zwei Bierkisten stand, war verwaist. Die Party, die offenbar den ganzen Tag über weitergelaufen war, schien auszuplätschern.

Saltapepe, Tappeiner und Sensi querten die Dünen und erreichten das Lagerfeuer, kaum jemand bemerkte sie. Manche schienen zu schlafen, andere lächelten etwas belämmert vor sich hin, ein Joint machte die Runde. Sensi schaute sich um, von Grüppchen zu Grüppchen, dann schaute er zu den

Dünen hinter ihnen, dann zum Meer. Der Strand führte flach zum Wasser. Hier ganz im Osten des Sandstreifens hielten sich außer den Feiernden nur wenige Badegäste auf. Direkt am Wasser, wo die Wellen mit ihren Schaumkrönchen rhythmisch über den Sand krabbelten, spielte ein Mädchen mit einem Plastikkübelchen und einem Plastikschäufelchen, etwas weiter links bückte sich ein Rentnerpärchen nach Muscheln, nicht weit von ihnen lag eine Qualle im heißen Sand. Draußen am Horizont war ein Containerschiff zu sehen, vor einem Rettungsschwimmerhochsitz saß ein junger Mann mit dem Rücken zu den Dünen, seine langen, gelockten Haare flatterten, wie auch sein zitronengelbes T-Shirt, im Wind. Er schaute aufs Wasser. Sensi zeigte auf den Mann.

»Da«, sagte er.

Saltapepe ging voran. Sensi blieb stehen, Tappeiner nahm seinen Unterarm, zog leicht daran, erst verspürte sie Widerstand, dann bemerkte sie, dass er nachließ, dass der junge Kellner ihr folgte. Sie schritten durch den Sand.

»Pietro«, flüsterte Sensi. Sie standen hinter dem jungen Mann im Sand.

»Hey, Pietro«, sagte der Kellner noch einmal, lauter, dann bückte er sich zu ihm hinunter, legte ihm die Hand auf die Schulter. Pietro Pecarelli drehte sich langsam um, schaute den dreien, einem nach dem anderen, in die Augen. Er wirkte nicht müde, nicht betrunken, nur traurig. Sie gingen in die Hocke.

»Diese beiden sind von der Polizei in Südtirol«, sagte Sensi mit sanfter Stimme. »Es geht um einen Mord, der da oben passiert ist. Carla Manfredi, die Kritikerin, sie ist ermordet worden.«

Als der Name der Toten fiel, blitzten Pecarellis Augen kurz auf.

»Wir möchten mit Ihnen über Carla Manfredi sprechen«, sagte Saltapepe.

»Über die Frau, deretwegen ich meinen Vater nie kennenlernen durfte«, sagte Pecarelli ruhig.

Saltapepe schaute ihn nur stumm an.

»Über die Frau, von der meine Mutter sagt, sie hätte meinen Vater getötet.«

Nun nickte der Ispettore.

»Ich … Ich möchte nicht. Ich habe diese Frau verdrängt. Herr, Herr …«

»Ispettore Saltapepe.«

Pecarelli schaute wieder zu Sensi, dann zu Tappeiner.

»Frau …«

»Ich bin Silvia«, sagte Tappeiner schnell und setzte sich neben den Mann in den Sand. Sensi und schließlich auch Saltapepe taten es ihr gleich. Ein paar Sekunden schauten sie auf den Horizont hinaus. Alle gemeinsam.

»Erzähl mir von dir«, sagte Tappeiner schließlich und warf dem Mann einen langen Blick zu. Sie sah, dass Sand in seinen Locken klebte. Sie wartete, eine lange Minute verstrich. Dann noch eine. Dann sprach Pietro Pecarelli.

Pecarelli erzählte, er sei acht Jahre alt gewesen, als ihm seine Mutter alles gesagt habe. Sie habe mit ihm durch alte Fotoalben geblättert und erzählt, dass sein Vater ihn über alles geliebt habe, dass er ein berühmter Koch gewesen sei, der beste von ganz Venedig. Sie habe ihm erzählt, dass das, was diese böse Frau da geschrieben habe, nicht stimme, dass diese Frau – sie habe ihren Namen nie ausgesprochen – eine Lügnerin sei. Er habe ihr geglaubt.

»Wer glaubt seiner Mutter nicht«, sagte er in den Wind hinein. »Ich habe nur sehr wenige verschwommene Erinnerungen an meinen Vater. Ein lächelndes Gesicht. Ein rauchiger Parfumgeruch. Die nach Küche stinkende dreckig-weiße Wäsche, die sich im Badezimmer stapelte. Es ist mir erst später, viel später, bewusst geworden, dass sich die Erinnerungen mit den Erzählungen vermischten, dass ich mir einen Vater erschaffen hatte, den es so wohl nie gegeben hatte.«

Er stockte. »Ich habe lange einen Hass gespürt«, er wischte sich die Haare aus dem Gesicht, »Hass auf diese Frau, die mir meinen Vater genommen hatte und mir aus dieser Welt entgegengrinste, aus der mein Vater stammte. Aus der Welt der gehobenen Küche. Von jedem Buchcover, von jeder Zeitschrift. Hass gegen diese Manfredi, gegen die Welt, gegen mich selbst. Meine Mutter«, so erzählte Pecarelli weiter, »ist sehr mit sich selbst beschäftigt. Auch heute noch. Sie hat sich mit Medikamenten aus dieser Welt zurückgezogen. Sie hat mir nur eines mitgegeben, den Hass. Ohne dass ich es bemerkte, trieb nur der mich an. Hass, der die fehlende Liebe kompensieren musste. Was nicht geht, was niemals geht. Ich war getrieben«, sagte er, »jetzt, im Nachhinein, weiß ich gar nicht mehr so genau, wovon. Ich wollte in diese Welt hinein, aus der mein Vater verschwunden war, in der die Frau, die meinen Vater zum Verschwinden gebracht hatte, die unumstrittene Königin war. Ich beschloss, Koch zu werden. Ich wollte, so naiv war ich, das Erbe meines Vaters antreten.«

Er schaute Tappeiner in die Augen. Grauners Assistentin

sah auf seinen Unterarm, sie sah, dass die Haut dort vernarbt war, wie bei einer Verbrennung, kurz schloss sie die Lider.

Mit ruhiger Stimme sprach er weiter. »Ich habe mich zum Koch ausbilden lassen, hier in Venedig. Habe dann in Küchen auf der ganzen Welt gearbeitet. Manchmal ging es mir gut, doch immer wieder und immer öfter scheiterte ich an der Erwartung, die ich an mich selbst hatte: in die Fußstapfen meines Vaters zu treten. Zu zeigen, dass ich kann, was er konnte. Was nicht gut gehen konnte. Depressionen ereilten mich. Ich kündigte, zog weiter. Flüchtete. Ein Teufelskreis.«

Pecarelli nahm ein wenig Sand in die Hand, ließ ihn wie in einer Sanduhr durch die Finger gleiten, schaute dann wieder auf den Horizont hinaus. Das Containerschiff lag immer noch da. Wie in einem Aquarell.

»Meiner Mutter habe ich stets Postkarten geschrieben. Von überall. Schließlich zog ich nach Rom. Das war vor rund anderthalb Jahren. Am Anfang ging es mir gut. Ich arbeitete, viel und hart. Schlief wenig. Dann ging es wieder bergab. Irgendwann habe ich es nicht mehr geschafft, zur Arbeit zu gehen. Ich schloss mich ein. In mich. In mein WG-Zimmer. Ein Mitbewohner hat mir schließlich geholfen. Er besorgte mir die Adresse eines Psychologen, zwei Wochen bin ich hingegangen, von da an jeden Tag eine Stunde, bald ging es mir besser, aber zurück zur Arbeit konnte ich nicht. Mir fehlte die Kraft.«

Er schwieg eine Weile, so als ob er auch jetzt erst einmal wieder zu Kräften kommen musste. Dann sprach er weiter. Leise.

»Ich habe mir Schmerzen zugefügt. Körperliche …«, er fuhr sich mit der Hand über den vernarbten Unterarm, »… um damit die seelischen zu unterdrücken. Ich bin durch

Rom gestreift, den ganzen Tag, die halbe Nacht«, sagte er. »Dann habe ich sie gesehen. Eines Tages war ich zufällig vor ihrem Redaktionsgebäude in der Via Flaminia, nördlich der Piazza del Popolo. Ein unscheinbares Bürogebäude. Ein Bronzeschild mit dem Schriftzug *Sette Forchette*. Ich war wie versteinert. Ich weiß nicht mehr, wie lange. Irgendwann trat sie durch die Tür nach draußen. Ich bin ihr gefolgt, wie automatisch, einige Straßen lang. Sie ist so schnell gegangen, ich bin außer Atem geraten. Sie verschwand in einem Restaurant. An die folgenden Tage und Stunden und Nächte kann ich mich nur verschwommen erinnern. Ich saß oft im Café gegenüber der Redaktion. Ich habe gewartet. Bis ich sie habe kommen sehen. Ich habe weiter gewartet. Bis ich sie wieder habe gehen sehen. Ich habe sie verfolgt. Mal zu Fuß, mal in meinem alten VW Polo. Ich kannte nur noch das. Ich verlor mich darin. Ich habe alle Wege notiert, habe mich ihrem Tempo angepasst. Ich war wie beflügelt, bin ihr überallhin gefolgt. Ich konnte mir das eigentlich nicht leisten, aber ich konnte nicht anders. Am Flughafen habe ich die Flüge notiert, die sie nahm. Vor anderthalb Monaten ist es dann passiert. Sie sprach mich an. Ich hatte vor der Redaktion gestanden, sie nicht kommen sehen, sie hielt direkt vor mir, musterte mich.«

»Wir kennen uns doch«, habe sie gesagt.

Er habe den Kopf geschüttelt.

»Doch, doch«, habe sie erwidert und nachgebohrt: »Ihr Gesicht kommt mir bekannt vor. Arbeiten Sie in einem der Restaurants, die ich besuche?«

»Nein, Sie müssen mich wirklich verwechseln«, habe er geantwortet.

Pecarelli erzählte weiter. Mit stockender Stimme.

»Sie hat mir noch einmal tief in die Augen geschaut. Zuerst interessiert, dann gleichgültig. Dann ist sie im Inneren des Gebäudes verschwunden. An dem Abend habe ich nach langer Zeit wieder in ihren Büchern geblättert, mir die unterstrichenen und markierten Stellen angesehen. Eine Passage las ich immer wieder. Die, in der Manfredi davon schreibt, Mordgedanken gegenüber meinem Vater zu hegen; an den Tagen, nachdem er sie eine Nacht lang in die Kühlzelle gesteckt hatte. Am nächsten Morgen habe ich mein Küchenmesser genommen, es in der Hand gehalten. Ich weiß nicht mehr, wie lange. Stunden womöglich, den ganzen Vormittag vielleicht. Dann habe ich es weggelegt, ich habe geweint, den ganzen Nachmittag lang.«

Tränen kullerten ihm über die Wangen, während er dies erzählte, die Hände hatte er tief im Sand vergraben. »Am Tag darauf habe ich im Internet nach einem neuen Job gesucht und ein Angebot gefunden. In Kaltern. Südtirol. Ich habe es angenommen. Seit zwei Wochen arbeite ich dort. Am ersten Tag habe ich meiner Mutter eine Postkarte geschrieben, wie immer. Nun hatte ich ein paar Tage frei. Seit vorgestern bin ich in Venedig. Ich wollte zu diesem Rave hier am Lido. Früher waren wir immer hier …«, er schaute zu Sensi, »ich möchte meine Mutter … doch ich kann nicht. Ich muss alles hinter mir lassen. Vater. Mutter. Rom. Diese Frau …«

Saltapepe stand auf. »Pietro Pecarelli, Sie haben Carla Manfredi vorgestern im Sarntal vergiftet.«

Der Mann schüttelte schluchzend den Kopf.

»Oder Sie haben …«, er schaute zu Paolo Sensi, »… hier, ihn dazu gebracht, die Frau für Sie zu vergiften.«

Nun schüttelten beide die Köpfe. Pecarelli schluchzend. Sensi mit entsetzter Miene.

Saltapepe bückte sich zu Pecarelli hinab, schaute ihm zornig ins Gesicht. Der junge Mann wimmerte. »Ich kenne dieses Sarntal nicht, bevor ich nach Kaltern gezogen bin, war ich nur einmal ...« Er stockte, schien zu überlegen, ob er weitersprechen sollte, beruhigte sich. Tappeiner reichte ihm ein Taschentuch, er schnäuzte sich. Dann erzählte er weiter.

»Vor rund einem halben Jahr hat Manfredi ihr Verhalten geändert. Erst unmerklich, dann doch auffallend. Zuvor gab es keinen Tag, an dem sie mittags und abends nicht in den besten Lokalen Roms verkehrt hat. Dann stoppte das allmählich, schließlich vollends. Sie verließ die Redaktion mittags nicht mehr, ist abends direkt nach Hause spaziert. Zu ihrer Penthouse-Wohnung nahe dem Park der Villa Borghese. Eines Tages ist sie mit ihrem Bentley losgefahren, war für zwei Wochen weg, keine Ahnung, wo. Als sie wiederkam, besuchte sie keine Sternerestaurants mehr. Kein einziges. Sie ist nicht mehr essen gegangen. Sie hat sich Zeug nach Hause bestellt. Immer wieder ist sie mit dem Bentley auf die Stadtautobahn gefahren, ich bin ihr bis dahin gefolgt, von dort ist sie auf die *Milano-Venezia* abgebogen.«

»Und dann? Wohin?«, fragte Saltapepe.

»Dort habe ich immer umgedreht«, antwortete Pecarelli, »nur einmal bin ich weitergefahren, ihr hinterher. Bei Peschiera hoch nach Affi, dann nach Trient, Ausfahrt *Bozen Süd*, durch eine finstere Schlucht in ein schönes Tal hinein, in dieses Sarntal, zu einem kleinen Restaurant im Wald hoch über dem Dorf. Zum *Tan*.«

»Wann war das?«, fragte Saltapepe, er schrie beinahe.

»Vor drei Monaten etwa.«

Der Ispettore und Tappeiner fuhren gleichzeitig herum, Sensi schaute bedrückt zu Boden.

»Die Manfredi war vor drei Monaten schon einmal im *Tan?*«, nun war es Tappeiner, die schrie.

Sensi wirkte eingeschüchtert. »Sie war im vergangenen halben Jahr mehrmals da«, sagte er leise. »Von ihrem Büro wurden wir angewiesen, absolute Geheimhaltung darüber zu wahren. Wir sicherten diese zu. Schriftlich. Wir schworen. Wir … wir haben uns gewundert, anfangs, Hedwig Jöchler und ich. Dass sie so oft wiedergekommen ist. Die Gerüchte waren uns ja bekannt. Wir hatten Angst, ja, beinahe Panik, anfangs, dass wir aus dem erlauchten Kreis der Restaurants der *Sette Forchette* fliegen könnten. Doch als sie immer wieder gekommen ist, haben wir uns beruhigt … ja, gefreut, bis, ja, bis …«

Sensi sprach nicht weiter. Tappeiner versank in Gedanken. Sie glaubte den beiden jungen Männern. Sie dachte an das, was Pecarelli eben zum plötzlichen Lebenswandel Manfredis gesagt hatte. Lieferservice. Das passte so gar nicht zur Biografie der Toten. Was hatte das zu bedeuten? Sie verstand es nicht. Es war ihr, als läge in dieser Eigenartigkeit ein Geheimnis, das eventuell Licht ins Dunkel bringen konnte, das sie umgab.

Sie sah in Sensis ängstliches Gesicht, dann in Pecarellis leere Augen. Für beide würde es noch nicht vorbei sein, sie würden jetzt mit nach Bozen kommen und erneut aussagen müssen. Sie wusste nicht so recht, ob Pecarelli zu glauben war. Grauner und Saltapepe würden ihn wohl noch mal ordentlich in die Mangel nehmen. Alles prüfen. Und Sensi? Ebenso. Selbst wenn er mit all dem nichts zu tun haben wollte, würde er wohl Ärger bekommen, da er Manfredis Besuche verheimlicht hatte. Schnell waren ihre Gedanken wieder bei der Toten und deren Verhalten in den letzten Tagen, Wochen und Monaten ihres Lebens. Warum war sie immer wieder ins *Tan* gefahren?

»Wir müssen zurück nach Bozen«, sagte Saltapepe, »wir möchten, dass Sie beide mitkommen.«

Sensi nickte. Etwas verzögert auch Pecarelli.

Sie erhoben sich, klopften den Sand von der Kleidung, Tappeiner schaute ein letztes Mal auf den Horizont hinaus. Der Frachter war verschwunden. Die Musik in den Dünen war verstummt.

11

Es war kurz nach neun, als sie sich alle in Grauners und Saltapepes Büro in der Questura versammelten. Die beiden jungen Männer, Sensi und Pecarelli, saßen in Nebenzimmern, voneinander getrennt und je im Beisein zweier Polizisten. Grauner hatte sich von Venedig berichten lassen, befohlen, alles zu prüfen und, gemeinsam mit Saltapepe, Pecarelli und Sensi unabhängig voneinander befragt.

Nun saß der Commissario hinter seinem Schreibtisch, Saltapepe auf seinem. Belli lehnte an der Tür. Tappeiner stand am Fenster. Weiherer legte auf Grauners freigeräumter Tischplatte große Ausdrucke aus. Die *Stoanernen Mandln* von oben, die tote Kritikerin, das Skelett, das unter dem einen der alten Männchen gefunden worden war, und das Kleid aus der Keksdose.

Weiherer ergriff als Erster das Wort. Er erklärte, dass er gemeinsam mit John Lennon die Untersuchungen der Knochen vorantreibe, dass die Knochenproben gerade analysiert würden und es sich um die menschlichen Überreste einer Frau handele. Zwischen fünfundfünfzig und fünfundsechzig Jahre alt, in etwa, zum Zeitpunkt ihres Ablebens, so viel könne man bereits sagen. An den Knochen sei keine Gewalteinwirkung erkennbar.

»Was ist mit dem Kleid?«, fragte Grauner.

»Das wird auf DNA untersucht«, antwortete Weiherer. »Die Ergebnisse müssten morgen Nachmittag da sein. Frühestens. Spätestens übermorgen.«

Grauner schaute zu Belli, der Staatsanwalt schwieg. So kannte Grauner seinen Vorgesetzten. Belli war stets einer, der am Anfang versuchte, einen Fall an sich zu reißen, einen Schuldigen herauszupicken und seinen anfänglichen Verdacht allen Widersprüchen zum Trotz durchzuboxen. Waren die Widersprüche nicht mehr zu leugnen, wurde ihm der Fall bald zu kompliziert, verlor er das Interesse. Überfordert und genervt ließ er alles laufen. Und wenn Grauner ehrlich war, war ihm sein Vorgesetzter so am liebsten. Denn so richtete er am wenigsten Schaden an und bekam der Commissario meist, was er wollte.

»Was ist mit dem weißen Fiat Uno aus der Schlucht?«

Tappeiner räusperte sich. »Er scheint verschwunden.«

»Was ist mit Spuren?« Grauner schaute zu Weiherer.

»Unten, am Fuß der Schlucht, da, wo Silvia nach ihrem Sturz wohl liegen blieb, haben wir mehrere Fußspuren gefunden, mindestens zwei, größere und kleinere. Die eines Mannes und die einer Frau. Vielleicht. Vielleicht auch die eines Kindes.« Er hob die Schultern. »Wir haben außerdem Hundespuren gefunden und Hundehaare.«

Grauner runzelte die Stirn.

»Und unter der Brücke an der Jenesien-Seilbahn, am Eingang zur Schlucht?«, fragte er weiter.

»Ebenso Abdrücke von Schuhen. Tatsächlich die gleichen großen Schuhsohlen, die wir auch in der Schlucht entdeckt haben. Grobes Profil. Wanderstiefel eventuell. Die kleineren Schuhabdrücke haben wir hier nicht entdeckt. Und auch keine Hundehaare.«

Der Chef der Scientifica ging zu Grauners Schreibtisch, blätterte in den Ausdrucken herum und legte ein paar davon über die anderen.

»Hier, schau!«, sagte er. »Das sind weitere Fundstücke und Aufnahmen von unter der Brücke.«

Der Commissario blätterte durch die Fotos. Die anderen traten näher heran. Ein gelbes Feuerzeug, eine Einkaufstüte aus Plastik, eine Spraydose. Die Betonwände der Brückenpfeiler, ein Graffito darauf. Eine Eule. Grauner musterte sie lange. Sie schien ihn schweigend anzustarren. So als wollte sie ihm mit ihrem Schweigen etwas sagen.

Er schaute wieder von den Fotos auf und berichtete, dass ihm immer noch unbekannt wäre, wessen *Stoanernes Mandl* das war, unter dem das Frauenskelett gelegen hatte. In der Gemeinde habe man D'Ambrosio bestätigt, ein älterer Gemeindesekretär habe so eine Kategorisierung einmal begonnen, unten im Keller des Rathauses. Er sei aber wohl nie damit fertig geworden, man wisse es nicht genau, aber man glaube, er habe die Arbeit irgendwann, als sie ihm über den Kopf gewachsen war, an einen Historiker aus Bozen übergeben. Der Sekretär sei tot mittlerweile.

Saltapepe schaute so grimmig, wie er von Anfang an geschaut hatte, sobald von D'Ambrosio die Rede war. Grauner ignorierte den Blick, drehte sich zu seiner Assistentin.

»Dein Herr von Waldstätter, Silvia«, murmelte der Commissario, »kam mir natürlich sofort in den Sinn. Allerdings konnten wir ihn im *Landesarchiv* nicht erreichen.«

Sie runzelte die Stirn. »Von Waldstätter hat mir gesagt, dass er oft nachmittags freimache und dafür abends arbeite. Ich kann da gleich noch mal rüberspazieren, ich muss mir eh die Füße vertreten nach der langen Autofahrt, ja?«

Grauner kniff die Augen zusammen. »Ja, mach das. Saltapepe, bring du die Aussagen der beiden jungen Männer aus Venedig zu Papier, okay?«

Der Ispettore murrte missmutig.

»Ich komme mit dir mit, Silvia …«, sagte Grauner.

Tappeiner schaute überrascht.

»Zumindest bis hinunter zu den Talferwiesen.«

Auch Belli schaute nun irritiert, Saltapepe beleidigt. Weiherer räumte die Ausdrucke wieder zusammen und stapelte sie akkurat. Grauner erhaschte noch einen letzten Blick auf die Eule auf dem Brückenpfeiler.

»Ich habe da … ich weiß auch nicht … ich muss … etwas überprüfen«, sagte er.

12

Nein, Herr Dr. Heinrich von Waldstätter sei aktuell nicht im Haus, und sie könne auch nicht einfach selbst nach den Unterlagen suchen. Zwar könne er sich an sie erinnern, wisse allerdings nichts davon, dass der Herr Doktor ganz sicher einverstanden sei, dass sie sich allein umsah. Und jetzt möge sie ihn bitte entschuldigen, empfing sie der Mann, der tags zuvor noch hinter dem Empfangstresen gesessen hatte und sie nun in Richtung Eingang schob, sie würde doch sehen, was hier los sei.

Im Foyer standen zwei Dutzend Stühle, drei bereits von Rentnern besetzt, davor eine ältere Dame an einem Tisch mit Lampe und Mikrofon, an der Eingangstür hing ein Plakat. *Heute Veranstaltung – Prof. Dr. Hiltrud Brömmer liest aus ihrem Werk »Trinkgefäße, Schöpflöffel, Rebmesser – das Weinerbe der Etrusker in Brixen und Umgebung.«* Tappeiner zog ihr Polizei-Tesserino hervor und hielt dabei geschickt den Zeigefinger über die Zeile, in der ihre exakte Berufsbezeichnung stand: *Kommissariatsassistenz.*

»Und Sie ermitteln wozu?«, fragte der Mann nun tatsächlich etwas verunsichert.

Sie überlegte kurz, entschied sich dann für die unspektakulärere Variante.

»Nichts Spektakuläres«, sagte sie, »es geht nur um einen Abgleich in einer Erbschaftsgeschichte. Deshalb hat mir Dr. von Waldstätter ja auch gesagt, dass ich jederzeit vorbeikommen könne. Ich dachte, er sei vielleicht hier, weil wir ihn am Nachmittag ja nicht erreicht haben und er mir gesagt hatte, dass er manchmal abends …«

Der Mann schüttelte den Kopf. »Nein, nein«, sagte er dann. Der Herr Doktor habe heute pünktlich um fünf Feierabend gemacht. »Dann ist er, so weit ich weiß, ins Tal gefahren.«

»Ins Tal?«, fragte sie.

»Ja, ins Sarntal.«

»Ah, der Herr Doktor ist Sarner, das hatte er mir nicht …«

Tappeiner schaute etwas verwundert. Sie konnte sich tatsächlich nicht daran erinnern, dass der Archivar das erwähnt hatte, das war doch eigenartig, da sie ja die ganze Zeit …

Der Mann schüttelte erneut den Kopf.

»Nein, soweit ich weiß …« Er ging zum Empfangspult, öffnete die Glastür, um hinter die Glasscheibe zu treten, griff nach einem Schlüssel, ging in Richtung der Treppen, winkte Tappeiner hinterher. »… ist der Herr Doktor Bozner. Und dann irgendwann vor vielen Jahren ins Tal gezogen. Das muss ungefähr um die Zeit gewesen sein, als er hier anfing zu arbeiten. Ja, jetzt erinnere ich mich, dass er mir das einmal erzählt hat. Da es ja im Sommer immer so heiß und schwül sei, hier in Bozen, wolle er zumindest morgens und abends die Kühle im Tal genießen.«

13

Die alte Verkäuferin des kleinen Ladens hatte Grauner einen vorwurfsvollen Blick zugeworfen. So einen Blick, den nur Mütter ihren Söhnen, Ehefrauen ihren Ehemännern und eben ältere Verkäuferinnen nicht ganz so alten Einkäufern zuwerfen.

Tappeiners Blick war ein anderer gewesen, ein irritierter, als er mit zwei Schnapsflaschen aus dem kleinen Gemüseladen an der Ecke der Questura wieder herausgekommen war. Treber. Klarer, starker Schnaps.

»Das muss ich jetzt nicht verstehen, oder?«, hatte sie gesagt.

»Nein, musst du nicht«, hatte er geantwortet und geschmunzelt.

Sie waren gemeinsam die Dantestraße hochgelaufen, vor dem *Museion* dann den schmalen Weg zu den Wiesen hinunter. Dort verabschiedeten sie sich, Tappeiner ging nach rechts, in Richtung des *Landesarchivs*, als von links, im Licht der Laternen, bereits die ersten Hunde knurrend auf ihn zugelaufen kamen.

Es war ganz klar, sie hatten es immer nur auf ihn abgesehen. Grauner verstand einfach nicht, warum. Vielleicht, weil sie spürten, wie sehr er sie verabscheute. Der Commissario schaute ihnen streng entgegen, wartete, bis sie einige Meter vor ihm hielten, knurrend, scharrend. Er schaute, wie ihnen die Herrchen und Frauchen hinterherstürmten, hörte deren Stimmen im Wind.

»Der tut nichts.«

Er ging in einem weiten Bogen an ihnen vorbei.

»Der will nur spielen.«

Er ging weiter und sah bereits von Weitem das warme Leuchten unter der Brücke, die sich dort, kurz bevor die Talfer in den Eisack floss, über das Wasser spannte. Hunde und Besitzer folgten ihm mit einigem Abstand. Bellend, knurrend, rufend.

»Die merken halt, dass Sie Angst haben.«

Dann blieben sie zurück. Der Mond verbarg sich noch hinter den Bergen. Die Brücke war nun nah. Er sah umherhuschende Schatten im warmen Licht eines kleinen Feuers. Die Schatten bekamen Kontur, wurden zu Menschen. Sie waren also da. Er hörte die Hunde nur noch aus der Ferne, trat unter die Brücke.

Der Commissario sah die Matratzen, den leeren Einkaufswagen. Auf einer Wäscheleine hingen ein paar Kleidungsstücke, leere Flaschen lagen in einer Plastikkiste, ein altes Radio stand auf einem großen Stein. Die Stimme einer Nachrichtensprecherin war zu hören, leise. Zeitungspapier war auf dem Boden ausgelegt. Dreckige, löchrige Stiefel standen darauf.

Grauner las eine Schlagzeile des *Kurier*. Sie handelte vom Sarntal. *Neue Spur der Ermittler*. Er war sich sicher, dass die Schlagzeile von Charly Weinreich stammte. Von welchen neuen Spuren der da wohl schon wieder schrieb. Mit ihm jedenfalls hatte er nicht gesprochen. Mit Belli wahrscheinlich. Wenn der Weinreich bei Belli anrief und nach neuen Spuren fragte, dann nannte Belli neue Spuren, egal, ob es welche gab oder nicht.

Das Feuer warf sein Licht auf den großen Stein mit dem Radio darauf. Unter dem Radio war eine Eule auf den Stein gesprayt. Sie hob einen ihrer Flügel wie zum Gruß, schien zu grinsen. Weiter hinten brannte ein Bunsenbrenner. Der Geruch von Suppenwürfeln stieg Grauner in die Nase. Er sah, dass auf einer weiteren Matratze im Halbdunkel einer der Männer im Schlafsack lag. Nur dessen langes, zerzaustes Haar war erkennbar. Dann entdeckte Grauner den zweiten Mann. Unten am Wasser. Pfannen neben sich. Er wusch sie wohl.

Der Commissario kannte die Namen der Männer nicht. Er kannte sie nur vom Vorbeispazieren, vom Grüßen. Der eine der beiden kam nun vom Wasser hoch, sah ihn von Weitem, Grauner hob die beiden Schnapsflaschen zum Gruß. Der Mann grüßte zurück. Als er bei ihm ankam, starrte er etwas verwundert auf die Flaschen.

»Für euch«, sagte Grauner, »ich … äh … wollte euch was fragen.«

Er schaute verlegen zu Boden. »Ich … ihr … ihr seid ja manchmal auch in der Schlucht, in der Sill, unterwegs, nicht?«

Der Mann hob die Schultern. »Ja«, murmelte er, »dort gibt es allerhand zu finden, jeder Sandler treibt sich da herum.«

Es lag ein rechtfertigender Ton in seiner Stimme, den Grauner gar nicht hatte provozieren wollen.

»Da, wo die Leute ihren Müll wegwerfen, ist stets ein guter Platz für uns.«

Der Mann schaute Grauner in die Augen. Der Commissario erwiderte den Blick. Die Augen des Obdachlosen waren hellblau und klar.

»Weil man da im Müll seine Ruhe hat. Und weil vieles, was die Leute wegwerfen, eigentlich überhaupt kein Müll ist, sondern seinen Nutzen hat.«

Grauner brummte.

»Ich habe euch die zwei Flaschen ...«, er hielt sie dem Mann hin, »ich wollte euch fragen ...«

»Du kannst mich alles fragen, ich helfe dir gerne weiter.« Der Obdachlose schaute auf die Flaschen, streckte die Hände jedoch nicht danach aus. »Die brauche ich aber nicht. Ich trinke nicht, habe noch nie getrunken. Das schmeckt mir nicht, das Zeug. Und er hier ...«, er deutete hinüber zum Schlafenden, »... trinkt auch fast nix. Und wenn, dann nur Wein. Guten Vernatsch. So wie gestern, gestern hat er zu viel getrunken, weil er gestern Geburtstag hatte.«

Der Mann drehte sich um, kramte in einem Karton, holte einen angeschnittenen Schokoladenkuchen hervor, eine Flasche mit Pfirsichsaft und zwei Gläser. Eines davon reichte er Grauner und schenkte ein.

»Frag, Commissario!«

Grauner schaute überrascht.

»Dein Gesicht kenne ich, weil du hier ja manchmal vorbeispazierst. Und deinen Namen kenne ich aus der Zeitung«, der Mann deutete zu den Seiten des *Kurier* hinüber. »Ich bin Andreas. Der da drüben, das ist der Lukas. Deine Tochter, die Sara, die kennen wir übrigens gut. Sie schenkt uns drüben in der Obdachlosenküche immer die Suppe ein und hat dem Lukas heute auch den Kuchen und eine Flasche Wein vorbeigebracht. Sei stolz auf deine Tochter, Commissario, sie ist ein ganz besonderes Mädchen.« Er reichte ihm ein Stück des Kuchens.

Grauner wurde warm ums Herz, beinahe kamen ihm die Tränen. Er unterdrückte sie, dann sprach er.

»Johann«, sagte er, »ich bin Johann. Ich äh …«, er trank einen Schluck und biss in den Kuchen, der ganz vorzüglich schmeckte, kaute, sprach dann weiter. »Ich bin auf der Suche nach einem Mann, der in der Schlucht wohnt. Ich vermute, dass er im alten Stollen haust, da, wo es an der Straße steil hinuntergeht, zu dem kleinen See. In dem Stollen mit den Graffiti. Mit dem kiffenden Jesus und einer Eule. Einer Eule wie der hier …« Er zeigte in Richtung des Radios. Andreas kaute, leckte sich die Lippen, einige Schokoladenkrümel blieben in seinem Bart hängen. Er trank einen Schluck.

»Markus«, sagte er dann, »das ist der Niederfringer Markus.« Er schaute auf die Uhr, das Glas war zerbrochen. »Tagsüber sonnt er sich unten am Wasser. Nachts dreht er immer seine Runden in den Wäldern. Tief nachts, nach Mitternacht. Jetzt müsste er gerade im Stollen sein. Jetzt ruht er sich aus.«

»Markus«, flüsterte Grauner, »der Markus. Der Niederfringer. Also tatsächlich.«

14

Mit einer Adresse in der Tasche war Tappeiner vom *Landesarchiv* zurück in die Questura gefahren. Dort hatte sie Saltapepe angetroffen und ihm sogleich erklärt, dass Dr. von Waldstätter im Archiv nicht zugegen gewesen sei, ihr jedoch ein Kollege weitergeholfen habe. In einer Ablage in der ersten Etage hätten ein Umschlag und in diesem ein Katalog sowie eine gezeichnete Karte der älteren Steinpyramiden gelegen. Sie habe den Ausdruck des Luftbildes danebengelegt und sofort gesehen, welches Männchen das mit dem Kreuz versehene war, in dem Grauner und die Spurensicherer das rote Kleid gefunden hatten. Auch das *Mandl,* unter dem sie das Skelett gefunden hatten, hatte sie auf der Zeichnung entdecken können.

Neben den Steinen, die auch hier, in den Unterlagen des *Landesarchivs*, als Kreise gekennzeichnet waren, hatten jedoch keine Familiennamen gestanden. Nur eine Adresse, *Bachweg 7*, war neben dem Stein mit dem *x* notiert worden.

Der Ispettore hatte die Gesprächsprotokolle in der Zwischenzeit verschriftlicht, sie mussten nur noch von Sensi und Pecarelli unterzeichnet werden. Dann würden die beiden auf freien Fuß gesetzt – sie hatten nichts gegen sie in der Hand. Jedoch wären die Männer dazu verpflichtet, ihnen weiter zur Verfügung zu stehen. Tappeiner schlug vor, Pecarelli noch schnell in ein Hotel am Bahnhof zu bringen. Doch dann hatte sich Sensi eingeschaltet und Pecarelli angeboten, ein paar Tage bei ihm zu bleiben, in seiner kleinen Mietwohnung in Sarnthein. Pecarelli hatte erst gezögert, dann zugestimmt. Tappeiner und Saltapepe nahmen die beiden jungen Männer mit. Im Alfa des Ispettore. Durch die Schlucht, rein ins Tal.

Sie hatten den Wagen am Straßenrand geparkt. Inzwischen war es dunkel geworden. Das Licht der Laternen schimmerte matt. Sie schauten zum Fenster hinaus, auf die andere Straßenseite und die dunklen Häuserfassaden. Es waren keine Hausnummern zu sehen. Das Einfamilienhaus direkt vor ihnen war etwas heruntergekommen und schien unbewohnt. Ein altes Ziegeldach war zu erkennen, das schmutzige Weiß der Mauern, morsche braune Fensterläden. Holzzaun und Holztor waren wie wohl auch die Hausnummer von Efeu bedeckt.

Daneben stand die Station der Carabinieri. Der Rasen davor war akkurat gemäht, die Hecke penibel zurechtgestutzt. Das Eisentor war geschlossen. Die Trikolore wehte im Wind. Ein Carabinieri-Panda stand in der Einfahrt, daneben ein Carabinieri-Jeep. Der Jeep verdeckte das Tor und wohl auch die Hausnummer.

»Hier, das hier, das muss es sein …«, murmelte Tappeiner und zeigte auf das alte Haus. »Ich steige mal aus und schaue, wo sich die Hausnummer …«

»Oder es ist die Kaserne«, knurrte Saltapepe, »ich habe es dir ja gesagt, ich habe es Grauner gesagt, ich habe es euch gesagt, lasst euch nicht mit den Dorfcarabinieri ein. Mit diesem D'Ama … D'Amo … D'Ambrosio. Grauners neuem Liebling. Wahrscheinlich steckt der in allem mit drin.«

»Claudio …«, sagte Tappeiner, »wirklich, das ist doch …« Er grinste nun breit.

Sie verdrehte die Augen.

»Hedwigs Vater«, sagte Sensi plötzlich auf dem Rücksitz.

Saltapepe und Tappeiner verstummten.

Sie drehten sich zu Sensi um.

»Äh, D'Ambrosio ist ...«, begann Saltapepe den Satz.

»... Hedwigs Vater? Das ist doch ... der ist doch viel zu ...«, fuhr Tappeiner fort.

Beide schauten ungläubig. Sensi runzelte die Stirn.

»Nein«, sagte er dann.

Für einen kurzen Moment verstummten sie alle.

»Nein«, sagte der Kellner dann noch einmal, »der da.«

Er schaute zum Fenster hinaus, zeigte auf die andere Straßenseite.

Vor dem alten, scheinbar verlassenen Einfamilienhaus stand jemand. Abgewetztes Schnürlsamtjackett, weite Jeanshose, dunkle Schirmmütze. Der Mann machte sich am Holztor zu schaffen, schien es aufzusperren. Das Quietschen des Tors war bis über die Straße zu hören. Nun waren hinter dem Tor die Haustür und daneben die Hausnummer zu sehen.

Es war die 7.

Der Mann drehte sich noch einmal zur Straße hin. Schaute nach links und rechts, so als wollte er sichergehen, dass ihn niemand beobachtete. Dann blickte er geradeaus, über die Straße, fixierte Saltapepes Alfa. Tappeiner erkannte ihn. Öffnete die Tür. Stieg aus.

Nun musste auch er sie erkannt haben. Denn er erstarrte kurz, der Mund öffnete sich, schloss sich nicht mehr. Er überlegte wohl, was nun zu tun war, wobei ihm offensichtlich sofort klar wurde, dass er keine Chance haben würde. Dass Weglaufen wohl nur ein Geständnis war. Er blieb einfach stehen.

Tappeiner ging zu ihm hin. Noch immer stand er ganz verlegen da.

»Frau Polizistin«, sagte er.

»Herr Dr. von Waldstätter«, antwortete sie, »warum haben Sie mir verschwiegen, dass Sie Hedwig Jöchlers, Lisa Jöchlers und Susanne Jöchlers Vater sind?«

15

Grauner tippte auf seinem Handy herum. Es war wie verhext, die Taschenlampen-App war einfach nicht zu finden. Tappeiner fand die immer sofort. Sara auch. Wo war sie bloß, hatte er sie aus Versehen gelöscht? Er dachte an die Worte seiner Tochter. Papa, eines Tages wird es so weit sein, da wirst du aus Versehen das Internet löschen. Sie hatten alle gelacht am Tisch, als sie das gesagt hatte. Er nicht. Was war daran so witzig? Er verstand es bis heute nicht. Das Internet löschen. So ganz sicher war er sich nicht, dass ihm das nicht tatsächlich eines Tages passieren könnte.

Grauner tippte weiter auf dem Bildschirm herum, sodass zumindest dieser matt leuchtete. Die Batterieanzeige wies nur noch einen, rot eingefärbten, Balken auf. Er dachte an Sara. Kurz hatte er auf der Fahrt in die Schlucht überlegt, sie anzurufen, abzuholen und mitzunehmen, sie kannte die beiden Sandler unter der Brücke an der Questura, vielleicht kannte sie auch Markus. Doch dann hatte er sich an seinen Schwur vor einem halben Jahr erinnert und den Gedanken gleich wieder verworfen. Alles wollte er fortan tun, damit sie nie, nie wieder in die Fänge einer seiner Fälle geriet.

Er ging in den Stollen hinein und sah zur Eule, die ihn

ebenso zu fixieren schien, ja, es war die gleiche Eule wie jene unter der Brücke im Norden von Bozen, die gleiche, die auch unter der Brücke bei Andreas und Lukas prangte. Tatsächlich, er hatte sich recht erinnert. Er kannte diese Eule und wusste nun, was ihn sein Unterbewusstsein bereits hatte ahnen lassen, dass *er* sie gemalt hatte. Markus hatte sie schon als Schüler immer in seine Hefte gemalt, während des Religionsunterrichts besonders viele, da vor allem dieser ihn gelangweilt hatte. Während des Religionsunterrichts hatten sie beide sich manchmal die Berufe zugeflüstert, die sie ausüben wollten, wenn sie mal groß wären.

»Bauer, und wenn nicht Bauer, dann Polizist. Und wenn nicht Polizist, dann Feuerwehrmann, und wenn nicht Feuerwehrmann, dann Dirigent«, hatte Grauner geflüstert.

»Millionär, und wenn nicht Millionär, dann Erbe, und wenn nicht Erbe, dann Rockstar, und wenn nicht Rockstar, dann Hotelbesitzer, und wenn nicht Hotelbesitzer, dann Graffiti-Künstler«, hatte Markus gesagt und gleichzeitig die Eulen in sein Religionsheft gemalt, auf das Holz des Pults, in der Pause auf die Mauer hinter der Turnhalle, in den Zwischenpausen, beim Rauchen auf der Toilette, auf den Klodeckel.

Grauner ging weiter ins Dunkel hinein. Mit dem matten Licht des Handydisplays versuchte er, den Boden abzuleuchten. Da lagen Zigarettenstummel, Spraydosen, eine Matratze.

»Markus«, sagte er, »Markus, ich bin's, Johann. Der Grauner Johann.«

Erst hörte er nichts, dann ein Rascheln, dann ein Klicken. Er hielt sich den Arm vor das Gesicht, das plötzliche Licht blendete ihn. Langsam nahm er den Arm wieder weg, blinzelte, sah nur die Umrisse eines Kopfes im grellen Schein.

Langes, gewelltes hellbraunes Haar, Augen, Nase, Bart.

»Markus.«

»Johann, der brave Johann.«

Grauner grinste, sein Gegenüber ebenfalls.

Sie gingen weiter durch den Stollen, Niederfringer leuchtete ihnen den Weg. Am anderen Ende der Höhle setzten sie sich an die Felswand. Der Vollmond leuchtete nun hell auf sie herab. Seine tiefen dunklen Täler waren klar zu sehen. Kurz sprachen sie von früher, es war, so wie es bei alten Schulfreunden sein sollte, die auch dann verbunden blieben, wenn sie sich eine Ewigkeit nicht gesehen hatten, und die, würden sie sich heute erstmals treffen, vielleicht niemals zueinanderfinden würden. Grauner verstand sofort, dass in seinem Freund nach wie vor etwas steckte, das er von sich selbst nicht kannte. Rastlosigkeit. Und ein Hang zur Selbstzerstörung.

Niederfringer erzählte ihm von seiner Zeit in Indien. Wie inspirierend sie ihm anfangs erschien, wie enttäuscht er bald gewesen war. Grauner erzählte ihm, dass er manchmal seine Mutter getroffen habe und wie traurig sie stets gewesen sei. Niederfringer fuhr fort, dass er vor vier Jahren zurückgekehrt sei, sich aber nicht nach Hause getraut habe. Dass er nicht mehr zurückgefunden habe, zu den Menschen, zu dem Wahnsinn, den alle Normalität nannten. Dass er seitdem hier im Stollen hause, in der Schlucht, und er hier sein Zuhause gefunden, dieses so schöne, so dreckige Niemandsland zwischen Stadt und Tal lieb gewonnen habe.

Als Grauner endlich die Möglichkeit sah, das einleitende

Geplänkel freundlich zu beenden, fragte er Niederfringer, ob er gestern Abend hier gewesen sei. Der Mann verneinte, er sei erst nach Mitternacht von einer langen Wanderung oben am Ritten in die Schlucht zurückgekehrt.

Also habe er auch nichts von dem Zwischenfall zwischen den Tunnels mitbekommen, fragte Grauner weiter.

Niederfringer zögerte, schien ein wenig mit sich zu kämpfen, dann brach es aus ihm heraus. Er habe bei der Rückkehr durch die Schlucht eine junge Frau unten am Bach gefunden, habe die Hunde verscheucht, die bei ihr lagen, und sie auf Verletzungen untersucht, allerdings nur Schrammen festgestellt. Dann habe er ihren Puls kontrolliert und vermutet, dass sie betrunken war, schließlich habe er sie aus der Schlucht getragen und unter die Brücke an der Jenesien-Seilbahn gelegt, eine seiner Decken dagelassen. Bei der Rückkehr zum Stollen habe er dann einen alten Ford in der Sandbucht stehen sehen.

Ob er auch einen weißen Fiat gesehen habe, fragte Grauner weiter.

Der Mann bejahte. Unten. Draußen. Am Eingang der Schlucht, am Straßenrand nahe dem Tierheim, da habe er einen weißen Uno gesehen.

»Warst du allein bei der Frau?«, fragte Grauner weiter.

»Ja.«

Nun fragte Grauner den Mann nach dem versteckten Kräutergarten, ob er den vielleicht kenne, da er ja so viel hier in den Wäldern herumwandern würde. Dort, so sagte er seinem alten Schulfreund, könne sich vielleicht die Pflanze befinden, mit der die Kritikerin vergiftet worden war. Niederfringer schaute ihm lange ins Gesicht.

»Hm«, brummte er dann. »Da gibt es eine Frau aus Sarnthein, die manchmal zu mir kommt.«

Grauner richtete sich auf, streckte den Rücken durch, lehnte sich nach vorne.

»Eine gute Frau«, ergänzte Niederfringer.

Grauner spürte ein Kitzeln im ganzen Körper.

»Ich habe manchmal so starke Zahnschmerzen, sie gibt mir etwas dagegen, Salben, Kräutertees, verdammt gutes Zeug, das haut richtig rein, da ist der Schmerz sofort weg. Sie versorgt auch andere Sandler mit Medizin, auch den Andreas und den Lukas …«

»Wer ist diese Frau, Markus?«, fuhr Grauner sofort dazwischen.

Der Mann hob die Schultern.

»Hager, blasser Teint, schwarzes Haar?«

Wieder das Kopfschütteln. »Nein«, sprach Niederfringer weiter. »Nicht auffallend blass. Und das Haar eher braun oder dunkelblond. So genau …«

»Lisa Jöchler«, hauchte Grauner. Seine Gedanken rasten. Die mittlere der Schwestern, die Grundschullehrerin, Gärtnerin und Jägerin. Vielleicht stimmte es also doch. Vielleicht waren die Schwestern tatsächlich zerstritten. Die eine wollte der anderen Böses … Vielleicht liefen hier, jetzt, alle Fäden zusammen. Vielleicht …

»Ich suche den geheimen Garten, in dem sie die Heilkräuter anbaut. Es gibt das Gerücht …«

Diesmal schaffte es der Commissario nicht, den Satz zu beenden. Niederfringer unterbrach ihn. Ja, er habe den Garten gefunden, vor zwei Jahren schon. Oben am Joch, unter den Felsen, im dichten Wald. Nicht weit von einer verlassenen, heruntergekommenen Holzhütte. So eine Holzhütte, in der früher, vor Jahrzehnten, die Latschenbrenner vom Joch übernachtet hätten.

»Ja, komische Kräuter wachsen da«, fuhr der ehemalige Schulfreund fort, »ich habe noch nie solche Kräuter gesehen. Ein paar davon habe ich mal mitgenommen, Grauner, ich habe sie geraucht. Puh! So was habe ich nicht mal in Indien in die Finger bekommen. Das ist selbst mir zu krass. Ich war so weg, ich bin über die Berge geflogen und bis zum Grund des Meeres getaucht, habe mich erst in einen Adler verwandelt, ein Federkleid ist mir gewachsen, dann bin ich zu einem Stier geworden, irgendwann bin ich schweißgebadet aufgewacht und habe drei Tage lang gekotzt, seitdem habe ich die Finger von den Kräutern gelassen. Bin nie wieder hin zu diesem Garten.«

Grauner fragte, ob er ihm sagen könne, wo der Garten zu finden sei. Niederfringer zögerte, dann sprach er doch. Er bat den Commissario um Papier und Stift. Grauner zog beides aus der Jackentasche hervor. Niederfringer skizzierte eine Karte und erklärte den Weg.

»Danke«, sagte der Commissario, »danke, Markus.«

»Wie geht's der Frau?«, fragte Niederfringer, während sie durch den Stollen wieder zurück zur Straße im Fels liefen.

»Es geht ihr gut«, antwortete Grauner.

Am anderen Ende des Stollens angekommen, blickte der Commissario erneut zur Eule.

»Deine Mutter …«, sagte er noch. Weiter kam er nicht.

»Sagst du ihr, dass es mir gut geht, dass ich sie liebe?«, bat sein Gegenüber.

Grauner trat auf ihn zu, umarmte ihn, drückte ihn, flüsterte ihm ins Ohr.

»Sag es ihr selbst, Markus, so was muss man Müttern selbst sagen, solange man sie noch hat.«

Im Auto zog Grauner das Blatt mit der Wegbeschreibung noch einmal hervor. Er schaute, las, flüsterte. Dann sah er, dass sein Handy ausgegangen war. Er startete den Motor und fuhr los. Der Fiat konnte warten. Er würde jemanden hinschicken. Er fuhr taleinwärts.

16

Warten, weiter warten. Die Schritte verhallten. Jetzt. Der staubige Schluchtensand knirschte unter den Füßen, er musste sie gehört haben, drehte sich zu ihr um. Sie schaute ihm tief in die Augen, blieb bei ihm stehen. Starrte ihn weiter an. Es klappte. Er nahm ihre Hand, seine rauen, großen, fleischigen Finger ruhten auf ihren. Dann umarmte er sie.

»Ich habe dir bei allem geholfen«, flüsterte er.

Sie nickte. Kramte in der Hosentasche nach dem Autoschlüssel. Sie würden den langen steilen Weg nach oben gehen, schnell sein. Schneller sein.

»Weil es richtig war, dir zu helfen. Weil es um die Gerechtigkeit geht.«

Sie nickte erneut, doch sie ahnte, was er nun sagen würde. Sie behielt recht.

»Lass die Rache sein, ich flehe dich an …«

17

Er hatte nichts gesagt. Alles, was sie gegen ihn in der Hand hatten, war, dass er nichts gesagt hatte. Dass er Tappeiner nicht gesagt hatte, dass er in Sarnthein wohnte.

Sie waren mit ihm ein Haus weiter zur Station der Carabinieri gegangen. Saltapepe nur unwillig, das hatte Tappeiner gespürt. Sie hatte versucht, Grauner zu erreichen, aber dessen Handy war aus. Er war wohl schon am Hof, im Stall oder gar im Bett. Sie hatten am Eisentor der Carabinieri geklingelt. Das Tor hatte sich mit einem Surren geöffnet. Am Panda und am Jeep vorbei waren sie zur Eingangstür gegangen. Tappeiner hatte das Hausnummernschild entdeckt, das tatsächlich vom Jeep verdeckt gewesen war.

7b.

D'Ambrosio hatte zuerst verwundert geschaut, aber kein Wort gesagt, dann Dr. von Waldstätter freundlich gegrüßt, so wie sich Nachbarn eben grüßten. Sie hatten den Archivar in die Stube gesetzt und in einem der weiteren Zimmer kurz zusammengesessen. Der Carabiniere hatte Tappeiner und Saltapepe erzählt, dass die Kaserne und auch das Haus nebenan dem Herrn Doktor gehören würden und die Carabinieri hier nur Mieter wären. Dass der Mann der Vater der drei Jöchler-Schwestern war, hätte er, so sagte er, nun zum ersten Mal gehört.

Sie hatten sich gemeinsam mit dem Archivar an den Tisch gesetzt, an dem tags zuvor schon Steiner gesessen hatte. Sie hatten auch Sensi und Pecarelli dazugeholt.

Sensi sagte, erst mit zitternder Stimme, dann mit mehr

Mut, dass er diesem Herrn schon viele Male begegnet sei. Dieser Herr sei beinahe jeden Tag hoch zum *Tan* gekommen, oft sei er früh morgens schon da gewesen. Oft spät nachts nach Feierabend noch vorbeigekommen. Der junge Kellner sagte, dass der Mann beim Abspülen mithalf, dass er mithalf, die Tische für den nächsten Tag einzudecken. Dass Hedwig ihn *Tatta* nannte. Vater. Bei den Gästen habe er sich nie blicken lassen.

»Stimmt das, Dr. von Waldstätter?«, fragte Tappeiner, »sind Sie Hedwig Jöchlers Vater?«

Die Augen des Mannes füllten sich mit Tränen.

18

Grauner war durch Sarnthein und direkt zu Lisa Jöchlers Haus gefahren. Er hatte geklingelt, geklopft, nichts. Dann war er zum Parkplatz des *Tan* gefahren. Von dem Restaurant zeugten nun nur noch ein paar verkohlte Holzbalken. Es stank immer noch nach Feuer. Der Wald war dunkel und still. So als ob die Waldtiere nach dem Feuer beschlossen hätten, erst einmal lautlos zu trauern.

Schließlich war er weitergefahren. Die holprige Straße zu den Almen hoch, die eigentlich nur die Almenbesitzer und Förster befahren durften. Der Panda zog langsam, aber beständig bergan. Genau dafür liebte er ihn. Der silberweiße Vollmond leuchtete auf die Wiesen hinab. Hie und da sah der Commissario eine Kuh im Mondlicht stehen. Und kauen. Gleichgültig aufschauend, wenn die Scheinwerfer des Panda sie trafen. Er liebte diese Tiere. So sehr.

Er stellte den Wagen dort ab, wo die Schotterstraße endete und nur ein steiniger Weg weiter hoch zum Gipfel führte. Nebel lag zwischen den Männchen. Der Commissario schaute erneut auf Niederfringers Zettel, auf das gezeichnete Gipfelkreuz und die paar Punkte drumherum. Ein Pfeil zeigte vor den Punkten nach links, zu einem Knäuel, das für den Wald unter dem Gipfel stand. *Jägersteig*, hatte der Schulfreund daneben geschrieben.

Grauner machte den Motor aus, griff nach der Pistole im Handschuhfach, stieg aus und ging los, nach Osten, über die Wiesen. Er erreichte den Wald, entdeckte den Steig, er hatte schon befürchtet, wenig, vielleicht gar nichts zu sehen, doch dem war nicht so. Der Mond leuchtete so hell, wie er es schon lange nicht mehr erlebt hatte.

Der Steig führte ihn durch den Wald ein Stück den Berg hinab, ausgesetzt, bald tauchten links von ihm hohe Felsen auf, *die* hohen Felsen, von denen auch Niederfringer gesprochen hatte. *Felsen*, hatte er nur auf den Zettel geschrieben. Schon von Weitem sah der Commissario den großen Stein. Noch einmal schaute er auf den Zettel, auf den ein großer Kreis gemalt war, das Wort *Stein* stand daneben, und ein Pfeil, der nach rechts zeigte.

Er wich vom Jägersteig ab, entdeckte bald einen weiteren Trampelpfad, verlor ihn mal, ging einfach über Geäst und Geröll, fand ihn wieder. Manchmal sah er durch das Dickicht der Tannen und Fichten die Lichter des Dorfes weit unten im Tal hervorleuchten. An anderen Stellen sah er die Dolomiten in der Ferne schimmern. Den Schlern, den Rosengarten, den Langkofel dahinter.

Grauner erreichte einen Bach und brummte zufrieden, auch diesen hatte ihm der alte Schulfreund eingezeichnet.

Er war nun etwa eine Stunde unterwegs, er sprang über die Steine, die im wilden Bachbett lagen, und erreichte den ebenfalls vermerkten morschen Zaun, dann ging es wieder tiefer in den Wald hinein. Mal hörte der Commissario ein Huschen, mal ein Rascheln. Weiter vorne lichtete sich das Geäst, er sah die verfallene Hütte, die wohl einst den Latschenarbeitern als Unterkunft gedient hatte.

Grauner trat aus dem Wald hervor und ging über die Wiese. Als er keine zehn Meter mehr von der Holzhütte entfernt war, sah er, dass die Scheiben der kleinen Fenster eingeschlagen waren. Er drehte sich dem Eingang der Hütte zu, die Tür war einen Spaltbreit offen, er sah im Spalt etwas aufblitzen.

Weiß. Ein weißes Kleid. Da stand jemand. Er erkannte das Gesicht von den Fotos in der Questura. Sie war es. Lisa Jöchler. Er zog die Waffe, hielt sie hoch und sogleich in ihre Richtung. Schrie sofort.

»Frau Jöchler, keine Bewegung! Mein Name ist Grauner, Commissario der Polizia di Stato! Kooperieren Sie!«

Sie tat wie befohlen, verharrte still. Unsicherheit in ihrem Gesicht. Er spürte, dass er zitterte, dass es in ihm bebte. Dann trat sie einen Schritt zurück und verschwand im Dunkeln der Hütte. Ihm war klar, dass er keine Chance hatte. Dass er niemals ins Dunkel schießen durfte. Auch wenn die Gefahr bestand, dass sie ebenfalls bewaffnet war und aus dem Dunklen auf ihn schießen konnte.

Er glaubte sich daran zu erinnern, dass Tappeiner ihm gesagt hatte, Lisa Jöchler sei Jägerin, und spürte, wie seine Knie weich wurden. Ja, er war sich ganz sicher. Sie war Jägerin. Oder war das Hedwig Jöchler? Gott, seine Gedanken rasten, die Erinnerungen hüpften. Der Instinkt rang mit der Vernunft. Der Instinkt gewann.

Der Commissario hob den Arm leicht an und schoss in den Mondhimmel. Kurz war alles still. Die Stille nach dem Schuss. Kein Rascheln, kein Huschen, nichts. Er verharrte. Wartete. Sah wieder das Weiß des Kleids. Dann das Gesicht. Sie kam langsamen Schrittes aus der Hütte hervor, keine Waffe in der Hand. Sie lief auf ihn zu. Vorsichtig. Ihr weißes Kleid schimmerte im Mondlicht, fast schien es, als schwebe sie über den Boden.

»Herr Kommissar«, sagte sie mit heiserer, zitternder Stimme, als sie vor ihm stand.

Er hatte die Waffe längst wieder gesenkt.

»Gut, dass Sie hier sind, kommen Sie«, sagte sie und zog ihn mit, zerrte ihn in Richtung der Hütte.

Verwundert ließ er es mit sich geschehen. Sie schob die Tür auf, das Mondlicht fiel ins Innere. Es roch nach trockenem Holz, nach Pech und einer undefinierbaren Würze. Er ging in der Hütte umher, weiter hinten hatte Moos die Holzbalken überzogen. Ganz vorne, gleich hinter der Tür, standen ein alter Stahlherd, daneben ein alter Holztisch und eine Kredenz, der die Schubladen fehlten. Hinter dünnem Glas standen Porzellantassen, ein paar wiesen zarte Risse auf. Auf dem Tisch daneben lagen einige Kräuter, die Grauner nicht kannte. Er hatte sie noch nie gesehen.

Erst war ihm, als türmten sich auf der Couch ganz hinten einige Kissen, doch als er herantrat, sah er, dass da Hedwig Jöchler lag. Schlafend. Oder in Ohnmacht. Oder tot. Er ging zu ihr hin, beugte sich zu ihr hinab und fühlte ihren Puls. Die schwarzen Haare klebten ihr im Gesicht. Der Puls schlug. Er sah, dass ihre Haut an den Handgelenken aufgerieben und blutig war. So als habe sie Fesseln getragen. Dann sah er das raue Seil beim Tisch auf dem Boden liegen.

»Steiner. Es muss Steiner gewesen sein. Er hat sie hier wohl gefangen gehalten«, sagte Lisa Jöchler mit Panik in den zitternden Augen.

Der Commissario stand auf und ging erneut umher, beugte sich zu den Kräutern hinunter, sie rochen rauchig und auch etwas seifig. Es war ihr Geruch, den er im ganzen Raum wahrgenommen hatte. Er befahl Lisa Jöchler, sich an den Tisch zu setzen, und forderte sie auf, ihm ihr Handy auszuhändigen. Das Netz war nicht gut, doch es tutete abgehackt, nachdem er die Nummer der Questura eingegeben hatte.

Er hörte die Stimme des Polizisten am anderen Ende der Leitung kaum, sprach einfach klar und deutlich drauflos. Er sagte, wer er war, was passiert und was zu tun war. Er beschrieb den Weg zur Latschenhütte. Konnte aber nicht feststellen, ob er verstanden worden war. Dann legte er auf. Nun galt es abzuwarten.

Grauner setzte sich auf die andere Seite des Tisches, schwieg lange. Er atmete den würzigen, rauchigen, seifigen Geruch in der Hütte noch einmal ein, dann beschloss er, das Gespräch zu eröffnen.

»Diese Kräuter sind vom versteckten Beet hier im Wald, nehme ich an. Es befindet sich in der Nähe dieser Hütte, nicht? Diese Kräuter, sie sind Medizin, wenn man heilen, und Gift, wenn man töten will …«

Er sprach nicht weiter, sah, dass sie ihn anstarrte. Keine Wut im Blick, keine Angst, kein Zorn, kein Hass. Er merkte, dass ihn der Blick verunsicherte und dass sie das wahrnahm. Sie lächelte. Ein wissendes Lächeln. Der Commissario fragte sich, wie wohl ihr Lachen klang und ob er es wohl schon einmal gehört hatte, in der Schlucht. Dann beschloss er weiterzusprechen. Was blieb ihm anderes übrig.

»Sie haben Carla Manfredi mit einer Kräutermischung umgebracht. Doch die Kritikerin war nur ein Bauernopfer. Sie bedeutet Ihnen nichts. Sie wollten Ihrer Schwester hier einen Strick drehen. Weil sie zerstritten sind. Weil Ihre Schwester mit dem Steiner Geschäfte machen will …«

»Nein«, unterbrach Lisa Jöchler ihn mitten im Satz. »Ich habe diese Frau nicht vergiftet. Und ich will meiner Schwester nichts Böses.«

Sie machte eine Pause, schaute ihm weiter ins Gesicht.

»Ja, hier im Wald, gut versteckt zwischen den Felsen, liegt ein Garten. Mein Garten. Es war der Garten meiner Mutter, sie hat mich alles über diese Kräuter gelehrt. Sie hat mich gelehrt, dass sie nur so gut, so gesund sind, weil auch das Böse, das Kranke, der Tod in ihnen stecken. Sie hat mich ermahnt, sie nur im Guten zu nutzen, niemals im Bösen.«

Einige Sekunden herrschte Stille.

»Haben Sie das *Tan* angezündet?«

»Sie hören mir nicht zu, Herr Polizist.«

»Haben Sie meine Kollegin in die Schlucht geworfen?«

»Sie haben uns noch nie zugehört, hier im Tal, weder die Männer aus dem Dorf noch …«

»Noch?«

»Noch die Carabinieri, noch sonst wer.«

Sie presste die Lippen aufeinander.

»Sie haben Ihre Schwester in der Schlucht überwältigt, nachdem sie mir beim Wasserfall entkommen war …«

Jöchler schüttelte den Kopf. »Ich weiß nicht, wovon Sie sprechen.«

Er schlug mit der flachen Hand auf den Tisch und schrie: »Lügen Sie nicht!«

»Ich lüge nicht. Es ist so, wie ich es Ihnen erzähle. Wie vor jeder Vollmondnacht bin ich auch heute am späten Nachmittag vom Tal unten aufgebrochen, um hier bei meinem Beet einige Kräuter zu ernten. Jene, die zu Vollmond geerntet werden müssen, weil sie nur bei Vollmond geerntet ihre ganze gute Kraft entfalten.«

In Grauner brodelte es, doch er schwieg. Sie fuhr fort.

»Auf dem Weg dahin bin ich, wie immer, hier bei der Hütte vorbeigekommen. Da habe ich Hedwig entdeckt, meine liebe Schwester, hier, an den Stuhl gefesselt. Benebelt. Jemand musste sie gezwungen haben, von den Kräutern zu essen. Ich habe sofort nach ihrem Puls gefühlt, er schlug, sie stöhnte und wimmerte. Sie halluzinierte wohl, aber bald schon beruhigte sie sich, schlief ruhig. Ich wollte sie nicht wecken, ich weiß, es ist besser, sie schlafen zu lassen, ich wollte abwarten, bis sie aufwachen würde, und sie dann ins Tal hinunterbringen. Auch wenn im Tal nichts Gutes auf uns wartet. Dann … dann sind Sie aufgetaucht.«

Grauner sagte nichts mehr. Kein Wort. Verdammt, er wusste nicht, was er denken sollte. Was er glauben wollte. Ob sie die Wahrheit sprach. Oder log. Ihm war, als würde hier ein Spiel mit ihm gespielt. Mit ihnen allen. Aber wessen Spiel? Ihres? Warten. Warten. Zwei Stunden würden sie brauchen, höchstens, bis sie hier sein würden. Wenn sie denn kamen. Wenn sie ihn finden würden.

19

Der Geruch des Waldes umarmte sie. Die Stimmen aus der Holzhütte drangen nur gedämpft nach draußen. Der Puls, ganz ruhig. Der Atem, ganz ruhig, rückwärts einige Schritte, zurück in den Schutz des Waldes. Weg von den Menschen, hinein ins schöne, gute Dunkel. Hinein in den Wald. Den guten Wald. Hin zu den Tannen, den guten Tannen. Schnell noch den versteckten Garten zerstören. Dann weg von hier. Weg aus dem Tal. Sie schaute zu ihm, er schaute zu ihr. Alles klappte, ja, alles klappte.

29. August

1

Morgentau lag über den Wiesen. Der weiße Mond stand noch am hellblauen, wolkenlosen Himmel. Sie hatten sich alle versammelt. Drinnen die Ermittler, draußen die Menschen aus dem Dorf. Auch die Journalisten. Sie drängten sich vor dem Tor der Carabinieri-Station, flüsterten, schubsten, drängten. Es wurden immer mehr. Alle starrten auf das Haus. Die Fernsehleute hatten ihre grellen Lichter angeknipst und sich vor die Kameras gestellt. Alles wartete darauf, was drinnen passieren würde.

Sie hatten Sensi und Pecarelli zur Wohnung des Kellners gebracht. In der Station hatten sie daraufhin alle auf die verschiedenen Zimmer verteilt. Sie hatten Dr. von Waldstätter angeboten, sich in einem freien Bett der Carabinieri auszuruhen. Oder in dem zu einer Zelle umgebauten Zimmer nebenan. Er hatte beides abgelehnt, die ganze Nacht still dagesessen und war irgendwann weggenickt. Kopf auf der

Tischplatte. Sie hatten über die Kollegen aus der Questura von Grauners Anruf erfahren, waren hochgefahren und hatten ihn gefunden, weit nach Mitternacht. Hedwig Jöchler hatten sie zur Vorsicht ins Spital von Bozen gefahren. Lisa Jöchler hatten sie das die Nacht über bewachte freie Carabinieri-Zimmer zugewiesen. Sie waren alle wach geblieben, waren höchstens auf einem Stuhl oder auf der Ofenbank kurz eingenickt. Auch der Commissario.

Um halb sieben traute sich endlich einer der Mitarbeiter, Staatsanwalt Belli aus dem Schlaf zu klingeln. Um halb neun kam der Staatsanwalt in Sarnthein an. Er hatte noch einige Carabinieri aus der Stadt im Schlepptau, die sich draußen vor dem Tor positionierten und die Dorfbewohner und die Journalisten mit strengen Blicken auf Abstand hielten. Grauner hatte ihnen gesagt, sie sollten ihre protzigen Maschinenpistolen, die sie sonst bei jeder Gelegenheit um den Hals hängen hatten, in den Autos lassen. Das sei doch lächerlich. Sie hatten, er hatte es kaum glauben können, auf ihn gehört.

Jetzt saßen sie in der Stube. Grauner, Tappeiner, Saltapepe, Belli, D'Ambrosio, zwei weitere Carabinieri, der Archivar in ihrer Mitte. Vor der holzvertäfelten Wand, unter dem leidenden Jesus. Sie hatten sich alle gegenseitig auf den letzten Stand gebracht.

Der Commissario musterte den Archivar. Der Mann schaute nicht böse drein. Nicht verzweifelt. Er schaute jedem lange, sanftmütig ins Gesicht, dann zu Tappeiner. Sie nickte, wie zum Zeichen, dass er jetzt sprechen sollte. Er nickte ebenfalls und fuhr sich über den rauen Bart. Dann sprach er, langsam, beinahe wie jemand, der eine Geschichte erzählt, die lange Zeit schon in ihm lag, schwer wog und von der er sich jetzt befreien wollte. Langsam fügte sich vieles zusammen, zu einem Bild, das die Ermittler bis vor wenigen Stunden noch nicht einmal erahnt hatten.

Dr. Heinrich von Waldstätter war als junger Historiker, wie er Tappeiner im *Landesarchiv* bereits berichtet hatte, erstmals ins Tal gekommen. Er hatte Anna Jöchler, die Schönste im Tal, kennengelernt, sich in sie verliebt. Sie verliebte sich in ihn.

»Noch nie zuvor, hat sie mir gesagt, da kannten wir uns erst seit einigen Wochen«, erzählte der Archivar am Stubentisch, »hat sich jemand für das Leben meiner Familie, für die Ungerechtigkeiten, die uns widerfahren sind, interessiert.«

Er liebte sie, sie liebte ihn. Schnell war seine Dissertation keine Universitätsangelegenheit mehr, sondern die Angelegenheit seines Lebens. Er hatte sehr bald die Distanz verloren und brachte die Arbeit mehr schlecht als recht zu Ende, erhielt daraufhin die Anstellung im *Südtiroler Landesarchiv* von Bozen.

Er und Anna blieben zusammen, im Geheimen, sie wollte es so. Sie offenbarte ihm, dass ihr schon viele Männer im Tal heimlich ihre Liebe erklärt hätten. Sie aber hätte jeden von ihnen abgewiesen. Der Steiner Luis allerdings hätte ihr sehr viel öfter nachgestellt als die anderen, sei ganz verrückt nach ihr gewesen. Sie hätte Angst vor ihm gehabt. Heinrich versuchte, Anna zu überreden, alles offiziell zu machen, zu heiraten. Doch sie ließ nicht mit sich diskutieren. Bald bekamen die beiden ein Mädchen, nannten es Hedwig, riefen es Hedi, sie bekamen ein zweites, nannten es Lisa.

Im Dorf war gemunkelt worden, von wem die beiden Töchter der so teuflisch schönen Anna Jöchler wohl waren. Manche Sarner Ehefrau misstraute ihrem Ehemann, so wie es immer schon war, wenn die Jöchlerinnen im Laufe der Generationen Mütter wurden. Niemand wusste, wer der Vater war, weil man mit den Jöchlerinnen nicht schlief, weil wer mit den Jöchlerinnen schlief, mit dem Teufel schlief, weil man den Hexen keine Kinder machte. Weil Hexenkinder, Teufelskinder, Unglück brachten über das Tal.

»›Es wird nichts Gutes passieren mit dir, wenn sie wissen, dass du der Vater der Mädchen bist‹, das sagte sie mir. Und ich hatte es zu akzeptieren«, erzählte der Archivar.

Die Jahre vergingen, die beiden Mädchen wuchsen heran. Anna lebte im Tal und arbeitete einige Zeit als Gemeindesekretärin. Er lebte und arbeitete draußen in Bozen. Sie trafen sich weiterhin, stets nur heimlich. Bald sprachen sie über die Zukunft ihrer Töchter. Die Eltern hatten einiges Geld beiseitegelegt, sie wollten es im Tal investieren, eine Jausestation eröffnen, eine Gemüsefarm anlegen. Anna wollte beides führen und später den Töchtern vererben. Doch die Steiners, die schon im Mittelalter und noch immer das Sagen hatten im Tal, waren dagegen. Allen voran Luis. Der zurückgewiesene, der gekränkte Luis. Nun wollte er es ihr zeigen, so wie es die Steiners den Jöchlerinnen immer schon gezeigt hatten.

Er hetzte das Dorf gegen Annas Vorhaben auf. Sie ignorierte die Hetze, die Drohungen, sie eröffnete die Jausestation und legte das Gemüsebeet an. Eines Abends, sie unternahm einen Spaziergang, alleine, über die Felder, durch den Wald, stand er plötzlich da, war hinter einer Tanne hervorgetreten. Luis Steiner hatte sie geschlagen und hinter die Tannen gezerrt, dort bei den Tannen, hatte er sie weiter geschlagen, dann an ihrem Kleid, an ihrem roten, schönen Kleid gezogen, es zerrissen, dann küsste er sie. Sie biss ihn in den Arm, in die Wange, er blutete, sie biss ihm ins Ohr, so fest, sie riss daran. Er ließ nicht von ihr ab. Sie wehrte sich weiter, biss ein Stück Ohr ab, dann ließ sie es geschehen. Alles über sich ergehen. Sie wusste, sonst würde er sie töten.

Als sie verstört, blutend und voller Schmerzen zu Heinrich kam, wollte er sofort den Carabinieri alles melden, sie aber wollte das nicht. Er wollte sie überreden, es trotzdem zu tun. Sie ließ sich überreden, wurde jedoch vom Leiter der Carabinieri-Station, einem gewissen Enzo Schifani, abgewimmelt. Sie verfasste eine schriftliche Anzeige, überreichte sie ihm, doch der Carabiniere verfolgte sie nie, gab sie nie weiter. Schließlich ging sie in die Dorfbar und bezichtigte Steiner der Tat, vor allen Anwesenden. Alle schwiegen. Steiner saß da. Mit verbundenem Ohr. Ebenso schweigend.

»Ich wollte mich in Bozen, bei der Staatsanwaltschaft beschweren ...«, Dr. von Waldstätter blickte zu Belli, der Staatsanwalt kniff die Augen zusammen, »... doch Anna hielt mich zurück. Sie flehte mich an. Sie rang mir das Versprechen ab, das alles ihr zu überlassen. Sie war sich sicher, dass dieser Schifani mit dem Steiner unter einer Decke steckte.« Der Archivar sah D'Ambrosio an.

Der Carabiniere schaute bedrückt zu Boden. Sprach zaghaft. »Ich habe das alles erst Jahre später erfahren. Ich wusste nicht, ob ich dem Ganzen glauben sollte. Ich beschloss zu schweigen, über all das, was vor meiner Zeit passiert war.«

Belli räusperte sich. »Ich kann mich vage an Schifani erinnern. Ein, äh, ja, schwieriger Kandidat, wenn ich das sagen darf. Der hat sich hier im Tal wie ein Kriegsgeneral aufgeführt. Später ist er nach Aosta versetzt worden, dort ist bei einer Aktion herausgekommen, dass er Schmiergeld von Geldfälschern kassiert hat. Er ist dann unehrenhaft aus dem Dienst entlassen worden. Soweit ich weiß, ist er in seine Heimat, Kalabrien, zurückgekehrt und vor einigen Jahren verstorben.«

D'Ambrosio nickte wie zur Bestätigung. Dann fuhr von Waldstätter fort.

»Anna sagte mir, sie wolle das auf ihre Art und Weise lösen. Auf die Art des Dorfes. Die Art des Tals. Sie übergab mir ein paar alte Dokumente und beantwortete mir damit eine Frage, der sie zu der Zeit, als ich als junger Doktorand nach Sarnthein gekommen war, noch ausgewichen war.«

Alle schauten überrascht, lehnten sich nach vorne, reckten die Hälse.

»Anna vertraute mir einige Schenkungsurkunden an, die sie Jahre zuvor auf dem Dachboden des Gemeindehauses beim Aufräumen gefunden hatte. Man hatte sie offensichtlich da oben versteckt. Die Urkunden stammten aus dem Jahr 1540. Ausgestellt von der Familie Steiner. Am Tag nach Ursula Jöchlers Tod hatten die Steiners kleinere Waldstücke an dreizehn Sarner Familien verschenkt. An die Mosers, die Hofstetters, die Rorers. An die Mairs an der Wiste, die Kiesers, die Prugers. An die Mairs zu Agrat, die Strassmanns, die Hübers, Stäckhels, die Prutz', die Wasneggers und an die Inderebners aus Reinswald.«

»Diese Namen …«, sagte Tappeiner, sie beendete den Satz nicht, schien nachzudenken.

»Ja, Frau Polizistin, diese Namen habe ich Ihnen bereits einmal genannt. Es sind die Familiennamen der Geschworenen bei Ursula Jöchlers Prozess. Die Steiners hatten sie bestochen, allesamt. Wochen nach Ursula Jöchlers Tod kauften die Steiners sämtliche Ländereien der Jöchlerin für billiges Geld auf. Deren Nachkommen besitzen sie bis heute.«

Der Archivar verstummte, kurze Zeit blieb es still, dann sprach er weiter: »Ich untersuchte die Dokumente, sie waren echt, zweifelsfrei. Ich war überwältigt, roch die Sensation, sah meinen Durchbruch in der Welt der Wissenschaft. Ich wollte damit an die Öffentlichkeit. Das hätte große Wellen geschlagen in der Geschichtswissenschaft. Ich wäre damit groß herausgekommen, die Steiners und auch die anderen Familien wären bloßgestellt worden. Nach all den Jahrhunderten wäre ihnen die gerechte öffentliche Schmähung widerfahren. Ursula Jöchler und all ihre Nachfahren wären rehabilitiert gewesen. Anna aber wollte das alles nicht. Sie wollte nur eins. Dass das alles ein Ende haben würde. Und ich verstand sie. Sie und unsere beiden Töchter wurden wieder vermehrt angefeindet in jenen Tagen hier im Dorf. Es gab Schmähschriften an der Hauswand. Steine flogen gegen die Fenster. Immer mehr Dorfbewohner wechselten die Straßenseite, wenn die Jöchlerinnen kamen. Mehr als sonst schon. Ich willigte schließlich ein.«

Er schaute kurz zu Boden, verzog den Mund.

»Sie bat mich, über einen Mittelsmann ein Treffen mit Steiner zu organisieren. Der Mittelsmann sollte Steiner über die Unterlagen unterrichten und ihm anbieten, sie nicht zu veröffentlichen. Wenn Steiner dafür sorgte, dass Annas Töchter und alle weiteren Nachkommen unbeschwert im Tal leben könnten. Dass sie Grundstücke am Dorfrand kaufen konnten und oben am Wald, wo das *Tan* stand. Dass er ihnen zinslos Geld dafür leihen sollte. Ich tat, was sie mir gesagt hatte. Ich schaltete Giulio Torrinesi ein, den ich von meinem Jahr beim Militärdienst her kannte und der in Mailand lebte, mir war bekannt, das er Investmentgeschäfte im Bereich der Kulinarik machte. Tatsächlich kontaktierte Torrinesi dann Steiner und teilte ihm alles mit. Steiner willigte ein. Unter einer Bedingung: dass Anna das Tal verließ. Er wich von der Forderung nicht ab. Sonst, so sagte er, würde er aufs Ganze gehen. Alles riskieren, um sie zu vernichten.

Dr. von Waldstätter schluckte, fuhr sich übers Kinn.

»Ich gab nun wiederum Anna Bescheid, und sie war einverstanden, obwohl ich protestierte. Ich konnte sie nicht umstimmen. Wenige Tage später war sie weg. Sie lebte von da an in der Schlucht, in der Höhle, in der auch Ursula Jöchler schon gelebt hatte. In ein anderes Dorf außerhalb des Tals wollte sie nicht. Sie wollte so nah wie möglich bei ihren Töchtern sein. Erst nach vielem Nachdenken kapierte und akzeptierte ich, warum sie gegangen war. Damit ihre Töchter bleiben konnten und eine Chance auf ein Leben in Frieden hatten. Vielleicht. Hier im Tal, in ihrem Heimatdorf. Was hätte es ihr geholfen, wenn zwar der Name ihrer Familie rehabilitiert worden wäre, ihre Töchter aber weiter wie unter Feinden gelebt hätten.«

Er schaute auf, suchte die Blicke der um ihn Sitzenden.

»Von dem geliehenen Geld kaufte ich das Waldstück, auf dem Hedwig später mit Torrinesis Hilfe das *Tan* errichtete, und das Wiesenstück, auf dem Lisa später ihren Gemüsegarten kultivierte. Wir erstanden Grundstücke am Rande des Dorfes. Später kaufte ich unter meinem Namen auch zwei Häuser hier im Dorf, die einst den Jöchlers gehört hatten …«

Von Waldstätters Ton blieb sachlich. Er schaute zu D'Ambrosio, pochte auf die Tischplatte, schaute sich in der Stube um. Grauner verstand. Dieses an die Carabinieri vermietete Haus. Und das Haus nebenan.

»Neun Monate nach Annas Verschwinden lag ein Neugeborenes vor meiner Tür in Bozen. Ein Mädchen. Mir war sofort klar, dass es ihr Kind war. Ihres. Und Steiners. Mir war ebenfalls gleich klar, dass Hedwig, Lisa und ich für das Baby sorgen würden. Wir tauften es auf den Namen Susanne.«

Sie beschlossen, Susanne erst sehr viel später zu verraten, wer ihr wahrer Vater war. Sie ließen die Gelegenheiten verstreichen. Ihren sechzehnten Geburtstag. Ihren achtzehnten Geburtstag. Den Tag ihrer Matura. Den Tag, an dem sie nach Wien zog, um dort Psychologie zu studieren. Vor wenigen Wochen hatte sie das Studium abgeschlossen, sie hatten im *Tan* gefeiert. Nur sie vier. Er hatte beschlossen, dass das der Tag sein sollte, auch wenn er Angst davor gehabt hatte. Aber er hatte auch gewusst, dass er kommen musste. Sie sagten es ihr.

Der Archivar schaute in die Runde. Traurigkeit in seinen Augen. Einige Sekunden war alles still. Dann sprach er mit gebrochener Stimme weiter.

»Nun, Susanne reagierte anders, als wir erwartet hatten. Hedwig und Luis Steiner haben inzwischen Frieden geschlossen. Irgendwann müsse genug sein, hat sie gesagt. Vielleicht könne Susanne die Brücke bauen, wenn sie bald alles wissen würde, hatte sie vor dem Treffen im *Tan* einmal gesagt. Lisa war davon nicht so sehr angetan. Und Susanne, als sie schließlich alles erfuhr, schon gar nicht. Im Gegenteil. Sie war völlig außer sich. Es gab Diskussionen, Streit. Sie beschimpfte uns. Hedwig und mich. Sie schlug um sich und beschuldigte uns, die Ehre der Jöchlerinnen verhökert zu haben. Sie sagte, es gehe ihr um die Ehre der Familie und die ihrer Mutter. Und ums Tal. Sie wolle keine Latschenölfabrik im Tal. Sie sagte, sie hasse uns. Sie hasse mich.«

Der Mann wischte sich die Tränen aus den Augen.

»Ich liebe sie wie meine eigenen Töchter. Sie war es und ist es immer noch, die mich am meisten an ihre Mutter erinnert. Schon als kleines Kind interessierte sie sich für die Kräuter des Waldes, mehr noch als Lisa. Sie stöberte schon als Mädchen mit mir im *Landesarchiv* in den Hexenunterlagen. Sie war schon mit zwölf alleine in den Bergen unterwegs, manchmal war sie tagelang weg. Ich musste sie gehen lassen. Dieser Freiheitsdrang steckte tief in ihr drin. Mit achtzehn trampte sie alleine nach Indien. Sie war es, die ihre Mutter am häufigsten in der Schlucht besuchte, oft bei ihr übernachtete, sie war es, der Anna erzählte, dass sie sich schwach fühle, dass sie fühle, dass ihr Körper krank war, dass keine Kräuter aus dem Wald ihr mehr helfen konnten. Und sie war es, die sie eines Tages tot auffand. Friedlich eingeschlafen. Ja, Susanne war es auch, die die Idee hatte, sie oben am Berg, unter dem *Stoanernen Mandl* der Jöchlerinnen, zu begraben. Wir hatten ihr jetzt, all die Jahre später, erzählt, dass wir in jener Nacht auch das rote Kleid, luftdicht versiegelt, im Mann aus Stein versteckt hatten. Sie verließ wütend und schreiend das *Tan*, verschwand einige Tage im Wald. Als sie zurückkam, sagte sie mir, sie wolle zu Steiner gehen, der niemals ihr Vater sein würde. Sie würde ihn mit allem konfrontieren. Sie würde die Dokumente fotokopieren und in jeden Briefkasten des Dorfes stecken, an die Presse weitergeben. Sie verlangte sie von mir, doch ich gab sie ihr nicht. Sie verfluchte mich. Sie sagte, ihr würde schon irgendwas anderes einfallen. Sie würde auch ohne die Dokumente zu Steiner gehen und ihn zur Rede stellen. So oder so. Er werde büßen. Ganz bestimmt. Und alle anderen auch. Einige Tage vergingen, Wochen. Dann kam sie erneut zu uns, sagte, sie habe nachgedacht, entschuldigte sich. Sagte, es wäre alles gut so, wie wir es machen würden.

Sie brauche jetzt Abstand und wolle auf Reisen gehen. Mit dem Geld, das ich ihr zum Abschluss des Studiums geschenkt hatte. Hamburg, Groningen, Amsterdam. Das war vor sieben Tagen. Ich war voll der Hoffnung, dass sie sich womöglich tatsächlich beruhigt hatte und nun alles gut werden würde. Als ich dann aber vorgestern von der Toten im *Tan* erfuhr, vom Brand, kapierte ich, dass es das nun war. Dass sie vor der Abreise wohl doch zu Steiner gegangen war und ihn wohl mit allem konfrontiert hatte. Dass sie gegen ihn wohl nicht angekommen war und er den Spieß umgedreht hatte …«

Er sprach nun voller Zorn.

»Dass er versucht hatte, Hedwig einen Mord anzuhängen und das *Tan* abbrennen ließ, um meine Töchter fertigzumachen. Hedwig hätte ihm niemals trauen dürfen! Ich glaube …«

Er schluckte, schluchzte jetzt.

»Ich glaube, ich sehe Susanne nicht mehr wieder. Ich …« Der Rest des Satzes ging in Weinen unter. Er schnäuzte sich, sprach dann wieder klarer. »Nun ist alles wieder wie damals. Nun herrscht wieder das blutige Gesetz des Tals.«

Für einen Moment schwiegen sie alle, dann ergriff Grauner das Wort.

»Die Urkunden von damals, wo sind die?«, fragte der Commissario.

Die Augen des Mannes waren rot und verweint, doch nun lächelte er, stand auf, ging ans andere Ende des Raums, fasste an die Holzvertäfelung. Klopfte darauf.

»Die Stube hier, die Verkleidung, Schifani, das Schwein, wollte das alles rausreißen, doch das Haus steht unter Denkmalschutz. Bevor Torrinesi das Haus vermietete, habe ich …«

Er schob zwei Holzstreifen hoch, fasste mit den Fingern

nach dem dahinterliegenden Ziegel und zog ihn heraus. Staub rieselte auf den Holzboden, er griff in das Loch, zog eine Keksdose hervor, ging zurück zum Tisch und blies weiteren Staub von der Dose.

»Niemand backte so gut Butterkekse wie Anna«, sagte er.

Er öffnete die Dose, der Deckel knackste. Altes Pergamentpapier quoll hervor.

2

»Sie war es nicht, Grauner. Lisa Jöchler hat die Aussagen ihres Vaters bestätigt, wir haben …«

Er war in Gedanken, hörte ihre Stimme wie gedämpft.

Sie standen im Garten der *Tan*-Apartments, vor der beschädigten Scheibe. Grauner, Belli, Tappeiner, Saltapepe. Einige der Polizisten waren bei ihnen. Sie hatten Giulio Torrinesi hierherbeordert, auch er hatte von Waldstätters Aussagen bestätigt. Er und der Archivar und vermutlich auch Hedwig Jöchler, vielleicht sogar ihre Schwester Lisa, würden sich wegen Erpressung verantworten müssen.

Lisa Jöchler verneinte, einen Sandler in der Schlucht zu kennen. In der Höhle, in der ihre Mutter gelebt habe, sei sie schon seit Jahren nicht mehr gewesen, und sie wisse auch nichts von einer in den Fels geritzten Karte der *Stoanernen Mandln*. Wer sich da in der Höhle eingerichtet hatte, könne sie nicht sagen, sie hätten damals, soweit sie sich erinnere, alle Habseligkeiten der Mutter weggeräumt. Womöglich ein Obdachloser? Sie hob die Schultern.

»Womöglich«, murmelte Grauner, »ich traue ihr nicht. Von Waldstätter sagte, auch sie sei nicht einverstanden gewesen, Frieden zu schließen und die Vergangenheit ruhen zu lassen, auch sie habe mit Hedwig gestritten …«

Hinter den bodentiefen Fenstern des Apartments packte Torrinesi seine Sachen zusammen, die er in der Nacht, in der er bedroht worden war, zurückgelassen hatte. Er beugte sich über das Sofa, stopfte Hemden und Pullover hastig in einen Leder-Weekender. Grauner schaute noch einmal durch die Scheibe mit dem Riss zu ihm hinein.

»Sie war es nicht«, murmelte er. »Nein, Lisa Jöchler war es nicht. War sie es nicht? Aber sie kannte sich mit den Kräutern im Wald aus. Sie wusste, wie tödlich sie sein können …«

»Grauner, hör mir zu …«, er spürte, wie Tappeiner an seiner Schulter rüttelte, sie riss ihn aus seinen Gedanken. »Wir haben soeben eine Nachricht von Weiherer erhalten. Die Ergebnisse aus Padua sind da. Carla Manfredi ist ein Gemisch aus einem Thalliumpräparat und einer Überdosis Atropin verabreicht worden. Eine Mischung aus einem veralteten Rattengift, das es früher sogar in Apotheken gab und sich inzwischen jeder besorgen kann. Irgendwie. Und Tollkirsche, die, ja, auch im Sarntal wächst, aber auch sonst nahezu überall.«

Grauners Augen blitzten auf. »Rattengift …«, stammelte er. »Tollkirsche.«

Die Assistentin sprach weiter. »Das Gift ist wohl nur im ersten der Törtchen gewesen. In den beiden übrigen konnte keines gefunden werden, die Kritikerin hat das Törtchen mit dem Gift als Erstes gegessen und auch ihre beiden Hunde davon kosten lassen …«

»Aber wie … also Hedwig! Hedwig, also doch? Der Kellner, Sensi? Warum? Oder … Steiner! Aber doch nicht Steiner! Er wollte doch mit ihr Geschäfte …« Der Nebel in seinem Kopf wollte sich einfach nicht lichten, gab nur für Sekundenbruchteile die Sicht frei. Das große Ganze blieb noch immer verborgen.

Tappeiner schüttelte ihn erneut. »Der weiße Fiat stand tatsächlich am Eingang der Schlucht, beim Tierheim, wie es dir der Mann im Stollen gesagt hat. Wir haben herausgefunden, dass das Auto Steiner gehört. Er hat es vor Jahren abgemeldet, aber wohl nicht verschrotten lassen. An der alten Latschenhütte haben Weiherers Leute Fingerabdrücke und Blutspuren sichergestellt. Sie untersuchen gerade, ob es Steiners Abdrücke und Spuren sind. An einem der Holzbalken waren zwei Wörter eingeritzt. *STIRB HEXE*. Ganz frisch. Vermutlich mit einem Messer. Unter Hedwig Jöchlers Fingernägeln wurden Hautpartikel sichergestellt, Steiners Haut, das wird sich sicher bald herausstellen …«

Sie schaute zu Saltapepe, der fuhr fort. »Es ist wohl alles tatsächlich so, wie dieser Dr. von Waldstätter ausgesagt hat, Grauner, dieser Steiner steckt hinter allem. Anna Jöchlers Vergewaltiger. Susanne Jöchlers Vater. Er hat Hedwig Jöchler das Friedensangebot wohl nur vorgetäuscht …«

»Womöglich …«, murmelte der Commissario weiter vor sich hin. Er fühlte Verzweiflung in sich. »Wenn ja, wenn es so war, wie du sagst, Claudio, wie hat Steiner es dann geschafft, das Gift ins Törtchen zu bringen?«, fragte Grauner.

Der Ispettore hob die Schultern. »Er war vorhin weder auf seinem Hof noch im Hotel anzutreffen. Die Suche nach ihm läuft auf Hochtouren. Wir werden ihn finden und ihn in die Mangel nehmen …«

Erneut legten sich seine Gedanken über alles, dämpften die Stimmen der anderen. Das Denken ging wieder in Murmeln über. »Lisa Jöchler hat die Wahrheit gesprochen … Dr. Heinrich von Waldstätter, alles ist so, wie er ausgesagt hat … haben wir die Wahrheit, haben wir sie? Wir haben nichts, keine Beweise … gar nichts haben wir …« Das Murmeln ging wieder in Gedanken über. Es passte vieles zusammen, aber vieles auch nicht. Woher hatte Steiner das Gift, wenn er es denn gewesen war? Wie hatte er es ins Törtchen bekommen, wenn es denn im Törtchen war?

Sie mussten ihn finden. Dann mussten sie … Es würde sich alles noch lange hinziehen. So lange. Die jüngste der Schwestern, Susanne, würde am späten Nachmittag aus dem Urlaub zurückkehren. D'Ambrosio sollte sie für morgen in die Questura einladen. Wenn Steiner sie nicht tatsächlich … Er wagte gar nicht, daran zu denken.

Der Commissario drehte sich um, schaute über die Wiesen zu den Bergen.

»Wir finden Steiner. Dann bekommen wir ihn sicher dran«, sagte Saltapepe. »Die Fingerabdrücke, das Blut. Das Rattengift, ich hoffe, wir finden es bei der Durchsuchung seines Hofs. Oder des Hotels. Auch das rote Kleid, da gibt es bestimmt DNA-Spuren – allerdings könnte das alles verjährt sein. Ab wann ist eine Vergewaltigung verjährt, Grauner? Außerdem, wenn es damals keine Anzeige gab …«

Grauner starrte ins Leere.

»Fünfzehn Jahre«, sagte Belli. »Wir müssen ihn finden, dann nehmen wir ihn im Verhör auseinander.«

»Fünfzehn Jahre«, wiederholte Saltapepe, »dann ist es schon zu lange her …«

Mehr hörte Grauner nicht. Er schaute auf die Wiese und erinnerte sich an die Schildkröten, die er vor zwei Tagen hier gesehen hatte. Deren Kot er vor Manfredis Apartment entdeckt hatte. Er ging zur Hecke, schaute auf die Wiese des Apartments daneben. Ja, Lisa Jöchler war es wohl nicht, und die Indizien gegen Steiner wogen schwer. War er es? Er war ein böser Mensch, ganz sicher. Er würde ins Gefängnis wandern, durfte nicht entkommen. War er auf der Flucht? Oder war er … es passte so vieles. Und doch war ihm, als passte vieles nicht.

Wenn das alles vorbei war, würde er sich drei Tage freinehmen. Er nahm sich vor, heute Abend die Schildkröten des Nachbarn …

Da! Er hatte sie entdeckt. Eine. Gemächlich, ganz gemächlich, bewegte sie sich vorwärts, so als sei sie betrunken. Oder einfach nur sehr, sehr müde. Auch Grauner fühlte sich müde, so müde. Er ging um die Hecke herum, zur Wiese des Apartments nebenan, dahin, wo er sie eben noch gesehen hatte. Er sah sie nicht mehr, suchte sie im dichten Gras und entdeckte dabei ein Stück Papier, das sich in einem Busch verfangen hatte, er griff danach, es war ein Butterbrotpapier, er knüllte es zusammen. Der Wind musste es von irgendwo hergeblasen haben. Dann entdeckte er im Zaun eine Lücke, durch die die Schildkröte wohl gekrochen war.

Der Zaun war nur hüfthoch, er stieg über ihn hinweg und sah sofort, dass sich entlang der Absperrung ein kleiner Schildkrötenpfad gebildet hatte. Grauner schmunzelte, das war hier wohl der Spazierweg der Schildkröten aus der Nachbarschaft. Er ging ein paar Schritte, erspähte sie wieder, hob sie hoch, sie streckte die Beine von sich, machte den Hals lang, öffnete geräuschlos das Maul und schnappte ins Leere.

Der Commissario folgte dem Zaun, das hohe Gras reichte ihm bis zu den Knien. Ein Nachbar wässerte den Rasen, sah auf, ein großer Strohhut verdeckte das Gesicht.

»Ah, Sie haben Olaf gefunden.«

Er warf den Schlauch zu Boden und kam auf Grauner zu. Das Wasser lief ins Gras und schwemmte die Erde auf.

»Kommen Sie«, sagte der Mann und winkte ihn herbei.

Grauner ging über den akkurat gestutzten Rasen.

Der Mann ging ein paar Schritte voran, winkte ihn hinterher. An einem Baum stand ein kleines Holzhäuschen, zu klein für einen Hund, Grauner verstand sogleich, dass es sich um ein Schildkrötenhäuschen handelte.

»Hier«, sagte der Mann und lächelte, »hier wohnt unser Olaf.«

Der Mann ging auf die Knie.

Grauner tat es ihm gleich und legte die Schildkröte vor das Häuschen, gab ihr einen kleinen Schubs, schaute hinein. Ein wenig Stroh lag darin.

»Vorgestern«, sagte er, »da habe ich drei Schildkröten gesehen, drüben bei den Apartments. Olaf und zwei kleine.«

Er drehte sich zum Mann um, der schaute traurig.

»Tja, jetzt haben wir nur noch den Olaf. Der kleine Oliver und der Klaus, die habe ich gestern hier im Häuschen aufgefunden. Tot, alle beide.«

Grauner schaute wieder ins Häuschen hinein, spielte mit dem Papier in seiner Hand, hob es hoch.

»Darf ich Ihnen das … für den Müll. Das hing da vorne im Busch.«

Gedankenverloren entfaltete er jetzt das Papier und entdeckte ein paar Worte darauf, er murmelte sie in sich hinein.

A. Martin
La bottega sotto le stelle
MO – Italy

Ein Stück des Butterbrotpapiers war abgeknabbert. Grauners Gedanken rasten erneut, er flüsterte: »*Bottega sotto le stelle.*

Reste von Weißbrot, Schinken, Essiggurke, das war in ihrem Magen. Auch im Magen der Hunde.«

Brot, Schinken, Essiggurkenstückchen. Der Schildkrötenkot am Tischchen vor Manfredis Apartment. Das Gift, es musste in einem Brot gewesen sein. Manfredi hatte hier ein Brot gegessen und auch ihren Hunden davon etwas abgegeben. Das Papier war wohl zu Boden gefallen, mit Brotresten, Gurkenresten, Schinkenresten. Die Schildkröten hatten es sich geschnappt. Daran geknabbert.

»Sind Sie zu Besuch hier im Tal? Wohnen Sie drüben in den Apartments?«, fragte der Mann jetzt. »Sind Sie Deutscher? Holländer?«

Grauner hörte nur halb zu. »Martin, Antonio Martin«, überlegte er, »M. O. Modena. Italy. Italien«, flüsterte er vor sich hin.

Er schaute auf das Papier in seinen Händen, dann auf den Mann, der sich den Schlauch wieder geschnappt hatte und zu ihm herüberlächelte.

»Modena«, sagte Grauner, »Modena!«, schrie er.

»Ah, Modena«, sagte der Mann. »Na, dann wünsche ich einen schönen Urlaub in unserem schönen, ruhigen, friedlichen Sarntal!«

3

Verona zog links an ihnen vorbei, der Flughafen rechts. Grauner schaute zum Fahrer hinüber, der betätigte den Blinker, wechselte die Spur, nach links, bog nicht ab, fuhr geradeaus weiter, in die Ebene, in den Nebel hinein. Es war früher Nachmittag, in einer Stunde etwa würden sie da sein.

Belli saß im Fond. Der Staatsanwalt hatte das Zepter sofort in die Hand genommen. So wie zu Beginn. Als der Fall noch inmitten einer Sterneküche gelegen hatte und damit in einem Feld, in dem er sich wohlfühlte, sich zweifelsohne auskannte. Belli hatte entschieden, dass er und der Commissario nach Modena fahren würden. Gefahren würden. Von Bellis Fahrer.

Grauner hatte Alba kurz angerufen, er hatte Belli zugestimmt, dass sie gleich losfahren sollten, trotz der anstehenden Pressekonferenz. In der *Bottega* hatten sie niemanden erreicht. Ja, in Tappeiners Ermittlungsnotizen war es klipp und klar vermerkt gewesen: Carla Manfredi hatte am Tag, bevor sie ins Sarntal kam, in Modena Station gemacht. Sie hatten nachgeschaut, auch die *Bottega sotto le stelle*, gehörte, wie das *Tan*, zu den Empfehlungen des Magazins. Grauner wusste nicht genau, was sie erwartete.

Mit Getöse überholte sie ein schlumpfblauer Lamborghini, mit leisem, beständigem Brummen überholte Bellis Fahrer im Dienst-Lancia einen langsamen Cinquecento. Obwohl er todmüde war, konnte Grauner nicht schlafen. Belli hingegen schnarchte laut.

Der Fluss lag spiegelglatt da. Ein Seidenreiher erhob sich von einem Busch, flog in den blauen Himmel hinauf, beinahe lautlos, mit nur wenigen schweren Flügelschlägen. Die Sonne brannte auf die Ebene hinab. Sie standen vor einer alten Scheune, die Tür war verschlossen. Sie klopften. Nichts. Es war niemand zu sehen. Grauner schaute auf die Uhr, es war kurz nach drei. Wahrscheinlich hatte das Lokal mittags gar nicht geöffnet. Sie beschlossen, um die Scheune herumzugehen, und entdeckten auf der Rückseite eine Terrasse sowie eine kleine Treppe, die zur Terrasse hochführte.

Grauner nahm einen wunderbaren Geruch von erhitztem Knoblauch wahr, während sie die Treppe emporstiegen. Etwa ein Dutzend weißer Tische stand auf der Terrasse, drumherum weiße Stühle. Die weißen Sonnenschirme waren geschlossen, die Tische nicht eingedeckt. Sie schauten zu einer offenen Tür, aus der ein wenig Küchendampf hervorquoll. Und aus dem Dampf trat schließlich ein dicker, junger Mann heraus, ganz in Weiß, der sich eine Zigarette anzündete. Der Man sah die beiden, erschrak und ließ die Zigarette fallen.

»Antonio Martin?«, fragte Grauner.

Der Mann verharrte ein, zwei Sekunden wie erstarrt, dann hob er die Zigarette auf, zog daran, blies den Rauch in die Luft und entgegnete: »Wir haben erst ab neunzehn Uhr geöffnet. Ist aber alles ausgebucht. Für die nächsten … äh … zwei Jahre, glaube ich.«

»Mein Name ist Dr. Martino Belli, Staatsanwalt aus Bozen, das ist Johann Grauner, Commissario der Polizia di Stato, wir ermitteln im Mordfall Carla Manfredi und möchten gerne sofort den Chefkoch sprechen.«

Der junge Dicke verschwand wortlos in der Tür, aus der es immer noch dampfte.

Es verging eine Minute, dann noch eine, dann trat eine zierliche junge Asiatin auf die Terrasse, ebenso ganz in Weiß gekleidet. Sie deckte einen der Tische ein und bot den beiden Ermittlern an, sich zu setzen. Sie schob ihnen die Stühle zurecht, schenkte ihnen Mineralwasser ein. Nach einer weiteren Minute erschien erneut ein Mann in der Tür. Graues Haar, grauer Dreitagebart, graues Gesicht, müde Augen. An der weißen Kochjacke prangten zwei eingestickte Buchstaben. *A. M.*

Der Mann bedeutete den beiden, sitzen zu bleiben, er setzte sich dazu, lehnte sich nach hinten, musterte sie. Die Kellnerin brachte drei kleine Tellerchen mit Leckerbissen. Grauner erkannte einen rosaroten Kartoffelwürfel auf einem glitschigen Etwas, von dem er vermutete, dass es Aal war, das Ganze stapelte sich akkurat auf einem vor Öl triefenden Stück Toastbrot. Er erkannte ein Stück Parmesan sowie eine Art Chip, in eine neongrüne Paste gesteckt.

Die Kellnerin zeigte mit dem kleinen Finger der rechten Hand auf das Häppchen mit dem Aal auf Bellis Teller. Grauner hatte noch nie einen so schönen, leuchtenden kleinen Fingernagel gesehen. Die Kellnerin begann zu sprechen.

»Qui abbiamo …«

Martin hob die Hand, die junge Frau verstummte, zog sich zurück.

»Wir, ähm …«, sagte Grauner und zog ein Blatt Papier aus der Hemdtasche, entfaltete es, legte es auf den Tisch.

Der Mann lehnte sich kurz nach vorne, besah es, lehnte sich dann wieder zurück.

Grauner flüsterte die Zeilen, ohne sie vom fotokopierten Blatt ablesen zu müssen: *»Non lo voglio fare. Ma lo faccio per te, ho fatto sempre tutto per te.«*

Er fasste erneut in die Hemdtasche, holte das Stück Brotpapier hervor, legte es daneben, der Wind ließ es zappeln, Belli stellte eins der Gläser darauf, ein zweites auf die Kopie.

Martin begann sofort zu sprechen. Wie schon beim Gespräch mit Dr. von Waldstätter am frühen Morgen glaubte Grauner sofort eine Spur Erleichterung in der Stimme zu hören. Der Mann sagte nicht viel, doch das, was er sagte, reichte dem Commissario, um alles zu verstehen. Belli griff nach dem Toast mit den Kartoffelstückchen und dem Aal.

Martin und Manfredi waren einst ein Paar gewesen. Echte Liebe. Das war nun über zwanzig Jahre her. Die Verliebtheit erlosch irgendwann, die Zuneigung nicht. Es entwickelte sich eine lebenslange enge Freundschaft. Sie sahen sich oft, mehrmals im Jahr. Manchmal schliefen sie noch miteinander. Sie wussten alles über sich. Er war bei ihr, als sie vor drei Jahren die erschreckende Diagnose erhielt. Hirntumor. Er war bei ihr, als sie nach der Operation aus der Narkose erwachte.

Der Eingriff sei erfolgreich gewesen, hatten die Mailänder Ärzte ihr versichert, aber …

Der Staatsanwalt probierte den Chip mit neongrüner Paste.

»Aber …«

Der Mann stockte, er versuchte mehrmals weiterzusprechen, schaffte es erst nach einem Schluck Wasser. »Die Ärzte erklärten uns, dass der Tumor auf den Nerv, der den Geschmackssinn koordiniert, gedrückt habe und dieser Nerv nun beschädigt sei. Dass es sein könne, nicht müsse, aber könne, dass sich Carlas Geschmackssinn irgendwann verändere. In ein paar Monaten vielleicht, in Jahren, hoffentlich nie.«

Sie fragten die Ärzte, was mit »Veränderung« denn gemeint sei. Jene erklärten ihnen, dass die meisten Betroffenen über einen metallischen Beigeschmack beim Essen berichteten. Andere davon, dass frisch gemahlener Kaffee plötzlich nach abgestandenem Blumenwasser schmeckte. Bei wieder anderen starb der Geschmackssinn einfach irgendwann ab.

Carla Manfredi war es vor etwa einem Dreivierteljahr zuerst beim Käse aufgefallen. Sie verdrängte es. Dann schmeckte der Fisch oftmals nach nichts mehr. Auch Martins Aal hier in der *Bottega*. Sie schmeckte ab und an kein Salz mehr, keinen Pfeffer. Es kam und ging – eine Weile lief das so. Erst waren die Phasen des Geschmacksverlusts kurz, dann wurden sie immer länger, kamen immer öfter.

Sie zog sich in ihre Wohnung in Rom zurück. Tagelang. Meldete sich krank, tauchte nur noch sporadisch in der Redaktion auf. Er besuchte sie, blieb bei ihr, drei Tage und drei Nächte. Er ermutigte sie, wieder rauszugehen. Sie versprach ihm, das Leben noch zu genießen, solange es ging. Doch nur unter der Bedingung, dass auch er ihr etwas versprach. Sie sagte ihm, dass sie es alleine nicht schaffen würde. Er verstand sofort, was sie meinte, und versprach es ihr, auch wenn es ihm das Herz brach.

Mal war sie beinahe hoffnungslos, ernährte sich in Rom nur noch über den Lieferservice, aß, wie aus Trotz, was sie sonst nie gegessen hätte. Dann ging es wieder etwas besser. Sie beschloss, letzte Reisen zu unternehmen. Immer dann, wenn der Geschmackssinn zurückkam, ihre liebsten Restaurants ein letztes Mal zu besuchen. Vor allem das *Tan*, immer wieder das *Tan*. Das Restaurant Hedwig Jöchlers hatte es ihr angetan. Als sie nirgendwo mehr etwas schmeckte, schmeckte sie dort noch immer den Wald, die Natur, die Sonne, die Wiesen.

Manfredi verriet Martin, dass sie sich für das *Tan* etwas ausgedacht hatte, dass sie es als erstes Restaurant mit einer neuen Auszeichnung versehen wollte. Der *Forchetta d'Oro*, der Gabel aus Gold, die jeweils nur ein Lokal pro Kontinent erhalten sollte. Sie war ganz besessen von der Idee. Doch dann war es vorbei. Manfredi schrieb ihm, dass sie nicht mehr wollte. Er schrieb ihr, sie solle ihn doch noch einmal besuchen, ein letztes Mal. Sie sagte, sie müsse einen ihrer Chefredakteure treffen, man könnte sich bei ihm in der *Bottega* treffen. Der Termin wurde organisiert.

Er beobachtete sie genau bei dem Essen. Hier auf der Terrasse. Vor vier Tagen. Es war ein wunderschöner lauer Sommerabend. Sie lobte die Gänge überschwänglich, doch er wusste genau, dass sie log. Dass sie gar nichts schmeckte. Er schrieb die paar Zeilen an dem Abend, sie schlief die Nacht bei ihm. Sie schlief tief und fest, atmete sanft. Er küsste sie auf die Wange, weinte die ganze Nacht, holte das Giftgemisch, das er sich schon vor Monaten von einem befreundeten pensionierten Apotheker besorgt hatte, und belegte ihr ein Sandwich. Für die Fahrt, sagte er ihr. Das Gift hatte er auf die Gurken und den Schinken geträufelt und die Karte unter die raue Schnur gesteckt, mit der er das Brotpapier akkurat, wie ein Geschenk, umwickelt hatte.

Belli hatte nach dem Stück Parmesan gegriffen, legte es wieder zurück.

»Wir müssen Sie bitten mitzukommen, Herr Martin«, sagte Grauner.

Der Mann schloss kurz die Augen. »Mein Koffer steht schon bereit. Ich wusste, dass jemand kommen würde. Früher oder später.« Er schaute kurz zur Kellnerin. »Ich möchte mich bei Ihnen bedanken, Herr Staatsanwalt, Herr Commissario, dass Sie mir die Möglichkeit gegeben haben, Ihnen hier in aller Ruhe alles zu erzählen. Ich werde meine Strafe akzeptieren. Ich … würde es trotzdem immer wieder tun. Ich … habe sie geliebt.«

Er biss in den Toast mit der rosa Kartoffel und dem Aal.

Grauner griff nach seinem Häppchen, biss ebenso hinein. Der süße Geschmack der Kartoffel und das rauchige Aroma des Aals vermischten sich am Gaumen, explodierten regelrecht.

»Ich hoffe, mein Handeln hat Ihnen keine zu großen Unannehmlichkeiten gemacht, da oben in Südtirol. Im Sarntal«, sagte der Koch noch.

Grauner sagte nichts.

4

»Claudio, ich …«

Er schaute ihr tief in die Augen, legte seinen Zeigefinger auf ihren Mund. Strich ihr sanft über die Wange mit dem Pflaster.

»Nein, Claudio, ich muss …«

Er rührte im Sugo, hob den Holzlöffel, kostete die Tomatensoße, die nun über eine Stunde geköchelt hatte. Er schloss die Augen, sie schmeckte köstlich. Er traute sich kaum, den Gedanken zu Ende zu denken, er würde ihn nie aussprechen, ihn niemals preisgeben, aber dieser Sugo mit diesen lustigen, verkrümmten, in allen Rotschattierungen schimmernden Tomaten aus Lisas Garten schmeckte besser, ja, er konnte es kaum fassen, noch besser als der Sugo seiner Mutter.

5

Sie klopfte an die Bürotür, er schaute auf.

»Sara! Wie schön.«

»Wollen wir?«

Er nickte zögerlich.

»Komm, gemeinsam schaffen wir das.«

Sie hatte ihm eine SMS geschrieben, er vermutete, dass es Albas Idee gewesen war. Sie hatte ihm geschrieben, dass sie mit ihm zum Friedhof kommen würde. Er hatte ihr einen erhobenen Daumen zurückgeschickt, während Bellis Fahrer an Affi vorbei die Autobahn nordwärts raste. Richtung Südtirol.

Nun stand sie vor seinem Schreibtisch, auf dem noch alles ausgebreitet dalag. Die Unterlagen des Falls, die Fotos, Merkzettel. Zumindest in Stichworten hatte Grauner die Fahrt nach Modena noch protokollieren wollen, der Rest konnte bis morgen warten.

Sara schaute auf den Schreibtisch, mit der Hand schob sie ein Papier zur Seite, hob ein Blatt hoch, dann noch eines.

»Sara, das darfst du nicht, das sind …«

»Tatta …«

Eigentlich hatte er sie von der Obdachlosenküche abholen wollen. Das wäre ihm lieber gewesen. Er mochte es nicht, wenn sie hier war. Das hier, diese Welt sollte nicht ihre sein. Er wollte das trennen. Doch sie kam lieber hierher. Immer schon.

»Tatta …«, immer noch hielt sie eines der Blätter in der Hand.

Sie würden beim Blumenhändler noch einen Strauß Nelken kaufen, er hoffte, der hatte bis spätabends geöffnet. Ja, dachte er, vielleicht würde es so klappen. Mit ihr. Vielleicht würden sie es gemeinsam zum Grab schaffen. Wenn ja, dann würde er sie danach noch auf ein paar Knödel einladen. Beim *Vögele.* Da sollte sie ihm dann noch einmal genau erklären, wie diese Onlinepatenschaft für die Kühe funktionieren würde.

Er hatte immer noch den Geschmack des Aals im Mund, auch den des Parmesans, was mochte die neongrüne Paste wohl gewesen sein? Er überlegte, ob er am Fischständchen beim Samstagsmarkt am Siegesplatz wohl Aal bekommen würde, ob Alba den wohl zubereiten konnte.

»Die kenne ich, die hier, die habe ich heute Mittag noch gesehen …«

Er schaute auf. Sie drehte das Papier zu ihm hin, darauf waren drei fotokopierte Fotos zu sehen. Die drei Schwestern. Hedwig. Lisa. Susanne. Daneben ein paar Notizen. Alter. Passnummern. Kontaktdaten.

»Wen? Welche kennst du?«, fragte er und wollte sich schon wieder den Unterlagen widmen. Er würde gleich so weit sein.

»Die«, Sara zeigte mit dem Finger auf Susanne. »Die war grad eben noch da in der Obdachlosenküche. Die ist öfters da. Gestern oder vorgestern auch. Die kommt immer mit einem Sandler aus der Sillschlucht vorbei. Ich glaube, die kümmert sich ein bisschen um ihn …«

Grauner sprang auf, ein paar Stifte und Blätter fielen zu Boden.

Er ging zu seiner Tochter hin.

»Susanne«, sagte er, »Susanne Jöchler.«

Sie zuckte mit den Schultern.

»Das … kann nicht … die ist doch … die kommt doch jetzt erst …«

Etwas vibrierte unter einem Papierstapel. Er schob das Papier zur Seite, nahm das Handy. *D'Ambrosio*, stand da. Er hob ab.

»Commissario?«

»Ja«, antwortete Grauner.

»Commissario, hier in Sarnthein … es brennt wieder. Hoch über der Burg. Die Latschenfelder …«

Er schaute zu seiner Tochter. Starr. Mit offenem Mund. Nur langsam schaffte er es wieder, sich zu bewegen. Er hob das Handy wieder hoch, tippte darauf herum, hielt es ans Ohr, Freizeichen.

»Geh, ran, Silvia, geh ran …«, flüsterte er. »Susanne, Susanne, sie war da. Immer da.«

6

»Claudio …«

Er reichte ihr den Löffel, sie nahm ihn, kostete. Er fühlte sich gut und konnte es selbst kaum fassen. Immer noch gut. Vielleicht war es tatsächlich, weil Napoli gegen die Scheißjuve gewonnen hatte. Weil Napoli ganz oben stand. Auch wenn der Campionato erst begonnen hatte. Ganz oben. Vielleicht war es aber auch der Fall, dieser Fall, in dem er nun steckte. Endlich wieder mittendrin. Vielleicht war das besser gewesen als alles andere und jedes Geschwätz mit dem nervigen Polizeipsychologen. Vielleicht war es aber auch …

Er griff nach seinem Handy, schaute nach. Keine Nachricht.

»Claudio.«

Er blickte auf. Sie schaute ihm tief und ernst in die Augen.

»Ja, Silvia.«

Sie nahm seine Hand, dann beide Hände, drückte sie.

Er musste es ihr sagen. Es wäre nicht richtig, es ihr nicht zu sagen. Er mochte sie, sehr sogar. Er war froh, sie geküsst zu haben. Auch wenn es ein kurzer, nur ein zarter Kuss gewesen war. Aber er verstand es nicht, das war ihm noch nie passiert, er wollte nicht *mehr* von ihr, wollte das bewahren, was sie hatten. Sie und er. Noch bei jeder seiner Frauen war die Liebe irgendwann verflogen und nichts zurückgeblieben. Auch keine Freundschaft. Das durfte nicht sein. Bei ihr nicht. Das hier war zu wichtig, zu schön. Er wollte das nicht riskieren, wollte sie als Freundin nicht verlieren. Er fürchtete sich davor, es ihr zu sagen. Er fürchtete, sie zu verlieren, wenn er es ihr sagte. Verlor er sie? So oder so?

»Silvia, ich …«

»Claudio, ich mag dich, ich … aber ich … bei jeder meiner Beziehungen, zu Mädchen oder zu Jungs …« Sie lachte kurz verlegen. Er strich ihr durchs Haar. Es kam ihm vor, als seien sie Teenager. »… Sie gingen nie gut aus. Ich mag dich wirklich, Claudio, ich habe den äh, kleinen Kuss mit dir genossen, ich genieße die Zeit mit dir, aber ich möchte unsere Freundschaft nicht aufs Spiel setzen. Kannst du …«

Er lächelte, sie lächelte, sie umarmten sich. Das Salzwasser köchelte, er gab die Nudeln hinein.

Sein Handy piepste. Eine WhatsApp.

Ihr Handy klingelte.

»Wer?«, fragte er.

»Grauner«, sagte sie und hob ab.

Er las die Nachricht. *Klar, gerne. Wann und wo? Küsschen, Sabri.*

Er strahlte, dann hörte er Grauners Stimme aus Tappeiners Handy dröhnen.

»Die Latschenfelder hoch über Reinegg brennen. Wir müssen ins Tal. Sofort!«

Epilog

Sie hörte das Schnaufen der Türen des Fernbusses, die sich schlossen. Ein junger Mann kam den Gang entlang nach hinten, schielte auf den leeren Platz neben ihr. Sie lächelte. Es hatte tatsächlich alles geklappt. Nun ja, fast alles. Susanne Jöchler spürte, wie das Adrenalin noch in ihr loderte. In ein paar Stunden würde sie im Flieger sitzen. Venedig–Paris. Paris–Port-au-Prince.

Der Mord, Steiners Mord, hatte alles durcheinandergebracht. Sie hatte es ihm zugetraut, gewiss, doch sie hatte nicht damit gerechnet. Sie fragte sich, wie er es wohl angestellt hatte. Er hatte gemordet, um ihnen, den Jöchlerinnen, Böses anzutun. Wie immer. Er war es doch gewesen? Ganz sicher. Ganz sicher? Wer sollte es denn sonst gewesen sein? Sie hatte ihn damit konfrontiert. Er hatte es verneint. Doch sie glaubte ihm nicht. Sie konnte ihm doch nicht glauben, oder? Kurz ließ sie die vergangenen Stunden Revue passieren.

»Vater«, hatte sie geflüstert und sich den Schweiß von der Stirn gewischt.

»Susanne, du … ich …«, hatte er gestammelt.

Sie hatte geplant, dass alles zu Ende gehen sollte. Dass er zugrunde gehen sollte. Sie war davon überzeugt gewesen, es zu schaffen. Ihn zu töten. Schmerzvoll. So wie die seinen den ihren, die Steiners den Jöchlerinnen, stets Schmerzvolles angetan hatten. Ihrer Urahnin, der Ursula, die sie in sich fühlte, im Turm, die zu ihr sprach, wenn sie durch die Wälder streifte und sich mitternachts oben bei den *Stoanernen Mandln* mit anderen Mädchen aus anderen Tälern traf, die sie auf *Facebook* kennengelernt hatte.

»Du bist mein Vater, Luis Steiner, ich habe mir dich nicht ausgesucht, so wenig, wie du dir mich ausgesucht hast. So ist es, aber nicht mehr lange.«

Er war noch halb benebelt von der Kräutermischung aus Alraune und Geflecktem Schierling, mit der sie ihn in einen tiefen Schlaf befördert hatte. So wie schon vergangene Nacht, bevor sie sich sein Blut, seine Fingerabdrücke und die Hautfetzen seiner Fingerkuppen besorgt hatte.

»Vater, Vater …«, sagte sie und schaute ihm tief in die Augen. Hatte sie seine Augen? Seine Nase? Sein … was hatte sie von ihm? Das Teuflische? Wenn sie und ihre Schwestern, ihre Mutter und ihre Großmutter Hexen waren, und sie glaubte durchaus, eine zu sein, dann war er der Teufel. Mindestens.

Sie legte seine Arme in die angeschmiedeten Handschellen des schweren Holzbalkens, der auf dem Boden lag.

»Susanne, nein, Susanne, ich …«, stammelte er. Entsetzen, Angst in seiner Stimme.

Steiner stöhnte, sie schaute auf das Messer in ihrer Hand, sie hatte es in der Schlucht noch an einem Stein gewetzt, hatte ihn damit kahl geschoren, in jedes seiner Muttermale eine

Nadel gesteckt. Sie kramte in der Tasche des roten Kleides, das sie sich letztes Jahr selbst gewebt hatte, zog ein Feuerzeug und eine Zigarre hervor, die sie aus Steiners Zigarrenschachtel in der Stube genommen hatte, zündete sie an, sog den Geruch ein, nahm einen Zug. Hustete, lachte, lachte hustend, so ein Zigarrenhusten klang gleich so kehlig, wie das Husten eines alten, bösen Mannes, eines Teufels.

»Vater, du Schwein«, sagte sie.

Er bibberte, dann schrie er. »Susanne, nein, oh Gott, Susanne.«

Ja, sie war fest davon überzeugt gewesen, Steiner tatsächlich zu töten. Vor ihrem letzten Gespräch mit Markus. Als er auf sie eingeredet hatte, es bleiben zu lassen. Milde walten zu lassen. Und Barmherzigkeit, die sie ihre Mutter doch ebenso gelehrt hatte.

Etwas hatte sie dann zurückgehalten. Sie wusste nicht, was. War sie zu schwach? War sie … doch keine Hexe? Steiner war zum Mörder geworden. Doch er war schlau gewesen. Die Polizei hatte keine Beweise gegen ihn in der Hand. Also hatte sie für Beweise gesorgt. Ihn töten? Nein, sie hatte es nicht geschafft. Es tief in ihr drin wohl nicht gewollt. Er würde hinter Gitter kommen – für immer. Sie hatte eine Stimme in sich sagen hören, dass das richtig war. Dass das seine Strafe sein sollte. Die andere Stimme in ihr war leiser und leiser geworden und schließlich verstummt.

Bis jetzt hatte alles geklappt. Die Ermittler hatten die gelegten Fährten entdeckt, die Karten in der Höhle und im Turm. Ihre Schwestern würden weiterleben, es würde sich schnell herausstellen, dass sie unschuldig waren. Sie würden leben. Ohne Angst. Ohne Steiners schmutziges Geld. Es war besser so. Das *Tan* sollte es nicht mehr geben, die Burg zu keinem Ort für das Latschenölbusiness werden. Torrinesi, dieser Schnösel, hatte sicher den Schreck seines Lebens bekommen. Der würde das Tal künftig meiden.

Markus hatte die Fährte des Kommissars kunstvoll gelenkt, von ihr weg, erst mal hin zu Lisa, hin zur Hütte. Dort würden sie Steiners Fingerabdrücke finden. Seine Zigarrenstummel. Außerdem seine Hautfetzen unter den Nägeln von Hedwigs Fingern. Sein Blut auf ihrem Kleid. Sein Auto am Eingang der Schlucht, beim Wasserfall. Alles würde auf ihn hindeuten. Alles. Das in Latschenöl konservierte Stück Ohr, das ihr die Mutter vor ihrem Tod gegeben hatte, war per Post unterwegs zum *Kurier*. Zu diesem Charly Weinreich, der immer über alles vor Ort berichtete.

Die Steine, die den Kommissar fast getroffen, und die Polizistin, die sie über die Böschung gestoßen hatte … Ja, das hätte sie nicht tun dürfen, Markus hatte recht gehabt. Nur weil die Carabinieri im Tal ihrer Mutter einst Böses wollten, hieß das nicht, dass alle Gesetzeshüter böse waren. Sie hätte auf ihn hören sollen. Es war gut, dass sie im Turm seinem Rat gefolgt war.

Sie hatte Steiner liegen lassen und war die schmale Treppe hinabgestiegen. Sie war über die Mauer geklettert, abgerutscht, beinahe in die Tiefe gefallen, doch sie hatte es geschafft. Schließlich war sie zu den Latschenfeldern über der Burg gewandert, hatte das Benzin über einige der Latschen geschüttet, sie angezündet. Die Flammen hatten gelodert, die Latschen gebrannt. Sie war im Dunkeln verschwunden.

Der Bus rollte an. Susanne Jöchler schaute noch einmal zum Fenster hinaus, Markus stand noch da. Winkte ihr zu. Sie winkte zurück. Vorhin hatte sie noch mit ihm in der Obdachlosenunterkunft vorbeigeschaut und sich von der netten Betreuerin, dieser freundlichen Sara, verabschiedet.

Sein Bus würde in wenigen Minuten kommen. Er würde wohl in einer halben Stunde im Dorf sein, hoch oben über dem Eisacktal. Sie hoffte, er würde es schaffen. Nein, ohne ihn hätte sie es nicht geschafft. Er hatte alles richtig gemacht, seinen alten Schulfreund auf die falsche Fährte gesetzt. Sie hoffte, seine Mutter würde ihn mit offenen Armen empfangen und weinend an sich drücken. Natürlich würde sie das. So empfingen Mütter verlorene Söhne. Es war gut, dass er zurückkehrte. Er musste Frieden finden. Die Schlucht war ein böser Ort für einen guten Menschen wie ihn.

Sie befühlte noch einmal den Joint in der Tasche. Im kleinen Park vor dem Flughafen von Venedig würde sie ihn rauchen, im Flugzeug träumen. Ein Vogel zu sein. Ein Federkleid zu tragen. Flügel zu haben. Davonzufliegen. Ciao, Sarntal. Sie schielte auf die Schenkel des jungen Mannes neben ihr, er hielt sein Busticket fest umklammert, es gelang ihr nicht, den Zielort zu entziffern.

»Venedig?«

Er bejahte.

»Flughafen oder Stadt?«

»Flughafen. Bloß nicht in die Stadt.« Er hob die Schultern. »Weg, weit weg, irgendwohin.«

Sie lächelte. Er lächelte. Sie mochte sein Lächeln.

»Und du?«, fragte er schüchtern zurück.

»Auch zum Flughafen«, sagte sie. »Dann auch weg, weit, weit weg.«

Sie spielte mit ihrem Ticket, faltete es zu einem Flieger.

»Vor wem rennst du weg?«, fragte sie ihn.

»Vor mir selbst«, sagte er schnell, dann zögerte er. »Und vor meinem Vater, der mich vor vielen Jahren verlassen hat. Mein Vater …«, er zögerte erneut, »ich habe lange gebraucht, es zu erkennen. Er war … ein Arschloch.«

Sie schaute ihm lange in die Augen.

»Susi«, sagte sie dann und reichte ihm die Hand.

Er legte zögerlich seine in ihre. Sein Händedruck war schlaff, seine Haut verschwitzt.

»Pietro.«

Sie kniff die Augen zusammen. »Lass uns gemeinsam abhauen, Pietro.«

Er nickte zögerlich.

Sie kicherte.

»Vielleicht ist das der Beginn einer teuflischen Freundschaft«, sagte sie noch.

Dann fuhr der Fernbus bei *Bozen Nord* auf die Autobahn.

Danke

Dem wunderbaren Dr. Hansjörg Rabanser vom *Ferdinandeum* in Innsbruck, Experte für die Geschichte der Hexenverfolgung in Tirol. Fürs Drüberschauen, für die vielen Tipps und Korrekturen und für die spannenden Gespräche im schattigen Hofgarten. Paolo Marchiodi, Experte für Carabinieri und Polizei. Dr. Anne Port, Rechtsmedizinerin. Dr. Christine Roilo, Direktorin des *Südtiroler Landesarchivs*, die mir Zutritt zu originalen Dokumenten des 1540 geführten Prozesses der Barbara Pachler, genannt »Pachlerzottl«, gewährte, der diesem Roman als Inspiration und Vorlage diente. Pachlers Nachkommen Gisela und Heinrich Schneider, deren überwältigende Gastfreundschaft und höchste Kochkunst mich in ihrem Restaurant *Terra* immer wieder verzaubern. Dem Conte di Cesana Sigismondo, der mir erlaubte, seinen Sommersitz, Burg Reinegg, zu besichtigen. Der Familie Mauroner, die auf die Burg aufpasst und mich in den Burgfried begleitete. Gregor Wenter vom märchenhaften *Bad Schörgau*. Für die vielen Latschen-Negroni, all das Wissen über die Latschenkiefer und die lustige Zeit miteinander. Elmar, der mich in die Schlucht seiner Kindheit führte. Mona, die endlich mit mir Weißwein trank. Vormittags! Moritz, Thomas, meiner Familie.

Gregors Latschen-Negroni:

5 cl Latschenschnaps
5 cl Lime Juice Cordial
Kräftig schütteln
Mit einer hauchzarten Limettenscheibe
sowie Eiswürfeln servieren